Always publishing

COLLANA

Always romance

- 97 -

Questo libro è un'opera di finzione. Nomi, personaggi, luoghi, marchi, media ed episodi descritti sono frutto dell'immaginazione dell'autrice o sono utilizzati in modo fittizio. L'autrice riconosce lo status del marchio di fabbrica e i proprietari del marchio dei vari prodotti, band e/o ristoranti menzionati in questo romanzo, che sono stati usati senza permesso. La pubblicazione/uso di questi marchi non è autorizzata, associata o sponsorizzata dai proprietari del marchio. Qualsiasi somiglianza con persone reali viventi o defunte, eventi o luoghi è puramente casuale.

Titolo originale: Playing with Fire

Traduzione dall'inglese di Roberta Maresca

ISBN 9791255170051

www.alwayspublishingeditore.com

Stampato nel luglio 2023 con sistema Rotobook da Geca (MI)

QUANDO L'ANIMA BRUCIA

L. J. SHEN

A Chele e Lulu.

Playlist

My Chemical Romance – Helena

Bikini Kill – Rebel Girl

Blondie – Atomic

Sufjan Stevens – Mystery of Love

Rag'n'Bone Man – Human

Healy – Reckless

Powfu – Death Bed

“Non è mai troppo tardi per essere ciò che avresti potuto essere.”

George Eliot

Prologo

GRACE

L'unica cosa rimasta intatta dopo l'incendio era l'anello con la fiamma della mia defunta madre.

Era un anello dall'aspetto dozzinale. Tipo quelli racchiusi in un ovetto di plastica che si prendono per un dollaro alle macchinette del centro commerciale. Secondo nonna Savvy, mia madre aveva sempre voluto che lo avessi io.

La fiamma simboleggiava la bellezza, la furia e la rinascita, mi aveva spiegato. Peccato che nel mio caso simboleggiasse solo la rovina.

Quando mi metteva a letto, nonna mi raccontava storie di fenici che rinascevano dalle loro ceneri. Diceva che era quello che mamma voleva per sé: emanciparsi dalla sua condizione e trionfare.

Mia madre voleva morire e ricominciare da capo.

Ma era riuscita solo in una delle due cose.

Io invece?

Entrambe.

17 novembre 2015
Sedici anni.

Non appena mi svegliai nel letto d'ospedale, chiesi all'infermiera di aiutarmi a rimettere l'anello al dito. Me lo portai alle labbra ed espressi un desiderio sottovoce, come mi aveva insegnato mia nonna.

Non desideravo che i soldi dell'assicurazione arrivassero in fretta o che la fame nel mondo sparisse.

Volevo solo riavere indietro la mia bellezza.

Poco dopo persi i sensi, esausta per il solo fatto di esistere. Nel dormiveglia, carpii alcuni stralci delle conversazioni delle tante persone che erano venute a trovarmi.

«... *la ragazza più carina di Sheridan. Un nasino così elegante. Quelle labbra impertinenti. Bionda, occhi azzurri. Un vero peccato, Heather.*»

«*Avrebbe potuto tranquillamente diventare una modella.*»

«*La poveretta non sa nemmeno cosa la aspetta al suo risveglio.*»

«*Saranno tempi duri.*»

Uscii dal coma farmacologico un po' alla volta, insicura su quanto avrei trovato ad attendermi. Era come nuotare contro un vetro rotto. Anche il minimo movimento mi procurava dolore. I visitatori – i compagni di classe, la mia migliore amica Karlie e il mio ragazzo Tucker – andavano e venivano, mi accarezzavano, mi parlavano con voce tenera e piagnucolavano mentre io tenevo gli occhi chiusi.

Non sapevano che ero cosciente, che li sentivo piangere, strillare, farfugliare.

La mia vecchia vita – fatta di recite scolastiche, allenamenti da cheerleader e baci frettolosi scambiati con Tucker sotto le gradinate – sembrava ormai remota, irreale. Come se il dolce e crudele incantesimo in cui avevo vissuto fosse svanito.

Non volevo affrontare la realtà, perciò anche se potevo aprire gli occhi li tenni chiusi lo stesso.

Fino all'ultimo.

Fino a quando Tucker entrò nella stanza e mi infilò una lettera fra le dita deboli appoggiate sul lenzuolo.

«Scusa» gracchiò. Era la prima volta che lo sentivo logorato, insicuro. «Non posso continuare così, non so nemmeno quando ti sveglierai. Non è giusto per me. Sono troppo giovane per...» S'interruppe, e la sua sedia raschiò il pavimento mentre lui si alzava. «Mi dispiace, ecco tutto.»

Avrei voluto dirgli di smetterla.

Confessare che ero sveglia.

Che ero viva.

Che stavo bene.

Più o meno.

Che stavo solo cercando di guadagnare tempo, perché non volevo avere a che fare con la nuova me.

Invece alla fine tenni gli occhi serrati e lo sentii andare via.

Qualche minuto dopo che la porta si era richiusa, li aprii e mi lasciai andare alle lacrime.

Il giorno dopo che Tucker mi aveva mollata con una lettera, decisi di affrontare la realtà.

Un'infermiera entrò nella stanza furtiva come un topo, con movimenti rapidi e precisi. Mi guardò con un misto di diffidenza e curiosità, neanche fossi un mostro incatenato alle sponde del letto. Dalla prontezza con cui era apparsa, capii quanto fossero in attesa che aprissi gli occhi.

«Buongiorno, Grace. Ti stavamo aspettando. Dormito bene?»

Cercai di annuire, ma mi pentii immediatamente di quell'ambizioso tentativo. La mia testa galleggiava. Sembrava gonfia e febbricitante. Avevo la faccia completamente avvolta dalle bende, lo avevo già notato la prima volta che mi ero svegliata. Nella fasciatura c'erano minuscole fessure per le narici, per gli occhi e per la bocca. Probabilmente sembravo una mummia.

«Bene, prenderò quel piccolo cenno per un sì! Hai fame per caso? Vorremmo staccarti la sonda e darti da mangiare. Posso mandare qualcuno a prendere del cibo vero. Credo che in mensa oggi ci siano le polpette di manzo con il riso e la torta alla banana. Ti andrebbe di provare, tesoro?»

Determinata a risorgere dalle mie ceneri, raccolsi tutta la forza fisica e mentale che possedevo per rispondere: «Sarebbe magnifico, signora».

«Te li faccio portare subitissimo, allora. E ho un'altra buona notizia per te. Oggi è il grande giorno. Il dottor Sheffield finalmente ti toglierà le bende!» Cercò di infondere falso entusiasmo nelle proprie parole.

Presi a girare l'anello intorno al pollice distrattamente. Non ero assolutamente pronta a vedere la nuova me. Eppure era arrivato il momento. Ero cosciente, lucida, e dovevo fare i conti con la realtà.

L'infermiera compilò la cartella e si precipitò fuori. Un'ora dopo, entrarono il dottor Sheffield e la nonna. La nonna aveva un aspetto orribile. Anche se indossava il vestito della domenica, era smunta e piena di rughe, si vedeva che non dormiva da un pezzo. Sapevo che si era trasferita in un hotel dopo l'incendio ed era ai ferri corti con la nostra compagnia di assicurazioni. Odiavo il fatto che stesse affrontando tutto da sola. Di solito ero io quella che parlava quando c'era bisogno di occuparsi di qualcosa.

La nonna mi prese la mano e se la premette al petto. Il suo cuore batteva all'impazzata contro la gabbia toracica.

«Qualunque cosa accada...» disse, e si asciugò le lacrime con dita ruvide e tremanti. «Io sono qui per te. Hai capito, Gracie-Mae?»

Le sue dita si fermarono sul mio anello.

«L'hai rimesso.» Spalancò la bocca.

Annuii. Temevo che se avessi cercato di parlare sarei scoppiata a piangere.

«Perché?»

«Rinascita» risposi solo. Non ero morta come mamma, tuttavia *avevo bisogno* di risorgere dalle mie ceneri.

Il dottor Sheffield si schiarì la gola e si mise fra di noi.

«Pronta?» Mi rivolse un sorriso mortificato.

Gli risposi sollevando il pollice in su.

Ecco l'inizio della mia nuova vita...

Il dottore rimosse le bende lentamente. In modo metodico. Sentivo il suo respiro sulla faccia, sapeva di caffè, pancetta e menta, il tutto condito da un che di ospedaliero, l'odore tipico dei guanti di gomma e del disinfettante. L'espressione non tradiva i suoi sentimenti, anche se dubitavo provasse qualcosa. Per lui, ero solo una paziente come tante.

Non mi rivolse nemmeno una parola di incoraggiamento mentre guardavo la lunga fascia color crema volteggiarmi davanti agli occhi, sempre più lunga. Il dottor Sheffield mi tolse anche i sogni e le speranze insieme alle bende. Sentivo il respiro affievolirsi a ogni giro della sua mano.

Cercai di ingoiare il groppo di lacrime che avevo in gola, spostai lo sguardo sulla nonna, in cerca di conforto. Lei era al mio fianco, mi teneva la mano con la schiena dritta come un fuso, il mento sollevato.

Cercai qualche indizio sul suo viso.

A mano a mano che la striscia di tessuto si ammucchiava sul pavimento, la sua espressione si deformava per l'orrore, il dolore e la pietà. Quando le prime parti della mia faccia rimasero scoperte, sembrò quasi che lei volesse rimpicciolire e sparire. Desideravo anch'io lo stesso. Le lacrime mi bruciavano negli occhi. Le ricacciai indietro d'istinto, mi dissi che non importava. La bellezza era un'amicizia stagionale; se ne andava sempre, alla fine... e non tornava mai quando ne avevi davvero bisogno.

«Di' qualcosa.» La mia voce suonò impastata, bassa, insopportabilmente cruda. «Per favore, nonna. Dimmi qualcosa.»

Sin da quando ero nata avevo goduto dei vantaggi del mio aspetto fisico. Alla Sheridan High non si parlava d'altro che di Grace Shaw. Gli scout di modelle mi fermavano per strada quando andavo a Austin con mia nonna. Interpretavo i ruoli più importanti nelle recite scolastiche e facevo parte delle cheerleader. Era ovvio, se non addirittura scontato, che la bellezza mi avrebbe spianato la strada. Con i capelli folti e dorati come il sole della Toscana, il naso all'insù e le labbra carnose, sapevo che l'aspetto fisico era il mio biglietto di sola andata per scappare da quella città.

«*La madre non valeva un fico secco, ma per fortuna Grace ha ereditato la sua bellezza*» avevo sentito dire una volta dalla signora Phillips alla signora Contreras al supermercato. «*Speriamo solo che se la cavi meglio di quella puttanella.*»

La nonna distolse lo sguardo. Ero davvero ridotta tanto male? Le bende erano del tutto sparite, ormai. Il dottor Sheffield inclinò la testa per esaminarmi il viso.

«Vorrei premettere che lei è una ragazza molto fortunata, signorina Shaw. Quello che le è capitato due settimane fa... molte persone sarebbero morte. In effetti, mi stupisce che sia ancora fra noi.»

Due settimane? Sono stata in questo letto per quattordici giorni?

Lo fissai con aria assente, non sapendo cosa stesse guardando.

«Le aree infette sono ancora escoriate. Consideri che a mano a mano che la pelle guarirà diventeranno meno grinzose e ci sono una serie di strade che possiamo tentare in termini di chirurgia plastica, quindi non si scoraggi, mi raccomando. Allora, vuole guardarsi?»

Assentii con un leggero cenno del capo. Dovevo togliermi il pensiero. Capire con cosa avessi a che fare.

Lui si alzò e andò dall'altra parte della stanza a recuperare un piccolo specchio da un armadietto, e mia nonna si accasciò sopra il mio petto, le spalle che tremavano per i singhiozzi che le squarciavano la figura scarna. La sua mano sudaticcia stringeva la mia come una morsa.

«Cosa devo fare, Gracie-Mae? Oh, Signore mio.»

Per la prima volta nella vita, fui pervasa da un impeto di rabbia. Quella era la mia tragedia, la mia esistenza. La mia faccia. *Io* avevo bisogno di essere consolata. Non lei.

A ogni passo del dottor Sheffield, il cuore mi sprofondava un po' di più nel petto. Quando finalmente il dottore tornò da me, ormai doveva essermi arrivato da qualche parte vicino ai piedi e martellava in modo sordo.

Lui mi passò lo specchio.

Me lo portai davanti al viso con gli occhi chiusi, contai fino a tre e poi lasciai che le palpebre si aprissero.

Non rimasi senza fiato.

Non piansi.

In realtà non emisi alcun suono.

Mi limitai a fissare la persona che avevo davanti – una sconosciuta con cui, francamente, non avrei neanche voluto stringere amicizia – e osservai il destino che si prendeva gioco di me.

Ecco la brutta, scomoda verità: mia madre era morta di overdose quando avevo tre anni.

Non aveva avuto la rinascita che aveva agognato. Non era mai risorta dalle proprie ceneri.

E, nel vedere la mia nuova faccia, capii con certezza che non ci sarei riuscita nemmeno io.

WEST

17 novembre 2015.
Diciassette anni.

L'occasione migliore per uccidermi mi si presentò su quella strada buia. Non c'era un filo di luce. Un sottile strato di ghiaccio ricopriva il selciato. Stavo tornando da casa della zia Carrie, e succhiavo un bastoncino di zucchero verde. Ogni settimana zia Carrie mandava ai miei genitori piatti già cucinati, provviste e preghiere. Era uno schifo ammetterlo, ma nessuno dei due riusciva ad alzarsi dal letto... nonostante tutte le sue preghiere.

I pini fiancheggiavano la strada tortuosa che portava alla nostra fattoria inerpicandosi su una ripida collina che affaticava il motore.

Sapevo che sarebbe sembrato l'incidente perfetto.

Nessuno avrebbe pensato che fosse andata in maniera diversa.

Solo una terribile coincidenza, così vicina all'altra tragedia che aveva colpito la famiglia St. Claire.

Potevo già vedere il titolo sul giornale locale del mattino dopo.

Ragazzo di 17 anni investe un cervo su Willow Pass Road. Morto sul colpo.

Il cervo era proprio lì, in mezzo alla strada, e guardava indolente il mio pick-up che si avvicinava sempre più veloce.

Non lampeggiai con i fari. Non schiacciai il freno.

Il cervo continuò a fissarmi mentre gli andavo addosso, le nocche bianche per quanto stavo stritolando il volante.

Il furgone sfrecciò sul ghiaccio così veloce che tremò e sbandò. Non riuscivo più a controllarlo. Il volante non era sincronizzato con gli pneumatici.

Forza, forza, forza.

Chiusi forte gli occhi, serrai i denti e lasciai che accadesse.

Il furgone cominciò a sobbalzare e rallentò, anche se spingevo il piede sull'acceleratore. Aprii gli occhi.

No.

Il furgone stava decelerando, rallentava a ogni centimetro di strada che percorreva.

No, no, no, no, no.

Il pick-up si spense a un metro dal cervo e si fermò del tutto.

Lo stupido animale finalmente sbatté le palpebre e decise di allontanarsi dalla strada, gli zoccoli che schioccavano contro il ghiaccio con dei leggeri *clic*.

Stupido cervo del cazzo.

Stupido furgone del cazzo.

Stupido me, per non essermi lanciato fuori da quel dannato pick-up ed essermi buttato giù dal dirupo quando ne avevo ancora la possibilità.

Ci fu silenzio per qualche minuto. C'eravamo solo io e il furgone spento, e il mio cuore che batteva, finché un urlo non mi uscì dalla gola.

«Cazzoooo!»

Tirai un pugno al volante. Una, due... tre volte finché le nocche non iniziarono a sanguinarmi. Puntai il piede sul cruscotto e strappai via il volante, quindi lo scaraventai sul sedile del passeggero e mi passai le dita sulla faccia.

I polmoni mi bruciavano e il sangue gocciolava su tutti i sedili mentre sradicavo qualsiasi cosa all'interno del pick-up. Tirai via la radio dal suo alloggiamento e la buttai fuori dal finestrino. Spaccai il parabrezza con il piede. Fracassai il vano portaoggetti. Distrussi il pick-up come non era riuscito a fare il cervo.

Eppure, ero ancora vivo.

Il mio cuore batteva ancora.

Mi squillò il telefono, la suoneria allegra si prendeva gioco di me.

Continuava a suonare e a suonare, porca puttana.

Lo tirai con foga fuori dalla tasca e controllai chi fosse. Un miracolo? Un intervento divino? Un improbabile salvatore a cui fregava davvero qualcosa di me? Chi poteva essere?

Sospetto Spam.

Ma certo.

A nessuno fregava un cazzo, neanche quando diceva il contrario. Lanciai il telefono nel bosco come un boomerang, poi scesi dal furgone e iniziai la camminata di quindici chilometri che mi aspettava per tornare alla fattoria dei miei genitori.

Speravo davvero di imbattermi in un orso, così almeno avrebbe portato a termine il lavoro, cazzo.

1

GRACE

Presente.

«La miglior invenzione degli anni Novanta: frangia a tendina o braccialetti a scatto. Hai cinque secondi per rispondere. *Cinque.*»

Karlie succhiò la granita al gusto Margarita, gli occhi fissi sul telefono. Sopra il tettuccio del furgone da street food aleggiavano umide nuvole di calore. La mia felpa rosa con il cappuccio era zuppa di sudore. Eravamo nel clou di una tipica ondata di caldo texana. Anche se all'estate mancavano ancora alcuni mesi.

Il pesante strato di trucco che portavo mi colava fino alle scarpe FILA in rivoli arancioni. Per fortuna avevamo chiuso da cinque minuti. Odiavo essere fuori senza almeno due spessi strati di fondotinta a incrostarmi il viso. Sognavo solo di fare una doccia fredda, mangiare un pasto caldo e sparare l'aria condizionata a palla una volta tornata a casa.

«*Quattro*» continuò a contare Karlie in sottofondo mentre io scrivevo velocemente un annuncio "Cercasi". Ero ancora affacciata sul bancone, in caso fosse arrivato qualche cliente dell'ultimo minuto.

Karlie stava per ridurre ufficialmente i propri turni, cosa che a sua madre, nonché proprietaria del furgoncino, la signora Contreras, non andava molto giù. A me chiaramente dispiaceva che non avrei lavorato più tanto spesso con lei. Karlie era la mia migliore amica da quando portavamo ancora il pannolino e giocavamo in cortile senza neanche riuscire a reggerci bene sulle gambe. C'era persino una nostra foto da qualche parte – forse nel soggiorno della signora Contreras – in cui eravamo sedute sui vasini viola uguali, con le chiappette fuori, e ridevamo all'obiettivo come se avessimo appena scoperto i grandi segreti dell'universo.

Temevo che chiunque avesse sostituito Karlie – Karl, per me – non avrebbe apprezzato la mia indole sarcastica e l'atteggiamento scontroso con cui affrontavo la vita. Ma al tempo stesso capivo benissimo perché lei dovesse rallentare. Il carico di studio di Karl era folle. Senza considerare tutte le ore di tirocinio che accumulava per infiocchettare il suo curriculum con un minimo di esperienza nel campo del giornalismo.

«*Tre*. C'è solo *una* risposta corretta, e la nostra amicizia è a rischio, Shaw.»

Rimisi il tappo al pennarello con i denti e mi sporsi dall'apertura per attaccare il cartello sul fianco del furgone.

Il Taco Truck *ASSUME!*
Cercasi aiutante.
Quattro giorni a settimana.
Compresi i weekend.
16 $ all'ora più le mance.
Se interessati, parlare con la titolare.

Aprii la bocca per rispondere a Karlie e nello stesso momento alzai lo sguardo. Restai impietrita, ogni centimetro del mio corpo era immobilizzato da un misto di terrore e nervosismo.

Merda.

Un branco di VIP della Sheridan University si avvicinò al camioncino. Erano otto in totale. Non era il fatto che frequentassero il mio stesso college a fare schifo. No, ero abituata a servire i miei pari.

A procurarmi l'orticaria era che fossero proprio *quei* tipi della Sheridan University.

Quei ragazzi erano il jet set dell'ultimo anno. La crème de la crème degli studenti più popolari.

C'era Easton Braun, il fighissimo quarterback dell'università, che si passava le dita tra i capelli color grano al rallentatore, come nella pubblicità di uno shampoo antiforfora. Era di una perfezione nauseante. Anche gli altri del gruppo lo erano, tutti dai muscoli scolpiti, vivevano nel mondo di Pinterest e avevano sulle braccia vene spesse quanto hot dog.

Reign De La Salle, il linebacker con i morbidi riccioli neri come la pece e le labbra carnose. Era membro della confraternita Sig Ep e, a quanto si diceva, andava a letto con chiunque respirasse (e anche questo non era un requisito fondamentale, se lui era abbastanza sbronzo).

Poi c'era West St. Claire, una razza completamente diversa da Braun e De La Salle. Un mito alla Sheridan University. Lui era di un'altra categoria.

Non era uno sportivo, eppure era di sicuro il più famigerato dei tre. Meglio noto come un bullo dalla testa calda che dominava incontrastato la scena locale dei combattimenti clandestini. Maleducato, rozzo e del tutto indifferente nei confronti delle persone che non rientravano nella sua cerchia ristretta.

Persino io, che non ero più molto informata sui pettegolezzi della cittadina, sapevo che *nessuno* osava far incazzare St. Claire.

Né i suoi coetanei.

Né gli altri cittadini.

Né i professori, né i suoi amici.

Non aiutava il fatto che West St. Claire possedesse tutti i requisiti del dio del sesso per antonomasia. I suoi capelli scuri erano sempre scompigliati e i suoi occhi color smeraldo avevano quel luccichio pericoloso che ti assicurava che la tua vita non sarebbe mai più stata la stessa dopo un giro sulla sua moto. Un metro e novantacinque di pelle dorata e muscoli tesi. Robusto, atletico e dissolutamente bello, aveva le sopracciglia folte e vistose, delle ciglia che avrebbero fatto invidia a molte celebrità e labbra sottili che formavano un'espressione dura, che intimoriva. Indossava jeans Diesel sporchi, magliette scolorite infilate al rovescio, stivali Blundstone impolverati e aveva sempre un bastoncino di zucchero verde mela incastrato all'angolo della bocca, neanche fosse una sigaretta.

Era noto come la preda più succulenta della Sheridan University, solo che nessuna donna l'aveva mai catturato... e non perché non ci avesse provato.

Anche le ragazze di quel gruppetto erano popolari. Una di loro era persino una mia quasi amica: Tess, una bellezza dai capelli corvini con una figura più sinuosa di un groviglio di serpenti. Seguiva il corso di Teatro e arti dello spettacolo, come me.

«*Due*! Vorrei una risposta ora, Shaw.» Karlie mi agitò un microfono immaginario davanti alla faccia, ma io non riuscivo a trovare la voce, ero come in trance.

«*Uno*. La risposta corretta era la frangia a tendina, Grace. *Frangia. A. Tendina*. Insomma, tipo Kate Moss nel 1998, hai presente? Un'icona della moda.»

Arrivavano dallo Sheridan Plaza, il centro commerciale deserto dall'altra parte della strada. Il cosiddetto centro commerciale era una struttura di cemento grezzo che un gruppo di pezzi grossi aveva iniziato a costruire cinque anni prima, per poi rendersi conto che non ci avrebbero ricavato nemmeno un centesimo. Tutti si davano agli acquisti online, soprattutto gli studenti. Le due raffinerie che avrebbero dovuto aprire nelle vicinanze avevano deciso di trasferirsi in Asia, quindi la migrazione di massa a Sheridan su cui loro contavano non era mai avvenuta.

E così ora avevamo un mostro di cemento proprio nel cuore della città, del tutto abbandonato.

Solo che tecnicamente non era abbandonato. Gli studenti universitari lo usavano come location per i rave, come arena per i combattimenti clandestini e come base per gli incontri sessuali, il tutto senza pagare l'affitto.

Quei ragazzi probabilmente stavano tornando da un incontro.

Tess rise, si gettò i capelli oltre la spalla e saltò sulla schiena di Reign, avvolgendogli le spalle con le braccia.

«Orsetti gommosi? In una granita? Ma è una cosa da pazzi.»

«È una cosa da *orgasmo*» ribatté Easton, la mano infilata nella tasca posteriore dei pantaloni di una bionda alla Daisy Dukes. «Non posso credere di non essere mai capitato qui prima.»

«La gente del posto ne va matta. Persino Bradley, che è un vero purista del taco, ci viene» intervenne un'altra ragazza. Abbassai il mento, mi portai alle labbra l'anello che avevo al pollice e sussurrai una preghiera.

Odiavo quando le persone mi guardavano direttamente in faccia.

Soprattutto quelle della mia età.

Soprattutto quelle come Easton Braun, Reign De La Salle e West St. Claire.

Soprattutto quando sapevo che avrebbero avuto due possibili reazioni: o sarebbero rimasti disgustati dalla cicatrice raccapricciante nascosta sotto il trucco o, cosa peggiore... mi avrebbero compatita.

Anche se stavolta forse sarebbe stato un mix di entrambe.

Mi abbassai la visiera del berretto da baseball. Le loro voci divennero più forti. L'aria intorno a me era mossa da risate roche e strilletti di ragazze. I peli sottili sulla nuca mi si drizzarono.

«Oh, cavolo» esclamò con un singhiozzo Reign, che portava Tess a cavalluccio senza tirare fuori una goccia di sudore. «Prima che mi dimentichi. Quando arriviamo al furgoncino, guardate la tipa che prende le ordinazioni. Gail o Gill, non mi ricordo il cazzo di nome. Ha tutto il lato sinistro del viso sfigurato. Viola come una prugna. Ha anche una bella pelle tipo Rice Krispy. Cioè, non puoi *davvero* vederla perché si mette un casino di trucco, però c'è. A quanto pare, la gente da queste parti la chiama Toastie.»

Reign non desiderava che io lo sentissi. Era palesemente sbronzo. Non che avesse importanza. La bile mi risalì in gola. Il suo sapore acre mi riempì la bocca. Stavo per affrontare un altro di quei momenti che mi ricordavano il giorno in cui mi avevano tolto le bende, e non ero pronta.

Tess gli diede uno scappellotto. «Si chiama Grace, idiota, ed è carinissima.»

Easton lanciò un'occhiataccia a Reign. «Dici sul serio? Ma sei scemo?»

«Ha ragione, però.» Tess abbassò la voce, dimentica dell'eco che la vastità del nulla intorno a noi creava. «Frequentiamo lo stesso corso, perciò la vedo spesso. Che tristezza, sarebbe *così* bella. Provate a immaginare come debba sentirsi. Non riesce nemmeno a partecipare alle recite della scuola, tanta è la vergogna per la sua faccia.»

Tess si riferiva a quella volta in cui da matricola avevo partecipato a un'audizione ed ero scoppiata a piangere davanti al regista non appena mi aveva chiesto di recitare le mie battute. Era stata una scena molto plateale, molto imbarazzante, e molto chiacchierata in città quel semestre.

«Ahhh.» La biondina accanto a Easton si portò una mano sul cuore. «È davvero triste, Tessy. Mi stai facendo venire la pelle d'oca.»

«Chissà cosa le è successo» mormorò un'altra ragazza.

«Torre di controllo al maggiore Shaw? Mi ricevi?» Karlie spuntò da dietro la mia spalla per capire che cosa mi avesse trasformato in una statua di sale.

I ragazzi si fermarono davanti a noi. Mi ero allenata ad apparire calma e annoiata, tuttavia il cuore mi batteva così forte nel petto che temevo potesse esplodere spaccandomi la gabbia toracica.

Diedi un pizzicotto sul polso a Karlie dietro il bancone a segnalarle che *era troppo tardi*, pregando che mi permettesse di mandarli via.

Karlie si coprì la bocca con la mano, come se fosse appena arrivato l'intero clan dei Kardashian.

«Senti, li serviamo lo stesso. Abbiamo ancora un sacco di ingredienti. Mamma Contreras non scherza quando si tratta di avanzi. E poi...» mi restituì il pizzicotto «... sono *loro*!»

Vivevamo in una piccola città universitaria, dove tutti conoscevano tutti; la nostra squadra di football in prima divisione era venerata in modo religioso, i giorni delle partite erano come le domeniche in chiesa, Easton Braun e Reign De La Salle erano dei santi e West St. Claire era Dio. Non potevamo mandarli via, neanche se fossero arrivati alle tre del mattino e avessero pagato con capelli umani.

«Ehilà, Grace!» Tess scese dalla schiena di Reign e tamburellò con le dita sul fianco del camioncino color turchese mentre studiava il menu affisso sotto il bancone.

«Ciao, Tess. Come va?»

«Alla grande, grazie. Reign dice che hai la granita al Margarita con gli orsetti gommosi. È vero?»

Molti clienti rimanevano delusi, perché il menu diceva che era al Margarita anche se dentro non c'era la tequila. «Certo. *Virgin*, però. Le nostre granite sono tutte analcoliche.»

«Non mi sarei aspettato niente di diverso da te» scherzò Reign, con un altro singhiozzo. Le ragazze scoppiarono a ridere. Per mantenere quel lavoro – e il mio culo fuori di prigione – ignorai la sua frecciata.

Tess gli diede un pugno sul braccio. «Non dargli retta. Possiamo averne dieci da portare via? E venti tacos, *por favor*.» Agitò di nuovo i capelli lucenti. «Oh. Ciao, Charlie.»

Karlie, dietro di me, salutò con la mano Tess, senza preoccuparsi di correggerla. Odiavo il fatto di dover stare al bancone, ma la signora Contreras e Karlie insistevano. Volevano che uscissi dal mio guscio, che affrontassi il mondo e bla bla bla.

«Con la tortilla morbida o croccante?» chiesi.

«Metà e metà.»

«Arrivano subitissimo.»

Mi misi al lavoro, dopo aver preso e infilato un paio di guanti di gomma neri. Iniziai da quelli croccanti. Erano più difficili da maneggiare. Si rompevano di continuo, perciò preferivo togliermi il pensiero. La nonna diceva sempre che le persone erano come i tacos: più erano dure, più si spezzavano facilmente. Essere morbidi significava anche adattarsi, essere più flessibili.

«Se sei morbido, puoi contenere più cose. E se contieni più cose, il mondo non potrà spezzarti.»

Sentivo gli occhi di tutti puntati sul mio viso mentre spingevo la lattuga tagliata a striscioline, il formaggio cremoso e il guacamole fatto in casa dalla signora Contreras nelle piccole tasche dei tacos. Karlie girava il pesce sulla griglia e saltellava tutta eccitata sulle punte dei piedi.

Con la coda dell'occhio, notai Reign che dava una gomitata nel fianco a una ragazza, indicando me con la testa.

«*Pss.* Violenza domestica?»

«Incendio doloso» ipotizzò la ragazza, cercando di capire come mi ero procurata la cicatrice.

«Chirurgia plastica uscita male» disse un'altra tipa tossendo nel pugno. Ridacchiarono tutti.

Sentii il calore propagarsi fino alla nuca.

Altri cinque minuti e sarà tutto finito. Hai affrontato fisioterapia, interventi chirurgici e riabilitazione. Puoi sopravvivere a questi idioti.

Proprio quando pensavo che le cose non potessero andare peggio, West St. Claire decise finalmente di vedere a cosa era dovuta tanta ilarità. Allungò un passo verso il camioncino. Puntò gli occhi sul lato sinistro del mio viso e per la prima volta in due anni si accorse della mia esistenza, nonostante frequentassimo lo stesso college e fossimo addirittura insieme in tre corsi. Deglutii, nel tentativo di ingoiare il bolo di vomito grande come una palla da baseball che avevo in gola.

Finii i tacos croccanti e attaccai con quelli morbidi. West mosse un altro passo avanti, senza preoccuparsi di nascondere la palese curiosità nei confronti della mia cicatrice. Mi sentivo nuda come un verme sotto i suoi occhi e tirai quasi un sospiro di sollievo quando il suo sguardo si staccò dalla mia guancia e si posò sull'annuncio "Cercasi". Mi arrischiai a lanciargli un'occhiata fugace. Non ero in grado di dire se avesse combattuto sul ring quella sera. Sembrava rilassato e tranquillo. Quasi tranquillo.

«Cerchi lavoro?» chiese ridacchiando Reign.

«Dai, Reign, finiscila» abbaiò Easton, che era forse il più gentile dei tre.

West strappò l'annuncio dal furgone, lo appallottolò e se lo infilò nella tasca posteriore dei jeans.

«Bruto» commentò Reign con una risatina sarcastica, e indietreggiò alzando lo sguardo al cielo.

«Che esagerato, West.» La voce di Tess non aveva lo stesso tono punitivo che aveva riservato a Reign. «Perché lo hai tirato via?»

West li ignorò entrambi e guardò direttamente me. Ruotò il bastoncino di zucchero nella bocca come uno stuzzicadenti, lanciandomi uno sguardo che conteneva una domanda tendenziosa.

Vuoi dirmi qualcosa al riguardo, Toastie?

Versai le granite al Margarita a tempo di record e preparai il conto a Tess mentre Reign, Easton e il resto delle ragazze andavano svelti al margine del parcheggio per avventarsi sul cibo. West rimase al fianco di Tess, gli occhi ancora incollati sulla mia cicatrice.

Mi preparai a ricevere un insulto, il mio guscio si indurì come un taco.

«Volevo chiederti» disse Tess, con voce da gatta, e gli prese il polso per girargli il palmo in modo che l'interno del suo bicipite fosse ben in vista. «Cosa significa il tuo tatuaggio? Per cosa sta la A?»

Gli occhi mi tradirono e guardai furtivamente quello di cui stava parlando. Il tatuaggio era una semplice lettera A. Nessun carattere o disegno particolare. Solo una lettera, in Times New Roman.

«Probabilmente per *arrogante*» mormorai sottovoce.

Entrambi si voltarono verso di me.

Signore. L'avevo detto ad alta voce. Che idiota patentata. Ma che mi era venuto in mente?

Che è un arrogante. Perché lo è.

«Grace.» Tess si portò la mano sulla bocca. «Che vergogna.»

West sputò il bastoncino di zucchero, lo sguardo obliquo e feroce puntato su di me. La mia testa rischiava seriamente di esplodere per l'afflusso di sangue improvviso. Dopo un lungo silenzio, finalmente lui mise due pezzi da cento sul palmo aperto di Tess, si voltò e si allontanò con grazia felina, offrendo da mangiare e da bere a tutti. Tess alzò gli occhi al cielo, poi mi porse i soldi.

«Scusa per l'annuncio. West è un po' irruento. Stiamo provando a farlo migliorare.»

«Non è colpa tua.»

Mi sfilai i guanti di gomma e diedi il resto a Tess. Lei mi afferrò la mano e sussultò. Il contatto inaspettato con la sua pelle mi mandò i brividi. Non ero abituata a essere toccata.

«Figo questo anello! Dove l'hai preso?»

«Era di mia mamma. Ecco il resto.»

«Tienilo.»

Alzai un sopracciglio con aria scettica. Era una mancia stratosferica.

«Sei sicura?»

Lei annuì.

«La sua punizione per essersi comportato di merda. Sai, West ha una pessima nomea, anche se in realtà è un gran tenerone. Sa essere dolcissimo quando vuole.»

Non ero convinta che West potesse essere qualcosa di diverso da un pazzo furioso, ma quella non era una conversazione che mi andava di portare avanti. Volevo andarmene da lì, cancellare quella serata dalla memoria e concedermi un'abbuffata di puntate di *Friends* con la speranza di ritrovare almeno un po' di fiducia nel genere umano.

«Va bene» acconsentii con voce robotica. «Grazie di essere passati di qua e aver comprato i nostri tacos.»

Tess mi lanciò un sorriso abbagliante, poi si voltò e corse dagli amici.

La seguii con lo sguardo. Tagliò passando per le dune dorate che incorniciavano il parcheggio, e andò dritta dai suoi compari fighetti. I ragazzi brindarono con le granite, risero, parlarono e mangiarono. Io avevo le budella aggrovigliate.

Avrei potuto essere come Tess.

O meglio: io *ero* stata come Tess.

Forse era quella la parte che odiavo di più della mia vita. Un tempo ero stata una Tess. Sfoggiavo le gambe in minuscoli shorts. Uscivo con ragazzi del calibro di West, Easton e Reign. Stavo seduta dietro di loro sulle loro motociclette mentre facevano impennate sulla vecchia strada sterrata ai margini della città, vicino alla torre dell'acqua. Spiegavo alle umili mortali come funzionavano la mente e il cuore dei West St. Claire, lasciandole entrare per un attimo in una specie di luogo esotico e top secret.

Chiusi il finestrino del furgone. Quando mi girai, Karlie squittì, a stento riusciva a contenere l'eccitazione. Mi diede il cinque. La mia migliore amica era alta un metro e cinquantacinque a voler essere generosi. Era abbronzata e formosa, aveva uno splendido viso tondo, ornato da una costellazione di lentiggini che andavano da guancia a guancia. All'epoca, quando ero l'ape regina ufficiale della nostra scuola, l'avevo aiutata a entrare nella cerchia dei fighetti. Ma era stato quattro anni prima. Ormai non potevo più offrirle quel privilegio.

«Easton Braun e Reign De La Salle, cavolo. Vorrei essere pressata fra loro due come il pastrami in un panino.» Si sventolò con una mano. «E West St. Claire era il cheddar sul mio taco. Penso che abbia combattuto, oggi.»

«Non mi è sembrato troppo malconcio.» Spensi la griglia e presi i prodotti per pulire dall'armadietto accanto al frigorifero.

«Questo perché li straccia tutti. Però ho sentito dire che a volte li lascia tirare un pugno o due, solo perché così la gente scommette su qualcun altro. Dio mi aiuti, che *occhi.*» Karlie succhiò quello che restava della sua granita, prima di gettarla nella spazzatura. «Sono di un verde radioattivo. E con quegli zigomi potresti forgiare il metallo. Dico sul serio, potrebbe distruggermi la vita e gliene sarei letteralmente grata.»

Grugnii, poi gettai dell'acqua sulla griglia. Il fumo mi venne in faccia.

«Allora. Raccontami. La griglia sfrigolava talmente tanto che non riuscivo a sentire nulla. Hanno detto qualcosa di interessante? Qualche pettegolezzo?» Mi diede una gomitata.

Hanno detto che sono un mostro.

«Erano piuttosto sbronzi, quindi non ci sono stati molti discorsi coerenti. Comunque, sono impazziti per le granite al Margarita.» Strofinai il grill.

«Oh. Che notiziona.» Roteò gli occhi. «Secondo te c'è qualcosa fra Tess e West?»

«Può darsi. Che coppia stucchevole, però. I loro nomi sono persino in rima, per la miseria.»

«Coppia? Tess può continuare a sognare. Per West esistono solo avventure di una notte. È un fatto risaputo.»

Reagii con un'alzata di spalle. Karlie mi diede una spinta, esasperata.

«Dio, sei la peggior pettegola del mondo. Non so nemmeno perché mi sforzo tanto con te. Ultima domanda: a scopo terapeutico, preferiresti stalkerare su internet tutte le persone presenti nel video di *Black or White* di Michael Jackson e rimanere scioccata per quanto sono diventate vecchie oppure infliggere a Barbie un taglio di capelli a triglia come Joe Exotic?»

«La seconda» riuscii a rispondere con un sorrisetto stanco, rendendomi conto di quanto mi sarebbe mancata quando avrebbe trovato un rimpiazzo che coprisse la maggior parte dei suoi turni. «Farei a Barbie un taglio a triglia, poi la vestirei da cowgirl, la metterei dentro la sua cabrio rosa e posterei un video su TikTok di lei che canta "le Bratz mi fanno una pippa".»

Karlie buttò indietro la testa e rise. Sbirciai nel suo specchietto tascabile, che era appoggiato sul bancone, e mi controllai il trucco.

La cicatrice era abbastanza nascosta.

Tirai un sospiro di sollievo.

Il taco croccante è sopravvissuto anche oggi. Incrinato, ma non spezzato.

Tornai a casa alle undici. Nonna era seduta al tavolo della cucina con addosso la logora vestaglietta di calicò, la radio accanto a lei che trasmetteva Willie Nelson a tutto volume.

Nonna Savvy era sempre stata una donna eccentrica. Era la signora mattacchiona che indossava un costume diverso ogni Halloween per accogliere i bambini impegnati in "dolcetto o scherzetto". Che decorava con disegni buffi, e spesso inappropriati, i vasi delle piante nel suo cortile, che ai matrimoni ballava come se nessuno la stesse guardando e piangeva davanti agli spot pubblicitari del Super Bowl.

Mia nonna era sempre stata particolare, ma negli ultimi tempi era anche confusa.

Troppo confusa per essere lasciata da sola per più di dieci minuti, vale a dire il lasso di tempo che intercorreva tra il momento in cui la badante Marla andava via e quello in cui io rientravo con l'auto nel garage di casa.

Avevo tre anni quando mia madre, Courtney Shaw, era andata in overdose. Era sdraiata su una panchina nel centro di Sheridan. L'aveva trovata uno scolaro. Aveva provato a punzecchiarla con un ramo. Visto che lei non si era svegliata, si era impaurito e aveva iniziato a urlare come un pazzo, attirando metà degli scolari della nostra città e alcuni genitori.

La gente aveva sparso la voce, aveva scattato delle fotografie e gli Shaw erano ufficialmente diventati le pecore nere di Sheridan. A quel punto, mia nonna era diventata l'unica madre che conoscevo. Courtney aveva avuto relazioni tira e molla con una serie di fattoni. Uno di questi era mio padre, presumevo, anche se non l'avevo mai conosciuto.

La nonna non aveva mai chiesto chi fosse mio padre. Probabilmente aveva paura di aprire quel vaso di Pandora e affrontare una battaglia per la custodia con Dio solo sapeva chi. Le possibilità che mio padre fosse un lavoratore rispettabile o che andasse a messa ogni domenica non erano propriamente alte.

La nonna mi aveva cresciuta come una figlia. Era giusto quindi che adesso che lei non era più del tutto autonoma io le rimanessi al fianco e mi prendessi cura di lei. E poi non era certo come se le offerte di lavoro fioccassero da Hollywood e io stessi rinunciando a chissà quale grande carriera.

Reign De La Salle era perfido, tuttavia non aveva torto. Con una faccia come la mia, gli unici ruoli a cui potevo ambire erano quelli del mostro.

Entrai in cucina e posai un bacio sulla nuvola di capelli bianchi della nonna, che sembravano zucchero filato. Lei mi prese e mi attirò in un abbraccio. Mi lasciai sfuggire un sospiro colmo di gratitudine.

«Ciao, nonna.»

«Gracie-Mae. Ho preparato una torta.»

Appoggiò le mani sul tavolo e si tirò su con un gemito. Nonna si ricordava il mio nome. Era sempre un buon segno, e probabilmente era per quello che Marla le aveva permesso di restare da sola fino al mio arrivo.

La nostra casa era un cimitero degli anni Settanta, un'accozzaglia di tutte le atrocità che potevi trovare nell'arredamento di quell'epoca: rivestimenti di piastrelle verdi, pannelli di legno, rattan dappertutto e apparecchi elettronici che pesavano ancora come delle auto familiari.

Anche quando, dopo l'incendio, avevamo ricostruito buona parte della casa in stile ranch, nonna era andata in un negozio dell'usato dell'Esercito della Salvezza e aveva comprato i mobili più vecchi e male assortiti che era riuscita a trovare. Era come se fosse allergica al buon gusto, eppure, come per tutte le stranezze, quando appartenevano a qualcuno che amavi, imparavi a trovare il bello che nascondevano.

«Non ho molta fame» mentii.

«È una nuova ricetta. L'ho trovata in una di quelle riviste che hanno allo studio dentistico. Marla si è presa qualche malanno, povera stella. Non ha potuto mangiarne neanche un pezzettino, accidenti. Voleva tanto assaggiarla.»

Mi sedetti obbediente al tavolo e lei fece scivolare verso di me un piatto con una fetta di torta alle ciliegie e una forchetta. Mi accarezzò il dorso della mano.

«Forza, non essere timida, Courtney, non con tua madre. Mangia.»

Courtney.

Ecco, era durata poco. La nonna mi chiamava spesso Courtney. Dopo le prime volte che era successo, l'avevo portata a sottoporsi ad alcuni esami per vedere da cosa potessero dipendere i suoi vuoti di memoria. Il dottore aveva detto che non era Alzheimer, però dovevamo tornare dopo un anno se le cose nel frattempo fossero peggiorate.

Erano passati due anni da allora. E lei si era rifiutata di tornare dal medico.

Misi in bocca un pezzo di torta alle ciliegie. Non appena il boccone mi toccò la parte posteriore del palato, mi si incollò alla gola e mandò un messaggio al cervello:

Abbandonare la missione.

Ci era cascata di nuovo.

Scambiava spesso il sale per lo zucchero. Le prugne per le ciliegie. E chissà, forse anche il veleno per topi per la farina.

«Da leccarsi i baffi, eh?» Si sporse in avanti, poggiò il mento sulle nocche. Annuii, prendendo il bicchiere d'acqua accanto al piatto e mandandola giù tutta d'un fiato. Guardai il telefono sul tavolo. Lampeggiava perché avevo ricevuto un messaggio.

> **Marla:** Piccolo avvertimento. La torta di tua nonna oggi è particolarmente cattiva.

Mi vennero le lacrime agli occhi.

«Sapevo che ti sarebbe piaciuta. La torta di ciliegie è la tua preferita.»

Non lo era. Era la preferita di Courtney, però non avevo il coraggio di contraddirla.

Ingoiai ogni boccone senza sentirne il sapore, mangiai il dolce fino all'ultima briciola, nonostante il disgusto. Poi la assecondai con una partita a un gioco da tavolo, e risposi a domande su persone che non sapevo avessero avuto a che fare con Courtney, misi a letto la nonna e le diedi il bacio della buonanotte. Lei mi afferrò il polso quando mi alzai per andarmene, gli occhi come due lucciole che danzavano nel buio.

«Courtney. Quanto sei dolce, figlia mia.»

L'unica persona che mi voleva bene pensava io fossi qualcun altro.

2

GRACE

La mattina seguente, arrivai presto al furgone dei tacos per prepararmi all'apertura. Il sabato c'era il mercato degli agricoltori a Sheridan, il che significava più competizione, più camioncini di street food, più interazione con il genere umano e di conseguenza più trucco di guerra. Il sabato mi mettevo così tanto cerone sulla faccia che potevo dare del filo da torcere ai clown delle feste di compleanno.

Lato positivo: non era giorno di rodeo. Mi rifiutavo di lavorare durante i rodei. Da quando un cliente aveva paragonato il mio volto a quello di un cavallo e aveva detto che nella gara di bellezza avrebbe vinto lo stallone.

Karlie era in ritardo, il che non era insolito.

Anche se era una delle persone più precise e laboriose che conoscevo, riusciva a dormire in qualsiasi circostanza, persino con una guerra mondiale in corso. La sua indolenza non mi infastidiva quanto avrebbe dovuto. I Contreras mi pagavano bene, i turni erano flessibili e Karlie aveva dimostrato di essere un'amica straordinaria negli ultimi quattro anni.

Lavai e tagliai il pesce, affettai le verdure, preparai la granita al Margarita, riscrissi il cartello con l'annuncio di lavoro e lo appesi sul fianco del camioncino. La mia migliore amica arrivò con tutta calma alle nove meno un quarto. Aveva alle orecchie un paio di grandi cuffie rosa e indossava una canotta con sopra Bart Simpson.

«Hola. Tutto bene?» Mi scoppiò in faccia il pallone che aveva realizzato con la sua gomma da masticare al gusto di anguria e si tolse le cuffie. *Rebel Girl* di Bikini Kill irruppe nell'aria intorno a noi prima che lei chiudesse l'app. Le misi in mano le pinze.

«Mi sono svegliata con la sensazione che oggi succederà qualcosa di brutto.»

Non era una bugia. Quando mi ero svegliata quella mattina, avevo notato che l'anello con la fiamma sul mio pollice si era finalmente arreso alla vecchiaia e si era rotto; rimanevano intatti solo il cerchio e parte della fiamma.

Fuori c'erano quaranta gradi, era così caldo che avresti potuto friggere un uovo sull'asfalto... e nel furgoncino probabilmente c'erano anche dieci gradi in più. Qualcosa quel giorno sembrava diverso. Monumentale, in qualche modo. Come se avessi il mio futuro sospeso sopra la testa e minacciasse di piombarmi addosso da un momento all'altro.

«Oggi andrà tutto bene.» Lasciò cadere lo zaino a terra e schioccò le pinze davanti alla mia faccia. «Andrà bene, anche se sarà tosta. C'è già la fila fuori. Meglio che porti il culo al tuo balcone, Giulietta.»

«Se Romeo mangia tacos di pesce alle nove del mattino, preferisco rimanere single.» Risi, sentendomi un po' più me stessa e un po' meno come la ragazza patetica che West St. Claire mi aveva fatto sentire la sera prima.

La signora Contreras insisteva con il servire solo tacos di pesce preparati secondo la sua ricetta speciale. Niente Tex Mex in quel furgone. Preparavamo un unico tipo di taco, e lo cucinavamo al meglio.

«Ah, questa è un'angolazione che Shakespeare non ha considerato. Romeo non è morto per il veleno, è stecchito per l'alito di pesce di Giulietta.»

«E il pugnale di lei?» Lanciai a Karlie uno sguardo divertito. Finse di conficcarsi le pinze nella pancia come una spada, tenendosi il collo mentre simulava il soffocamento.

«Anche le pinze possono essere letali.»

Aprii il portellone laterale del furgone con un sorriso, decisa ad allontanare dalla mente quello che era successo la sera prima.

«Buongiorno e benvenuto al Taco Truck! Come posso aiutar...»

L'ultima parola mi si bloccò in gola quando vidi la sua faccia. Una fila di persone dietro di lui.

West St. Claire.

Il mio sorriso svanì.

Perché era tornato?

«Si tratta della mancia che Tess mi ha lasciato ieri? Perché puoi riprendertela. Magari ci compri un po' di buone maniere.» Le mie viscere si contrassero, la bocca era stata più veloce del mio cervello.

Come mai ci tenevo tanto a farmi ammazzare socialmente? Avevo un inconscio istinto suicida? In ogni caso, non ero pentita di quello che avevo detto. Dubitavo che West volesse comprare dei tacos o avere una conversazione civile. Sapevo che provocare un tipo come lui era una cattiva idea, però la sera prima era stato freddo e meschino, e io non potevo che sfidarlo.

Sembrava che West non avesse chiuso occhio quella notte. Indossava ancora lo stesso paio di jeans e la stessa maglietta scolorita, e il suo sguardo fisso e annoiato mi faceva sentire di merda. Aveva gli occhi iniettati di sangue.

Senza dire nulla, West mi porse un pezzo di carta appallottolato. Lo riconobbi subito. Il mio viso si rabbuiò quando lo aprii. Era l'annuncio che aveva strappato dal camioncino la sera prima.

«Ne ho già preparato uno nuovo» dissi brusca, e gettai il foglio nel cestino vicino ai miei piedi. «Posso fare altro per te?»

«Chiama la titolare» tagliò corto.

Mi colse di sorpresa. Mi stupiva innanzitutto il fatto che avesse parlato. Non gli avevo mai sentito dire una parola prima di allora. La sua voce s'intonava all'aspetto. Profonda, fumosa, da depravato.

In secondo luogo, a scioccarmi era che avesse parlato a *me*. E soprattutto ero allibita perché aveva il coraggio di darmi ordini.

«Come hai detto, scusa?» Inarcai un sopracciglio. Il destro, quello buono. Il sinistro non esisteva più. Lo disegnavo con la matita, però, e dato che indossavo sempre il berretto da baseball grigio, la gente difficilmente se ne accorgeva. I clienti dietro di lui stavano perdendo la pazienza, scuotevano la testa e quasi saltellavano sul posto. Chiaramente, nessuno *osava* dire niente a West St. Claire. Figuriamoci se qualcuno poteva azzardarsi a ribattere alle sue cazzate.

«La titolare. Vale a dire la responsabile di questo furgone. Sei ritardata?»

«No, sono disgustata.»

«Bene, allora sbrigati e fammi questo piacere. Chiama il tuo superiore.»

I suoi occhi erano fissi sui miei. Da vicino, non erano proprio verdi. Erano uno strano mix di salvia e azzurro, con un bordo di color giada scuro.

La sera prima lui e i suoi amici si erano divertiti a tentare di indovinare cosa fosse successo alla mia faccia. West mi aveva esaminato neanche fossi un fenomeno da baraccone. Mi ero sentita come un animale a tre teste in una gabbia. Con una voglia matta di piegare le sbarre, balzare in avanti e ridurre tutti a brandelli con i miei artigli affilati.

Tornai alla realtà, allisciai la pellicola di nylon che sigillava il guacamole nel banco dei condimenti.

«Scusa la franchezza, però le possibilità che tu venga a lavorare in questo camioncino di tacos sono pari alle possibilità che io entri nel balletto del Bolshoi. Adesso, o ordini qualcosa, o te ne vai. Ho dei clienti che aspettano.»

«*Il direttore. Subito*» si impuntò lui, ignorando le mie parole. Sentivo le narici che si allargavano per la frustrazione. Sapevo che era un osso duro, ma ora che lo sperimentavo in prima persona mi sembrava come se qualcuno avesse messo il mio cuore in un frullatore e mi stesse costringendo a guardarlo mentre veniva ridotto in una purea.

Il viso di Karlie spuntò da dietro la mia spalla. La mia amica urlò sorpresa quando lo vide. «Dio mio. Voglio dire, ciao. West, giusto?»

Bravissima. Lo avrebbe riconosciuto persino con indosso il costume da granchio della mascotte della Sheridan University.

Lui la osservò, senza disturbarsi a confermare la propria identità. Karlie allungò una mano fuori dal portellone. Lui finse di non accorgersene. Lei la ritirò e la portò lungo il fianco, con una risatina.

«Sono Karlie. Andiamo entrambi alla Sheridan. Sono io il capo, qui. Be', la figlia in realtà. Come posso aiutarti?»

«Sono venuto per quel lavoro.»

«Sei serio?»

«Come un attacco di cuore.»

E altrettanto letale. Mandalo via, Karl.

«Fantastico. Sei assunto» cinguettò lei, senza perdere un solo secondo.

Senza volerlo scoppiai in una risata isterica e acuta. Karlie e West si girarono a guardarmi come se fossi impazzita. Un attimo... stavano dicendo sul serio? Osservai prima l'uno e poi l'altra, un brivido mi attraversò la schiena. Una donna anziana dietro West si schiarì la gola e mi lanciò un cenno come se fossi io la responsabile di quell'attesa.

«Stai scherzando, vero?» Mi rivolsi a Karlie.

Lei fece una smorfia.

«Ma abbiamo *davvero* bisogno di un altro dipendente...»

West accennò con il mento alla mia migliore amica dietro di me. «Andiamo a parlarne in privato.»

«Entra, salta su.»

Per alcuni minuti, il tempo sembrò avanzare al rallentatore. Karlie e West si spostarono sul retro del camioncino, io invece rimasi al bancone a servire i clienti. Dieci minuti dopo, Karlie scese dal furgone, staccò l'annuncio e tornò dentro.

«Congratulazioni! Hai un nuovo collega» canticchiò, trascinandosi di nuovo davanti alla griglia e girando un pezzo di pesce che era già carbonizzato da dieci minuti.

La ignorai e continuai a preparare i tacos il più in fretta possibile, cercando di autoconvincermi che la mia vita non fosse finita e che West St. Claire non mi avrebbe uccisa per colpa di una strana scommessa.

«Shaw, mi hai sentita?» Il coregone che Karlie rigirava continuava a rompersi in piccoli pezzi mollicci. Ero accaldata, sudata, incavolata come una biscia, e piena di una melma scura e amara. Ero sicura che se mi fossi tagliata con il coltello che impugnavo per forare il sacchetto di formaggio grattugiato, avrei visto proprio quello. Un bitume nero che mi sgorgava dalle vene.

«Forte e chiaro. Pensavo solo che mi avresti permesso di dire la mia, visto che sarò io a lavorare con il tuo sostituto.»

«Senti. È la bomba sexy più famosa della Sheridan. Ci porterà un sacco di clienti. Non potevo dirgli di no e sapevo che tu avresti avuto dei dubbi.»

«Infatti.» Mi sporsi in avanti e consegnai a un cliente il suo taco di pesce bruciato con un sorriso finto. Quando avevo finito il liceo, ero stata indecisa se iscrivermi al college oppure no. Il mio istinto mi diceva di nascondermi dal mondo, di rintanarmi nell'ombra e vivere in solitudine. Tuttavia, ben presto avevo capito di non avere molta scelta. Dovevo uscire e guadagnarmi dei soldi. Dato che ero già gravata dall'inconveniente di dover mostrare la faccia alle persone, avevo pensato che il college fosse una soluzione pratica, seppur crudele, per assicurarmi un lavoro dignitoso.

«Vuole un lavoro, eh?» Ero partita ormai. «Scommetto che ha un disperato bisogno di soldi, non ne incassa già abbastanza al Plaza.»

Sapevo che West St. Claire stava accumulando un bel gruzzolo con quei combattimenti. Si diceva che l'anno prima avesse intascato ottantamila dollari al Plaza, vendendo biglietti, raccogliendo scommesse e facendo pagare una fortuna per la birra annacquata.

«Gliel'ho chiesto. Ha risposto di aver bisogno di incrementare i guadagni.»

«Ha bisogno di incrementare le sue buone maniere» ribattei.

«Perché? Si è comportato male con te?» Karlie aggrottò di colpo le sopracciglia.

Il solo pensiero della sera prima mi mandò su tutte le furie. Distolsi lo sguardo e cambiai argomento.

«E comunque, perché sapevi che avrei avuto dei dubbi al riguardo?»

«Dai.» Alzò le braccia in aria come se entrambe conoscessimo la risposta a quella domanda.

«Dai, *cosa*?»

«Parli sul serio? Bene. Allora te lo dico. Però promettimi che non ti arrabbierai.»

«Non mi arrabbierò.»

Stavo *già* fumando di rabbia.

«Be', la verità è che tu tendi a lasciarti intimidire, Shaw. E poi la tua opinione sulle persone si basa su come tu *pensi* che siano.»

«Non è vero!»

«È verissimo. Guardati. Sei furibonda perché ho assunto uno che non conosci nemmeno, che però non ti piace solo perché ha una certa reputazione. Indovina un po'? Tutti abbiamo una reputazione. Mi dispiace, Grace, ma è così. Io sono la cervellona saputella con l'ossessione per gli anni Novanta; tu sei la ragazza emo con la cicatrice. Siamo tutti classificati. Stereotipati dai nostri difetti e dalle nostre debolezze. Benvenuta, questa è la vita. È uno schifo, e alla fine muori pure.»

Temendo di dire qualcosa di cui mi sarei pentita, tenni la bocca chiusa. Karlie smise di lanciare pesci stramorti sulla griglia, si girò e mi afferrò per le spalle, costringendomi a guardarla in faccia. Mi massaggiò i deltoidi sotto la felpa con il cappuccio rosa.

«Guardami, Shaw. Mi stai ascoltando?»

Le risposi con un grugnito.

«Magari è simpatico.»

«È più probabile che sia perfido.»

Stavo lasciando che le insicurezze avessero la meglio su di me, lo sapevo, ma considerati il suo aspetto, la sua reputazione e il suo status sociale, West St. Claire era il candidato perfetto per rovinarmi la vita.

«Se è perfido, dopo il primo turno dimmelo e lo licenzierò in tronco. Non porrò domande. Nemmeno una.» Karlie mi costrinse a stringerle la mano per un patto unilaterale. «Hai la mia parola. So che pensi io sia attratta dalle celebrità, ma per me lui è solo un compagno di università che cerca di guadagnare qualche soldo in più. Sto affogando nello studio e una volta finito quest'anno il tirocinio occuperà un posto in prima fila nella mia vita. Ho bisogno di un sostituto. Ora puoi smetterla di tenere il broncio?»

Purtroppo, Karlie aveva ragione. Tecnicamente West non mi aveva fatto un torto. Anzi, mi aveva elargito una mancia spaziale e non l'aveva nemmeno rivoluta indietro.

«Va bene.»

Mi sorrise e mi girò di nuovo a fronteggiare la fila di persone che aspettavano i loro tacos.

«Ora sì che mi piaci. Presto, dimmi se riesci a scorgerlo nel parcheggio. Gli ho chiesto se volesse iniziare oggi, in modo da guardarmi lavorare alla griglia, però ha detto di avere degli impegni. È ancora nei paraggi?»

Allungai il collo e la assecondai con riluttanza. Lo individuai subito, era l'effetto collaterale del fatto che fosse venti centimetri più alto del resto dell'umanità. Stava appoggiato alla sua Ducati Monster M900 rossa del 2016, gli occhiali da sole Wayfarer inforcati.

Riconobbi la ragazza che era con lui, anche di spalle. Capelli corvini, lunghissime gambe abbronzate e i soliti shorts minuscoli che non avrebbero potuto coprire nemmeno una matita. Tess. Gli parlava in tono animato, scuotendo i capelli e ridacchiando. Probabilmente avevano passato la notte insieme. West non rispose a quello che gli diceva. Si voltò, le infilò un casco sopra la testa con un movimento brusco, glielo allacciò sotto il mento e saltò sulla motocicletta. Lei sgusciò sul sedile dietro di lui e gli avvolse le braccia intorno al busto.

Lui le prese una mano e se la mise sul pacco.

«Sì. Sta per cavalcare verso il tramonto, o verso la clinica per malattie veneree più vicina, insieme a Tess Davis.» Frantumai accidentalmente un taco croccante mentre i due sfrecciavano nel parcheggio e nuvole di polvere ricoprivano le loro figure.

Karlie esibì una smorfia. «Accalappia sempre i migliori, quella. Chissà chi si scoperà lui dopo.»

Speriamo solo la sua mano. Non vogliamo certo che il nostro pianeta venga popolato da mini-West.

Passai le cinque ore successive ad ascoltare Karlie che rifletteva sui gusti di West in fatto di donne, a servire i clienti e a ossessionarmi per la svolta disastrosa che aveva preso la mia vita.

Quando aprii la porta del furgoncino per andarmene, trovai un paio di scarpette da ballo sulle scale. Le raccolsi, accigliata. Erano più o meno della mia misura, nuove di zecca, anche se fuori dalla scatola. C'era un biglietto attaccato, scarabocchiato senza alcuna grazia.

Meglio iniziare a fare pratica.

«Ma che...?»

Mi tornarono in mente le parole che avevo pronunciato quella mattina.

«Le possibilità che tu venga a lavorare in questo furgone di tacos sono pari alle possibilità che io entri nel balletto del Bolshoi.»

West St. Claire era un burlone.

Sfortunatamente, avevo la sensazione che io sarei diventata l'oggetto preferito delle sue burle.

3

WEST

Bzzz.

Bzzzz.

Bzzzzzzzzz.

Il telefono vibrò sul comodino, cadde a terra e iniziò a girare in tondo sobbalzando come un insetto rovesciato sulla schiena.

Mi chinai e lo raccolsi, poi lasciai scorrere il dito sullo schermo per disattivare la sveglia. Un grido soffocato mi trafisse il timpano.

«Tesoro? Sei tu? Larry! Vieni qui! Ha risposto.»

Che vita di merda.

Ero fuori combattimento da dieci ore, quindi non mi ricordavo che il maledetto suono monotono della sveglia era lo stesso della fottuta suoneria.

Per una frazione di secondo, accarezzai l'idea di riattaccare, poi pensai che per quella settimana avevo già toccato il fondo della stronzaggine quando il giorno prima avevo mangiato tutto il cibo precotto per atleti di East. Mi morsi il pugno fino a farlo quasi sanguinare e mi portai il telefono all'orecchio.

Ecco a voi Nullità e quel coglione di suo cugino, Disastro.

«Mamma.»

«Ehi! Ciao!» gridò disperata mia madre. «Westie, non riesco a credere che tu mi abbia risposto.»

Benvenuta nel club, cazzo.

«Come va?» Rotolai sul materasso e mi sedetti sul bordo del letto. L'orologio sul comodino segnava le due del pomeriggio. Diceva anche che ero un completo, maledetto idiota che aveva di nuovo dormito fino a tardi. Il giorno della laurea si avvicinava e sapevo che sarei uscito dalla Sheridan con il mio inutile pezzo di carta, ma sarebbe stato bello almeno fingere che me ne fregasse qualcosa.

«Niente, tesoro! Voglio dire, va tutto bene. Va bene. Volevamo solo salutarti. E capire come stavi. Easton ci aggiorna sempre, però adoriamo sentire la tua voce.»

«È lui?» Mio padre tirò su col naso in sottofondo. Sentii un trambusto. Delle cose che cadevano da un tavolo. Erano agitatissimi. Il senso di colpa prese il sopravvento, seguito dal suo fedele amico, il rimorso. «Lascia che ci parli. Westie? Ci sei?»

«Papà. Ciao.»

«È bello sentirti, figliolo.»

Infilai i piedi negli stivali Blundstone che avevo sotto il letto e trascinai il culo in bagno. Pisciai e mi lavai i denti con in sottofondo mio padre, il quale attaccava a raccontarmi che il tizio che gli aveva promesso di aiutarlo a fertilizzare il terreno non era ancora tornato dal Wyoming e quindi di conseguenza aveva perso un altro contratto. Capii il sottinteso: dovevo inviare altri soldi prima che gli staccassero l'elettricità.

Il forte senso di colpa che avevo provato un secondo prima si trasformò in torpore.

«Immagino che le banche non siano le tue più grandi fan.» Sputai dentifricio alla menta misto ad acqua nel lavandino e mi sciacquai la faccia. Non mi guardai allo specchio. Non succedeva da anni, perché iniziare adesso?

«Oh, be', insomma... le cose non vanno benissimo. Tuttavia...»

Non lo lasciai finire.

«Vi manderò del denaro entro la fine della giornata. Ci sentiamo presto. Ciao.»

Riattaccai proprio quando stava per dire qualcosa. Afferrai le chiavi, saltai sulla Ducati e trascinai il culo in facoltà. Otto minuti dopo, entrai a grandi passi nella Lawrence Hall, per sentire la lezione delle due e mezza sul management dello sport.

Ero di nuovo in ritardo, il che non sorprese nessuno.

Per fortuna, il professor Addams (scritto con due D, che facevano pendant con i suoi pettorali flaccidi) era impegnato ad armeggiare con quel magico oggetto chiamato iPad. Teneva la testa bassa e aggrediva il display con dita unte, nel tentativo di far comparire la sua presentazione sullo schermo bianco dietro di lui. Sgusciai in fondo all'aula, infilandomi tra Reign e East. La presentazione di Addams finalmente apparve e il professore emise una risatina, tutto sollevato.

«Che si dice?» Reign mi salutò battendo il pugno sul mio. Stava pomiciando con una ragazza mai vista prima. La tipa gli divorava il collo e lui le teneva la mano sotto la gonna.

East mi diede un colpetto sulla nuca. «Di nuovo in ritardo. A proposito, grazie per aver mangiato tutte le mie provviste.»

«È stato un piacere.»

Lo era stato davvero.

«Non osare provarci di nuovo.»

«Sai che non rifiuto mai una sfida.»

Tutti avevano tirato fuori il portatile o il notebook. Tranne me. Io non portavo mai lo zaino. Mi presentavo saltuariamente a lezione, ci andavo solo quando il rischio di perdere un semestre diventava reale. La voce del professor Addams si levò dalle viscere dell'aula.

«Signor St. Claire, vedo che ha deciso di onorarci finalmente della sua presenza.»

Lo fissai impassibile, rifiutandomi di lanciargli un osso.

La ragazza seduta accanto a Reign ebbe il buon senso di togliersi la mano di questi da sotto la gonna quando tutti gli occhi saettarono su di noi.

Addams appoggiò i grossi fianchi contro la scrivania, e mugugnando si spinse gli occhiali sul naso.

«Mi dica, signor St. Claire, è interessato almeno vagamente a ricevere un'istruzione superiore?»

A essere sincero, no. Però quel posto infernale era abbastanza lontano dal Maine da consentirmi di stare nascosto e fare quello che dovevo per evitare che la mia famiglia andasse in bancarotta.

«Risponda con parole sue» mi ordinò in tono sprezzante. «Sa formulare una frase completa, vero?»

Io sorrisi. Non mi lasciavo turbare facilmente. Era parte dell'essere insensibile nei confronti di tutto e tutti. Le persone non potevano toccarmi neanche se ci provavano.

E ci provavano. Spesso.

«Cercare di prendere una laurea sembrava un'ottima scusa per lasciare la topaia in cui vivevo, e la Sheridan è abbastanza a buon mercato per i fuori sede. Ancora non si capisce dove vada a pescare il personale docente, però.» Mi appoggiai con le spalle allo schienale e incrociai le braccia sui pettorali.

«Ben detto!» Qualcuno ridacchiò.

«Porca puttana» esclamò un altro studente. «St. Claire spacca culi sul ring e fuori.»

La gente scoppiò a ridere in ogni angolo dell'aula. Il professor Addams restò a bocca aperta e diventò fucsia sulle guance. Gli ci volle un minuto buono per riprendersi.

«Dammi un solo motivo per cui dovresti passarla liscia dopo quello che mi hai appena detto.»

«Per esempio, il fatto di sapere che lei è stato trasferito qui da un'università della Ivy League in circostanze misteriose, su cui nessuno si è preoccupato di indagare. Indovini un po'?» Aprii le braccia in modo teatrale. «Io ho tutto il tempo del mondo. Che gliene pare di questa come frase completa, professor Addams?»

«*Puff.*» Reign alzò il braccio in aria e aprì il palmo, come per lasciar cadere un microfono.

«Pazzo scatenato.» East ridacchiò.

«Pensi di essere molto intelligente, West St. Claire, non è vero?» Addams sbuffò.

«Mi punisca oppure vada avanti. La sta tirando troppo per le lunghe.» Sbadigliai.

Il professore tornò alla sua presentazione, scuotendo la testa. *Idiota.*

Mezz'ora dopo, uscii dall'aula. Reign aveva il braccio intorno alle spalle della ragazza senza nome, e East scrollava lo schermo del telefono, probabilmente cercava di decidere con chi uscire quella sera. Decisi di sganciare la bomba. Tanto non ci sarebbe mai stato un buon momento per una notizia del genere.

«Comincio a lavorare al Taco Truck domani.»

Tecnicamente, avevo già iniziato. Quella Karlie nel pomeriggio mi avrebbe insegnato a usare la griglia.

All'inizio non ci fu alcuna reazione. Visto che non approfondii la questione, perché mi sembrava che non ci fosse un cazzo da aggiungere, Reign iniziò a ridere a crepapelle.

«Ehm, che cazzo combini?»

«Sono a corto di soldi.»

«Non tiri su abbastanza grana dai combattimenti?» Arricciò il naso. Reign non aveva preoccupazioni finanziarie. Quando non giocava a football, rincorreva la fica. Il college per lui era un susseguirsi di feste e partite, con scopate e gravidanze scampate sparse qua e là a procurare immediato sollievo. Io, invece, ero impegnato a saldare i debiti dei miei genitori, a pagare la mia istruzione *e* a mettere da parte i soldi per non dover tornare a casa una volta laureato.

La tizia senza nome sussultò. «Non ha senso. Tutti dicono che sei ricco sfondato.» Non replicai. Lasciarsi chiavare da uno dei miei amici stronzi non la rendeva una contabile certificata.

«Fai quello che devi fare, amico. Se posso esserti di aiuto, dimmelo.» East si mise il borsone in spalla e chiuse l'argomento.

«Forse ha una cotta per Toastie» rifletté Reign. «Ed è in cerca di un margine di manovra. Insomma, se le metti un cuscino in faccia, è sexy.»

«La ragazza ustionata?» La tipa ignota si portò una mano al petto. «Non è tragico? Una mia compagna di confraternita la conosce dal liceo. Era nelle cheerleader e recitava, prima di diventare così. Era anche molto carina.»

Ero sicurissimo che a un certo punto della mia vita avrei spezzato i denti a Reign. Era un perfido bastardo e provocava continuamente le persone. Si inventava qualsiasi cosa pur di far ridere quegli idioti dei suoi amici. Anche la sua capacità di scegliere le ragazze con cui accompagnarsi lasciava molto a desiderare.

Reign ridacchiò.

«Sul serio, amico, stai zitto.» Easton lo afferrò per il colletto e lo scagliò quasi contro il muro.

Raggiungemmo la doppia porta dell'ingresso principale e ci separammo. Reign e East avevano l'allenamento e la tizia senza nome se ne andò, probabilmente aveva una delle sue tante cazzate di cui occuparsi. Stavo per uscire, quando sentii delle urla provenire da una porta socchiusa lì vicino.

«Al fuoco! Al fuoco!»

Filtravano dall'auditorium provvisorio, dove in quei giorni gli studenti di teatro e arte dello spettacolo erano impegnati nelle prove in attesa che costruissero un teatro nuovo di zecca nel campus.

Mi precipitai alla soglia.

In effetti, stavano solo provando. *Meno male.*

La porta era socchiusa, mi invitava quasi a dare un'occhiata. Non che avessi di meglio da fare. Avevo un buco di mezz'ora da riempire prima di incontrare Karlie al furgone.

Appoggiai una spalla allo stipite e incrociai le braccia. Sul palco c'era Tess, indossava una camicia da notte sopra un pancione finto, aveva i capelli raccolti, e correva verso l'altro angolo del palcoscenico, producendo un suono lamentoso che avrebbe potuto assordare una balena.

Un altro coglione del gruppo di teatro la inseguiva nei panni del marito violento, con una sigaretta appesa all'angolo della bocca serrata. Provava a emulare l'accento del Sud, ma sembrava solo che avesse delle vesciche sulla lingua grandi come le mie palle. Non sapevo niente di teatro, però sapevo riconoscere quelli che recitavano di merda quando mi colpivano in faccia come una pala. Nulla da dire su Tess, era brava a letto, tuttavia mi sarei bevuto la teoria della cospirazione secondo cui Hitler non era morto e viveva con il rapper 2PAC – al diavolo la logica e la matematica – piuttosto che credere alla loro recita.

I miei occhi vagarono per l'auditorium. C'era la ragazza bionda dei tacos. Greer o Gail o come si chiamava. *Toastie*. Notai la parte posteriore della sua testa. Era seduta in una delle ultime file. Le scarpe FILA bianche erano appoggiate sullo schienale di fronte a lei. Le lunghe gambe erano coperte dai jeans attillati sbiaditi. Aveva la stessa felpa con il cappuccio rosa e lo stesso cappellino grigio che le avevo visto sfoggiare al camioncino. I lunghi capelli dorati le ricadevano sulla schiena e sulle spalle, regalandole un aspetto da angelo gotico.

Reign era perspicace quanto una lattina di carne in scatola, però non era andato fuori strada. Greer o Gail era scopabile alla grande. Non che volessi toccarla. Non era per via della sua faccia. Il tessuto cicatriziale non mi aveva mai dato fastidito: il mio cuore era fatto al 100% di quella merda. Ma aveva un caratteraccio delle dimensioni del Mississippi, e io seguivo una rigorosa politica che non prevedeva di scopare con le stronze.

Le avevo lasciato le scarpette da ballo per dirle un piccolo "vaffanculo". Onestamente, non avevo idea di cosa stessi cercando di comunicarle con quelle scarpe. Mi ero sentito un idiota quando le avevo comprate, e anche peggio dopo che le avevo lasciate sulle scalette del camioncino. Amen. Chi se ne fregava se era stato da stupidi metterle lì? Non era un tentativo di corteggiamento.

Il regista dello spettacolo, Cruz Finlay – un altro studente convinto che indossare un berretto e una sciarpa nonostante il caldo del Texas lo facesse sembrare un artista, invece che un completo deficiente – chiese agli attori di ricominciare la scena da capo. Mi addentrai nella sala in modo da poter guardare indisturbato la faccia di Greer o Gail o come si chiamava. Tutto quel parlare della sua cicatrice, e io l'avevo a malapena vista, ma lei era così imbarazzata che ero propenso a credere che fosse evidente.

Osservavo solo il lato destro del suo viso. Il cosiddetto lato "normale". Teneva gli occhi incollati al palco. Pronunciava tutte le parole insieme agli attori, sia le battute di Tess che quelle del tizio. La cosa pazzesca era che loro leggevano il copione, e invece lei sapeva tutto a memoria.

Era abbastanza ovvio che Greer o Gail avesse la smania per la recitazione, anche se dubitavo che le avrebbe dato sfogo. Non ci voleva un genio per capire che era intrappolata nel suo vittimismo.

«*Non voglio il realismo. Voglio la magia*» disse a fior di labbra Greer o Gail, facendo eco a una terza attrice sul palco, ed ebbi la sensazione che quella battuta le si addicesse più di ogni altra in quell'opera teatrale. Sembrava estremamente incazzata per la sua condizione.

Ero così affascinato da Greer o Gail che recitava un intero copione senza che nessuno se ne accorgesse, o almeno si rendesse conto che era lì nell'auditorium, che mi ci volle qualche minuto per notare che le prove erano finite.

«Prime prove generali concluse, ed è stato un totale disastro. Domani. Stesso posto. Stessa ora. Dio.» Finlay alzò le mani, scrutò il soffitto come se il Signore Onnipotente non avesse niente di meglio di cui occuparsi che guardare quella porcheria. «Dammi degli attori.»

O un pugno in faccia, pensai. *Puoi anche dargli un pugno in faccia e nessuno ti biasimerà, nemmeno i suoi genitori.*

«West!» gridò Tess, e saltò giù dal palco per correre alla porta. Si tolse la pancia finta e la lasciò su uno dei sedili, senza rallentare il passo. Il mio atteggiamento era rilassato, indolente e imperturbabile. Gli occhi di tutti erano puntati su di me. Tess si comportava come se fossi appena tornato da una missione in Iraq. Greer o Gail girò la testa. I nostri sguardi si incontrarono quando Tess mi abbracciò e prese a disseminare baci sul mio collo e sulle mie guance.

Avevo detto a Tess che una sola scopata era l'unica cosa che potevo darle, e quel finesettimana avevamo avuto il nostro primo e ultimo momento di gloria. Lei aveva detto che capiva, ma le donne di rado lo capivano davvero. Me la staccai di dosso e mi annotai mentalmente di ricordarle che non stavamo insieme.

Greer o Gail non reagì mentre ci guardava, tuttavia non smetteva nemmeno di fissarci. Il suo volto era impassibile. Gli occhi erano di una sfumatura di azzurro che non avevo mai visto se non sui dipinti psichedelici. Pallido e artico, come un fiocco di neve. Avevo la sensazione che si permettesse di guardarci perché era abituata a non essere notata da nessuno.

Be', io l'avevo notata invece.

Avevo notato che ci studiava, porca puttana.

Le chiesi con lo sguardo: *Hai trovato le scarpette da ballo?*

Lei rispose con il suo: *Crepa, stronzo.*

Magari avevo parafrasato, in ogni caso, qualunque cosa stessero dicendo i suoi occhi, conteneva un insulto.

Greer o Gail girò la testa in direzione del palco vuoto e rimise i piedi sullo schienale di fronte. Stavo per avvicinarmi e domandarle che diavolo di problema avesse, quando il telefono iniziò a squillarmi dentro la tasca, proprio mentre Tess cercava di trascinarmi nell'auditorium, blaterando qualcosa sul suo ruolo nello spettacolo.

Presi il telefono dalla tasca posteriore dei pantaloni.

Mamma.

Cosa? Due volte in un giorno? Premetti su Rifiuta, mi voltai e mi diressi alla mia moto senza dire una parola. Tess sapeva che era meglio non seguirmi. Entrai nell'app della banca e trasferii tutti i soldi che avevo sul conto direttamente ai miei genitori, prima di andare all'appuntamento con Karlie.

Avrei campato di ramen per le successive due settimane. Non sarebbe stata né la prima né l'ultima volta.

Per tutto il tragitto provai risentimento nei confronti dei miei genitori, per Tess, per Reign, per il professor Addams e persino per Greer o Gail o Genevieve.

E a ogni curva la tentazione di inclinarmi da un lato, di buttarmi giù dalla moto, di deviare verso un dirupo era lì, a graffiarmi le viscere.

Una parte di me voleva ancora morire.

Smettere di esistere.

Smettere di occuparsi dei miei genitori.

Smettere di fingere che quella esperienza universitaria contasse qualcosa.

Ero solo diventato molto bravo a nasconderlo.

Anche se mi costava parecchio.

4

GRACE

«Grace, cara, dobbiamo parlare.»

La professoressa McGraw bevve un sorso di caffè dalla sua tazza con la scritta *Mangia. Dormi. Recita.* Era il giorno dopo la nostra prima prova generale ed ero sgusciata nel suo ufficio, la testa bassa, le spalle curve, pronta per il verdetto. Lasciai cadere il mio zaino JanSport con la fenice sotto la sua scrivania e le rivolsi il sorriso più innocente che riuscii a esibire, come se non sapessi perché ero lì.

Lo *sapevo*, invece.

«Siediti.» Indicò la sedia di fronte a sé. Mi accomodai. La professoressa McGraw era una rossa slanciata sulla cinquantina con eccentrici occhiali da lettura a pois e vestiti in stile anni Cinquanta. La adoravo e volevo credere che anche io piacessi a lei. Ero sicuramente tra i suoi studenti più appassionati. I miei voti nella parte teorica erano ottimi, ero sempre felice di restare qualche ora in più per rimettere tutto in ordine dopo le prove e il mio amore per il teatro era sincero.

Cominciò a sfogliare una pila di documenti sparsi sulla scrivania, leccandosi il pollice ogni volta che separava le pagine. Il suo ufficio era pieno di poster delle produzioni allestite dalla Sheridan University nel corso degli anni. L'università era famosa perché portava in scena i classici e attirava persone dalle città vicine. I proventi andavano al consiglio comunale e venivano utilizzati per migliorare le strutture del college. Una fitta di gelosia mi trafisse il petto quando esaminai i vari poster mentre lei cercava quello che voleva mostrarmi.

Il fantasma dell'Opera.

Chicago.

Il buio oltre la siepe.

Mi venne l'acquolina in bocca nel fissare le foto degli attori e delle attrici che sorridevano all'orizzonte, nel bel mezzo di un atto.

Sembravano elettrici.

Incandescenti.

Felici.

La voce della professoressa McGraw trafisse la nuvola verde di invidia che mi circondava. Batté con l'unghia su un pezzo di carta. «Ecco. Stavo guardando la lista degli attori di *Un tram che si chiama Desiderio*. Ho notato che il tuo nome non c'era da nessuna parte. Ti va di spiegarmi il motivo?»

«Oh. Sì. Certo.» Mi spostai sulla sedia. Gli attori dei manifesti mi fissavano tutti. I loro sguardi critici mi bruciavano la pelle. «Lauren interpreta Blanche e Tess sarà Stella. Le altre parti minori sono state assegnate proprio nei giorni in cui avevo portato mia nonna ad Austin per un elettrocardiogramma. Mi sono candidata come addetta alle scenografie e assistente del direttore di scena. Sono due ruoli.» Alzai due dita, come se lei non sapesse contare.

La professoressa McGraw si tolse gli occhiali da lettura, chiuse gli occhi e si massaggiò la radice del naso. «Ne abbiamo discusso, Grace. Non posso più piegare le regole per te. Ogni studente è tenuto a salire su quel palco e dimostrarmi di che pasta è fatto.»

«Sì, professoressa. Però speravo...»

«Capisco la tua situazione e in questi due anni ho cercato di venirti incontro, ma la parte di recitazione *pratica* è imprescindibile se vuoi laurearti in Teatro e arti dello spettacolo. Non sei mai salita sul palco da quando hai iniziato a studiare qui. Mostrare le tue abilità di attrice è obbligatorio, non facoltativo. Nessuno si aspetta che tu sia Meryl Streep, però devi mostrarci qualcosa. Non voglio che tu perda il semestre, ma temo che se non interpreti un vero ruolo nello spettacolo, potrebbe succedere.»

«Il cast è già stato scelto.»

«Chiedi a Cruz Finlay di inserirti.»

«Qualcun altro perderà la parte» sostenni.

«Qualcun altro non corre il rischio di giocarsi l'ultimo semestre quest'anno» ribatté lei.

Sapevo che la professoressa McGraw aveva ragione. Tutti gli altri studenti del secondo anno di Teatro e arti dello spettacolo avevano già messo in luce le loro doti di attori. Io no. L'anno successivo avrei iniziato il terzo e non avevo ancora calcato il palcoscenico. Le mie gambe non mi portavano oltre la soglia dell'auditorium nei giorni delle audizioni. Ci avevo provato, e avevo sempre finito per vomitare anche l'anima in bagno o per avere epici crolli emotivi nel mio pick-up.

Quel nuovo allestimento non aveva nulla di diverso. Volevo partecipare. Lo volevo davvero. Ma, fisicamente, non potevo.

Non era che non fossi brava a recitare. Ero stata la star di tutte le produzioni scolastiche fino alla fatidica notte che aveva cambiato tutto. Il palco mi ricaricava e mi accendeva. Eppure, tornare lassù dopo quello che era successo equivaleva ad accettare la mia nuova faccia e presentarla al mondo, e io non ero ancora pronta. Anzi, pensavo che non lo sarei mai stata. E neanche mi importava. Non desideravo più diventare un'attrice. Quel sogno era finito nella spazzatura insieme a una parte del mio viso la notte in cui mi avevano portata in ospedale. Volevo lavorare in teatro, anche se in un ruolo che mi permettesse di restare nascosta nell'ombra.

Regista, produttrice, scenografa. Diavolo, sarei stata felice persino di lavorare al botteghino pur di stare vicino al palcoscenico ogni giorno.

«Professoressa McGraw, per favore.» Mi sfuggì un respiro affannoso, non riuscivo a riempire i polmoni. «Non è solo per la mia faccia. Ho anche altre questioni di cui occuparmi.»

La nonna se la stava passando male nelle ultime due settimane, anche se non intendevo gettarla nel calderone delle giustificazioni che avrei fornito per non essermi candidata a nessun ruolo nello spettacolo. Ero troppo impegnata a fare in modo che la nonna rimanesse viva e vegeta per concentrarmi sull'università.

«Per esempio?» La professoressa McGraw si sporse in avanti, le dita intrecciate.

«È... una cosa personale.»

«La vita è una cosa personale.» Mi sorrise. «Se vuoi un'altra proroga per il voto sulla parte pratica, avrò bisogno di sapere perché.»

Non riuscivo a parlarle della nonna. Del fatto che era paranoica, smemorata e bisognosa di cure costanti. Se avessi ammesso che la nonna aveva un problema serio sarei stata costretta ad ascoltare dei consigli non richiesti e io non volevo metterla in una casa di riposo. Inoltre, ritrarre come un ostacolo la donna che mi aveva cresciuta non mi piaceva.

Scossi la testa e infilai i pugni nelle tasche della felpa.

«Non importa. Non avrei dovuto dirle niente. Scusi.» Mi alzai, la sedia graffiò il pavimento con un suono stridulo che mi artigliò la gola.

«So che potrebbe essere costretta a bocciarmi questo semestre, professoressa McGraw. Ovviamente, rispetterò il suo giudizio a prescindere, ma spero di ottenere una proroga e di partecipare al prossimo spettacolo, il terzo anno. Me lo farà sapere?»

Lei mi fissò, gli occhi colmi di pietà. Ero sicura che fosse delusa da me. Sperava che quella conversazione mi avrebbe spinta ad agire.

«Va bene. Sei messa davvero *così* male?» La sua voce si ridusse a un sussurro.

Non ne ha idea.

Scossi la testa e chiusi gli occhi. Mi buttai lo zaino sopra la spalla e mi voltai per andarmene.

«Grace?»

Mi fermai, ancora di spalle alla professoressa McGraw.

«Qualunque sia il tuo viaggio, assicurati di avere qualcuno a cui appoggiarti quando le cose diventeranno difficili. Perché lo diventano sempre. Qualcuno che non sia tua nonna. Qualcuno che ti sei scelta, non un membro della famiglia. Qualcuno che si getterebbe nel fuoco per te.»

Mostrai un sorriso amaro. Conoscevo solo una persona che avrebbe fatto una cosa del genere.

Ed ero *io.*

West arrivò al furgoncino con cinque minuti di anticipo.

Ero sorpresa che si fosse presentato. Pensavo ancora che si trattasse di una specie di trappola.

Mi rifiutavo di accettare che quell'accordo fosse reale. Che non contenesse un secondo fine.

Vedendolo più da vicino rispetto a venerdì, quando era buio, notai che non era del tutto illeso. Aveva un labbro spaccato, un livido sull'occhio che stava per passare dal viola al verde e un brutto graffio lungo il collo. Sembrava che non dormisse da anni. Mi veniva quasi da ridere per quanto eravamo diversi.

Io avrei dato qualsiasi cosa per riavere indietro il mio viso immacolato, e invece lui faceva a botte ogni settimana e sfrecciava su una motocicletta, sfidando la sorte a portargli via il suo bell'aspetto.

Dato che ero già in paranoia per la nonna e per la professoressa McGraw, non avevo avuto il tempo di agitarmi a dovere per il fatto che avrei lavorato con St. Claire quella sera. Mi ero persino dimenticata di quelle stupide scarpette da ballo. Nel momento in cui la faccia di West spuntò dalla porta aperta del camioncino, mi arrotolai la manica destra della felpa fino al gomito e indicai con il mento una pila di scatoloni che aspettavano fuori, poi iniziai a tagliare i peperoni a strisce sottili.

«Ti dispiace portare quelli dentro e sballare la merce?» Non mi presi neanche la briga di guardarlo.

Invece di commentare la mia scortesia, o di dare il buon esempio e presentarsi come si doveva, West sollevò una alla volta le pesanti scatole impilate l'una sull'altra come se contenessero aria e non oltre venti chili di guacamole, limoni e pesce. Sistemò tutto nel frigo sotto il bancone.

Preparammo gli ingredienti in silenzio, con lui che seguiva le mie precise istruzioni.

Una volta finite le preparazioni, West accese la griglia e iniziò ad arrostire pesce e peperoni come se lo avesse fatto per tutta la vita. I suoi movimenti erano rilassati e pigri, come quelli di una pantera. Era a suo agio in quel piccolo camioncino da street food, nonostante la propria stazza. Cercai di essere più invisibile che potevo e rimasi piantata nel mio angolino. Mi resi conto che non mi ritrovavo sola con un ragazzo attraente in uno spazio ristretto da quando avevo sedici anni e che mi era mancata quella piacevole elettricità statica che aleggiava nell'aria quando succedeva.

West si accaparrava tutto lo spazio. Era ovunque, anche quando si trovava dall'altra parte del furgone.

A giudicare da come era andata la preparazione degli ingredienti, non sembrava che avesse intenzione di infliggermi i nove gironi dell'Inferno di Dante ma, se invece ce l'aveva, stava eseguendo un lavoro decisamente pessimo.

Aprimmo al pubblico e servimmo i clienti che arrivavano, principalmente studenti delle superiori e dell'università che tornavano dalle lezioni pomeridiane e dagli allenamenti, e alcune mamme lavoratrici che avevano deciso di non cucinare a cena. Non scambiavamo una parola, a parte quando io gli chiedevo di fare delle cose e lui chiedeva a me dove fossero certi ingredienti, entrambi con il tono più asciutto e meno amichevole che riuscivamo a usare.

West lavorava sodo, non si lamentava mai e, a parte il fatto che mi mancavano Karlie e i suoi quiz sugli anni Novanta, lavorare al suo fianco stava risultando relativamente indolore.

«La morte per troppo sudore esiste?» biascicò West dopo ore di silenzio radio. Afferrò l'orlo della maglietta e lo usò per asciugarsi la fronte.

Tutto il mio corpo sussultò al suono della sua voce, come se mi avesse colpita. Ero così abituata a indossare la felpa rosa oversize con quel clima, che ormai non badavo più alla temperatura.

«Può essere.» Riflettei sulla domanda. «Mi viene in mente la disidratazione.»

«Niente aria condizionata?» Girò una serie di filetti di pesce sul grill, e li mantenne perfettamente integri e dorati.

Scossi la testa. «Per riparare il vecchio condizionatore integrato nel furgone ci vogliono migliaia di dollari, e la signora Contreras dice che non ne vale la pena perché il portellone è sempre aperto, quindi il freddo esce. Preferisce pagarci un po' di più del salario minimo.»

«Be', io preferisco non morire. Ribelliamoci.»

Sul serio? Era arrivato da mezzo secondo e già cercava di apportare cambiamenti?

«C'è un detto in Texas, St. Claire. Non perdere mai una buona occasione per stare zitto. Ti suggerisco di metterlo subito in pratica.»

«Grazie per il consiglio. Mi assicurerò di gettarlo nella spazzatura prima di uscire. E tu indossi pure una *felpa con il cappuccio*.» Si voltò verso di me per la prima volta da quando aveva attaccato il turno. «Sei fuori di testa?»

«Non ho caldo.»

«Bugiarda, oltre che permalosa. Pacchetto completo, eh?»

C'era la possibilità che dalla sua bocca uscisse qualcosa di non offensivo? Avevo la sensazione che, se avessi reagito, avrebbe detto qualcosa di irripetibile solo per principio.

«Okay. Va bene. Ho un po' caldo, comunque indosso felpe con cappuccio da anni e questo non ha mai influenzato minimamente il mio lavoro qui. Non è colpa mia se sono brava con le mani» sbuffai.

«Anch'io sono bravo con le mani.» Inarcò un sopracciglio, s'infilò nell'angolo della bocca un bastoncino di zucchero verde mela che aveva tirato fuori dal nulla e sorrise. «Solo che le cose in cui sono bravo non risultano molto appropriate da inserire sul curriculum.»

Mi porse un altro dei suoi bastoncini che aveva sfilato dalla tasca posteriore dei pantaloni. Io scossi la testa, che, tra l'altro, era dolorosamente vicina a esplodere per via delle allusioni sessuali che mi stava lanciando.

Stava cercando di innervosirmi, prendeva in giro Toastie comportandosi come se lei avesse qualche chance. *Lascia credere alla ragazza ustionata che è sexy... sarà divertente.* Mi sembrava quasi di sentire lui e De La Salle che tramavano alle mie spalle come due super cattivi in un'elegante astronave, e accarezzavano due identici gatti neri.

«Abituati al caldo. Può solo peggiorare. A giugno ci tamponiamo il viso con impacchi di ghiaccio. Luglio e agosto sono un mix indistinto di mal di testa da canicola e pensieri suicidi. Ti suggerisco di andartene da qui prima delle vacanze estive.»

«Mi dispiace deluderti, ma rimarrò qui per l'estate. Meglio accumulare una bella scorta di ghiaccio e trovare lo sportello di ascolto locale per gli aspiranti suicidi.»

Sembrava professionale, secco e duro come il granito. Tuttavia, non pareva che intendesse uccidermi, il che era una buona notizia.

«È un peccato.»

«Non per me.» Roteò il bastoncino di zucchero in bocca, trascinando uno straccio fino alla sua postazione. Notai che teneva il suo spazio perfettamente pulito. «Casa mia è uno schifo.»

«Dov'è casa tua?» Sorseggiai la mia granita.

«Nel Maine.»

«Come mai non ci torni?»

«Non ci sono molti posti di lavoro disponibili a Culonia Creek.»

«Per favore, dimmi che è il vero nome della tua città.»

«Vorrei che lo fosse.» Si strofinò la mascella con le nocche e gettò lo strofinaccio sul bancone. «Sarebbe l'unica nota positiva.»

Distolsi di nuovo lo sguardo, a disagio per aver pensato che guadagnasse abbastanza con i combattimenti quando aveva chiesto il lavoro. Chi ero io per ricamare congetture sulla sua situazione finanziaria? Mi ero basata solo sulla sua reputazione di stronzo privilegiato, anche se mi infuriavo quando le persone giudicavano me solo in base a quello che si diceva in giro.

Entrammo in un momento di fiacca. La parentesi sonnolenta tra l'ora di cena e la fame chimica che veniva dopo le feste della confraternita.

La politica della signora Contreras era che non potevamo usare i nostri telefoni, a meno che non si trattasse di una chiamata d'emergenza; perciò, ignorarci a vicenda risultava piuttosto difficile, visto che eravamo l'unica fonte di intrattenimento l'uno per l'altra.

Pochi minuti dopo, West parlò di nuovo: «Ti dispiace se mi tolgo la maglietta?».

«Mmm, *cosa*?» Mi voltai con un'occhiataccia.

«Sto per trasformarmi in una pozzanghera, cazzo. Dubito che sarei di grande aiuto liquefatto.»

«Uh...» I miei occhi vagarono per il furgone. «Non sono sicura che spogliarsi sia la soluzione migliore. Per prima cosa, è altamente antigienico.»

«Non ho intenzione di tenere le pinze con i capezzoli» ribatté lui sarcastico. «A meno che non ci procuri altri clienti. In tal caso, sono disposto a provare.»

Emisi una risata sbalordita, isterica. Non volevo vedere i suoi capezzoli né qualsiasi altra parte di lui. Anzi, non volevo neanche ammettere che sotto i suoi vestiti ci fossero altre parti di quel corpo muscoloso e scultoreo. Era già abbastanza odioso che quell'essere impeccabile dovesse stare proprio davanti ai miei occhi per tutto il turno.

«Mi riferivo ai peli sul petto.»

Smettila di parlare del suo petto. Smettila di parlare in generale, Grace.

«Non ne ho neanche uno» ribatté lui con un falso accento texano che avrei trovato offensivo se non fosse stato così preciso. Prese l'orlo della maglietta scolorita e lo sollevò fino ai capezzoli scuri. Il suo corpo era liscio, abbronzato e senza peli. La sua tartaruga sembrava uscita da una pubblicità di biancheria intima di Armani. Avrei voluto seguire le creste dei suoi addominali con il dito, il che era del tutto inaspettato e assolutamente ridicolo.

Io non mi prendevo cotte per i ragazzi.

Non più, almeno.

«Verdetto finale?» Lasciò ricadere la maglietta, in attesa di una risposta.

Sentii che ero diventata bordeaux. Non volevo sembrare una nerd e una puritana. «No.»

«Mi correggo: finora sono stato educato. Adesso mi tolgo questa cazzo di maglia e, se devo essere sincero, dovresti imitarmi anche tu.»

Un secondo dopo, la maglietta di West era sparita e si scoprì che la sua tartaruga era accompagnata da pettorali definiti, vene sporgenti sulla cintura di Adone e il tipo di schiena che avresti voluto sposare. Si girò ad affrontare la griglia e riprese a lavorare. Aveva un livido giallo-violaceo sbiadito sulla parte bassa della schiena.

«Guarda un po', la Vergine Maria è ancora viva.» Sogghignò quando mi sorprese a fissarlo.

Mi schiarii la gola e distolsi lo sguardo.

Lui mi passò accanto e mi assestò una pacca sulla spalla con disinvoltura.

«Non preoccuparti, tesoro. Per farti rimanere incinta, dovremmo almeno tenerci per mano. Sei al sicuro con me.»

West St. Claire mi aveva toccato. *Di proposito.*

Avevo la gola inaspettatamente serrata, la naturalezza con cui aveva agito mi fece sentire per una frazione di secondo come la vecchia me. Non che di solito venissi bullizzata per via della cicatrice. Non in particolare.

In un certo senso, le reazioni delle persone erano la cosa peggiore. Le ragazze erano gentili con me in un modo falso, superficiale, della serie "va bene tutto, però non avviciniamoci troppo". Era ovvio che non erano più in competizione con me. I ragazzi mi ignoravano completamente. Li confondevo. Avevo ancora il fisico da cheerleader e i lunghi capelli biondi, tuttavia c'erano anche le cicatrici, e loro sapevano che qualunque cosa avessi sul lato sinistro della faccia continuava sotto i vestiti, fino alla fine del busto.

Dopo l'incendio, all'inizio in realtà avevo avuto l'audacia di tentare di fingere che fosse tutto normale. Di provare a stanare la fenice dal suo uovo con un martello. Andavo alle stesse feste, frequentavo le stesse persone. I miei coetanei avevano messo le cose in chiaro a velocità supersonica. Attraverso sussurri, risatine, smorfie e pettegolezzi. Il mio ragazzo di allora, Tucker, con cui avevo perso la verginità, aveva sottolineato il fatto che non ero più la stessa di prima rimpiazzandomi in quattro e quattr'otto con Rachelle Muir, una che volava alto come lui. Tutti erano evaporati dalla mia vita come il sudore sotto la felpa con il cappuccio. Le uniche persone che erano rimaste erano Karlie e Nonna Savvy.

«*Ciaoooo*» disse con una pronuncia strascicata una voce femminile fuori dal portellone. «C'è nessuno lì dentro?»

Sì, io e i miei folli pensieri da ex fighetta.

Mi affacciai all'apertura. C'erano quattro liceali con jeans tagliati, stivali da cowboy e cappelli abbinati. Ridacchiavano e si davano gomitate a vicenda, stringendosi i telefoni al petto. Una di loro ordinò una granita al Margarita, e le altre allungavano il collo per sbirciare alle mie spalle.

«È qui?» sussurrò una mentre versavo la bevanda.

«Sì, lo vedo. Oddio. *Oddio*, Kelly. È un figo da paura.»

Consegnai alla sciacquetta il resto e il bicchiere, tuttavia le adolescenti non si mossero.

«È senza maglia» sottolineò la più carina, Kelly, che aveva lunghi capelli castano-dorati e un piercing al capezzolo che si intravedeva sotto la maglietta bianca e corta, poi deglutì.

«Già.»

«Chiediglielo.»

«No, chiediglielo *tu*.»

«Mi prendi in giro? Tocca a te.»

«Abbiamo fatto una scommessa.»

«Zitta, hai detto che non hai paura!»

Il mio sguardo saettava tra l'una e l'altra. La voce che West St. Claire lavorava qui si era sparsa a macchia d'olio. Immaginai che quella sarebbe stata la norma da allora in poi. Orde di ammiratrici che bussavano alla nostra porta, pronte alla messinscena. *Oh, dici a me? Ho solo indossato un minuscolo bikini per venire a comprare un taco dopo essermi regalata una messa in piega professionale, niente di che.*

Non mi piaceva quel nuovo viavai, tuttavia c'era poco che potessi fare al riguardo e tecnicamente non era colpa di West.

«Posso aiutarvi?» Afferrai lo strofinaccio e pulii la mia postazione. Si spingevano l'un l'altra, come cuccioli che imparavano a giocare. Una di loro finalmente entrò in azione.

«Possiamo parlare con West, per favore?»

«Certo. West?» Mi voltai e gli accennai di avvicinarsi al portellone. Lui aggrottò la fronte però obbedì. A un tratto mi sentii ingiustamente possessiva mentre lui appoggiava i gomiti sul bancone e si sporgeva in avanti, e diedi un'altra occhiata a quel corpo e al tatuaggio sull'interno del braccio. Mi chiesi come Tess avesse trovato la forza di uscire dal suo letto.

Mi chiesi come fosse il sesso con West St. Claire, in generale.

E questo mi procurò una rabbia feroce, perché non potevo trovare West St. Claire attraente. Lui era tutto ciò che odiavo. Popolare, bello e con un brillante futuro davanti a sé. Solo perché era a corto di soldi non significava che avessimo qualcosa in comune. Lui si sarebbe librato nel cielo e sarebbe esploso come una supernova una volta lasciata questa piccola città del Texas, mentre io sarei stata come le ceneri che si sarebbe lasciato alle spalle: la polvere di stelle che scendeva lentamente sulla terra dopo il suo passaggio.

«Ciaaao, West.» Kelly lasciò scoppiettare la sua gomma da masticare, attorcigliandosi una ciocca di capelli intorno al dito. La mia ipotesi era che fosse una studentessa di terza superiore. La classica lolita. Mi ritirai nei meandri del furgone, qualcosa di pesante premeva contro il mio sterno. West poteva anche aver dimostrato di non essere male come collega, però sapevo che era pur sempre un idiota.

Le lanciò uno sguardo annoiato, in attesa della battuta seguente.

«Mia sorella mi ha detto che lavori qui. Sai consigliarmi qualcosa riguardo al menu?» Batté l'unghia fucsia sull'elenco.

«Sì» rispose lui in tono piatto. «Di leggerlo.»

Le sue amiche scoppiarono a ridere. Lei arrossì, appiattì le labbra e cercò di incassare l'umiliazione con dignità. West si passò una mano tra i capelli umidi. Ogni minimo movimento provocava la contrazione dei suoi muscoli.

«Ahi. Combatti stasera?»

La fissò come se le fossero appena spuntate un'altra mano e un paio di lucenti ali multicolori.

«Stavo solo scherzando. Non è venerdì!» Lei mise il broncio, si mordicchiò il labbro inferiore. «Max dice che il prossimo anno diventerai professionista. È vero?»

Lui non rispose. Sapevo che non lo avrebbe fatto. Non era bravo con le parole. West afferrò la mia granita, sputò il bastoncino di zucchero e succhiò dalla cannuccia come se gli appartenesse, poi iniziò a ritirarsi verso la griglia.

«Io... ehm...» La bella ragazza si passò una mano tra i riccioli stretti. La pressione sul mio sterno aumentò. Provare e fallire era l'essenza della distruzione dell'anima. Era esattamente il motivo per cui non volevo recitare in *Un tram che si chiama Desiderio*. E lei lo stava sperimentando proprio in quel momento. «Io e le mie amiche abbiamo fatto una scommessa. Ho detto loro che potevo convincerti a concedermi un giro sulla tua Ducati» confessò lei con una smorfia, preparandosi al rifiuto. West si bloccò, poi si voltò piano.

«Be', è una cosa stupida su cui scommettere.» Sorrise. All'improvviso, il suo tono assunse una cadenza diversa, da predatore. Come se la ragazza avesse finalmente commesso un passo falso e lui ora dovesse darle una raddrizzata. E si sarebbe goduto ogni minuto.

«Stavo solo pensando... cioè, speravo che, forse...»

Le amiche iniziarono a ridacchiare.

«Gli piacerebbe davvero!» intervenni io, e le rivolsi un sorriso smagliante. Non potevo sopportare di vederla così. Speravo che imparasse la lezione e non si rimettesse più in una situazione del genere, eppure non volevo neanche che se ne andasse con la coda tra le gambe.

West si girò a fronteggiarmi, l'espressione da annoiata in un lampo divenne furibonda.

Inarcò un sopracciglio folto. Potevo praticamente sentirlo pensare: *Che cazzo dici?*

Provai a comunicargli con la telepatia che doveva farlo. Per lei. Per *sé stesso*. La sua mascella squadrata si irrigidì. I suoi occhi si rabbuiarono. Non apprezzava la mia intromissione... e *neanche* le mie capacità telepatiche.

«Non sapevo che fossi il mio pappone, Berretto Grigio.»

Continuava a chiamarmi Vergine Maria e Berretto Grigio perché non aveva idea di quale fosse il mio nome. Il pensiero era deprimente, tuttavia sostenni il suo sguardo.

Non sapevo perché, ma il fatto che mi osservasse non era poi così orribile. Forse il motivo era che mi guardava dritto negli occhi, invece di lasciarsi distrarre dalla cicatrice.

«Dai, ha bisogno di salvare la faccia» sussurrai. La combinazione di "salvare" e "faccia" mi ribaltò lo stomaco.

West si voltò di nuovo verso la ragazza. Sembrava che lei stesse trattenendo il respiro.

«La risposta è no. L'umiliazione la offre la casa, così come la granita.» Le passò la *mia* granita. Strinsi i denti. La ragazza la prese e chinò la testa sconsolata.

«È perché ho diciassette anni?» domandò, cercando di mantenere un tono disinvolto e civettuolo.

«*Sedici*» la sua amica tossì nel pugno.

«No, è perché se accontento il tuo culo da minorenne, domani avrò cinquanta liceali in fila qui. Non posso permettermi la benzina, i guai o i papà incazzati. Per non parlare del fatto che a me non ne verrebbe nulla, dal momento che non vado con le lolite. Non sono Netflix. Non sono stato creato per intrattenerti. Ora sparisci.»

«Dai forse lezioni di galateo nel tempo libero?» brontolai, e con gli occhi chiusi premetti la parte posteriore della testa contro la parete del furgoncino.

West diede un calcio a una cassa sul pavimento, allontanandola dalla griglia.

«Dipende. Te ne serve qualcuna?»

Scossi la testa. «Sei stato terribilmente maleducato, St. Claire.»

«Sono il peggior incubo dei loro genitori, il motivo per cui i loro papà comprano mazze da baseball e installano serrature extra. Mi vedono come un animale esotico, una fase ribelle. Non sono un pony che possono cavalcare a turno» affermò sprezzante. Sembrava incredibilmente infervorato.

«Non è quello che si dice in giro» borbottai, gli occhi ancora serrati.

Ora ero io a lanciare allusioni sessuali? Cosa stavo dicendo e *perché* lo stavo dicendo? La sua reputazione non era affar mio. Senza contare che anche io stavo iniziando a pensarla come Karlie. Ero stata del tutto fuori luogo.

«Vuoi sapere cosa si dice in giro su di te?» mi schernì, anche se non con cattiveria. Aveva un tono impassibile. Privo di emozioni.

«No.»

«Bene, perché non sei abbastanza interessante per generare pettegolezzi.»

Girai il volto verso il portellone in modo che non mi vedesse arrossire, e lasciai cadere il discorso. Aveva ragione. Veniva trattato come un oggetto. Se fosse stato una donna, mi sarei offesa per lui. Ma visto che era un ragazzo, avevo dato per scontato che gli piacesse ricevere attenzioni. Gli dovevo anche delle scuse per averlo comandato a bacchetta. Per un sacco di cose, in realtà.

«Forse ho oltrepassato il limite» ammisi, dopo aver trascorso alcuni minuti a strofinare via distrattamente della lattuga dal bordo del bancone con una pezza.

Non replicò.

Pensai che non mi avesse sentito, o avesse scelto di non accettare le scuse, e invece alla fine parlò.

«Forse sono stato uno stronzo per quell'annuncio. Volevo solo il lavoro.»

Mi voltai nello stesso momento in cui lui mi lanciò un sorrisetto oltre la spalla.

Mi spaventava riconoscere che Karlie avesse azzeccato la diagnosi.

Che non volessi lavorare con lui perché ero intimidita.

Che il mondo mi spaventava al punto da non voler azzardare niente che mi costringesse a uscire anche solo di un passo fuori dalla mia comfort-zone.

«In realtà non so come ti chiami.» Spense la griglia e si lanciò uno strofinaccio sulla spalla.

«Grace.» Mi schiarii la gola. «Tu sei Warren, giusto?»

Ridacchiammo entrambi.

«Wallace» mi corresse.

«Giusto.»

Ci fu un attimo di silenzio, e poi...

«Tregua, Grace?» Mi porse il mignolo. La sua voce roca mi mandava i brividi lungo la schiena. Tutto il mio corpo tremava. Non poteva essere una cosa buona.

Agganciai il mignolo al suo, sentendomi sciocca e pericolosamente non infelice.

«Tregua.»

Quando salii sul pick-up, trovai un messaggio di Karlie sul telefono.

> **Karlie:** Allora? Devo licenziarlo?
> **Io:** Può restare.
> **Karlie:** LO SAPEVO. AMMETTILO. È SIMPATICO. SAPEVO CHE SAREBBE ANDATA BENE.

Pensai al suo scambio con le ragazze.

Non avrei definito West simpatico. Diavolo, non lo avrei definito nemmeno civilizzato.

Corretto, forse.

Io: È a posto.

Karlie: Ragazza, è a posto eccooome. Basta che non ti innamori di lui. Sarebbe un enorme cliché e lui è il tipo che ti spezza il cuore.

Io: Non devi preoccuparti di questo, non succederà mai a meno che io non rimanga vittima di un grave trauma cranico, seguito da una lunga commozione cerebrale. Com'è il carico di studio?

Karlie: Lascia stare. Come sta tua nonna?

Io: Sopravvive.

A malapena.

Appoggiai il telefono sul sedile del passeggero e chiusi gli occhi.

Quando li riaprii, vidi West dall'altra parte del parcheggio. Era seduto lì da solo sul marciapiede, il tramonto lo incorniciava accanto alla moto nei toni accesi dell'arancione, del rosso e del dorato. Masticava il suo terribile bastoncino di zucchero e fissava il vuoto con aria assente, immerso nei propri pensieri.

In quel momento, non sembrava il ragazzo più popolare del college.

Il dio del sesso.

Il pugile clandestino.

Sembrava il ragazzo più solo che avessi mai visto.

Dolce, confuso e smarrito.

E pensai, con amarezza, che lui non lo sapeva, ma dall'altra parte del parcheggio c'era una ragazza proprio uguale a lui.

5

GRACE

Le due settimane successive passarono in un lampo.

Tra il dare gli esami, frequentare lezioni a gogò e cercare di stare al passo con i compiti assegnati, avevo avuto a stento il tempo di respirare.

Avevo ignorato la richiesta della professoressa McGraw e non mi ero proposta per nessun ruolo da attrice in *Un tram che si chiama Desiderio*, e mi mangiavo le unghie fino alla carne a ogni prova perché temevo che da un momento all'altro potesse spalancare la porta e cacciarmi dal corso davanti a tutti. Questo, ovviamente, non era mai successo. La realtà era che la professoressa McGraw non mi aveva risposto quando le avevo chiesto di darmi un'altra proroga sulla recitazione pratica; quindi, si aspettava che chiedessi una parte a Cruz Finlay.

Cosa che non accadde.

Mi sentivo sospesa nel vuoto, come se avessi i piedi sull'ultimo centimetro di una scogliera e mi stessi preparando a cadere giù.

Il fatto che nonna fosse una peste non aiutava. Marla diceva che era più smemorata del solito. Che quando era con lei la riconosceva a stento e che era sempre di pessimo umore.

Incredibile ma vero, l'unica cosa che *non* era un totale disastro era lavorare con West. Certo, non saremmo diventati migliori amici o che so io. Da quando aveva iniziato i turni al Taco Truck, ondate di nuovi clienti avevano preso a bussare alla nostra porta. La situazione era diventata così insostenibile che avevamo dovuto mettere un cartello per informare le clienti che dovevano comprare qualcosa per potersi immortalare in un selfie con l'Onnipotente St. Claire.

E Karlie aveva ragione. Lo *facevano*.

Un paio di volte avevo dovuto chiamare la signora Contreras per chiedere altri ingredienti perché li avevamo finiti e ogni giorno avevamo a malapena il tempo di respirare, figuriamoci di intrattenerci in chiacchiere. In compenso, i turni passavano in fretta e quando tornavo a casa, mi doleva ogni osso del corpo.

West aveva lavorato senza maglietta per tutta la prima settimana. La seconda settimana portò un condizionatore portatile. Sembrava nuovo di zecca e molto costoso. Finse che non fosse stato un grosso problema per lui aver comprato (o *rubato*?) un condizionatore che probabilmente ci avrebbe salvato la vita. Lo sistemò proprio in mezzo a noi, lo accese al massimo e ci si piazzò accanto con disinvoltura. Quel giorno compresi che non tutti gli eroi sfoggiavano mantelli. Alcuni indossavano jeans Diesel sporchi, Blundstone e magliette che avevano visto giorni migliori.

Nonostante il mio inspiegabile bisogno di non piacergli, dovetti borbottare un veloce "grazie".

«Come, scusa?» Si mise la mano a coppa vicino all'orecchio, un luccichio malizioso gli illuminò gli occhi.

Accidenti a te, St. Claire.

«Ti ho detto grazie» mormorai sottovoce.

«Ah, prego. Ora puoi smetterla di lanciarmi sguardi lascivi. Mi sento già trattato come un oggetto.»

Mi fece ridere così tanto che emisi un grugnito orribile. Sapevamo entrambi che avevo evitato di guardare direttamente il suo torso nudo.

Gesù. Avevo grugnito. Di fronte a West St. Claire. La morte per umiliazione non era mai sembrata una possibilità così concreta.

«Scusa. Sembravo un maiale.» Mi coprii il viso con entrambe le mani.

Lui mi lanciò un pezzo di pesce.

«Se fossi un animale, quale saresti?»

«Una fenice» risposi, senza nemmeno pensarci. La mia mano andò subito all'anello con la fiamma spezzata e lo girò intorno al pollice. West annuì. Non sapevo perché, eppure in qualche modo avevo la sensazione che sapesse esattamente di cosa stessi parlando.

«Tu?» chiesi.

«Un koala. Potrei dormire tutto il giorno ed essere comunque carino da pazzi, quindi scopare non sarebbe un problema.»

«Ho sentito che i koala in realtà sono piuttosto feroci. E puzzolenti. E sono inclini a fare la cacca sulle persone.» Gli offrii la mia inutile conoscenza della fauna selvatica. Meno male che non stavo cercando di flirtare. Parlare con gli uomini sexy non era di sicuro il mio forte.

Lui ci rifletté. «Be', questo mi aumenta solo la voglia di essere un koala.»

A parte *questa* conversazione, in genere eravamo educati e professionali. Riguardo alla nostra convivenza nel furgone, avevo iniziato a pensare che fosse un po' come addentrarsi in uno strano seminterrato buio. Non c'era nessun motivo evidente per sospettare che mi sarei fatta male, ma era comunque spaventoso.

Non potevo trattenermi dal fissarlo ogni volta che notavo un nuovo bernoccolo o livido sul suo corpo. Non dicevo mai niente, però. E le poche volte che ci vedevamo al di fuori del lavoro, magari a mensa o sul prato vicino alla fontana, o al negozio di alimentari, ci limitavamo a salutarci con un cenno del capo per poi distogliere lo sguardo.

Due settimane e mezzo dopo che West e io avevamo iniziato a lavorare insieme, la mia vita andò in pezzi in modo eclatante, ricordandomi che la normalità non era nel mio destino, punto e basta.

Era sera tardi. Avevamo un turno inaspettatamente morto dopo il Westival (West Festival) delle ultime settimane. C'era una fiera di primavera due città più in là, e ogni singolo cittadino di Sheridan sembrava avesse voluto approfittare dell'occasione e andare fino a Foothill per godersi il rodeo, i popcorn stantii, lo zucchero filato, le giostre e i fiori di lupino.

Si vedevano i fuochi d'artificio oltre le scure dune gialle. West e io li guardavamo dal portellone del furgone con stupore infantile, l'uno di fianco all'altra. Il mio telefono squillò nella tasca della felpa. Controllai chi chiamava. Marla. Risposi, consapevole che non era tipo da interrompermi al lavoro a meno che non fosse una cosa importante. Voltai le spalle ai fuochi d'artificio e mi ritirai dentro lentamente, premendomi un dito sull'altro orecchio per poterla sentire nonostante i botti.

«Ehi, Marla.»

«Tesoro, non voglio che ti preoccupi troppo, però non riesco a trovare la vecchia cornacchia. Sono dieci minuti che la cerco, ma non credo che sia in casa.»

Marla parlava di nonna con sincero disprezzo, cosa che avevo imparato ad accettare.

Il respiro mi si fermò in gola. Mi appoggiai al frigorifero e sentii l'ansia risalirmi dalle dita dei piedi lungo il resto del corpo, come uno sciame di piccole formiche.

«Ti è sembrata lucida l'ultima volta che l'hai vista?»

«Oggi ha trascorso un sacco di tempo nella sua stanza, a imbellettarsi. Ho pensato che volesse andare alla fiera, così le ho lasciato fare le sue cose mentre pulivo la cucina e aspettavo che scendesse. La radio era accesa – sai com'è il suo udito – ed evidentemente non ho sentito quando ha aperto la porta d'ingresso. La mia macchina è ancora in garage, quindi non può essere andata lontano. Adesso vado a cercarla. Volevo solo metterti al corrente.»

«Grazie.» La mia voce era incrinata. Il panico mi pervase e mi si gelò il sangue. «Per favore, tienimi aggiornata.»

Terminai la chiamata e sbattei il telefono sul bancone, lasciando ciondolare la testa. Volevo urlare. Spaccare qualcosa. Inveire contro qualcuno.

Non di nuovo, nonna. Ci siamo già passate dozzine di volte.

Il trantran di cercarla ovunque, per poi trovarla a casa di un vicino o in centro che blaterava con qualcuno in modo incoerente, e portarla via scusandomi dal profondo del cuore mi logorava sempre.

Potevo sentire lo sguardo penetrante di West sulla schiena. Non diceva niente, però sapevo che mi stava osservando. Si presentarono un paio di clienti che chiesero tacos, nachos e granite, e West li servì, presidiando entrambe le nostre postazioni senza scomporsi.

Guardai di nuovo il telefono e mandai un messaggio a Marla.

Io: Dove può essere?
Io: Puoi controllare il capanno, per favore?
Io: Chiamo lo sceriffo Jones. Magari ha sentito qualcosa.

Composi il numero dello sceriffo Jones, mentre camminavo avanti e indietro.

«Grace?» Dal trambusto in sottofondo, si intuiva che era alla fiera con la famiglia.

«Sceriffo Jones? Scusi se la chiamo a quest'ora. Nonna Savvy è scomparsa di nuovo.»

«Quanto tempo è passato?»

«Ah, qualche ora.» Probabilmente anche meno, tuttavia sapevo che non avrebbe preso la faccenda sul serio se glielo avessi detto. La nonna scompariva spesso e veniva sempre ritrovata a due o tre chilometri da casa.

«Chiamo gli agenti. Grace,» esitò, prima di sospirare, «cerca di non preoccuparti troppo. È sempre così, no? La troveremo entro stasera.»

«Sì, sceriffo. Grazie mille.»

Riattaccai, le lacrime che mi bruciavano gli occhi. Come sempre, non le lasciai andare. Odiavo quella parte. Dover chiedere aiuto alle persone. Non potevo incolpare Marla. La nonna era sgattaiolata fuori di casa un sacco di volte anche quando si trovava sotto la mia sorveglianza.

Mi sedetti su una cassa capovolta e lasciai cadere il capo tra le mani.

«È una crisi di cui ti va di parlare o una crisi per cui non vuoi rompimenti di coglioni?» borbottò West sopra la mia testa. Sembrava più infastidito che preoccupato.

La prima.

«La seconda.»

«Allora fottiti.»

«Stronzo.»

«Fammi sapere se cambia qualcosa.»

«Cioè se smetti di essere stronzo? Campa cavallo.»

«Lascia stare il cavallo. Non ha fatto niente di male.» Si asciugò il sudore con l'orlo della maglietta, continuando a fissarmi con la coda dell'occhio. Ero una strana creatura fuori posto con cui non riusciva a decidere come comportarsi. Una femmina infelice.

«Non ce l'ho con il cavallo. Ce l'ho con *te*.»

«Ancora sarcastica. Questo è un buon segno.»

Dovevo andarmene di lì e cercare la nonna, però l'intera famiglia Contreras era alla fiera e anche se uno di loro fosse venuto a darmi il cambio, sarebbe arrivato quando il mio turno era già finito.

Erano passati trenta minuti e ancora non avevo notizie di nonna. Ero completamente fuori di testa quando West mi mise una mano sulla spalla. Era pesante, calda e stranamente rassicurante. Come se prima stessi fluttuando nell'aria, a diversi metri da terra, e ora lui mi avesse ancorata al suolo.

«Basta con quel cazzo di muso. Dammi le chiavi. Chiudo io e te le lascio nella cassetta della posta. Non so cos'è che ti sta facendo rodere il culo, però dovresti prendere in mano la situazione invece di stare a perdere tempo qui.»

Scossi la testa, poiché scoprii che tutto ciò di cui avevo bisogno per scoppiare in lacrime per la prima volta dopo la mia degenza in ospedale era che lui riconoscesse che qualcosa non andava. La gente aveva smesso di curarsi di me. A Sheridan, ero solo una statistica. Nonna matta, madre tossica. Ecco perché lo sceriffo Jones non aveva nemmeno tentato di fingere che avrebbe lasciato la fiera per aiutarmi a cercare la nonna.

Non importava niente a nessuno.

Lacrime calde e grosse mi rigarono il viso. Mi asciugai le guance con le maniche, inorridita di stare piangendo davanti a lui, e ancora più sconvolta dal fatto che probabilmente mi stavo togliendo il trucco.

West mi guardò con calma, incuriosito. Qualcosa nelle viscere mi diceva che non era abituato a consolare le donne. Di solito si intratteneva con loro quando erano opportunamente allegre e cercavano di soddisfarlo.

Negai con la testa. «Sto bene. Davvero. Mancano solo trenta minuti alla chiusura.»

«Appunto» mi incalzò. «Trenta minuti non sono niente. Sei stata utile come una suora in un bordello, dopo quella telefonata. Risparmiami la depressione e vattene da qui.»

Lo guardai dal basso della mia posizione. Sarebbe stato da irresponsabili prendere in considerazione la sua offerta? Sapevo che se Karlie e la signora Contreras fossero state a conoscenza della situazione, mi avrebbero detto, senz'altro, di lasciargli le chiavi del furgone, tuttavia, se qualcosa fosse andato storto...

West mi lesse nel pensiero e si lagnò. «Non combinerò niente di losco. Dammi il tuo indirizzo.»

Continuai a sbattere le palpebre.

Si morse l'interno della guancia, spazientito. «E non verrò nemmeno a cercarti nel cuore della notte.»

«Perché dovrei fidarmi di te?»

«Non dovresti» disse lui, a bruciapelo. «Avere fiducia vuol dire essere troppo ottimisti riguardo al genere umano, il che significa per definizione essere stupidi. Dovresti *credermi* perché rubare dalla cassa non mi porterebbe da nessuna parte. E perché questo è il Texas, e in casa tua ci sarà almeno uno stronzo con una pistola carica pronto a farmi saltare le cervella nel caso decidessi di entrare in camera tua dalla finestra senza essere invitato.»

Sembrava una follia consegnargli le chiavi. Lavorava lì da meno di un mese. Ma a mali estremi, estremi rimedi, e quello era decisamente un male estremo.

Dovevo trovare la nonna. Era già tardi, e più tempo passava, più poteva allontanarsi. Marla aveva ufficialmente terminato il turno e non era pagata abbastanza per andare anche in giro a tarda notte a cercarla.

«Va bene.» Presi un foglietto e scribacchiai l'indirizzo. «Lascia i soldi nella cassetta della posta di Karlie, poi riportami le chiavi. Ti devo un favore.»

Prese il foglietto, se lo infilò nella tasca posteriore dei jeans e aprì la porta con un calcio, spingendomi fuori in modo brusco.

Arrancai verso il mio pick-up Chevrolet, faticavo a controllare i miei arti che si agitavano.

Fu solo quando entrai nel garage che realizzai che giorno fosse. Nonno Freddie era morto esattamente dieci anni prima.

La nonna sapeva benissimo cosa stava facendo.

Dove stava andando.

Voleva trovare lui.

Al quinto giro dell'isolato, qualcuno lampeggiò ripetutamente con i fari dietro di me, segnalandomi di fermarmi. Io continuai a camminare, le braccia strette intorno alla pancia.

Avevo cercato la nonna in tutta Sheridan. Ero passata prima dal cimitero, poiché pensavo che avrebbe visitato la tomba di nonno Freddie. Poi ero andata in centro, dove avevo controllato il parco e chiamato la signora Serle dell'alimentari per chiederle se nonna fosse andata a trovarla. Ero stata da tutti i nostri vicini e dai nostri amici. Era come se la terra avesse spalancato le fauci e avesse inghiottito mia nonna in un sol boccone.

Sentii il rombo del motore di una motocicletta dietro di me. Pochi secondi dopo, West apparve alla mia sinistra in sella alla moto, e rallentò per mettersi al mio passo.

«Ti ho lasciato le chiavi nella cassetta della posta.» La voce era attutita dal casco nero. Fiamme rosse lo adornavano da entrambi i lati, e io strinsi l'anello che avevo al pollice esprimendo un desiderio, come mi aveva insegnato mia nonna.

Per favore, lascia che ti trovi.

L'aria calda mi bruciava i polmoni. La tentazione di accasciarmi sul marciapiede e ignorare tutti i miei problemi era forte.

«Grazie. Allora buonanotte, St. Claire.»

Lui non se ne andò, mi guardò nel suo modo indolente e sbarazzino. «La crisi è ancora in corso?»

La moto protestò con piccoli borbottii per il ritmo lento a cui West l'aveva costretta. Erano le dieci e mezzo. Ero sicura che avesse un sacco di posti dove andare e parecchie persone da vedere. Persone come Tess. Divertente, semplice, senza tutte le complicazioni che avevo io.

«La sto gestendo.»

«Non era questa la domanda.»

«Questa è la mia risposta, però.»

«Sei sempre così testarda, porca miseria?»

«Solo nei giorni che finiscono con la ì.»

Frenò e saltò giù dalla moto come una tigre, strappandosi il casco dalla testa. I suoi capelli troppo cresciuti erano umidi e appiccicati, lucide ciocche tagliate in modo disordinato che spuntavano in tutte le direzioni. Mi fermai perché era la cosa più educata da fare.

Una parte di me pensava che forse questa volta sarebbe stato diverso. Forse non l'avrei trovata, alla fine. Non avevo mai dovuto cercarla così a lungo. L'avevo sempre ritrovata in giro per Sheridan.

«Ora basta. Parla con me, Texas.»

«*Texas*?»

Mi aveva appena dato un soprannome o stavo ufficialmente perdendo la testa?

Lui scrollò le spalle.

«Dici cose da texana. Come *voialtri* e *subitissimo*. Poi spesso strascichi le parole come se la lingua inglese ti avesse fatto un torto personale.»

«Rendo omaggio al luogo da cui provengo, e allora?»

«Sei una ragazza di provincia che probabilmente nel tempo libero scuoia scoiattoli, seduta su una sedia a dondolo in veranda, a masticare tabacco. Ammettilo, Texas, tu sei... il *Texas*.»

«Non mi piace questo soprannome.»

«Chi se ne frega. Ti sta bene. Ora, dimmi cosa ti ha fatto sbroccare.»

Sospirai, avevo bisogno di sfogarmi. «Mia nonna è scomparsa. Stasera è uscita e non ha detto alla badante dove andava. Non è molto lucida e...» *Sta per farmi venire un infarto.* «È spessissimo soggetta a incidenti. Sto cercando di ritrovarla.»

«Vedi?»

«Che cosa?»

«*Spessissimo.*»

«Di tutto quello che ho detto, questa è l'unica parola che hai sentito?» Strinsi gli occhi per evitare di piangere. Mi veniva davvero *tanto* da piangere. In realtà piangere era in cima alla mia lista di cose da fare una volta trovata nonna.

Si infilò il casco sotto il braccio. «Dove potrebbe essere? Dammi qualche altro dettaglio.»

«Sono passati dieci anni esatti dalla morte di mio nonno, quindi ho pensato di provare a cercare nei soliti posti. Il ristorante dove lavoravano, il cimitero dov'è sepolto nonno, a casa dei loro vecchi amici...» Mi interruppi, sentendo gli occhi illuminarsi mentre mi si accendeva una lampadina. «Oh.»

«*Oh?*»

Lui mi guardò in faccia, in cerca di qualche indizio.

«La tavola calda vicino all'autostrada. Potrebbe essere andata lì. È dove si sono conosciuti. Lei lavorava alla cassa. Nonno Freddie stava alla griglia.»

«Non a torso nudo, suppongo.» Ridacchiò. Io ero così presa dalla folgorazione che avevo avuto, che non badai affatto alla coincidenza. Schioccai le dita.

«Il loro primo appuntamento. *Sì.*» Annuii. Mi aveva raccontato tutto. Erano rimasti dopo la fine del loro turno. Lei lo aveva trascinato dietro il bancone e lo aveva baciato fino a stordirlo. «Mia nonna può essere andata lì. Ma certo.»

«Meglio muovere il culo e andare a controllare, allora.»

«Buona idea.»

Mi voltai e mi incamminai verso casa per recuperare l'auto, poi mi fermai, sempre dando le spalle a West.

«*Merda.*»

«Mmm?» Potevo praticamente sentirlo sogghignare. Non si era mosso di un centimetro, sapeva di avermi in pugno.

«È fuori Sheridan, a circa quindici chilometri da qui. Stasera hanno chiuso la strada per la fiera. L'unico modo per raggiungerla è la vecchia strada sterrata, che non posso percorrere con il pick-up.»

Il mio Chevy aveva la mia età e, proprio come me, non era in ottime condizioni. Inoltre, quello era più un sentiero che una strada. Dubitavo che il mezzo riuscisse a passarci.

Anche percorrere a piedi il sentiero sterrato non era una grande idea. Era incastrato tra due campi di grano. C'erano linci rosse, coyote e ogni altro tipo di animale lì in giro.

«Prendiamo la moto.»

Guardai West con la coda dell'occhio.

«Da quando facciamo le cose insieme?» Mi girai sui talloni per vederlo in faccia, avevo un sopracciglio inarcato.

«Tu sai guidare una moto?»

«No.»

«Per questo ci andiamo insieme. Accidenti, Tex, sei una ragazza intelligente, ma in questo momento lasci molto a desiderare.»

Mi mise in mano il casco. Lo presi, anche se non accennai a infilarmelo sulla testa. Lo fissai, attonita. Aprii la bocca per rifiutare la sua folle, seppur tenera, offerta, quando lui alzò il palmo della mano per bloccarmi.

«Risparmiami le stronzate. Non sei nella posizione di rifiutare, e io di certo non sono abbastanza gentiluomo da insistere.»

«Sono sicura che hai cose migliori da fare per passare il tempo.»

«No, ho cose più *divertenti* da fare per passare il tempo» scherzò. «Però aiutare un'amica in difficoltà ha la precedenza.»

Un'amica.

Qualcosa nel modo in cui lo disse mi sciolse del tutto.

Mi sentivo debole.

Vulnerabile.

Odiavo che mi stesse offrendo il suo aiuto.

Se davvero volevamo imbarcarci in quella avventura, dovevo dargli un piccolo avvertimento.

«Mia nonna è... un personaggio» lo informai con cautela.

«Meno male, *cazzo*. Tutti gli altri in questa città sembrano patologicamente noiosi. Salta su.» Diede una pacca sul sedile di pelle della motocicletta.

«Hai un altro casco? Per te?»

West mi strappò il casco dalle mani, buttò per terra il mio berretto da baseball e mi infilò il casco sopra la testa con un movimento secco. Me lo allacciò sotto il mento e strinse il cinturino.

Salì sulla moto e mi indirizzò un cenno del capo.

«*Salta. Sulla. Cazzo. Di moto.*»

Mi ficcai velocemente il berretto nella tasca posteriore e abbassai la testa. Il casco era inaspettatamente pesante e mi premeva a morte le guance.

«Non voglio che tu guidi senza casco.»

Non volevo che rischiasse la vita per me. Tra gli incontri clandestini e la moto, sembrava che si stesse già portando avanti da solo per tentare di morire. Non aveva bisogno del mio aiuto.

Lui ignorò le mie parole, si massaggiò gli occhi e scosse la testa, chiaramente esasperato.

«Vieni qui prima che ti carichi sulla moto come un sacco di patate. Piccolo avvertimento: non sarò delicato.»

Mossi un passo nella sua direzione, sentendo che la mia risolutezza s'incrinava.

«E attenta alla vernice di Christina» ringhiò.

«Christina?»

«Si chiama come Christina Hendricks.» Accarezzò il fianco rosso lucido della moto con la mano ruvida. «Sono le mie due rosse preferite.»

«Per fortuna solo una è così stupida da lasciarsi cavalcare da te. E non ha sangue nelle vene» scherzai.

Fissò la mia testa coperta dal casco per un attimo prima di gettare la sua all'indietro e ridere con una gioia pura ed elettrizzante che mi riecheggiò nelle vene e mi mandò il sangue in ebollizione. Quando vidi la sua fila di denti bianchi come perle, ebbi la conferma di quello che avevo sospettato fin dall'inizio, cioè che avesse un sorriso in grado di mettere in ginocchio le donne.

Anche gli uomini, forse.

Allungai la gamba sopra il sedile dietro di lui. Tutto il mio corpo tremava per l'ansia e per l'adrenalina. Non mi ero mai sentita così spaventata e viva.

«Scivola in avanti» abbaiò.

Ubbidii. Il motore rombava sotto di me come un animale selvaggio.

«Adesso aggrappati a me.»

«Questa è più una mossa da terzo appuntamento, per i miei canoni.»

West rise di nuovo. La sua risata sembrava gutturale, fumosa, quasi estranea... come se non fosse abituato a essere felice.

«O ti aggrappi allo stronzo del campus o voli per aria come un palloncino che si sgonfia. A te la scelta, Tex. Io mi divertirò in entrambi i casi.»

West St. Claire aveva la straordinaria capacità di fare cose carine senza smettere di comportarsi come un idiota assoluto.

Con riluttanza, attaccai il petto alla sua schiena e gli appoggiai la testa tra le scapole. Chiusi gli occhi e respirai, ricordandomi che non potevo permettermi il lusso di essere pudica in quel momento.

«Mettimi le braccia intorno, e tieniti forte.»

Lo circondai con le braccia. Potevo sentire le singole creste della sua tartaruga e il cuore iniziò a battermi così forte che ero sicura che potesse sentirlo anche lui attraverso la maglietta sottile.

Tagliammo l'aria immobile, sfrecciammo sulla strada come una scheggia. West piegò il busto in avanti. Lo strinsi più forte, stupita da come riuscivamo a stare in equilibrio sulla moto anche quando il selciato sotto di noi si trasformò in ghiaia e, infine, in sterrato. La sua maglietta sventolava come una bandiera, e il vento che mi sferzava feroce la pelle mi toglieva il fiato. Ogni centimetro del mio corpo formicolava per la pelle d'oca.

«Esci dalla tua testa, Texas. Non succede niente di buono lì dentro al momento.» Il vento rendeva indistinte le sue parole. Per fortuna ormai andava abbastanza piano e riuscivo a udirlo.

«Se solo avessi notato la data, mia nonna sarebbe a casa e al sicuro» mormorai nel casco. Ero travolta dal suo profumo. Un odore di maschio e di sapone, dolce e inebriante.

Avrei potuto perdermi in quell'odore se me lo fossi concesso. Mi chiesi se anche la nonna avesse provato la stessa cosa per nonno Freddie. Se anche lei fosse stata così euforica quando era con lui da sentirsi completamente ubriaca.

«Sei sempre così dura con te stessa? E non rispondere con "solo nei giorni che finiscono con la ì".»

«Il mio compito è prendermi cura di lei. Lei mi ha cresciuta.»

«Puoi prenderti cura di qualcuno anche senza incolpare te stessa per tutti i suoi problemi.»

«È chiaro che non ti sei mai preso cura di qualcuno.»

«È chiaro che stai parlando col culo» ribatté West, la sua voce ora gelida e pungente. Evidentemente avevo toccato un nervo scoperto.

«Il mio culo parla meglio della tua bocca» affermai.

E in un secondo tornò a ridere della mia insolenza. Del fatto che gli avessi risposto per le rime.

«Non lo so, tesoro, comunque è un bel culo, quindi lo ascolterei volentieri.»

Era così diverso da come mi aspettavo. Sembrava che tenesse nascosto il suo lato divertente e spensierato in un posto introvabile, in modo da mantenere la gente a debita distanza.

«Fai marcia indietro, cowboy. Se è per questo che mi stai aiutando, puoi lasciarmi qui e tornare da dove sei venuto. Non sono quel tipo di ragazza.»

«Che tipo di ragazza?» Il suo tono divenne sensuale, beffardo.

«Il tipo che si fa mettere sotto solo perché le hai dato una briciola della tua attenzione.»

«Per me puoi metterti anche sopra.»

«Continua così e l'unica cosa che sentirai sul tuo corpo sarà il peso del mio pick-up.»

«Sto scherzando, Texas. Non ci proverei mai con te. Non mescolo il lavoro con il piacere. Inoltre, non vado mai oltre una scopata e, senza offesa, tu sembri piuttosto ostica. Questo è solo un favore a un'amica per mero altruismo.»

Eccolo di nuovo. *Amica*. Era la seconda volta che mi chiamava così.

«Davvero?»

«Parola di scout. Non mi aspetto nulla in cambio, a parte la tua infinita ammirazione.»

«Perché sei così gentile con me?»

Sapevo abbastanza di West da capire che non era un tipo dolce e servizievole, e quanto stava facendo non corrispondeva a quello che si diceva in giro di lui. Era un cavernicolo dalla faccia scontrosa nell'ambiente dell'università.

«Gentile è una parola grossa.» Ci stavamo avvicinando all'incrocio che era stato bloccato. Guardai a destra e a sinistra, nel tentativo frenetico di individuare mia nonna. «Diciamo che non sono un pezzo di merda totale con te. Immagino che questo ti destabilizzi.»

«La gente non si comporta di merda con me» protestai.

«Mi permetto di dissentire.»

«Se stai parlando di Reign e delle ragazze con cui eri l'altra sera, è un problema loro, non mio.»

«È un problema loro perché sono degli stronzi. È un problema tuo perché ti giri dall'altra parte e ti fingi morta.»

«Mi sembra che nemmeno tu sia stato così cordiale.»

«No» convenne lui, con nessun accenno di scuse nella voce. «La prossima volta, ti do il permesso di versarmi la granita sulla testa e prendere Reign a calci nelle palle.»

Stavo per ribattere quando vidi la nonna. Era difficile non notarla, visto che indossava il suo vaporoso abito da sera pieno di paillettes blu e rosse, il rossetto fucsia e le scarpe con i tacchi.

Aveva i capelli cotonati e pieni di lacca – *più i capelli sono alti, più sei vicina a Dio* – e teneva in mano la piccola pochette che portava in chiesa ogni domenica, quando ancora ci andavamo. Attraversò la strada, diretta alla tavola calda.

«Fermati!» gridai.

Lui si fermò, senza rallentare. Il fango schizzò intorno a noi e io scivolai in avanti, il mio petto urtò contro la sua schiena. West mi cinse goffamente con un braccio, afferrandomi per la vita.

«L'abbiamo trovata» dissi senza fiato, e scesi dalla moto. Mi tremavano le gambe. «Grazie. È quella con l'abito di Diana Ross dall'altra parte della strada. La riporto subito a casa.» Mi tolsi il casco, conscia che dovevo aver lasciato tracce di fondotinta al suo interno, e glielo piazzai fra le mani. Mi rimisi il berretto da baseball in testa. «Buonanotte allora, West.»

Attraversai di corsa la strada, neanche volessi mandare la nonna al tappeto. Lei si voltò lentamente al tonfo dei miei passi in avvicinamento, e il sorriso sul suo viso si trasformò in un cipiglio quando vide che ero io.

«Ah, che io sia dannata. Perché sei qui, Gracie-Mae? Dovresti essere a letto. Domani c'è scuola.»

La nonna sbatté la borsetta contro la coscia. Aveva la fronte umida per la lunga camminata sullo sterrato, le scarpe incrostate di fango.

Quanti anni pensa che abbia?

«Volevo solo venire con te.» Mi fermai, un sorriso angelico stampato sulla faccia.

«Patatina, ho un appuntamento con tuo nonno. Non possiamo rimandare la nostra uscita a domani?»

Scossi con veemenza la testa. Il sorriso sul mio volto era dolente come una ferita, e altrettanto tirato. Pensava che il nonno fosse ancora vivo.

«Per favore. Voglio *tanto* stare con te, nonna.»

Aprì la bocca, era sul punto di rimproverarmi di nuovo, quando i suoi occhi si spalancarono, illuminandosi per qualcosa che aveva visto dietro di me. Mi girai. Restai impietrita.

Ti prego, Signore, no.

«Buonasera, signora Shaw. Come va stasera?» West ci si avvicinò spavaldo, un bastoncino di zucchero stretto tra i denti perfetti, il sorrisetto da bastardo in bella mostra. Le rughe dietro i suoi occhi simili a trifogli mi ricordavano Scott Eastwood.

Mi chiesi perché diavolo fosse tanto fissato con quegli antiquati bastoncini di zucchero. Aveva sempre lo stesso tipo, quello alla mela verde. «Bel tempo, no?»

«Bellissimo.» Lei si ravviò i capelli pieni di lacca, che rimasero immobili come se fossero di pietra. «Non credo che ci siamo già incontrati.»

Nonna Savvy allungò un braccio verso West. Lui le prese la mano, chinò la testa e le sfiorò le nocche con le labbra, il tutto mentre si toglieva la caramella dalla bocca.

«No, con mio grande rammarico. West St. Claire. Lavoro con Grace.»

«Oh, non ti ha mai nominato, temo.»

Lo sguardo che mi lanciò West mi fece quasi ridere. Appariva sinceramente sorpreso. Avevo la sensazione che quella fosse la prima volta che una donna non lo rendeva il centro del suo universo.

«È così?» Lui socchiuse gli occhi, si cacciò di nuovo la caramella in bocca e la morse tanto da spezzarla. Io scrollai le spalle.

«Tu e Gracie-Mae volete unirvi a me e Freddie per un boccone?» chiese la nonna.

Erano le undici e mezzo e lei era un disastro. I piedi dovevano dolerle parecchio; non era abituata a camminare tanto. Inoltre, non volevo proprio che il ragazzaccio più ragazzaccio della Sheridan University passasse del tempo faccia a faccia con la mia nonna squinternata, non importava quanto questo mi facesse sentire superficiale e ingrata.

«No!» urlai, proprio nel momento in cui West rispondeva con nonchalance: «Ah, ottimo programma».

La nonna guardò prima lui e poi me, un sopracciglio alzato.

«Avete bisogno di un minuto per decidere, ragazzi?»

Le mie guance erano così calde che ero sorpresa che la testa non mi andasse a fuoco. A quel punto, morire di imbarazzo sarebbe stato crudele, tuttavia anche gradito.

«West ha appena finito il turno. Sono sicura che preferisce tornare a casa.»

«West può decidere da solo, e tutto quello che vuole è mangiare una bistecca in buona compagnia.» West mi spinse da parte in modo rude, facendo roteare il bastoncino di zucchero in bocca con aria seducente, sfoggiando un sorrisetto malizioso e ben allenato a beneficio di mia nonna.

«Dove sono le tue maniere, Gracie-Mae? Questo ragazzo ha fame e chiede la nostra compagnia, in modo gentile e appropriato. L'ho cresciuta meglio di così, lo giuro.»

«Non ne ho dubitato nemmeno per un secondo, signora.»

West ci aprì la porta della tavola calda. La nonna entrò impettita per prima. Lui agitò le sopracciglia, un ghigno di scherno sul volto.

«Prima le signore.»

«Cosa c'è che non va in te?» digrignai i denti.

Lui emise un sospiro come se avesse sofferto a lungo.

«Quanto tempo vuoi sprecare, ragazzina?»

Gli diedi un pugno sul braccio e trascinai i piedi oltre la soglia.

Lui rise.

Rise davvero.

Come se l'idea che io gli procurassi un qualsiasi tipo di dolore fisico fosse ridicola.

«Hai perso una scommessa?» gli sussurrai arrabbiata quando mi raggiunse.

«E tu che cazzo hai perso? La testa?» ribatté lui. Emanava una pericolosità silenziosa che la nonna chissà perché non coglieva. «È solo una cena e il tuo culo non è nemmeno nel menu.»

«Non dirmi che non è strano che tu voglia trascorrere del tempo con me e mia nonna.»

Io ero Toastie, e mia nonna non ci stava con la testa. Lo sapevano tutti. E anche se lui non ne fosse stato al corrente, negli ultimi dieci minuti doveva pur aver intuito qualcosa. Perché voleva a tutti i costi stringere amicizia con me?

«Non tutto riguarda te, Texas. Anzi, in realtà sono ben poche le cose che ti riguardano. È una croce e al tempo stesso una delizia sapere che il mondo non ruota intorno al tuo culetto impertinente. A volte un ragazzo desidera solo una bistecca.»

«Io...»

Mi interruppe bruscamente. «Ho fame. Spostati. *Subito.*» Scosse la testa facendomi segno di andare avanti.

Nonna si infilò in un separé rosso a forma di ferro di cavallo e noi la seguimmo.

Una cameriera di mezza età si materializzò per prendere le ordinazioni. Indossava un'uniforme rosa con il colletto a quadretti bianchi e neri e aveva i capelli ossigenati.

Il Ronda's Roost era una bettola aperta 24 ore su 24, che sfamava principalmente i camionisti di passaggio. C'erano solo pochi clienti che ingurgitavano caffè lungo e torta alla frutta. La nonna chiese tè freddo e chilli, West invece optò per il Rajun Cajun della casa con doppie patatine fritte, frappè e una bistecca quasi cruda che, come avrei scoperto in seguito, era stata ricavata da mezza mucca. Io ordinai Diet Pepsi alla spina e un miracolo.

La cameriera fece scoppiettare la gomma da masticare e ridacchiò per la mia battuta.

«Brutta serata, ragazzina?»

«Puoi dirlo forte» borbottai, gli occhi socchiusi puntati su West che era seduto dall'altra parte del tavolo. Lui sorrise con disinvoltura, il luccichio ostinato nel suo sguardo a confermarmi che non gli importava niente della mia ostilità.

Era come se tutto d'un tratto avesse subito un trapianto di personalità. Forse aveva un esaurimento nervoso in corso o qualcosa del genere, perché non assomigliava affatto al ragazzo che avevo visto al campus negli ultimi due anni.

Scontroso, silenzioso e serio. Con un che di tenebroso che scorreva sotto la superficie. Camminava per i corridoi, nello studentato, in biblioteca e nelle sale delle confraternite come se aspettasse di essere colpito da un fulmine.

Quel ragazzo prepotente, violento, silenzioso e scalpitante? Il West che avevo di fronte non aveva *nulla* in comune con lui.

La nonna non si comportava come se nonno Freddie fosse lì con noi; quindi, pensai di aver ottenuto il mio piccolo miracolo, dopotutto. Si sporse in avanti, inserì una moneta nel jukebox e scelse *At Last* di Etta James. Stava chiaramente apprezzando l'attenzione maschile, impegnata com'era a raccontare a West di quando lavorava in quel ristorante.

«Sai, l'attività era frenetica a quei tempi. Eppure, non avrei cambiato quel periodo per niente al mondo. È stato allora che ho conosciuto mio marito.»

«Lui doveva essere speciale.» West le sorrise di rimando, e io cercai di ricordare se qualche volta lo avevo visto sorridere all'università. Seguivamo Media planning insieme, quindi lo vedevo spesso. Eppure, non riuscivo a ricordare una sola volta in cui aveva sorriso, il che mi allarmò.

«Giovanotto...» Nonna si chinò nella sua direzione e gli accarezzò il dorso della mano. «Era intelligente come un'aquila, pericoloso come il diavolo e due volte più bello.»

Vederla felice, rese felice anche *me*, così alla fine mi rilassai sul cigolante sedile in vinile e li lasciai socializzare.

«Allora, signor St. Claire, sta corteggiando la mia piccola Gracie-Mae?» domandò lei dopo un po', abbassando il mento per esaminarlo attraverso gli occhiali da lettura a farfalla.

Mi strozzai con la bibita e la spruzzai dappertutto.

West sorrise compiaciuto, poi si allungò sul tavolo in modo che lui e la nonna fossero quasi naso a naso, la voce ridotta a un sussurro. «Posso essere sincero?»

«La sincerità paga sempre.»

«Non sono un buon partito, signora Shaw. Grace merita molto di più, perciò non mi cimenterò in questa impresa. E poi sua figlia non è esattamente la mia fan numero uno.»

«Figlia?» La nonna si portò una mano sul petto e prese a ridacchiare. «Mio caro, hai sbagliato tutto. Io sono la *nonna* di Grace.»

«Perché...» Mi lanciò un sorriso giocoso. Lo avrei ucciso. *Sapeva* che era mia nonna. «Che io sia dannato. Potrebbe essere sua sorella.»

«Sorella minore, immagino» dissi io imbronciata, succhiando la bibita dalla cannuccia. Lui rise bonario.

Era così bravo a calcare la mano che se mi avesse truccato avrebbe fatto un ottimo lavoro.

La nonna e West mangiarono e ricominciarono una conversazione tranquilla.

Parlarono del tempo nel Maine (secondo lui uno schifo), del cibo nel Maine (idem, a parte i frutti di mare), della sua famiglia (West fu abbastanza elegante da non dire che era uno schifo pure quella, tuttavia, dalle sue risposte a denti stretti, capii che non era molto legato ai genitori). Quando finimmo, West promise alla nonna che l'avrebbe portata di nuovo alla tavola calda, e presto, e lei giurò che gli avrebbe preparato una delle sue famigerate torte. Dato che non prendevo parte alla conversazione, mi scusai e andai in bagno per rimettermi un po' di fondotinta. Tornata al tavolo, vidi che West aveva già saldato il conto ed era pronto ad andare. La nonna era impegnata in una vivace conversazione con la nostra cameriera, le stava raccontando di quando lavorava alla tavola calda.

Mi lasciai andare a una smorfia. «Non avresti dovuto pagare. Grazie.»

Lu infilò il portafogli nella tasca posteriore dei jeans, e tirò la catena a cui era attaccato. Il suo piatto era perfettamente pulito e aveva finito anche gli avanzi della nonna. Doveva avere avuto una gran fame.

«Vi ho chiamato un taxi.» Ignorò la mia gratitudine, il suo atteggiamento tornò a essere burbero e scontroso. «Chiudi a chiave la porta d'ingresso e metti la chiave in un posto dove lei non possa trovarla.»

«Ha il permesso di passeggiare intorno a casa» protestai, tanto per il gusto di protestare. Non mi piaceva che mi avesse detto cosa fare, anche se sapevo che aveva ragione.

Mi lanciò uno sguardo critico. «Nascondila dove nessuno andrebbe mai a cercarla.»

«E dove sarebbe?» Incrociai le braccia sul petto e lo trafissi con un'occhiataccia.

«Che ne dici del tuo letto?»

Afferrò il casco dalla panca e se lo infilò sotto il braccio. Salutò la nonna con un bacio sulla guancia e schizzò via, senza rivolgermi uno sguardo. Lo scrutai attraverso il vetro della finestra. Montò in sella alla moto e partì. La nonna comparve accanto a me. Vedemmo la luce rossa del fanale diventare sempre più piccola, fino a trasformarsi in un puntino nell'oscurità.

«Stai attenta con quello, amore. È più pericoloso di un covo di serpenti.» Mi prese sottobraccio e mi accarezzò. Era di nuovo lei, la dolce nonna Savvy, e avrei voluto averla ancora un po' per poterle raccontare tutto della mia vita, delle mie difficoltà, delle mie relazioni.

Così avrebbe potuto darmi il suo giudizio arguto da indipendente donna del Sud.

Pensai alle ragazze che frequentavano il nostro furgoncino. Alla regola di una sola scopata di West. Alla sua reputazione, alle sue nocche spaccate, ai sorrisi furbi e diabolici e ai suoi sconfinati occhi verdi che diventavano del tutto impassibili ogni volta che li posava su qualcun altro.

La nonna aveva ragione.

Il mio cuore non poteva permettersi di aprirsi a West St. Claire.

Mi sarei assicurata che il resto del mio corpo facesse altrettanto.

6

WEST

«Ehi, West, come butta?»

Max faticava a rimanere al passo mentre entravo svelto nella mensa. Ansimava come uno di quei cani simili a topi che non riuscivano a correre neanche dalla cucina al tavolo da pranzo. Era un ragazzo basso e robusto con una costellazione di brufoli che gli incorniciava la mascella e riccioli rossi e crespi che lui cercava di domare con vari prodotti per capelli.

La combinazione di tutte queste caratteristiche lo rendeva poco attraente per chiunque avesse un paio di occhi funzionanti, il che, purtroppo per lui, rappresentava il novantotto per cento della popolazione del campus.

L'idiota era conosciuto soprattutto perché organizzava i combattimenti allo Sheridan Plaza e raccattava con avidità quanto io, East e Reign scartavamo dal reparto femminile nelle serate degli incontri. Max si era messo in tasca una bella somma organizzando il mio incontro al magazzino di Reservoir Dog. Lui si era occupato del lavoro di gambe; io di quello di pugni.

Ogni settimana portava all'arena tutti gli amici delle confraternite Pike, Beta Theta Pi e Sig Ep e li convinceva a sborsare un sacco di soldi per le scommesse, i biglietti e la birra.

Andava bene per me, dato che ero io quello che guadagnava di più alla fine di ogni serata.

«Vai al dunque, Max. Non stiamo qui a pettinare le bambole» scattai.

Ero diretto alla caffetteria per incontrare East. Il telefono mi vibrava nella tasca, come ormai accadeva fin troppo spesso. Lo ignorai. Non avevo bisogno di guardare per sapere chi fosse – mia madre – e cosa volesse da me – altri soldi.

Max batté le mani, praticamente saltellava. Indossava delle Jordan Air vintage, una cintura firmata e abbastanza gel per capelli da poter scolpire un bambino di sei anni. Ero praticamente sballato dalle esalazioni che provenivano dalla sua testa.

«Va bene. Sei un tipo diretto, sto imparando ad apprezzarlo» si gloriò. Entrai in mensa con lui che mi seguiva come una scoreggia. «Ho un nuovo incontro per te. Potrebbe essere una pericolosa figata. Qualcosa di esclusivo che non capita tutti i giorni. Redditizio da paura, ma super last-minute.»

«Vuoi dirlo o no?» Mi guardai intorno in cerca di East. Il mio migliore amico mi preparava i panini ogni mattina, come un'adorabile ragazzina di montagna con le stelline negli occhi, e me li portava. Secondo me aveva paura che sarei morto di fame se non si fosse preso cura del sottoscritto. Forse perché mi conosceva abbastanza bene da sapere che ci sarebbe sempre stata una piccola parte di me a cui non dispiaceva l'idea di morire. Che avrebbe accolto volentieri il nulla dopo la morte. Di certo, con la vita che conducevo, non stavo tentando attivamente di rimanere vivo.

«Gente tosta. Hai mai sentito parlare di Kade Appleton?» chiese Max.

Appleton era un professionista di arti marziali miste originario di Sheridan, che si era trasferito a Las Vegas circa cinque anni prima. Era stato sospeso più volte per aver giocato sporco sul ring. L'opinione di tutti era che meritasse di farsi prendere a pugni in faccia per vivere. Ogni abitante di Sheridan che lo aveva conosciuto da bambino aveva da raccontare una storia cruenta su un animale che aveva ucciso, un fucile che aveva puntato contro qualcuno o un pugno con cui aveva mandato un poveraccio al pronto soccorso.

Kade Appleton era l'icona perfetta dello zoticume. Dubitavo addirittura che possedesse un paio di scarpe.

«Pare che sia in città, e sia disposto a combattere con te stasera, se ci stai. Abbiamo ancora il tizio della Penn State in attesa, però possiamo metterlo nel dimenticatoio per un po'. Se scegli di combattere con Appleton le probabilità sono contro di te. Ho già creato un foglio di calcolo.» Max tirò fuori il telefono e mi sbatté in faccia una tabella Excel. Mi fermai di colpo e fischiai quando vidi i numeri.

Uno dei problemi principali che dovevo affrontare da quando avevo iniziato a mandare al tappeto la gente per vivere era che le suonavo alla grande a tutti quelli con cui combattevo. Anche quando lasciavo che assestassero uno o due colpi per mantenere alto l'interesse del pubblico, ero abbastanza competitivo da non perdere mai di proposito e avevo ancora un po' di integrità. Questo rendeva le probabilità che io perdessi piuttosto scarse e i soldi stavano diminuendo, perché tutti sapevano che all'incontro avrei vinto io.

Kade Appleton era un lottatore con un addestramento professionale, e aveva alcuni campionati all'attivo. Perciò quella era l'occasione d'oro per guadagnare un pacco di grana.

Una banana volò per aria, urtò il petto di Max e cadde ai miei piedi. Alzai lo sguardo dal telefono di Max per puntarlo nella direzione da cui era arrivata e vidi East e Reign stravaccati a un tavolo dall'altra parte della sala. Mi accennarono di avvicinarmi.

Mi avviai da loro.

«Allora?» Max mi seguì. «Che dici?»

«Che ci sono.»

Scivolai sulla panca di fronte a East, il quale mi porse un sandwich all'uovo tutto molliccio. Speravo che le ragazze con cui scopava fossero bagnate come le sue omelette. Doveva imparare a dosare l'olio.

«Ci sei?» East inarcò un sopracciglio. Reign era al telefono e ci dava le spalle. «Cosa sei? Innamorato? Pazzo? Incapace di finire una frase?»

«Stasera combatterà contro Kade Appleton» spiegò Max, con gli occhi che gli brillavano.

East scosse la testa, la fronte aggrottata.

«Cazzo, no. Quello stronzo gioca sporco e lo sanno tutti. Il suo intero entourage è coinvolto in affari loschi. Non ne vale la pena, Westie.»

Odiavo che mi chiamasse così. *Westie.* Tuttavia, East era una delle poche persone sul pianeta Terra che riuscivo a sopportare e, cosa più importante, che sopportava *me*. Eravamo arrivati alla Sheridan insieme dalla nostra piccola città del Maine. Separarci dopo quanto avevamo passato sembrava sbagliato.

Vivevamo insieme. Condividevamo tutto. Passato. Presente. Futuro.

Non era più possibile prendere ognuno la propria strada, ormai.

Eravamo sempre stati East e West: due ragazzi prodigio.

Almeno finché io non avevo smesso di esserlo.

Ignorai East, addentai il panino e lo puntai in direzione di Max. «Raccogli le scommesse per l'incontro.»

«Amico.» East sgranò gli occhi. Reign interruppe la sua chiamata, lanciò il telefono sul tavolo e strappò un pezzo di formaggio grigliato con i denti. «Buon pomeriggio, signore. Posso chiedervi perché i vostri corsetti sono così stretti?»

«West si batterà contro Kade Appleton stasera.» East mi indicò con il pollice in un movimento che voleva dire: *questo deficiente.*

Le sopracciglia di Reign schizzarono fino all'attaccatura dei capelli. «Porco cazzo. Personalmente, se proprio volessi suicidarmi, sceglierei di affogare nelle droghe psichedeliche, ma se questo stimola la tua fantasia, amico, allora okay.»

«Se mai dovessi cambiare idea, sarei felice di darti una mano.» Diedi un altro morso al mio molliccio panino con l'omelette, cercando di non sentire la mancanza della cucina italiana di mia madre. Malgrado tutti i difetti, sapeva cucinare da dio. A parte l'episodio della tavola calda di qualche sera prima, non mangiavo un pasto fatto in casa da anni.

«West non vuole suicidarsi» disse East, più a sé stesso che a chiunque altro a quel tavolo. Mi lanciò uno sguardo. Io scossi la testa. Non avevo intenzione di uccidermi, però se fossi morto non sarebbe stato un colpo di scena sgradito.

Reign rise. «Dai, seriamente. Stai davvero pensando di salire sul ring con Appleton? Posso avere i tuoi AirPods? Sui miei c'è abbastanza cerume da riempire un barattolo di senape.»

East lo prese a calci sotto il tavolo, poi iniziò a fracassarmi lo stinco con il piede.

«East... non voglio sentire questi discorsi. Reign: non voglio sentirti proprio. Max, sparisci. Stasera ci sarò. Spargi la voce. Fai in modo che ne valga la pena.»

«Le ultime parole famose» scherzò Reign.

A quel punto sia io che East gli tirammo un pugno sul braccio.

Quando avevo accettato il lavoro al camioncino dei tacos, avevo detto a Karlie che i venerdì erano off-limits. Lei conosceva la situazione. Era una delle poche ragazze della Sheridan, insieme a Texas, a non assistere ai combattimenti. Mi piaceva poter tenere separate le serate in cui servivo tacos da quelle in cui spaccavo nasi.

Max filò via. Il tavolo divenne silenzioso, poi Reign si schiarì la voce. «Scherzi a parte, c'è un motivo se Appleton è stato sospeso dal campionato MAF. L'anno scorso è stato arrestato per aver aggredito la sua ragazza. La madre di suo figlio. Le foto della faccia di lei dopo l'accaduto sono qualcosa che non vorresti vedere a tavola. Così, tanto per dire.»

«Ed è noto che il suo manager organizza combattimenti tra cani. È stato in galera, credo tre anni» aggiunse East.

«Giusto. Shaun Picker. Tra tutti e due hanno una fedina penale più lunga di *Guerra e pace*.» Reign mi puntò contro un dito della mano con cui teneva il formaggio grigliato. «Che, per la cronaca, non ho mai letto, comunque ho sentito dire che è un mattone e non è facile da mandare giù.»

«Non voglio sposarlo, cazzo, voglio solo metterlo al tappeto.» Mi accigliai. «Sentite, ormai è deciso, quindi potremmo anche cambiare argomento.» Ero stufo di loro e mi guardai intorno nella sala, in cerca di qualcosa, anche se non sapevo di preciso cosa.

Avevo bisogno di soldi. Un disperato bisogno.

Era la più crudele delle ironie.

Da piccolo, mi ero sempre ripromesso di non diventare il classico coglione che viveva per lavorare invece di lavorare per vivere. Ma in fondo non ero mai stato molto bravo a mantenere le promesse.

Ero cresciuto e avevo commesso delle cazzate colossali, avevo sbagliato e adesso dovevo pagare.

Ormai rincorrevo la paga come tutti i poveri disgraziati che avevo compatito da bambino, e i soldi che guadagnavo non erano nemmeno per me.

Quello con Appleton era un incontro che non potevo rifiutare. Avrei vinto. Anche se avessi dovuto uccidere quel bastardo per guadagnarmi un bell'assegno.

Il telefono mi vibrò in tasca per la centesima volta quel giorno. Lo tirai fuori, rifiutai la chiamata e inviai un messaggio a mia madre.

Io: Ti mando altri soldi lunedì. Lasciami in pace!

Sullo schermo comparve la notifica di un messaggio vocale. Lo cancellai prima che avessi la tentazione di ascoltarlo. Alzai lo sguardo, lo spostai tra Reign e East. Un'espressione preoccupata e perplessa attraversò i loro volti.

«Smettetela» insistetti.

«Se combatti con Appleton, rischi di trascinare tutti quelli che ti circondano in un gran casino» mi ammonì Easton. «Quel tizio in pratica è un bandito. Agisce come un mafioso.»

«Se la situazione si mette di merda, sai dov'è la porta.» Sostenni lo sguardo di Easton, la mascella irrigidita per la rabbia che riuscivo a contenere a malapena. «Io combatterò.»

Reign si alzò, stiracchiandosi pigramente.

«Okay, me ne vado. East, ci vediamo agli allenamenti. West, è stato bello conoscerti. Mi assicurerò di lasciare dei fiori sulla tua tomba e di consolare le tue amiche, potrebbero aver bisogno di qualcuno che scaldi loro il letto la notte.» Chinò la testa, afferrò il borsone e filò via.

East guardò le spalle di Reign prima di puntare di nuovo gli occhi su di me.

«Le cose vanno così male a casa?»

Sapeva benissimo perché mi presentavo sul ring ogni venerdì, e non era per l'orgoglio o per la gloria. Sì, ero un cazzone competitivo... ce l'avevo nel sangue. Ogni volta che vedevo una sfida, mi ci tuffavo, eppure combattere non sarebbe mai diventata la mia strada se non fosse stato per quello che era successo.

Mi ficcai in bocca il resto del panino.

«Conosci mio padre. Non è capace di gestire un'attività neanche per rimanere a galla. Non posso lasciare che perdano la fattoria. Non avranno più niente.»

East annuì. «Io ci sono, se hai bisogno di me.»

Nonostante fosse il cliché più falso che avessi mai sentito, sapevo che lui diceva sul serio, e pur avendo ben chiaro che *non* poteva aiutarmi, in realtà le sue parole mi fecero sentire un po' meglio.

«Dov'eri l'altra sera?» Cambiò argomento.

«Grace, la ragazza dei tacos, ha avuto un'emergenza. Ha staccato prima e io ho dovuto chiudere bottega.»

Non avrei raccontato a East gli affari di Texas. Non perché avessi qualche scrupolo di coscienza, figuriamoci, ma perché non mi interessavano i pettegolezzi cittadini. Inoltre, se fossi stato nella sua posizione e qualcuno avesse spifferato che avevo una nonna matta come un cavallo, me lo sarei inculato e avrei usato i suoi resti come decorazioni per l'albero di Natale. Texas sicuramente non aveva una vita facile.

«Riprova. Sei tornato all'una e mezzo. Ero ancora sveglio.» East tamburellò sul tavolo e mi rivolse uno sguardo malizioso.

«Sono andato a mangiare un boccone dopo. Non avevo capito che fossi in vena di coccole.»

«Tu non mangi fuori. Sei troppo al verde persino per comprarti un paio di calzini.»

Quello era vero, cazzo. Che avessi offerto tacos e granite a tutti qualche settimana prima era stato un caso più unico che raro. Una delle ragazze che erano con noi era la sorella di un tipo che avevo mandato in terapia intensiva dopo un combattimento. Lui minacciava una causa e avevo bisogno di ingraziarmi la sorella per convincerlo a lasciar perdere. E ci ero riuscito.

«Diciamo che sono uscito con quella Shaw.» Sbadigliai in modo provocatorio. «E allora? Ho mangiato una bistecca, non la sua passera.»

«Tu non mangi mai la passera» osservò East.

Anche quello era vero.

Assaggiare le parti intime di una sconosciuta era come leccare un bagno pubblico. Non avevo idea di dove fossero state le loro passere, ma considerato che eravamo al college, per di più in uno non molto buono, l'ipotesi più plausibile era: *dappertutto.*

«E non esci mai con nessuno» continuò East, sporgendosi in avanti, per affondare il colpo. «Questo sa *molto* di appuntamento.»

«Non l'ho portata fuori a cena. L'ho *aiutata.*»

«Strano, non mi pare che tu abbia il complesso di Superman.»

«Una volta ogni luna piena mi sento caritatevole. Fammi causa, Braun.»

«Stronzate, St. Claire. Hai messo gli occhi su quella ragazza, e sappiamo entrambi il perché.»

Quello fu davvero troppo. Sbattei il pugno sul tavolo.

«Vuoi arrivare da qualche parte? Se è così, per favore cerca di riuscirci entro questo secolo.»

Era stata solo una cazzo di cena. Texas aveva passato quasi tutta la serata a lanciarmi occhiatacce con i suoi occhi blu artico, e a pregare silenziosamente che una bomba cadesse proprio sulla tavola calda.

«Penso che tu sia interessato.» Sfoggiava di nuovo il sorriso compiaciuto. «Dimmi che non te lo fa venire duro.»

«Non me lo fa venire duro» dissi con disinvoltura. «Comunque, anche se fosse, non la toccherei mai.»

Texas era attraente, tuttavia lo era anche l'ottanta per cento delle ragazze del campus. E le altre non avevano il suo dramma, le sue complicazioni e l'autostima a pezzi come lei. Punti bonus: non lavoravano con me. Scopare con una che dovevo vedere quattro volte a settimana era un grosso no. Per non parlare del fatto che quasi sicuramente era una schiappa a letto.

«È proprio questo che mi preoccupa.» East si grattò la mascella liscia. «Non infonderle false speranze, rischia di farsi male. Se inizi a riservarle un trattamento speciale, si metterà in testa strane idee. Mi capisci?»

Texas era troppo incasinata con le sue cicatrici per prendere in considerazione l'idea di scopare. Quello era ovvio. East non aveva nulla di cui preoccuparsi. Era l'unica ragazza del campus con cui non sarei potuto andare a letto e, nonostante la mia natura competitiva, mi andava bene così.

Questo era quello che succedeva quando ti sentivi in bilico tra la vita e la morte. Avevo smesso di preoccuparmi e di perseguire cose che altrimenti avrei voluto e curato. La vita non aveva più gusto, vitalità, né colori.

Niente ti entusiasmava più e il piacere e il dolore erano sostituiti da un intorpidimento generale.

«È tutto sotto controllo.» Mi asciugai la bocca con la parte posteriore del braccio. «Non è il mio tipo.»

«Tu non hai un tipo. Odi chiunque.» East appallottolò l'incarto del suo panino e me lo tirò in faccia. Lo presi a mezz'aria. *Istinto omicida.* Glielo rilanciai, colpendolo sull'occhio.

«Appunto.»

«St. Claire. Aspetta» squittì una vocina dietro di me.

Passi femminili mi risuonarono alle spalle. Non rallentai il passo né mi girai per vedere chi era, ma tirai dritto verso la palestra del campus. Non mi ero mai fatto mettere i piedi in testa sul ring e avevo intenzione di mantenere incontrastato il mio record.

Nonostante il voto di sfiducia di East e Reign, avevo lavorato sodo ed ero perfettamente in grado di annientare Appleton anche con un braccio legato dietro la schiena.

«Gesù, che accidenti hai?» sbuffò la persona dietro di me.

Texas non mi aveva mai cercato al campus prima d'ora. Non era il tipo che provava a frequentarmi perché lavoravamo insieme, ed era bello conoscere una ragazza che non fosse abbagliata dal mio status, dalle cicatrici dei combattimenti o dai miei problemi di rabbia.

Mi raggiunse, i pugni infilati nelle tasche della felpa. Il suo abbigliamento invernale sembrava fuori luogo visto che tutte le altre portavano pantaloncini e gonne corte. Indossava il solito berretto grigio malconcio, i lunghi capelli biondi le scendevano a cascata fino alla parte bassa della schiena.

«Mi stai ignorando.» Strizzò gli occhi.

Non risposi, stavo ancora camminando. Era importante mettere in chiaro che non eravamo migliori amici. Solo perché le avevo fatto un favore l'altra sera non significava che mi importasse di lei. Ero disposto a darle una mano quando ne aveva bisogno, però non avremmo cantato *Kumbaya* accanto al fuoco e non ci saremmo messi i braccialetti di Taylor Swift abbinati. East aveva ragione. Dovevo lasciarle intendere per bene che non ero interessato, per evitare che le venissero strane idee, anche se era improbabile.

«Ti fermerai prima o poi?» Alzò le braccia in aria.

«Mi fermerò,» risposi in tono pungente, «quando raggiungerò la mia destinazione.»

«Dove vai? All'inferno, spero.»

«Perché andare all'inferno quando posso godermi lo stesso clima torrido al furgone dei tacos, e in più sentire te che piagnucoli?» rilanciai ad alta voce.

Il condizionatore che avevo portato non aveva arrecato molta differenza, ciò nonostante avevo smesso di lavorare a torso nudo, perché Texas non riusciva a guardarmi quando mi toglievo la maglietta, ed ero stanco di vederla parlare con i miei stivali ogni volta che si rivolgeva a me.

Chiacchierare non era il mio forte, soprattutto con le ragazze – soprattutto con quelle a cui non ero interessato a mettere il cazzo in bocca – eppure, per qualche ragione, lei resuscitava il liceale che era in me. Si limitava a osservazioni immature e sarcastiche, era sempre pronta a lanciare qualche frecciata, e sembrava che a nessuno dei due interessasse fare colpo sull'altro.

«Perché lì saresti un ospite d'onore» sibilò.

Visto? Bisbetica con la B maiuscola.

Poi, all'improvviso, mi piantò il piccolo gomito appuntito nelle costole, proprio sul livido che mi ero procurato il venerdì prima durante un combattimento. Istintivamente mi fermai, non perché fosse doloroso – anche se in realtà lo era davvero, dannazione – ma perché sapevo che lo aveva fatto apposta, e quella era stata una mossa stupida. Specialmente dopo che la sera prima le avevo salvato il culo.

Mi tirò un pugno nei reni, consapevole che avevo un livido anche lì. Poi mi si piazzò davanti, sbarrandomi la strada.

«Che cazzo ti prende?» chiesi brusco, e la guardai come se fosse qualcosa che dovevo gettare nel bidone della raccolta differenziata, ma che ero troppo pigro per raccogliere.

Lei appiattì le labbra, aveva lo sguardo torvo. Sembrava una bambina di cinque anni che cercava di comportarsi da dura. Desiderai quasi che si togliesse quell'orrendo berretto da baseball e mostrasse la faccia.

Quanto poteva essere messa male?

Abbastanza, se la chiamavano Toastie.

Esaminò il mio busto coperto dalla maglietta, poi passo a guardarmi il braccio e mi assestò un pugno.

«Dacci un taglio.»

Mi tirò un pugno sull'altro braccio.

Poi sugli addominali.

Quella piccoletta stava cercando di iniziare una zuffa con *me.*

In mezzo al campus, con la gente sparpagliata sulle panchine e sul prato che ci guardava. Tutti nello studentato ci fissavano dalla finestra alta fino al soffitto.

Mi prese a schiaffi sul petto e sulla pancia. Sarcastica *e* folle. Quest'ultimo era uno sviluppo nuovo e sgradito.

L'afferrai dal cappuccio, come un topo dalla coda, finché i piedi non le si sollevarono da terra. Era leggera quanto una piuma e altrettanto minacciosa. Tirava calci nell'aria, cercava invano di colpirmi in faccia con i pugni. Era comico vedere che mi attaccava con tutte le forze e non riusciva comunque ad assestare un colpo.

Un gruppo di curiosi si formò intorno a noi come una macchia di sborra pre-orgasmo sulle mutande di un adolescente. Odiavo essere osservato. Potevo tollerarlo solo se la gente pagava per il piacere di vedermi sul ring. Ma lei aveva appena fatto in modo che fossimo l'attrazione principale di quel venerdì pomeriggio.

Mi rimangiai tutte le cose positive che avevo pensato di Texas.

Era una gran rompicoglioni.

«Lasciami scendere» sibilò, agitando i pugni chiusi davanti alla mia faccia.

«Se ti accontento, ti comporterai come una signora e non come un animale rabbioso?» Inarcai un sopracciglio, parlando lentamente e con condiscendenza per imbestialirla ancora di più.

«Smettila di prendermi per il culo!» farfugliò.

«Risposta sbagliata.»

«Sei un coglione!»

«Bzzz. Sbagliato di nuovo.»

«Vai a farti fottere!»

Stavo perdendo la pazienza e iniziavo ad annoiarmi. «Vuoi fottermi tu, Texas? Non c'era bisogno di essere così aggressivi. Ti sarebbe bastato chiedere» commentai.

Texas era come la città di Troia.

Le sue mura erano alte, spesse, sorvegliate e inespugnabili. Intrufolarmi dentro non era un'opzione praticabile, e aprirmi la strada con la forza solo per una scopata andava contro la mia politica nei confronti delle donne.

«Non mi avrai *mai*, St. Claire.»

«Un attimo, devo cercare di riprendermi da questo colpo al cuore.» Alzai un dito e lasciai che passasse un attimo di silenzio tra di noi. «Fatto. Ora, se metto giù il tuo culo, mi spiegherai in modo comprensibile perché ti comporti come un tasso sotto metanfetamina?»

Lei incrociò le braccia sul petto, però annuì. La misi giù. Tutti ci guardavano da una debita distanza. Sapevano che non era il caso di avvicinarsi e origliare apertamente.

Mi astenni dal sottolineare che eravamo al centro dell'attenzione. Io odiavo avere un pubblico, ma Texas lo detestava in modo viscerale. Ecco perché sembrava pura follia che volesse specializzarsi in Teatro e arti dello spettacolo.

In ogni caso, non potevo correre il rischio che svenisse. Qualcosa mi diceva che non avrei resistito all'impulso di scavalcarla e andare spedito in palestra senza voltarmi indietro.

«Ascolta.» Sbuffò. «Non voglio sembrare ingrata...»

«Cosa che stai...»

Lei mi ringhiò contro. «Giuro su Dio, St. Claire, se racconti a qualcuno di ieri sera... di nonna Savvy...»

«Non aggiungere altro» la interruppi di nuovo. «Non lo farò.»

Mi guardò scettica. «Prometti?»

«Io non prometto un cazzo. Mai. Per principio» risposi con fermezza. «Non ho intenzione di mostrare a tutti i tuoi panni sporchi. Tuttavia, non me lo scolpirò in fronte per placare la tua paranoia.»

«È una bella immagine.» Si mordicchiò un lato del labbro inferiore. «Sei sicuro di non voler valutare questa opzione?»

Trattenni un sorriso. Era una tipa stramba. E incredibilmente esasperante, per di più. Con un culo degno di una poesia di uno dei migliori poeti del ventunesimo secolo, Lil' Wayne.

«Il tuo segreto è al sicuro con me.»

Ci fu silenzio. Un silenzio denso. Mi guardai intorno, pronto a concludere la conversazione. «Sei ancora qui. Perché?»

Trasse un respiro profondo e sollevò il mento. Il sole le batteva direttamente sul viso, la sua sagoma si stagliava come una fiamma contro il tramonto, e io ebbi la possibilità di vedere meglio la cicatrice. La pelle non solo era più scura in quell'area, un mix tra il viola e il rosa, aveva anche una consistenza diversa. Infiammata e grinzosa. La carne si estendeva sottile sulle ossa, faticava a tenere tutto insieme.

Aveva ragione. Quella parte del suo corpo non era carina.

«Sono tutto orecchie.» Appoggiai una spalla contro l'edificio di mattoni rossi che ospitava la biblioteca.

«Smettila di aiutarmi. Non voglio la tua pietà.»

«Non hai la mia pietà» tagliai corto.

«Non esiste un altro motivo per cui tu debba insistere tanto per essere gentile con me.»

«Ancora una volta, non sono gentile con *te*. Cosa ti induce a pensare che mi sarei comportato in modo diverso se Tess o Hailey o Lara fossero state nella tua situazione ieri sera?»

Probabilmente avevo inventato gli ultimi due nomi. Non conoscevo nessuno che si chiamasse Hailey o Lara, anche se ero sicuro che ci fossero un sacco di ragazze con quei nomi alla Sheridan.

Ricordare i nomi delle tipe con cui mi ero rotolato tra le lenzuola non era una mia virtù. Il viso, magari. Il culo, molto probabile.

«Sei orribile con tutti.» I suoi occhi erano infuocati. «Voglio che tu sia orribile anche con me. Altrimenti, non mi sento una tua pari.»

Fu come se mi avesse pizzicato il fondo della gola. Io ero davvero orribile con le persone, lo sapevo, ma il suo costante desiderio di essere normale mi spiazzò.

In quel momento, avrei voluto infonderle un po' di buon senso. Purtroppo, quella era una spessa linea rossa che non mi sarei mai permesso di oltrepassare. Perché Grace Shaw meritava sicuramente qualche bella sculacciata.

Mi chinai sul suo viso e le rifilai il mio miglior sorrisetto alla non-me-ne-frega-un-beato-cazzo.

«Mettitelo in testa, Texas: non sono un bravo ragazzo. Non sono qui per salvarti. Non sto cercando di portarti fuori dal tuo guscio e di farti uscire rafforzata da questa esperienza, o una qualsiasi delle stronzate che dice il dottor Phil in TV. Solo perché non ti prendo a calci quando sei a terra non significa che sono un tipo a posto, e saresti saggia a ricordartelo. Sono stato abbastanza orribile per te?»

Lei mi fissò, il viso segnato dal disgusto. Niente che non avessi visto mille volte sui volti dei miei genitori. Nulla di nuovo sotto il sole di quel venerdì. Il che mi ricordò che avevo un incontro e avevo bisogno di mettere in moto le chiappe. L'afferrai per le braccia, la sollevai, la spostai dalla mia traiettoria come se fosse un birillo stradale e andai in palestra.

«Sei un mostro!» mi urlò dietro, la voce tesa per la rabbia.

Spinsi la porta della palestra ed entrai, ignorandola.

Non aveva torto.

Battersi con Kade Appleton non era certo una passeggiata nel parco, questo era poco ma sicuro.

A meno che quel parco non fosse a Chernobyl.

Infrangeva continuamente le poche regole che avevamo sul ring per evitare che gli facessi il culo, il che mi portava a essere più malconcio di quanto non fossi stato in tre anni di combattimenti.

Avrei mentito se avessi detto che mi dispiaceva. Il posto era zeppo di persone ammassate l'una sull'altra, come vermi che fuoriuscivano da un pezzo di carne marcia. La birra schizzava dai bicchieroni di plastica sul pavimento di cemento appiccicoso, che era sporco di sangue, polvere e fluidi sessuali. Quel luogo non era mai stato così affollato da quando avevo iniziato a frequentare la Sheridan. C'erano applausi, urla e fischi. Ragazze sedute sulle spalle dei ragazzi per avere una visuale migliore.

A un certo punto, i tipi che vendevano i biglietti avevano finito l'inchiostro per i timbri che servivano a contrassegnare chi aveva pagato. Avevano dovuto scarabocchiare sulle mani delle persone con i pennarelli. Max era al settimo cielo. Potevo praticamente vedere i flash di lui con indosso una vestaglia alla Hugh Hefner che gli attraversavano la mente infestata da Pornhub.

Sul ring era un bagno di sangue. Per infervorare la gente, avevo rotto il naso a Kade dopo dieci secondi con un brutto montante, poi gli avevo stretto la faccia affinché il sangue gli zampillasse dalla bocca come una fontana di fonduta. Lui era riuscito a spaccarmi il labbro e il sopracciglio sparandomi due colpi in faccia pochi minuti dopo. Il tappeto sotto di noi era scivoloso e cigolava a ogni nostro movimento.

Reign e East erano dietro di me, mi urlavano consigli non richiesti. Gli occhi mi bruciavano per il sangue e il sudore, ed ero abbastanza sicuro di aver sputato un dente dieci minuti dopo l'inizio dell'incontro. Barcollai e andai a sbattere contro una delle scatole di cartone che delimitavano il ring.

Kade e io giravamo in tondo. Stavamo entrando nel quinto round. Non avevo mai avuto un quinto round nella mia carriera di lottatore amatoriale, ma Appleton non era di primo pelo. Non trovavo che la sua stazza o la sua tecnica fossero un ostacolo. Ero un lottatore e un pugile bravo quanto lui, lo aveva capito già al primo round quando gli avevo spezzato una costola con un calcio che lo aveva fatto volare come un aquilone.

Ecco perché mi aveva ficcato le dita negli occhi, mi aveva colpito alle parti basse e aveva provato altre stronzate da terza elementare per tenermi a bada.

Ferito o no, potevo ancora massacrare quel figlio di puttana.

«St. Claire! St. Claire! St. Claire!»

I cori mandavano vibrazioni al tappetino sotto i miei piedi. Kade si concentrò sul mio viso, aveva già entrambi gli occhi neri. Mostrava una faccia che nemmeno sua madre avrebbe potuto amare (a meno che non fosse stata cieca), il naso del tutto fracassato, occhi pesti e labbra inesistenti. Il suo collo era largo come un'autostrada.

Eravamo ai lati opposti del ring improvvisato.

Max fischiò. «Quinto round! Dateci dentro, signori.»

Ci avvicinammo l'uno all'altro in modo guardingo. Io schivai qualche colpo facile, abbassandomi e saltellando sulle punte dei piedi, prima di andare all'attacco. Gli assestai un perfetto gancio destro al lato della testa, mandandolo KO. Lo vidi cadere sul materassino che Max aveva rubato dalla palestra del college, il suo corpo ci rimbalzò sopra.

Giaceva lì, gli occhi chiusi, stordito. La folla andò in visibilio. Girai sui tacchi e mi passai una mano sul petto nudo per spazzare via il sudore e il sangue. Reign mi afferrò le guance, mi urlò qualcosa in faccia, era in estasi.

Max salì barcollante sul ring e mi prese per un braccio, poi mi alzò il pugno in aria.

Urla. Applausi. Altri fischi. Non rimasi lì a godermi le attenzioni, ero già a metà del ring quando sentii una voce dietro di me.

«Non vale!» Il manager di Kade, un idiota di nome Shaun, si infilò tra gli scatoloni che delimitavano il ring, e mi indicò. «Kade non era pronto.»

«Chissenefrega.» Strappai una bottiglia d'acqua di mano a una ragazza a caso che me l'aveva offerta, ne bevvi un sorso e mi versai il resto sul viso. «La prossima volta mi assicurerò di inviargli per e-mail il mio programma di gioco.»

Easton mi diede una gomitata.

«Il quinto round non era ancora iniziato quando hai sferrato l'ultimo colpo!» urlò Shaun, poi prese a calci quello che c'era tra di noi per scansarlo. Il suo alito da fumatore mi penetrò nelle narici nel momento in cui puntò il dito contro il petto di Max. «Pippi Calzelunghe qui non ha fischiato.»

«Uhm, fratello, guarda che *ho* fischiato.» Max si piazzò tra di noi. «E Kade si è mosso per primo verso West. Ha provato a colpirlo con almeno un paio di pugni prima di finire al tappeto.»

Shaun non voleva saperne. E nemmeno Kade. Non appena si rialzò in piedi, Appleton iniziò a urlarmi in faccia, a sostenere di essere stato incastrato. Che Max non aveva fischiato, che io gli avevo teso un'imboscata. Lanciava scuse a destra e a manca, per vedere quale poteva funzionare.

Una folla di curiosi si era radunata intorno a noi, smaniosa di vedere se stavamo per iniziare un secondo combattimento, gratis.

Piuttosto che restare lì a litigare fino alla morte con quei coglioni, dissi a Max che l'avrei aspettato nel suo "ufficio" al piano di sopra e suggerii cordialmente a Kade di tornare all'inferno da cui era arrivato e di procurarsi un apparecchio acustico e un paio di occhiali, se davvero credeva che qualcosa nell'incontro non fosse stato corretto.

L'ufficio di Max era quello che doveva essere il piano della direzione del centro commerciale che non era mai stato completato.

«Non la passerai liscia.» Appleton mimò il gesto di tagliare la gola. «Considerati un morto che cammina, St. Claire.»

«Vivo o morto, stasera ti ho aperto il culo, e non sono io quello che uscirà di qui zoppicando.»

Mi aprii un varco nella massa di persone che mi applaudivano e mi davano pacche sulla schiena. La ragazza qualunque che mi aveva consegnato l'acqua mi salutò con la mano, sorridendo e sbattendo le ciglia. Aveva lunghi capelli biondi che le arrivavano quasi al sedere, e la sua statura mi ricordava una piccoletta esasperante di mia conoscenza.

«Sei maggiorenne?» La sorpassai senza fermarmi. Le amiche la spinsero verso di me, ridacchiando nei loro palmi.

«Compirò vent'anni il sei agosto!»

Non c'è bisogno di essere specifici. Non ho certo intenzione di inviarti dei fottuti fiori.

Le indicai con la testa il piano di sopra.

«Veramente?» squittì lei.

«Niente parole.»

«Okay. Certo. Bene.»

Erano tre parole, cazzo, tuttavia lasciai correre.

«La cosa muore qui» l'avvertii.

«Lo so. Tu sei West St. Claire. Ah. Io mi chiamo...»

La fulminai con lo sguardo. Non aveva capito.

«Cavolo. Va bene.»

Mezz'ora dopo, Max salì di sopra, scuotendo la testa e scusandosi. Rispedii giù la bionda. Ero stato del tutto assente durante la scopata, anche se ricordavo di essermi mosso e di averla fatta divertire abbastanza.

La mia mente era altrove. Le chiamate incessanti dei miei genitori, Texas che era scontrosa e intrattabile senza motivo, Appleton che era un guastafeste e uno che non sapeva perdere.

Max mi spiegò che Kade, Shaun e altri tizi del suo entourage lo avevano messo alle strette dopo il combattimento, sollevando un gran polverone perché aveva perso. Raccontò che se li era tolti dalle palle cedendo loro una parte dei suoi guadagni per risolvere il malinteso. Era una cazzata con la C maiuscola. Tutti in quella stanza sapevano che Max aveva fischiato, incluso Max stesso.

Ma se voleva pagarli per metterli a tacere, era un problema suo, non mio.

Max mi diede la mia fetta. Era quello che normalmente avrei guadagnato in due mesi di incontri. Mi elogiò per la mia prestanza fisica e il buon gusto in fatto di donne ("Melanie, eh? È da urlo") e mi spedì per la mia strada. Ero felice che la serata fosse finita. Era tardi, mi faceva male dappertutto per quanti colpi bassi Kade era riuscito ad assestare e la mattina dopo sarei stato di turno durante il mercato contadino.

Non avevo idea dello stato d'animo in cui avrei trovato Texas, in ogni caso, se pensava che avrei sopportato le sue stronzate solo perché altre persone la compativano, si sbagliava di grosso.

Tornai arrancando alla Ducati, che era parcheggiata dall'altra parte del centro commerciale, nascosta dalla folla che usciva dall'ingresso principale. Avevo imparato presto che Christina attirava groupie e liceali che volevano saltarci sopra per scattarsi delle foto.

Christina era l'unico lusso che mi concedevo. Era una spesa che avevo dovuto sostenere, visto che interpretavo il ruolo di uno che aveva tutte le carte in regola. Non potevo permettermi che la gente scoprisse della mia famiglia, che scavasse nel mio passato, che sapesse che non avevo un soldo bucato. Quindi fingevo di essere qualcun altro.

Qualcuno da temere.

Qualcuno che possedeva una moto fiammante e un gusto perverso per i combattimenti a mani nude.

Ironia della sorte, fingere di essere qualcuno che non ero mi rendeva solo più stanco di vivere di quanto non fossi già.

Mentre mi avvicinavo alla moto, sentii un fruscio in mezzo ai cespugli dietro di me. Mi fermai e girai la testa. Il fruscio cessò. Tornai a guardare Christina.

Il fruscio ricominciò.

Sembrava che qualcuno stesse bisbigliando in modo rabbioso dietro i cespugli.

Mi voltai del tutto ora, un sopracciglio inarcato.

«Se hai qualcosa da dire, vieni a dirmela in faccia, cazzo. Vediamo se ti rimane qualche dente alla fine del discorso.»

Silenzio.

«Già, come pensavo.»

Decisi che non spettava a me convincere la persona appostata tra la vegetazione a uscire per un'altra scazzottata, così montai in sella e partii.

Una volta tornato a casa, strisciai nella mia stanza e crollai sul letto senza passare per la doccia. Sollevai il cuscino, tirai fuori la foto che c'era sotto e la baciai, poi accarezzai con il pollice la persona ritratta.

«Notte, A. Dormi bene.» Stampai un altro bacio sulla foto.

La risistemai sotto il cuscino, odiando il fatto che io fossi ancora lì a respirare, vivere, fare a botte, *scopare*.

Lei non rispose.

Non rispondeva mai.

7

GRACE

«Oh Signore, solo perché sono goffa, non significa che abbia l'Alzheimer.» Nonna dondolava i piedi in aria, appollaiata sul letto dell'ospedale. Era demoralizzata al pari di una bambina in castigo, guardava torva la dottoressa come se fosse *lei* quella che aveva bisogno di farsi controllare la testa.

Il medico che la visitava, una donna di mezza età con i capelli castani corti e un piercing al naso, scarabocchiò qualcosa sul blocco degli appunti, accigliandosi davanti alla cartella clinica.

«Nessuno sta insinuando questo, signora Shaw. Ma dal momento che è qui, e sua nipote ha indicato che ha saltato gli ultimi due appuntamenti, penso che una rapida TAC non sarebbe una cattiva idea. Potremmo avere l'esito più in fretta se lei acconsentisse a sottoporvisi adesso invece di prenotarla in un secondo momento.»

«Non se ne parla proprio, dottoressa.» La nonna scosse la testa, il dolce accento del Sud prese una piega spigolosa. Fissò entrambe a turno, socchiudendo gli occhi con evidente sospetto. «Niente TAC. Mi sono bruciata la mano sul fornello. È un errore comune che chiunque potrebbe commettere. Potete anche trattarmi come un'invalida, però non funzionerà. Non c'è niente di sbagliato nella mia testa. Niente!» Si bussò sulla tempia con il pugno, come se quella fosse una prova concreta del fatto che era a posto.

La dottoressa Diffie e io ci scambiammo uno sguardo. C'erano così tante cose che avrei voluto dirle. Particolari che avrebbero provato che nonna mostrava segni avanzati di Alzheimer. Tuttavia, nonna Savvy non acconsentiva a fare la TAC, e io non potevo costringerla.

Non importava che si fosse scottata la mano mettendola sul fornello caldo – non per una frazione di secondo, per almeno mezzo minuto – finché io non ero corsa in cucina, dopo aver sentito l'odore fin troppo familiare di pelle bruciata, e l'avevo tirata via mentre lei scalciava e urlava.

Inoltre, non importava che ora il suo palmo fosse ustionato, rosso e gonfio, la pelle che si staccava e formava vesciche sotto le bende.

E sicuramente non importava che la nonna non ricordasse nulla della serata trascorsa con West alla tavola calda, e che quando ne avevo parlato la mattina dopo, lei aveva pensato che io... stessi inventando un fidanzato immaginario.

«Sei una ragazza bella e intelligente, Gracie-Mae» mi aveva detto, dandomi un pizzico sulla guancia e una scrollata. «Dovresti trovartelo, un ragazzo, prima o poi. Non inventarne uno.»

Marla mi aveva detto che aveva sentito la nonna piangere nella sua stanza quando io non ero a casa. Che le cose si stavano mettendo piuttosto male. Mi sentivo così spaesata, avrei voluto raccontare alla dottoressa Diffie tutta la storia e pregarla di suggerirmi come procedere.

Invece, controllai l'ora sul telefono. Erano quasi le nove. Avrei fatto tardi al lavoro, e c'era il mercato contadino quel giorno. Cazzo. Mandai un messaggio a Marla, chiedendole di darmi il cambio al pronto soccorso, e chiamai anche Karlie e le chiesi il numero di West.

> **Io:** Sono Grace. Probabilmente tarderò una ventina di minuti e non riuscirò a preparare gli ingredienti. Mi farò perdonare. Scusa.

Lui non rispose.

Ovviamente.

Era un rozzo, maleducato, figlio di puttana.

Anche se tu gli hai chiesto di trattarti in modo orribile come tutti gli altri, dopo che lui ti aveva aiutata e ti aveva persino definita più volte sua amica.

Al diavolo. Sapevo di aver fatto la cosa giusta. West e io non eravamo amici. Lui aveva pietà di me e avvicinarglisi era una pessima idea. Era meglio così.

Solo che avrei preferito non sapesse quanto fosse uno schifo la mia vita familiare, oltre ad aver visto quella brutta cicatrice.

Marla si scapicollò nella stanza d'ospedale dieci minuti dopo. Aveva ancora delle ciocche di capelli biondi tinti avvolte intorno ai bigodini, le pendevano dalla testa come dei lavavetri appesi alle pareti di un grattacielo. Sembrava esausta. Non potevo biasimarla. Nonna era peggiorata rapidamente nei due anni in cui Marla aveva prestato servizio da noi. Anche Marla ormai aveva superato i sessanta e non si era candidata per assistere una donna che necessitava di cure particolari.

Saltai giù dal letto di fronte a quello di nonna e mi precipitai incontro alla badante.

«Grazie a Dio sei qui.»

«Sono venuta appena ho potuto, tesorino. Che cosa ha combinato stavolta la vecchia cornacchia?»

«Guarda che ti sento!» Nonna Savvy agitò il pugno contro Marla.

«Stamattina l'ho trovata che premeva la mano sul fornello accesso. Ho dovuto tirarla via dalla cucina mentre lei scalciava e urlava. Adesso si rifiuta di sottoporsi a una TAC.» Abbassai la voce fino a sussurrare, lo sguardo fisso sul pavimento: «Che devo fare, Marl?».

«Be', penso che conosciamo entrambe la risposta a questa domanda» disse lei in tono dolce, stringendomi il braccio. Lei e Karlie stavano cercando di mettermi in testa che nonna aveva bisogno di andare in una casa di riposo. Io pensavo che se mi fossi impegnata, sarei stata in grado di garantirle un discreto benessere senza mandarla via.

Meritava di trascorrere il resto della vita nella casa che aveva costruito con nonno Freddie, dove aveva tirato su me e Courtney. Nella città in cui era cresciuta anche lei.

«Ci penso io qui. Tu vai a lavorare.» Marla mi infilò un bicchiere di polistirolo nella mano.

Annuii, presi un sorso di caffè, e la salutai alzando la tazza nella sua direzione. «Grazie. Non so come potrei farcela senza di te.»

«Probabilmente come stai facendo adesso, ma in modo molto meno efficiente. Ora vai.»

Venticinque minuti dopo, parcheggiai il pick-up vicino a casa e mi incamminai svelta alla volta del furgoncino dei tacos.

Quando arrivai al lavoro, un velo di sudore mi appiccicava i vestiti alla pelle. West stava gestendo entrambe le postazioni nel momento in cui entrai arrancando. C'erano quindici persone in fila al bancone e due clienti che si intrufolavano da un lato per lamentarsi di un ordine che West aveva sbagliato.

Il caldo e l'agitazione mi esasperavano, così tolsi la felpa e la lanciai sul sedile anteriore del furgone, assaporando l'aria sulla pelle umida nella mia maglietta bianca a maniche corte con lo scollo a V. Scansai West dal bancone con il sedere e presi in mano la situazione.

«Ti devo un favore» gli dissi con la voce ridotta a un sussurro.

«*Due.*»

«Che cosa?»

«Ti ho salvato il culo due volte in meno di un mese. I tuoi favori si stanno accumulando molto in fretta, Texas, e ho intenzione di battere cassa. Presto.» Girò il pesce sulla griglia e prese a ruotare un bastoncino di zucchero alla mela verde nella bocca. Gli donava sempre un profumo delizioso. Un profumo di Granny Smith e di inverno.

«C'è qualche possibilità che tu possa evitare le stronzaggini oggi?» ringhiai, e lasciai scivolare i guanti di gomma sulle dita.

«Nemmeno una» rispose lui con nonchalance, anche se mi sembrò di aver individuato qualcos'altro dietro il suo atteggiamento rilassato. Una stanchezza di fondo. Era di nuovo il ragazzo che avevo sorpreso nel parcheggio a fissare il vuoto, in attesa che il giorno volgesse al termine.

«Bello parlare con te.»

«La comunicazione è tutto, bambina mia.»

«Non sono la tua bambina.»

«Che sollievo. Mi renderesti un papà assente, nonostante i miei sani principi.»

Sani principi? *Ah.*

Per fortuna, non avemmo il tempo di beccarci per le successive quattro ore. Lavorammo senza sosta fino a esaurire tutto. West St. Claire poteva essere un ragazzaccio, ma era una mano santa per gli affari.

Quando finalmente l'interminabile fila di clienti sparì, presi un respiro profondo, mi girai e afferrai il bordo del bancone dietro di me.

Non appena lo guardai – lo guardai *davvero* – rimasi senza aria nei polmoni.

«Santo cielo. Che ti è successo alla faccia?»

Era tutta sfregiata, come se qualcuno avesse cercato di tagliarla a striscioline con le forbici. I graffi sotto gli occhi facevano supporre che quel qualcuno avesse anche tentato di cavargli i bulbi dalle orbite. Aveva brutti lividi rossi, violacei e gialli su tutto il collo, come se fosse stato strangolato, e il labbro inferiore era grosso il doppio del normale.

La mia ipotesi era che avesse perso secchiate di sangue la sera prima. Avrebbe dovuto trovarsi al pronto soccorso anche lui come mia nonna.

«Sono caduto dalle scale» disse in tono cupo. Sarcastico. Perché pensavo di poter ottenere una risposta diretta da quel tizio?

«Tu che scusa hai?» Posò gli occhi socchiusi sul mio braccio ferito. Inclinai la testa da un lato, non sapendo bene cosa intendesse, poi mi resi conto che ero lì con una maglietta a maniche corte e che lui poteva vedermi per *intero* il braccio viola.

Emisi un guaito disperato e mi precipitai al sedile del passeggero per afferrare la felpa. Feci cadere alcune padelle e delle spatole nella mia furia e inciampai in una cassa di bibite vuota. Armeggiai con la felpa, cercavo di infilarmela a una velocità umanamente supersonica, ma più mi sforzavo di capire se fosse al rovescio o no, più mi agitavo e meno combinavo.

Alla fine, West mi strappò la felpa dalle mani e la rigirò, poi me la infilò dalla testa, con un movimento disinvolto, quasi pigro.

«Ecco.» Tirò giù la felpa con un ultimo strattone, come se stesse vestendo un bambino. «Niente è meglio di un bel parka nel cuore di una torrida estate texana.»

«Non è un parka.» Mi portai le braccia intorno alla vita, tutta tremante.

Non riuscivo a respirare.

Aveva visto le mie cicatrici.

Aveva visto le mie cicatrici.

Aveva visto le mie brutte, stupide cicatrici.

Sgradevoli, rossicce e irregolari, difficilmente potevano passare inosservate e mi chiesi se qualcuno dei nostri clienti avesse perso l'appetito per colpa loro mentre lo servivo.

Strano che non avessi vomitato addosso a West non appena me lo aveva fatto notare. Forse non era stato un grande shock perché lui sembrava del tutto impassibile e già sapeva tante cose di me.

«Texas.» Il suo tono era basso. Imperturbabile.

«Io... io... io devo andare» borbottai, mi voltai e mi preparai a scappare via dal camioncino. Lui mi afferrò per un braccio e mi tirò dentro senza alcuno sforzo. Io mi dimenai e strillai, avevo un disperato bisogno di andarmene, di non vederlo mai più, tuttavia lui strinse la presa a tal punto che avrebbe quasi potuto procurarmi dei lividi.

Mi trattenne nel furgone, finché non mi rassegnai all'idea che non sarei uscita da lì senza prima parlare.

Ancora una volta, cercai di prenderlo a calci e pugni.

Ancora una volta, *fallii.*

Ora mi stava così attaccato che il suo respiro mi sfiorava il viso. Iniziai a urlare a squarciagola. Come se mi avesse violentata. Come se mi stesse facendo del male.

«Calmati, cazzo.» Mi circondò con le braccia, mi premette la schiena contro il frigo. Non sembrava meno composto del solito. «O sarò costretto a schiaffeggiarti per farti passare la crisi isterica.»

Tacqui subito. Non pensavo che mi avrebbe messo le mani addosso – avevo capito che non era quel tipo di ragazzo – però non escludevo che potesse punirmi in qualche altro modo.

Finsi di inspirare ed espirare. Prima toglievo di mezzo la questione, prima potevo andarmene.

«Hai finito di dare di matto?» Alzò un sopracciglio.

«Sì. Sono totalmente zen» mormorai, inspirando avidamente. «Potrei riavere un po' del mio spazio personale adesso?»

West mosse un passo indietro, lasciando un briciolo di spazio tra di noi. Si appoggiò contro il bancone e incrociò le braccia. «Allora.»

«Allora?» sbuffai.

«Ti sei procurata una brutta cicatrice.»

Lo aveva detto. Lo aveva davvero *detto* ad alta voce. Nessuno aveva mai menzionato l'esistenza delle mie cicatrici prima di allora. Non davanti a me, almeno. Le persone di solito le ignoravano. Fingevano di non averle notate. Il che in un certo senso mi metteva ancora più a disagio.

«Perché vuoi tanto coprirla? Tutti abbiamo delle cicatrici. La tua è solo più visibile.»

«È disgustosa.» Alzai gli occhi al soffitto, per evitare il suo sguardo. Mi rifiutavo di piangere per la seconda volta in una settimana, e sicuramente non avrei lasciato che lui mi vedesse.

«Chi lo dice?» insistette.

«Lo dicono tutti. Soprattutto le persone che mi conoscevano come una persona diversa.»

Una persona carina.

«Mi sembra la festa della pietà. Devo portare qualcosa? Stuzzichini? Birra? Bambole gonfiabili per il sesso?»

«Chi l'ha detto che sei stato invitato?» Stavo ancora fissando il soffitto.

Scoppiò a ridere con uno sbuffo, con la coda dell'occhio vidi che si sbatteva uno strofinaccio sul ginocchio.

Avevo notato che West rideva molto quando eravamo insieme, e invece in facoltà non lo faceva mai.

Avevo anche notato che doveva essere pazzo, perché non sembrava affatto turbato dallo stato terribile in cui era.

«Stai ingigantendo la faccenda. È solo tessuto cicatriziale.»

«Fa schifo.»

«Non abbastanza da impedirmi di volerti toccare il culo.»

Spalancai la bocca e sbattei rapidamente le palpebre, cercavo di capire cosa avrei potuto rispondergli, di preciso.

Ogni tanto mi spingeva a credere che mi trovasse attraente.

Pensavo ancora che ciò avvenisse per del mero sarcasmo o perché voleva che la povera Toastie si sentisse meglio con sé stessa. Almeno avevo smesso di pensare che fosse stato De La Salle a mandarlo per infondere in me vane speranze. West non sembrava uno che ascoltava molto, tanto meno uno che prendeva istruzioni e ordini dagli altri.

«Era il tuo modo per farmi un complimento?» sibilai.

«No» ribatté secco, serissimo. «Era il mio modo per dire la sacrosanta verità. Cosa c'è che non va in te?»

Una specie di calda euforia mi attanagliò il petto. Era la prima volta che accarezzavo l'idea che stesse dicendo la verità. Ci fissammo senza parlare. Mi aspettavo che mi spiegasse perché sembrava che fosse stato attaccato da un branco di lupi. Dato che non parlò, inarcai un sopracciglio.

«Neanche tu sembri messo troppo bene...»

Si portò una mano sul petto, si finse disperato per la bassa opinione che avevo di lui quel giorno. «Mi ferisci.»

«A quanto pare, non sono l'unica. Hai combattuto ieri?»

West rovesciò due casse vuote, una dalla mia parte del furgone e una dalla sua, e si sedette. Io seguii il suo esempio. Per molti versi il camioncino dei tacos era come una bolla per noi. Un accogliente confessionale. Le regole erano diverse lì dentro. Era come se ci liberassimo del nostro strato di pelle più superficiale, del nostro stigma, della nostra reputazione e del nostro status sociale. Lì dentro eravamo semplicemente... *noi.*

«Combatto ogni venerdì.» Scrocchiò le dita. I suoi bicipiti si contrassero sotto la maglietta a tre bottoni con le maniche corte.

Distolsi lo sguardo e mi schiarii la gola. «Senza offesa, però non posso credere che la gente venga a vederti il venerdì quando c'è il campionato di football in corso.»

«La gente viene al Plaza direttamente dal campo, si devasta e il mattino dopo è di nuovo pronta per il football all'università. Voi texani vi rendete conto che esistono anche altri sport, sì?»

«Cerchiamo di non incoraggiarli troppo, perché tendono a insinuarsi nei canali sportivi e a disturbare il football. Combatti sempre? Anche quando l'università è chiusa?»

«Anche se ho la polmonite e una costola rotta.»

Non sembrava che stesse esagerando. Sembrava che gli fosse realmente capitato in passato. Doveva avere proprio un gran bisogno di soldi. O forse non gli importava di morire. Avevo la terribile sensazione che si trattasse di un mix delle due cose.

«Di solito non sembri messo così male.» Mi mordicchiai il labbro inferiore, il mio battito cardiaco rallentò e i minuti passarono.

Quindi aveva visto le mie cicatrici e aveva scoperto della nonna. Bell'affare, cazzo.

«Di solito combatto con persone sane di mente. Stavolta, il mio avversario era un coglione cacasotto che ha tentato di tutto, ci mancava che tirasse fuori una pistola. Kade Appleton.» Scosse la testa. «Uno stronzo.»

«Hai combattuto contro Kade Appleton?» Mi mancò il fiato.

Tutti conoscevano Kade Appleton a Sheridan. Io non lo avevo mai incontrato, tuttavia avevo sentito innumerevoli storie su di lui. Era stato un bullo per tutti gli anni della scuola, si era ritirato a sedici anni, aveva preparato le valigie e si era trasferito a Las Vegas per diventare un lottatore. Si diceva che fosse entrato in una banda mentre era lì. «Che diavolo hai in testa? È soprannominato la Mela Marcia da queste parti. Stai cercando di morire, per caso?»

«Non attivamente, comunque se dovesse succedere poco male. Tutti i più fighi muoiono. Kurt Cobain, Abraham Lincoln, Dr. Seuss...»

«West!» gridai, dandomi una pacca sulla coscia.

«Va bene. Cambio Dr. Seuss con Buddy Holly, ma solo perché mi stai facendo pressione.»

Quando gli lanciai uno sguardo severo per lasciargli intendere che non era affatto divertente, lui mi indirizzò un cenno del mento.

«Perché sei arrivata in ritardo oggi?»

«Nonna» gracchiai, sorpresa dalla naturalezza con cui la verità mi uscì dalla bocca. Era liberatorio parlare apertamente di lei con qualcuno.

«Si è bruciata con il fornello stamattina. Era abbastanza grave. Sono rimasta con lei al pronto soccorso fino a quando Marla, la sua badante, non è arrivata a darmi il cambio.»

«Le è stato diagnosticato qualcosa?»

Scossi la testa. «No, però l'ultima volta che l'ho portata a un controllo è stato un paio di anni fa. Ora rifiuta un'altra TAC e le cose stanno andando piuttosto male.»

«Dovrebbe prendere delle medicine.»

«Lo so.»

Non solo, avrebbe dovuto fare più esercizio, prendere più sole e svolgere attività programmate. Marla aiutava come poteva e io, quando tornavo a casa la sera dopo l'università o il lavoro, ero troppo esausta per dare a nonna tutto ciò che si meritava.

West si alzò e preparò a entrambi una granita al Margarita. Versò più orsetti gommosi del solito in ogni bicchiere e me ne porse uno. Brindammo sollevando il bicchiere nello stesso momento, stranamente sincronizzati, e mandammo giù avide sorsate delle nostre granite mentre lui si rimetteva seduto.

«Torniamo alla faccenda della cicatrice.» Indicò il proprio viso con la mano. «È per questo che non sali sul palco? Perché non ti piace il tuo aspetto?»

Si riferiva alla volta in cui mi aveva vista alle prove, quando avevo recitato a fior di labbra tutte le battute, sempre rimanendo lontano dalle luci della ribalta.

Sentii le punte delle orecchie che arrossivano. «È più complicato di così.»

«Sono un ragazzo intelligente. Spiegamelo.»

«Non sono sempre stata così. Ero una specie di celebrità. Avevo lottato duro per arrivare dov'ero. Mia madre era una tossica che è morta quando io ero piccola, e mio padre... Be', non so nemmeno chi sia. L'unica cosa che aveva sempre funzionato era il mio aspetto, per quanto superficiale possa sembrare.» Risi nervosamente. «Ero una cheerleader. Recitavo. Ero *quel* tipo ragazza, tu sai quale. Con il vestito buono della domenica e il sorriso con le fossette, sempre pronta per la fotocamera. Ho imparato presto a giocare le carte che mi erano state date. Pensavo di aver capito il gioco. Ma poi...»

«Qualcuno ha capovolto il tabellone a metà partita e le regole sono cambiate.» West mordicchiò la cannuccia, riflettendo. «È successa la stessa cosa anche a me, perciò so bene di che merda si tratti.»

«Oh, davvero?» Sorrisi, poiché mi sentii pericolosamente a mio agio con lui. Era una cosa stupida. Come un gattino che pensava di poter stringere amicizia con una tigre solo perché appartenevano in qualche modo alla stessa specie. «Hai abbandonato anche tu il sogno di diventare un attore perché hai vissuto un tragico trauma giovanile che ti ha lasciato sfigurato per sempre?»

Lui usò la punta dello stivale per spingere indietro la mia cassa. Si grattò la tempia con il dito medio. Io risi.

«Quello che voglio dire è che le regole sono cambiate anche per me, a metà partita» spiegò.

«Non si direbbe. Sei ancora popolare.»

«Ero popolare come Easton Braun. Linebacker. Re del ballo. Odioso, sano, perfetto, il tipo alla Tom Brady che porta la gente a sospettare che segretamente sia un serial killer.»

Lasciai scorrere lo sguardo sul suo corpo ferito. Non avrei mai immaginato che West giocasse a football. Che potesse anche essere un ragazzo dolce e serio.

«Cosa ti ha condotto al lato oscuro?»

«Sono diventato l'unico a provvedere al sostentamento della mia famiglia. Be', i miei genitori adesso lavorano, però non sanno come pagare le bollette.»

«Oh.»

Avevo appena detto Oh? Tra tutte le parole del mondo, avevo scelto quella? Davvero? Dovevo impegnarmi di più! «È... tosta.»

Lui scrollò le spalle. «È quello che è.»

«Hai fratelli?»

Scosse la testa. «Samo solo io, i miei genitori e una montagna di debiti che diventa sempre più alta. Tu?»

«Solo io, mia nonna e la mia mancanza di autostima.» Sorrisi con aria stanca. «Un brindisi a noi.»

Facemmo tintinnare i bicchieri.

Il silenzio si allungò a dismisura come una gomma da masticare che veniva tirata. West fu il primo a spezzarlo. Si diede una pacca sulla coscia dura come la roccia.

«Ora che siamo pari, puliamo e andiamocene da questo cazzo di posto. Io ho delle faccende da sbrigare.» Si alzò e gettò i resti della granita nella spazzatura.

Spense la griglia e si preparò a pulirla. Io lo guardai torva, ero allibita.

«E questo che diavolo dovrebbe significare?»

«Non riuscivi a guardarmi negli occhi dopo che ho visto il tuo braccio, dovevo mettere in imbarazzo me stesso affinché ti sentissi di nuovo alla pari. Così ti ho assecondata. Ho condiviso con te un segreto che nessuno sa, tranne East. Ma lui non conta; io e lui siamo cresciuti nella stessa città e siamo nati a due giorni di distanza. In pratica è mio fratello gemello. La mia famiglia è completamente al verde, e io non combatto per la gloria o per la fica. Devo assicurarmi che i miei genitori abbiano un tetto sopra la testa. Mia madre è sotto antidepressivi e, come saprai, l'assistenza sanitaria costa un botto.»

Deglutii e guardai in basso. Mi sentivo così patetica davanti a lui, con una nonna colpita dalla demenza e una cicatrice orribile. Ora che sapevo che la sua famiglia era povera e sua madre combatteva contro la depressione, la sua vita non sembrava più qualcosa da invidiare. Non era intoccabile, irraggiungibile o avvolta da un alone luminoso.

«I tuoi devono essere molto orgogliosi di te» bofonchiai.

«Neanche un po'.» Emise una risata priva di umorismo e mi lanciò uno strofinaccio addosso per dirmi di alzare il culo e aiutarlo. «Questa però è un'altra storia, e dovrai mostrarmi molto di più del tessuto cicatriziale se vuoi che ti racconti anche questo segreto, Tex.»

Quando tornai a casa, la nonna era andata a letto con l'aiuto di Marla. Era distrutta dopo l'esperienza al pronto soccorso. Non era più abituata a stare così tanto tempo fuori casa.

Feci una doccia veloce mentre Marla metteva in ordine. Poi l'abbracciai sulla porta, stringendola fortissimo. «Grazie, Marl. Sei stata grande.»

«Non ti preoccupare. Ora, come pensi di procedere, tesorino?»

«Probabilmente guarderò Netflix e mi rilasserò.»

«Non fare la finta tonta con me, dolcezza. Intendo riguardo alla vecchia cornacchia. Nel lungo periodo. Questa situazione non è sostenibile, tesoro. Devi capirlo. Non puoi più occuparti di lei. È encomiabile che tu ci sia riuscita durante il liceo, ma tua nonna ha bisogno di cure costanti. È un pericolo per sé stessa. E per gli altri» disse Marla in maniera decisa, alzando un sopracciglio e spostando lo sguardo sul lato sinistro della mia faccia.

Abbassai la testa e mi massaggiai la nuca.

«Ci penserò» mentii.

Non ci avrei pensato. Non c'era niente a cui pensare.

Nonna Savvy mi aveva cresciuta. Mi aveva messa a letto tutte le sere e dato i bacini per farmi passare la bua. Mi aveva cucito una copia dell'abito che volevo per il ballo perché l'originale costava troppo. Aveva dedicato tutta la vita a me, e io non l'avrei abbandonata ora che le cose erano diventate difficili.

Dovevo solo cambiare passo. Trascorrere più tempo con lei, farle la doccia con più attenzione.

Stavo chiudendo la porta dietro a Marla quando un piede si infilò nella fessura. La persona dall'altra parte emise un grugnito di dolore, tuttavia non allontanò il piede schiacciato tra la porta e il telaio. Il cuore mi balzò in petto.

La prima cosa di cui mi preoccupai fu che non ero truccata.

Invece di preoccuparmi, che so, che ci fosse un cazzo di assassino pronto a irrompere in casa mia con un'ascia in mano.

«Chi è?» chiesi. Lo spiraglio era troppo stretto perché potessi vederlo.

«Karlie. Codice segreto: Ryan Phillippe. Apri.»

Noi *non* avevamo un codice segreto, ma, se ne avessimo scelto uno, molto probabilmente sarebbe stato quello. Il mio cuore anni Novanta sussultò. Sbuffai e spalancai la porta. La mia migliore amica agitò le sopracciglia con un sorriso sensuale, nella mano una borsina piena di cibo da asporto. Dal momento che la nostra città offriva solo una tavola calda, il nostro camioncino dei tacos e una pizzeria, immaginai che ci saremmo buttate sull'italiano.

Karlie sapeva che avevo passato una brutta mattinata perché ci eravamo scambiate dei messaggi quando le avevo chiesto il numero di West, quindi era venuta da me.

La tirai dentro per soffocarla in un abbraccio. Mi accarezzò la schiena in modo goffo.

«Ti hanno mai detto che sei un'amica straordinaria?» Le scompigliai i folti riccioli scuri con il mio respiro.

«Tutti, e anche spesso. Porto dei doni. Pasta, vino scadente e pettegolezzi. Iniziamo con il cibo. Che ne dici?»

«Dico che è *perfetto*.»

Un'ora dopo, eravamo sdraiate sul divano del soggiorno in un avanzato stato di coma alimentare, con la TV che tremolava sullo sfondo.

Mi accarezzai la pancia, ne fissai la dura rotondità. Ero snella e minuta, e a volte quando mangiavo come un bufalo e lo stomaco mi si gonfiava, mi mettevo davanti allo specchio tenendomi il pancione e mi immaginavo come Demi Moore sulla copertina di *Vanity Fair* (un'altra chicca anni Novanta che adoravamo). In condizioni normali, ci avrei riso. Però quella sera ero un po' brilla per il vino, e molto preoccupata per la nonna; perciò, non potei trattenermi dal chiedermi se sarei *mai* stata incinta. Se avrei mai incontrato qualcuno e costruito una vita con lui.

In genere, spingevo quel tipo di pensieri nel cassetto più nascosto della mente. Ma West aveva fatto irruzione nella mia vita con il suo corpo martoriato e la sua anima spezzata e aveva aperto con la forza quel cassetto e buttato all'aria tutto il contenuto.

La sensualità.

Il romanticismo.

Il desiderio.

E la cosa più pericolosa di tutte: la *speranza*.

Non sapevo ancora se quello che aveva suscitato in me fosse buono e promettente, o dannoso e devastante. In ogni caso, riporre la mia fiducia in qualcuno che non voleva alcun tipo di relazione e non sembrava molto interessato a rimanere *vivo*, era stupido oltre che rischioso.

«Qual era quel pettegolezzo che volevi riferirmi?» diedi un colpetto sulla spalla di Karlie con il piede, perché me ne ero appena ricordata.

Dall'altra parte del divano Karlie scosse la testa, i capelli scuri le rimbalzarono sul viso a forma di cuore. «Okay, hai presente Melanie Bush? Piccoletta? Bionda? Occhi azzurri?»

«Hai appena descritto il sessanta per cento del corpo studentesco della Sheridan.» Risi. «Che ha combinato?»

«Allora, la mia amica Michelle venerdì ha abbandonato il nostro gruppo di studio per andare a vedere l'incontro di West contro Kade Appleton. Pare che sia stato brutale. I tappetini erano così intrisi di sangue che dopo hanno dovuto bruciarli nella discarica. Comunque, è quasi scoppiata una scazzottata *dopo* la scazzottata. Alcuni amici di Appleton sono andati a lamentarsi con West e lui li ha praticamente liquidati senza filarli di pezza. Ma indovina cosa ha fatto mentre usciva?»

«Che cosa?» Cercai di mantenere un tono spensierato, anche se la schiena si era irrigidita e sentivo che il cibo appena mangiato mi risaliva in gola. Non ci voleva un genio per capire quale piega stesse prendendo quella storia.

«In pratica ha trascinato Mel su per le scale, con il sangue che gli colava sul mento, l'ha portata vicino agli ascensori dove non c'era nessuno e l'ha scopata fino a farle perdere i sensi. Era così fuori di testa, che a detta di Michelle la ragazza non era nemmeno sicura che fosse cosciente. Mel ha detto che il sesso è stato folle, carnale e bollente come l'Ade. Comunque, lui non l'ha nemmeno guardata in faccia mentre le procurava quei due orgasmi.»

«Wow.»

Dovevo dire qualcosa, così scelsi una parola che poteva significare tutto e niente. *Wow* poteva avere un senso negativo o positivo. Trasmettere shock o sarcasmo. *Wow* indicava anche come mi sentivo quando il mio cuore veniva ridotto in minuscoli granelli di polvere.

«Senti questa... pare che lui sia un tipo strano durante il sesso. Mel ha raccontato che continuava a toccarle i capelli e a parlare del Texas mentre la scopava.» Karlie arricciò il naso. «Cosa pensi che abbia il nostro ragazzo contro lo Stato della Stella Solitaria? Abbiamo inventato la Dr. Pepper, i corn dog e le protesi mammarie al silicone. Questo ci rende senza dubbio il miglior Stato del paese.»

«Giusto. È davvero strano» bofonchiai.

Riuscii a dire solo quello. Se avessi aggiunto altro, la voce mi si sarebbe spezzata.

Texas.

Aveva parlato del Texas.

Io sapevo che non si riferiva allo Stato, e sentii un nauseabondo mix di gelosia ed esaltazione attraversarmi il corpo.

«Ehi, per caso hai il gelato?»

«Vado a controllare» risposi, grata di avere una scusa per recarmi in cucina e regolarizzare il mio battito cardiaco.

Sapevo che ero gelosa, e sapevo anche che non avrei dovuto esserlo.

West non era il mio ragazzo. Niente nel suo comportamento, nelle sue battute o nella sua personalità poteva indurmi a credere che un giorno mi avrebbe chiesto di uscire. Semmai mi aveva reso noto in modo chiaro che non avrebbe mai flirtato con me, anche se mi trovava attraente.

L'unica cosa certa era che voleva infilarsi nelle mie mutandine – non nel mio cuore – e io avrei fatto meglio a ricordare a quale parte di me era interessato.

Gesù, avevo bisogno di superare quella stupida cotta. E alla svelta.

Tirai fuori dal congelatore una confezione di gelato e presi due cucchiai dall'armadietto della cucina. Pugnalai il gelato con un cucchiaio, soffocando un urlo nella gola.

Ero furiosa per la mia stessa stupidità. E se West non fosse stato uno stronzo con me? Non significava che non fosse uno stronzo in generale. Lo era stato con Melanie. Dovevo solo ricordarmi di stare alla larga da lui e fare un passo indietro.

Texas.

Aveva avuto proprio un bel coraggio a dire il mio soprannome fra le gambe di un'altra. Volevo ucciderlo. Strozzarlo. E...

«Shaw! Che succede? Lo stai preparando con le tue mani, quel gelato?» urlò Karlie dal soggiorno. Abbassai lo sguardo e vidi che il gelato non era più così bianco. Era macchiato da gocce di sangue scarlatto. Il *mio* sangue.

Scese lungo i pendii di una candida montagna di vaniglia in rivoli rosa. Mi guardai la mano. Restai a bocca aperta. Non avevo usato un cucchiaio. Avevo preso un maledetto coltello da quel cassetto.

Raccolsi svelta tutto il gelato contaminato, lo buttai nella spazzatura e recuperai dei cucchiai puliti.

«Arrivo subito.»

Merda. Merda. Merda.

Tornai al divano con un cerotto che Karlie non notò. Lei si mise in bocca una cucchiaiata di gelato e lo gustò a occhi chiusi.

«Sai cosa dovremmo fare?»

Una bambola voodoo di West e pugnalarla a morte?

«Un altro quiz anni Novanta?» buttai lì con finta euforia. Lei spalancò gli occhi, mi lanciò uno sguardo scettico. Non ero conosciuta per il mio entusiasmo.

«Dai, quello lo facciamo sempre. Dovremmo andare a uno degli incontri di West. Venerdì prossimo. Tanto è il turno di mamma e Victor. Sarebbe bello uscire un po'. Non usciamo insieme da un sacco.»

In effetti non uscivamo mai. Karlie era presa dallo studio e dai tirocini, e invece io lavoravo o passavo del tempo con la nonna. Eppure, andare a vedere West in azione era la cosa peggiore che potessimo fare insieme.

«Non se ne parla.» Mi cacciai in bocca il gelato senza assaporarlo. Tutta la serata era offuscata dalle immagini di West che si sbatteva Melanie Bush contro un ascensore, e non sapevo nemmeno che aspetto avesse quella ragazza. «I fight club non sono proprio il mio genere.»

«Gli uomini sexy che si picchiano senza maglietta però sì, giusto? A meno che tu non sia asessuale. O lesbica.»

«Direi più asessuale.»

Le donne non mi attraevano per nulla.

«Ma per favore. Io ti conoscevo anche prima di tu-sai-cosa, e andavi matta per i ragazzi proprio come tutte noi. Tucker, per esempio?»

Sì, certo. Tucker. Uno dei principali motivi per cui avevo giurato di lasciar perdere gli uomini. Il modo in cui mi aveva scaricata nel momento in cui avevo perso la bellezza mi bruciava ancora, nonostante le ustioni vere fossero guarite da tempo.

Karlie e io arrivammo alla conclusione che avrei preferito usare un martello come cotton fioc per pulirmi il cerume piuttosto che assistere a un incontro clandestino. La mia amica tornò a casa sua, che era proprio dall'altra parte della strada.

Mi infilai nel letto e nascosi le chiavi di casa sotto il materasso – come mi aveva suggerito quello stupido di West la sera della tavola calda – per impedire alla nonna di allontanarsi durante il mio sonno. Per ora stava funzionando.

L'ultima cosa a cui pensai quando appoggiai la testa sul cuscino fu un combattente che aveva rinunciato a sé stesso.

8

WEST

Domenica decisi di riscuotere uno dei milioni di favori che Texas mi doveva e arrivai in ritardo al lavoro. C'era stata una festa della confraternita la sera prima. Le feste per me rappresentavano l'inferno, però ogni tanto ci andavo perché East mi rompeva le palle se diventavo troppo asociale. Era erroneamente convinto che sarei caduto in depressione come mia madre. A volte pensavo che sapesse anche che accarezzavo l'idea di andare a schiantarmi con la moto contro un albero o di lanciarmi giù dalla torre dell'acqua. Ero rimasto per conto mio tutta la sera, in mano una bottiglia di liquore prodotto in modo clandestino e sul viso un'espressione truce a sottolineare che avrei preferito bere l'acqua del cesso piuttosto che chiacchierare ogni volta che qualcuno cercava di attaccare bottone con me. Il punto più basso della serata lo avevo raggiunto quando una ragazza mi si era avvicinata nella casa della confraternita e mi aveva chiesto se ricordavo il suo nome.

A quanto pareva, avevamo scopato il venerdì prima.

E ancora, a quanto pareva, lei trovava appropriato rendere noto a tutti, tranne forse che al Presidente, che ci avevamo dato dentro.

«*Melanie!*» aveva urlato. «*Mi chiamo Melanie. Te lo ricorderesti, se mi avessi almeno dato modo di presentarmi come si deve.*»

Melanie si era lamentata, aveva affermato che non si riteneva una facile da dimenticare. Mi aveva sorpreso, perché io avevo reso ben noto di non essere un tipo che chiedeva alle ragazze i loro nomi.

«E un'altra cosa, non sono nemmeno del Texas, come dicevi tu. Vengo dall'Oklahoma!»

Cosa potevo dire? Le ragazze erano un fiume interminabile di misteri in cui non volevo immergere nemmeno un dito.

L'avevo ignorata per dedicarmi a qualche tiro al tavolo da biliardo con alcuni ragazzi, parlando della NFL durante le sue lagne. A un certo punto, Tess era venuta a passo di carica da noi e aveva preso da parte Melanie (o era Melody?), consolandola per la morte prematura di quella che era stata chiaramente una storia d'amore unica e irripetibile.

Domenica, Texas fu stranamente silenziosa e brusca, considerato che il sabato lo avevamo trascorso a scambiarci segreti nel furgone. Ero ancora troppo stordito dall'alcol per tentare di scoprire per cosa le rodesse il culo stavolta. Sembrava che trovasse sempre un motivo per odiarmi. Non ci rivolgemmo più di cinque frasi, e per me andava bene. Il suo umore altalenante mi stava dando proprio sui nervi.

Lunedì, tuttavia, la mia pazienza nei confronti dell'universo svanì e l'impulso di prendere a pugni chiunque mi capitasse a tiro divenne incontenibile.

Non solo East si era svegliato la mattina e aveva trovato incastrate in fondo al nostro cestino dell'immondizia le diciassette lettere che mia madre mi aveva spedito e a cui io non avevo mai risposto (*«Che cazzo, amico? Rispondi a tua madre!»*), ma tutti sembravano ancora cavalcare l'ondata di alcol del weekend e si erano presentati al campus stonati. La festa della confraternita si era protratta alla domenica e al lunedì, il che significava che metà degli studenti indossava ancora la tunica e i sandali alla schiava.

Sembravano divinità greche, solo venute da Jersey Shore e con qualche chilo di troppo accumulato durante una vacanza all-you-can-eat sull'Olimpo. Comunque, erano tutte cazzate. La metà di quegli stronzi non avrebbe saputo trovare la Grecia sulla mappa neanche se fosse stata evidenziata con cinque pennarelli diversi. Andai alla mia prima lezione, deciso a non uccidere nessuno quel giorno.

Le cattive vibrazioni del finesettimana aleggiavano ancora sul mio umore.

Incrociai Reign, i suoi amici della Sig Ep, Tess, la ragazza bionda e squilibrata dell'Oklahoma – Me-*lagna*, come l'aveva ribattezzata Reign dopo sabato – e altre ragazze. Erano tutti curvi, con gli occhi rossi, intenti a spettegolare nel corridoio. Stavo per girare l'angolo ed entrare nell'aula di Addams quando sentii Reign biascicare dietro di me.

«Ehi, Toastie! Sei caduta dal cielo? Perché la tua faccia è tutta sfasciata.»

L'intero corridoio scoppiò in una fragorosa risata.

Smisi di camminare, le mani chiuse a pugno.

«Stavo solo scherzando. Sei sexy, piccola!»

Un'altra ondata di risate. Texas non rispose. Mi imposi di non voltarmi e guardarla in viso.

Non scattare, cazzo. Lei non vuole la tua pietà.

«Dai, Toastie. Guarda che non ti sto adulando. Il sesso con me ti incendierà i sensi.»

Altre risate.

Flash delle fotocamere dei telefoni.

Risatine, bisbigli, cellulari.

Qualcosa dentro di me scattò.

Mi dispiace, Texas. Non riesco a trattenermi.

Mi voltai e mi scagliai su di lui. Indossava ancora la stupida tunica e in testa quello che sembrava un nido distrutto, anche se doveva essere una corona di foglie. Il suo sorriso da coglione crollò come una torre di mattoncini Jenga quando capì che stavo andando a fargli il culo. Non avevo controllato dove fosse Texas. Se fosse ancora nei paraggi. Colpii Reign con la spalla, sbattendolo contro il muro, e afferrai la sua toga con il pugno. Il vestito si strappò e gli cadde intorno alle caviglie, lasciandogli una striscia di stoffa bianca drappeggiata sul petto. Era in piedi nel corridoio con indosso solo i boxer. Lo presi per la gola e lo sollevai finché i suoi alluci non toccarono più il pavimento. Digrignavo la mascella così forte che pensavo che i denti mi sarebbero usciti dalla bocca uno alla volta.

«Gesù, amico!» Il guaito gli uscì soffocato perché con il palmo gli stavo schiacciando la trachea. Alzò le mani e cercò di allontanarmi le dita dal collo, le sue nocche diventarono bianche.

«*Scherrrzavvvv*!» farfugliò, con la schiuma alla bocca.

Serrai i denti con un ringhio selvaggio. Volevo spaventarlo a morte. Fargli capire che se avesse preso in giro Texas un'altra volta, sarebbe entrato in un mondo fatto di dolore.

«Scherza sui tuoi difetti, simpaticone.»

«A lei non *importa* nemmeno!» Strabuzzò gli occhi, perché gli premevo la gola sempre di più. Sentii le delicate ossa del suo collo scricchiolare mentre aumentavo la pressione.

«Be', importa a me» affermai sottovoce.

Avrei potuto ucciderlo. Lo sapevo. Ormai avevo capito che ero in grado di uccidere la gente. Non sarebbe nemmeno stata la prima persona a finire in un sacco per cadaveri per colpa mia.

Quello però era un segreto che non avevo tanta fretta di condividere con il mondo.

Gli parlai a un millimetro dalla faccia. «Non ti azzardare a mancarle di rispetto un'altra volta, Reign. O ti ridurrò in minuscoli pezzi e ti getterò nel water. Una parte di me desidera quasi che tu sia tanto stupido da provarci, così avrei la scusa per toglierti finalmente di mezzo.»

«Amico, lo stai soffocando» mormorò qualcuno alla mia sinistra.

«Sta diventando viola!» Stavolta la voce arrivò da destra.

«Presto, qualcuno faccia qualcosa!»

Le grida si levarono tutto intorno a me, eppure non riuscivano a penetrarmi sotto la pelle. Lo guardai cambiare colore, smettere di agitarsi sotto le mie mani, con la consapevolezza che forse non ne sarebbe uscito vivo che gli attraversava il volto.

Qualcuno mi tirò per la maglietta. East, Grayson e Bradley mi sbatterono contro il muro opposto, lontano da Reign. Lanciai a East uno sguardo omicida e lo spinsi via, scagliandomi di nuovo contro Reign.

East mi strattonò più forte. «L'hai quasi ammazzato. Cosa c'è che non va in te, fratello?» ansimò East, che ora mi teneva inchiodato al muro per le spalle.

Lanciai uno sguardo freddo a Reign. Era accasciato sul pavimento, senza fiato, e si massaggiava il collo viola scuro. Una macchia simile a un cappio gli si stava formando intorno al pomo d'Adamo.

La folla intorno a noi si infittì, il brusio mi riempì le orecchie. Texas era impalata sullo sfondo, teneva strette le cinghie dello zaino con la fenice.

Mi guardava come se fossi un traditore. Ero stufo.

Di lei.

Della mia famiglia.

Del mondo.

Girai sui tacchi e mi incamminai nella direzione opposta. Era un'ingrata. Avevo fatto del mio meglio per aiutarla, ma adesso avevo ufficialmente chiuso. Non potevo permettermi un'amica come Grace Shaw, anche se ci tenevo alla sua compagnia.

E, tanto per la cronaca, non volevo più neanche quella. Basta.

Troppi drammi. No, grazie.

Arrancai fino all'aula di Addams. Una parte di me era sicura che Texas mi avrebbe seguito. Per ringraziami. Per scusarsi di essere stata irragionevole.

Per implorarmi e sottomettersi come tutti gli altri.

Per cercare di conquistare il mio affetto inarrivabile.

Quando raggiunsi la porta, guardai il corridoio, aspettandomi di vedere di nuovo il suo volto.

Se n'era andata.

«A cosa stai pensando?» Più tardi, quel pomeriggio, Reign mi diede un colpetto sulla spalla con il piede. Si sedette accanto a me sul bordo della piscina a forma di fagiolo e prese una boccata dalla sua canna, dopodiché il fumo gli uscì dalle narici in due spessi rivoli.

Immaginai che fosse il suo modo di scusarsi per quello che era successo in corridoio quella mattina.

Bevvi un sorso di birra e lasciai dondolare i piedi nell'acqua tiepida. Lanciai uno sguardo al suo collo e capii di dover ammettere che anch'io avevo avuto le mie colpe nello spettacolo di merda che avevamo inscenato ore prima.

Sì, lui era uno stronzo, io però l'avevo quasi ucciso. Per una ragazza che non voleva nemmeno essere salvata.

Accidenti a te, Texas.

«Che ho le dita dei piedi davvero pelose» dissi onestamente, lo sguardo fisso sui miei piedi stretti e lunghi.

Le spalle di Reign tremarono dalle risate. Scosse la testa, dandomi un calcio nell'acqua. «*Cavolo*, amico. È vero.»

Ci fu un attimo di silenzio. Vedevo ancora rosso ogni volta che pensavo a lui che prendeva in giro Texas. Non sapevo nemmeno bene perché. Lei aveva già messo in chiaro che non eravamo amici e io mi ero ripromesso di non toccarla.

Non era la prima volta che Reign si comportava come una testa di cazzo con la candida con altre persone, tuttavia quella era stata di sicuro la volta in cui si era accanito di più.

«Vorrei tanto essere come te.» Disegnò dei cerchi nell'acqua con le dita dei piedi, e io mi accorsi che le sue unghie avevano bisogno di una spuntata. «Tu sei il tipo forte e silenzioso. Non devi parlare per essere notato. Io ho bisogno di intrattenere. La gente si aspetta che io dica cazzate.»

«Se stai cercando una scusa per quello che hai combinato oggi, faresti meglio a voltarti e andartene prima che ti anneghi.» Bevvi un altro sorso di birra.

Eravamo a una festa di compleanno in piscina a cui mi aveva trascinato East. La festeggiata, che viveva appena fuori Sheridan, ci aveva pregati di venire, sulla sua faccia e anche alla sua festa. Il padre era un magnate del petrolio. I genitori erano fuori città. Era una festa della confraternita sotto steroidi.

Tutti avevano portato giocattoli gonfiabili e ballavano a bordo piscina. La musica pompava da un impianto surround che faceva tremare la terra. C'erano banconi da bar e scivoli intagliati nel ghiaccio da cui poter bere gli shot.

La padrona di casa andava in giro spavalda con un bikini rosa e bianco, i tacchi alti e una fascia con la scritta "I miei primi 21 anni" che le attraversava il busto. Ero andato lì per scrollarmi di dosso un po' di stress con una scopata veloce, ma non appena il mio culo aveva oltrepassato il cancello di ferro battuto, avevo capito che preferivo sedermi a bordo piscina a fissarmi le dita pelose piuttosto che sbattermi una ragazza senza nome e senza volto che in seguito si sarebbe pure lamentata.

I contro superavano i pro ormai, quando si trattava di scopare.

«Non vuoi sapere perché ho detto quelle cose a Riccioli d'oro?» chiese Reign.

Quando capì che non gli avrei dato una risposta, mi incalzò.

«L'ho fatto perché so che ti piace Toastie. Diavolo, anche il mio *cane* sa che ti piace Toastie, e lui vive nell'Indiana. Ecco perché sei stato con Melanie, giusto? In pratica sembra Toastie da dietro.»

Se l'avesse chiamata Toastie ancora una volta, lo avrei conficcato così a fondo nel terreno che sarebbe riapparso in Cina.

«Capelli lunghi e biondi. Bel culetto rotondo.» Contò sulle dita le loro somiglianze. «Sei piuttosto trasparente, St. Claire. Forse volevo solo ripagarti con la stessa moneta.»

Sorseggiai la birra. Era fuori di testa se pensava che mi piacesse Texas. Lei era insopportabile, a parte le poche volte in cui mi aveva fatto ridere.

East si sedette accanto a me dall'altra parte e strappò lo spinello dalle dita di Reign.

«Vi state confessando? Reign, è finalmente il tuo momento per il coming-out?» East indirizzò un sorrisone a Reign, che in cambio gli diede uno scappellotto, ridendo.

«Gli stavo solo dicendo che ho preso in giro Toastie perché lui si è fottuto Tess.»

«Sul serio?» Alzai i pugni e glieli avvicinai alla faccia. Reign si rannicchiò, incurvando la schiena con una smorfia.

«Merda, scusa. Le vecchie abitudini sono dure a morire.»

«Tu invece morirai *facilmente* se continui a comportarti da coglione.»

«Oh, odio quando mamma e papà litigano.» East prese una boccata dallo spinello e lo ripassò a De La Salle. «Davvero, però. Quelle cazzate su Toastie sono state robaccia da terza elementare, Reign. Prendila per il culo un'altra volta e mi assicurerò personalmente che l'allenatore lo venga a sapere. Ti espellerà più in fretta di un pezzo di merda dopo un'abbuffata di lassativi.»

«Ho già detto a West che non la stuzzicherò più» rispose con il broncio Reign. «Ho sbagliato, okay? Sto passando un periodo difficile.»

«Quindi Westie sa che ti piace Tess?»

«Adesso lo sa. Grazie per lo spoiler.» Reign alzò gli occhi al cielo.

Era di questo che si trattava? Del fatto che mi fossi scopato Tess Davis?

«Tess è tutta tua.» Finii la birra, proprio mentre una matricola si chinava su di noi, sbattendoci in faccia le tette avvolte da un costume rosso alla Baywatch, e ci offriva un vassoio pieno di shot. East ne prese tre e li distribuì.

«Non c'è niente che ti ostacoli. A parte la tua brutta faccia e il tuo cervello di gallina» incoraggiai Reign nel mio modo contorto.

Lui scosse la testa.

«Non è così semplice ora. Vorrei che tu non avessi infranto la regola dell'amico, il codice degli amici fraterni.»

Lasciammo tintinnare i bicchieri e mandammo giù i cicchetti di tequila. Non ricordavo che Reign avesse mai detto qualcosa su Tess, comunque gli credetti, perché normalmente non prestavo molta attenzione a ciò che mi diceva la gente. E, per la cronaca, solo quel mese Reign aveva scopato con circa il sessanta per cento della popolazione del campus; quindi, dichiarare che ciò che provava per Tess era amore corrispondeva più o meno allo sclero di quella Melanie quando aveva scoperto che non avevo stampato le nostre partecipazioni di nozze.

«Perché?» East chiese a Reign.

«Adesso ha occhi solo per questo stronzo.» Reign mi indicò con il mento.

«Be', questo stronzo invece non ha occhi per nessuna, quindi non sarà un problema.»

«Vuoi davvero dirmi che non ti intriga la ragazza del Taco Truck?» East mi colpì alla costola. Qualcuno si tuffò a bomba nella piscina, schizzandoci. Una ragazza. Ci tirò le dita dei piedi sott'acqua per scherzare prima di riemergere in superficie, da cui saltò fuori come una ninfa un po' zoccola. Reign le schizzò l'acqua per tutta risposta. *Innamorato, un paio di palle.* Non avrebbe riconosciuto l'amore neanche se gli avesse pisciato addosso e gli avesse distrutto l'Alfa Romeo, scaraventandola giù da un ponte.

East e io eravamo ancora impegnati in una conversazione.

«Si chiama Grace» dissi secco, perché in qualche modo era importante per me che quei bastardi smettessero di identificala con la sua cicatrice o con il suo lavoro. «E no, non me la farei.»

Soprattutto dopo che mi aveva gelato durante il nostro ultimo turno e mi aveva snobbato di fronte a tutta la scuola quando mi ero battuto per lei.

East ci rifletté.

«È solo che non sei più quello che voglio-morire-qualcuno-mi-dia-una-pistola da quando...»

«Da quando?» chiesi.

«Da quando l'hai conosciuta.»

Il mio migliore amico era così smielato che avrei voluto metterlo a tacere per non cariarmi i denti. Ridacchiai di gola. Quella era bella. Io. Un uomo cambiato. A causa di una ragazza.

«Per l'ultima volta, non ho alcun interesse per Grace Shaw.»

«Davvero?»

Altre ragazze si tuffarono per poterci solleticare i piedi, determinate ad attirare la nostra attenzione. Noi le ignorammo.

«Quante cazzo di volte devo ripeterlo?» Guardai in cagnesco il mio migliore amico. «Posso esprimerlo con una danza tribale, o in codice Morse, o magari prendendoti a calci in culo.»

«Allora non ti dispiacerebbe se le chiedessi di uscire?» East mi studiò con attenzione. Sentii la mascella contrarsi. Di tutte le ragazze della Sheridan, voleva scoparsi proprio quella con cui lavoravo. Notai che Reign aveva smesso di schizzare acqua addosso alla tipa nella piscina e stava osservando la mia reazione.

Alzai una spalla. «Fatti sotto. Non dimenticare di metterti il guanto. Sembra il tipo che potrebbe ingabbiarti in un matrimonio grazie a un bambino.»

Che importava? Texas non sarebbe uscita con lui neanche se fosse stato l'ultimo uomo sulla faccia della Terra. Probabilmente era vergine. Non usciva con nessuno ed era diffidente nei confronti di quelli che giocavano a football. Soprattutto dopo che Reign aveva dimostrato di possedere le maniere di un'ala di pollo fritto quando si trattava di lei.

«Allora dimmi se ho capito bene.» Reign sogghignò, era chiaro che si godeva immensamente la discussione. «Uccideresti chiunque le manchi di rispetto, però non vuoi uscire con lei?»

Mi lasciai cadere nella piscina e mi spruzzai l'acqua sulla faccia.

«Che bravo piccino. Vuoi un biscotto, adesso?» ringhiai.

«Mi sembra il minimo» ribatté Reign sarcastico.

East mi raggiunse in acqua. Avevo finito di parlare di Grace Shaw. Aveva già monopolizzato abbastanza il mio tempo, la mia vita, i miei *pensieri*.

«Senti, Max dice che Appleton sta raccontando cazzate pazzesche sul tuo conto.» East strizzò gli occhi sotto il sole. Quella era una novità per me. Tuttavia, come già constatato, badavo a malapena a quello che diceva la gente.

«Deve solo venire a dirmele in faccia, così poi non avrà più i denti per parlare male di me.»

«Scommetto che Max cercherà di organizzare un secondo incontro.» Reign ci raggiunse, si immerse nella piscina e sbucò subito dopo fuori dall'acqua, scuotendo la testa come un cane. «Accetteresti di concedergli la rivincita se te lo chiedesse?»

«Non se ne parla nemmeno» mi ammonì East con un'occhiata fulminea.

«Per il giusto prezzo, ucciderei Appleton, il cazzone del suo manager, e persino Max.»

Entrambi i miei amici risero.

Risi anch'io.

Ciò che non sapevano era che non stavo affatto scherzando.

9

GRACE

Pioveva sempre sul bagnato, dicevano.

Nel mio caso, l'intera settimana era stata un temporale avvolto in un tornado.

Aveva distrutto qualsiasi aspetto della mia vita, e io non avevo potuto fare altro che stare a guardare quel vortice d'aria mentre precipitavo negli abissi oscuri della mia personale catastrofe.

«Tesorino, mi dispiace tanto. So che il tempismo è pessimo, ma considera ufficiali le mie dimissioni, per favore.» Alla fine della settimana Marla mi chiese di sedermi con lei.

Ormai andavo avanti per inerzia.

West e io non scambiavamo una parola durante il lavoro, la nonna aveva iniziato un assurdo sciopero della fame, ancora arrabbiata per la TAC a cui si era rifiutata di sottoporsi, e la vita al college era diventata un disastro intriso di mormorii e sguardi impietositi da quando West St. Claire aveva praticamente dichiarato che ero sotto la sua protezione.

Tutti sapevano che West e io non eravamo pappa e ciccia; quindi, avevano opportunamente dedotto che a lui dispiaceva per Toastie, la sua nuova collega, e voleva assicurarsi che non si ammazzasse.

È lui che odia la vita, avrei voluto urlare davanti a tutti. *È lui che vuole morire. Non io. Io voglio solo essere lasciata in pace.*

«Te ne vai?» Sbattei le palpebre verso Marla, cercando di mantenere un tono neutro. Marla annuì, mi prese le mani nei suoi palmi unticci e gonfi e se le portò alle labbra.

«*Vado in pensione.* Mi trasferisco. Pete ha trovato un fantastico appartamento in Florida, appena fuori Miami. Molto carino ed elegante, e davvero economico per quello che offre. Saremo vicini a Joanne, mia figlia, e ai suoi piccoli delinquenti. Abbiamo aspettato tanto questo momento. Non sono più una ragazzina. Voglio godermi i miei nipoti, dedicarmi alle passeggiate e ingrassare con mio marito.»

Niente di quello che aveva detto era una novità per me. Tuttavia, irrazionalmente ero arrabbiata. Non con Marla, ovvio. Non potevo certo biasimarla se voleva migliorare la propria situazione. Ma con il mondo. Dipendevo da Marla, che ormai era diventata un membro della famiglia più che una dipendente. Era sempre disponibile per ore extra ed era reperibile ventiquattro ore su ventiquattro. La nonna in generale andava d'accordo con lei e Marl non si lasciava mai mettere i piedi in testa. Trovare qualcun altro sarebbe stato un casino. Marla abitava a Sheridan, e non molte persone avrebbero voluto fare i pendolari per venire a lavorare nella mia piccola città; inoltre, quei pochi che erano disposti a considerare l'idea avrebbero preteso di essere remunerati in modo adeguato.

Anche se avevo dei soldi da parte per le spese mediche di nonna, e i versamenti della sua pensione ci permettevano di vivere tranquille, non navigavo certo nell'oro.

«Oh, Marla, è meraviglioso.» Mi alzai, soffocai il panico, e la strinsi in un abbraccio. Mi godetti quel piccolo momento dolceamaro tra le sue braccia, sentendo un doloroso pizzicore negli occhi. «Te lo meriti. Hai lavorato sodo per così tanti anni. Sono davvero felice per te e Pete.»

Lei tirò indietro la testa e mi accarezzò le guance per assicurarsi che fossero asciutte. Trasalii quando toccò la cicatrice. Sembrava ancora fresca. La pelle era più sottile che sul mio lato destro, quello sano.

«Non preoccuparti, Gracie-Mae. Ti sto dando un preavviso di due mesi. Hai un sacco di tempo per trovare un rimpiazzo.»

Espirai. Due mesi *erano* una discreta quantità di tempo.

«Grazie. Comincerò a cercare subito.»

«Anche se sai quale dovrebbe essere secondo me il prossimo passo.» Le sue labbra si contrassero, come se stesse cercando di trattenere le parole che volevano uscirle dalla bocca.

«Lo so. Specialmente ora che ha iniziato lo sciopero della fame.» Mi inalberai. Marla rise.

«Sì. A proposito di questo. Si porta di nascosto i ciccioli di maiale in camera quando pensa che io non stia guardando. E quindi io» la sua risata divenne più acuta «fingo di non vedere, così almeno mangia qualcosa.»

Scossi la testa e ridacchiai con sollievo. «È incorreggibile. Cosa devo fare con lei?»

«Mandala in una casa di riposo!» Marla sbuffò. «Ti ringrazierà.»

Dopo aver intuito che stava succedendo qualcosa di interessante, la nonna entrò quatta quatta in cucina con la sua vestaglia di calicò e le pantofole a coniglietto.

«Che cos'è tutto questo baccano?» Andò dritta al cassetto delle posate e cercò di aprirlo con uno strattone. Non si mosse. All'inizio di quella settimana avevo installato dei magneti per bloccare tutti i cassetti che contenevano oggetti potenzialmente utilizzabili come arma, tipo quelli che si adoperavano per i bambini piccoli.

Non potevo correre il rischio.

Non dopo l'incidente del fornello.

«Nonna, Marla mi ha appena detto che tra un paio di mesi ci lascerà. Si trasferisce in Florida per stare più vicina a Joanne e ai suoi nipoti.» Mi girai per guardare la nonna. La sua schiena era ancora rivolta verso di me.

«Cavolo! Che gli prende?» Tirava la maniglia del cassetto e sbuffava. «Non riesco ad aprirlo!»

«Nonna, mi hai sentita?» le chiesi.

«Che accidenti...» mormorò, ignorando la notizia, e anche me, e continuando a tirare.

«Di cosa hai bisogno?» Mi precipitai da lei, desiderosa di essere perdonata dopo l'episodio del pronto soccorso. «Te lo prendo io.»

«Ho bisogno di sapere perché in questa maledetta casa non riesco ad aprire un cassetto e a prendere un cucchiaio per girare il tè!» Si voltò per guardarmi in faccia, sventolava la mano in direzione del cassetto. «È parte del tuo piano, Courtney? Per convincere la gente che ho chissà quale malattia? Che non riesco nemmeno ad aprire un cassetto? Vuoi mettermi in un istituto psichiatrico? È così?»

Questa volta non mi andava di interpretare sua figlia morta. Era troppo doloroso.

«Nonna, non sono Courtney. Sono Gracie-Mae, e non intendo metterti in un manicomio.»

«Vuoi che muoia lì così puoi prenderti tutti i miei soldi e la mia casa. Così puoi sballarti senza che nessuno ti interrompa. Ti conosco, signorina. Ti è sempre importato solo dei ragazzi e della droga.»

«Io desidero solo che tu stia meglio» replicai. Mi stavo stancando di quel tango.

«Sì, facendomi diagnosticare una malattia che non ho e imbottendomi di medicine. Non tutti vogliono essere sedati. Solo perché a te piacciono le droghe, non significa che piacciano anche a me.»

«Nonna.» Le posai una mano sulla spalla. «Sono *Grace*.»

Lei mi diede una spinta. Forte. Inciampai all'indietro, la mia schiena sbatté contro il muro. Una foto di me e mia madre – l'unica di noi due presente in quella casa – cadde a terra e il vetro si ruppe.

Più che il dolore sentii qualcosa bruciare dentro di me.

L'umiliazione.

La rabbia.

La mia impotenza davanti a quella situazione.

Mi accostai l'anello con la fiamma spezzata alle labbra ed espressi i miei desideri sussurrando mentre Marla si alzava di scatto e avanzava verso la nonna.

«Savannah!» Il suo tono aspro mi fece drizzare i peli sulle braccia. «Non riconosci tua nipote?»

La nonna si voltò di colpo a fronteggiare Marla, e il suo cipiglio si sciolse per trasformarsi in un dolce sorriso.

«Che cosa? Non essere sciocca. So benissimo chi è.»

«Hai detto Courtney» ribatté Marla.

«Silenzio!» La nonna alzò la voce. «Smettetela di tendermi una trappola a ogni passo, tutte e due.»

Marla si avvicinò a me. «Vai a lezione, tesorino. Rimarrò qualche ora in più oggi. Ho promesso a tua nonna che l'avrei aiutata a riordinare l'armadio. Va bene?»

Fissai la nonna, ma annuii.

Presi lo zaino, le chiavi e il portafoglio, poi corsi fuori.

Aspettai di arrivare in macchina prima di lasciar cadere la prima lacrima.

Pensai a *Un tram che si chiama Desiderio.*

Alla solitudine pungente di Blanche, che filtrava così in profondità che lei non sapeva nemmeno più *perché* si sentiva così sola. Blanche, come la nonna, stava chiusa in casa tutto il giorno, i suoi demoni spesso erano la sua unica compagnia.

Pensai a quanto fosse crudele dare a qualcuno la libertà quando non sapeva come utilizzarla.

Nonna Savvy diceva sempre: *Se non hai paura, non sei coraggioso.*

In quel momento per me era vera solo la prima, ma per lei dovevo diventare anche la seconda.

Mi sedetti all'ultima fila dell'auditorium e guardai Tess e Lauren che massacravano rispettivamente i ruoli di Stella e Blanche durante le prove.

Tess non era male, tuttavia continuava a esagerare per compensare le mancanze di Lauren nei panni di Blanche.

Si lamentava anche, di questo, e spesso.

«Blanche ha molto più carattere! Stella è mite e timida.»

«Cresci, Tess. Impara ad accettare la sconfitta con grazia» sbuffò Lauren.

«Io non perdo mai» rispose Tess, con un tono nervoso che non le avevo mai sentito prima.

Lauren agitò i capelli e le sorrise con aria placida. *«Davvero? Allora com'è che non sei a braccetto con West St. Claire in questo momento?»*

Anche Aiden, che interpretava Stanley, non era malaccio, però doveva imparare a dosare il cipiglio e lo sguardo truce. Sembrava così costipato che temevo che il pubblico avrebbe lanciato sul palco un farmaco contro la diarrea invece dei fiori, alla fine dello spettacolo.

Circa a metà delle prove, qualcuno sgusciò sulla poltrona accanto alla mia.

Strano, visto che tutti gli altri posti erano vuoti. Anche se non mi ero voltata, sapevo esattamente chi fosse. Mi spaventò il fatto di averlo riconosciuto così in fretta.

Il suo profumo era di inverno, mela candita e maschio alfa. Selvaggio e unico.

Appoggiai i piedi sullo schienale di fronte e provai a concentrarmi di nuovo sugli attori in scena. Ero ancora arrabbiata con West. Prima di tutto perché si era scopato un'altra il venerdì prima mentre borbottava il mio soprannome. Tuttavia, il motivo ufficiale era che mi aveva messa in imbarazzo in modo epocale scatenando un putiferio per come mi aveva trattata Reign. Affrontavo il college ignorando le provocazioni che mi arrivavano di qua e di là. Reign De La Salle era uno dei tanti idioti che avevo imparato a ignorare. West mi aveva messa sotto i riflettori, e ora tutti parlavano di me: della mia storia, della mia faccia, del mio futuro senza speranza.

Mi sembrava di essere tornata al liceo.

West appoggiò il braccio muscoloso sul mio poggiatesta. Il suo linguaggio del corpo comunicava indifferenza, grondava sicurezza; prese qualcosa dalla tasca anteriore – un'agendina – e me la lasciò cadere in grembo.

«Cerchia il giorno.»

Lo ignorai, continuai a fissare il palco.

«In cui mi lascerai uscire dalla cuccia» spiegò.

Strinsi le labbra, per trattenere un debole sorriso, per versare metaforicamente della lava sopra le farfalle che mi turbinavano nello stomaco e impedire che volassero in alto fino al mio petto.

Era proprio quello il motivo per cui tenere le distanze da lui era una buona idea.

Quel tizio aveva scritto cuore spezzato su tutto il corpo.

«Non si può. Questa agenda non va oltre la metà del prossimo anno» bofonchiai, con gli occhi ancora puntati sul palco. Non avevo bisogno di controllare per sapere che quei calendari non andavano oltre i dodici mesi. Tess gettò la testa all'indietro durante una scena e cercò di rubare le luci della ribalta a Lauren.

La scena venne interrotta perché Lauren s'impappinò di brutto con le battute.

«Porca puttana! Mi ha fatto perdere lei la concentrazione.» Lauren batté i piedi a terra, stritolando il copione che aveva in mano.

Tess appoggiò i pugni sui fianchi e gonfiò le guance.

«Niente dovrebbe distrarti quando stai recitando. Io seguo il metodo Stanislavskij, Lauren. Una volta che sono entrata nel personaggio niente può scalfirmi. Ho detto per settimane alla professoressa McGraw che dovevo interpretare io Blanche. Sono nata per quel ruolo.»

Mentre Lauren cercava di memorizzare le battute successive, Tess ribadiva che quella parte le era stata rubata, e vagava per la platea con sguardo felino. Quando ci vide si fermò e sgranò gli occhi, lasciando trasparire un lampo di eccitazione. Ci salutò con la mano.

«West! Grace! Ehilà!»

La salutai anch'io. West sporse il mento in avanti, in maniera appena percettibile, poi riportò lo sguardo su di me.

«Che ne dici della libertà vigilata?» domandò. «Dopotutto, è il mio primo reato.»

Scossi la testa. «È il terzo, in realtà. È dal primo giorno che mi dai sui nervi.»

«Porca miseria, donna, pensi che lavorare con te sia una passeggiata?» ribatté lui brusco.

«Di sicuro non lo è, ma almeno io non mi immischio nei tuoi affari e non attiro su di te attenzioni indesiderate» sottolineai.

«Di cosa sono accusato per la precisione?» Riorganizzò la sua corporatura mastodontica sulla poltrona, e ora tutto il suo corpo era girato verso di me.

«Hai creato un gran casino per quello che ha detto De La Salle, e ora sono diventata una patetica ragazzina emo che è alla tua mercé. Mi hai fatta sembrare impotente. Debole. Un caso umano.» Girai la testa a incontrare i suoi occhi.

La fitta nel petto si trasformò in una pressione forte.

«Allora, ce l'hai con me perché ti ho difesa?» Le sue sopracciglia si unirono.

«Posso combattere da sola le mie guerre.»

«Cazzate. Non ti sei mai presentata a una battaglia.»

«Non sono affari tuoi.»

«Sì invece, tu sei affar mio.» Mi studiò, godendosi molto che tutta la mia faccia fosse diventata rossa sotto il trucco.

«Questo lo avevo capito. Mi chiedo solo perché. Hai bisogno di un progetto di volontariato da portare a termine? Pensavo che avessi già abbastanza carne al fuoco.»

«Perché sei mia *amica.*» Ridusse gli occhi a due fessure cupe, piene di determinazione. Quello era tutto. Ero sua amica e non avevo voce in capitolo. «Quando qualcuno manca di rispetto ai miei amici, manca di rispetto a me. E *nessuno* deve mancare di rispetto a me. Ti è chiaro il concetto?»

Girai la testa in direzione del palcoscenico, ma solo perché temevo che mi sarei tuffata su di lui per abbracciarlo. Non era mai capitato che qualcuno irrompesse nella mia vita, buttando giù la porta e rimanendo pure nei paraggi dopo aver realizzato quanto fossi messa male.

West era la prima persona che insisteva per essermi amica, che io fossi interessata oppure no. Era un territorio inesplorato per me. Il mio istinto mi diceva di cacciarlo via prima che mi scaricasse, e invece ogni singola cellula del mio corpo mi urlava di lasciarlo entrare.

Alzò le braccia al cielo, esasperato. «Bene. Vuoi che stia al mio posto? D'accordo. In ogni caso, quello stronzo non ti darà più fastidio, almeno questo.»

«Uuh-uuh. Grazie, capitano St. Claire.» Sferrai il pugno nell'aria in modo beffardo. West mi aveva assicurato che non si sarebbe più intromesso nella mia vita. Io però non mi ero ancora placata. Anzi, passata l'euforia iniziale che avevo provato perché West mi aveva cercata nell'auditorium davanti a tutti, ero ancora più arrabbiata di prima.

Sapevo benissimo perché – Melanie – anche se non potevo dirglielo.

«Ti rendi conto che sei una stronza, vero? Non puoi non saperlo.»

Sapevo che mi stavo comportando di merda e mi dispiaceva da morire, eppure non riuscivo a trattenermi. Il lucido pulsante rosso dell'autodistruzione era acceso dentro di me e avevo voglia di prendere a pugni quel bastardo finché della nostra amicizia non fosse rimasto più niente, così sarei potuta tornare a essere sola, invisibile e al sicuro nella mia bolla fatta di nulla.

Il suo telefono gli danzava nella mano. Lui rifiutò la chiamata prima che potessi vedere il nome sullo schermo.

Melanie ti sta chiedendo un secondo round? Le hai detto che sei un tipo da una botta e via?

«Di cosa si tratta veramente, Texas?» Lasciò scorrere gli occhi sul mio viso.

Dalle quinte Cruz Finlay, il regista dello spettacolo, alzò lo sguardo e agitò il copione nella nostra direzione. «Scusate, vi dispiace stare zitti? Distraete i miei attori.»

«I tuoi attori stanno distraendo noi» borbottai sottovoce. West soffocò una risata accanto a me.

«Grace. West!» Tess ci indicò di nuovo. «Come mai da queste parti? Siete venuti per me?»

Tess era fantastica, ma aveva la tendenza a pensare che il mondo ruotasse intorno a lei. Probabilmente la cosa mi seccava tanto perché un tempo io ero proprio uguale a lei.

Il mio stomaco si strinse in un nodo. Se avessi scelto di agitarmi ogni volta che West riceveva le attenzioni di una donna, avrei avuto un crollo nervoso tre volte al giorno.

West si alzò e mi scrollò il braccio, costringendomi a tirarmi su.

«Cercavo Texas. Ora che l'ho trovata, mi tolgo dai piedi.»

Salutò Tess lasciandola di stucco e mi trascinò fuori dalla porta come un cavernicolo. Non volevo provocare una scenata, quindi mi trattenni dallo scacciare la sua mano. Una volta usciti dall'auditorium, lui mi inchiodò al muro e mi bloccò con le braccia tese su entrambi i lati del mio corpo. Il telefono squillò di nuovo. Lui lo ignorò e inclinò il viso in modo che le sue labbra fossero pericolosamente vicine alle mie.

Il suo profumo terroso e maschile mi penetrò nell'organismo. Il cuore mi batteva così forte che quasi vomitai.

«Riproviamo. Perché ce l'hai con me, Texas? Non tirare fuori la scusa di Reign. Non sono nato ieri.»

«La gente parlerà, ora che sei venuto nell'auditorium e mi hai chiamata Texas davanti a tutti. Spero che tu sia contento.»

Lui scrollò le spalle, impassibile. «Vuoi sapere quanto me ne frega? Un beato cazzo, se proprio te lo stai chiedendo. Non cambiare argomento.»

«Non ti importa se la gente pensa che ti scopi una che è al di sotto della tua portata?» lo schernii.

«Non mi interesserebbe neanche se la gente pensasse che scopo con una mucca. E tu non sei al di sotto della mia portata. Ora te lo chiederò per la terza e ultima volta: perché sei arrabbiata? Rispondi con attenzione. Non ci sarà una quarta possibilità. Se non parli, ti prendo per i piedi e ti tengo a testa in giù finché non sputi una risposta.»

«Non oseresti» lo derisi.

Le sue sopracciglia si alzarono di scatto, un ghigno malizioso gli arricciò le labbra.

Merda, lo avrebbe fatto sul serio. Mi calmai. «Non sono arrabbiata con te. Voglio solo che tu la smetta di comportarti come se fossi un caso umano. Finora me la sono cavata bene da sola, e non desidero che attiri su di me tutta questa attenzione.»

Mi scrutò, in cerca di una crepa nella mia maschera.

Alla fine, cedette, e si allontanò dal muro. Sentii la sua mancanza ovunque.

«Se smetto di attirare l'attenzione su di te, tornerai a essere relativamente sana di mente?»

«Io *sono* sana di mente.»

«Questo è discutibile.»

«Dimmi una cosa folle che mi caratterizza secondo te.»

«Indossi felpe con il cappuccio quando fuori ci sono quarantacinque gradi, nutri una malsana ossessione per gli anni Novanta, pensi di non essere attraente, poi...»

«Va bene. Okay, ho capito. Avevo detto *una*.»

Si infilò un bastoncino di zucchero tra i denti dritti, sorridendo come il diavolo in persona.

«Sono un tipo molto competitivo. Una volta che inizio, fatico a fermarmi. Tregua?» Mi offrì il mignolo.

Tutto quello a cui riuscivo a pensare era lui che baciava con foga Melanie e le sbottonava i jeans, mentre il mio soprannome gli usciva dalle labbra. Le mie, di labbra, erano roventi, comunque gli presi il mignolo, quasi ridendo per quanto era grande in confronto al mio. Era la seconda volta che lo facevamo. Mi piaceva che avessimo un rito tutto nostro.

«Pronta a svignartela?» Mi diede una gomitata.

«Per andare dove?»

«Austin. Ho appena ricevuto un messaggio da Karlie, il furgone si è rotto e non possiamo lavorare. La mia agenda è completamente vuota.»

Aggrottai la fronte e controllai il cellulare. Era vero, avevo ricevuto lo stesso messaggio. Comunque, passare del tempo con West fuori dal lavoro era una buona idea? La risposta era un grandissimo no con un mai e poi mai in cima.

«Non posso. Ho le prove una di seguito all'altra.»

«Non so come dirtelo, però niente salverà questo spettacolo. È la cosa peggiore che sia accaduta in Texas dai tempi dei Jonas Brothers.» West esibì una faccia adorabile, a metà tra il seriamente dispiaciuto e il sarcastico.

«Non osare parlare male dei Jonas Brothers. Sono un'istituzione.» Agitai il dito contro di lui, una risatina mi gorgogliava nella gola.

«Questo è un colpo di scena.» Mi afferrò il dito, attirandomi a sé. «Ti facevo più una ragazza alla My Bloody Valentine.»

«Conosco anche band che si sono formate dopo gli anni Novanta» protestai.

«Provamelo. Prima, però, mettiamoci in viaggio.»

Con tutto quello che stava succedendo, sarebbe stato bello rilassarsi e prendersi la giornata libera. Inoltre, avevo già deciso che non mi sarei innamorata di West St. Claire, e prima di lui ero riuscita con enorme successo a non infatuarmi di nessun ragazzo, neanche lontanamente.

Che male poteva arrecarmi una gitarella in città?

«Mi stai torcendo il braccio.» Sospirai.

«Sono noto perché aiuto le donne a scoprire la loro flessibilità.»

Arricciai il naso e lo spinsi via, assaporando la durezza del suo petto contro il mio palmo.

«Che schifo. Vado a recuperare lo zaino.»

«No-no. Non mi fido, potresti non tornare, e Cruz Finlay rischia di avere un ictus se lo distrai un'altra volta. Vado a prenderlo io.»

Entrò nell'auditorium e tornò con il mio zaino. Se lo mise in spalla mentre faceva girare il portachiavi intorno al dito. Mi portai al passo con lui quasi saltellando sulle punte dei piedi.

«Saltelli addirittura. Se non ti conoscessi, penserei che sei f...» Sorrise.

«Fatta?» chiesi, ancora saltellando, mio malgrado.

Smettila subito. Ti stai rendendo ridicola.

Rise, guardandomi di traverso. «No, stupida. Felice.»

«Non sono felice.»

«Il sorriso ebete sul tuo viso sembra dire il contrario.» Mi scosse il mento.

«Sei un cafone.»

«E tu sei raggiante.»

Gettai i capelli oltre la spalla, mi sentivo inaspettatamente carina. Il mio cuore si gonfiò, come una spugna immersa nell'acqua, e tutto il corpo iniziò a formicolarmi.

«*Caaaazzo*» esclamò con una pronuncia strascicata. «È pura gioia. Ma chi sei? Sono stato truffato?» Si fermò, mi prese di peso e mi girò da un lato. Aggrottò la fronte, fingendo di leggere qualcosa sulla mia schiena. Delle istruzioni o un manuale. Fischiò. Io scalciai in aria finché non mi lasciò andare, senza riuscire a trattenere le risatine che mi uscivano dalla bocca in maniera incontrollabile.

Stavo sperimentando un sacco di contatto fisico in quei giorni, più di quanto mi fosse capitato negli ultimi quattro anni, e le farfalle nello stomaco turbinavano senza sosta.

«Sì. Sei la vera Texas. Ho la versione 2.0. Sei resistente all'acqua?»

«No, per ora no.»

«Peccato. Scommetto che sei uno spettacolo con il due pezzi.»

«Se continui così, tu invece verrai tagliato in venti pezzi.»

Mi sentivo come se fossi di nuovo me stessa e non sapevo il perché, tuttavia pensavo che anche lui provasse la stessa cosa.

Che per qualche ragione, insieme riportavamo indietro le persone che eravamo state un tempo e che ci mancavano da morire.

Ci fermammo vicino alla sua Ducati. Lui tirò fuori due caschi e me ne mise uno fra le mani. Questa volta mi girai, tolsi il berretto da baseball e lo indossai diligentemente.

«Due caschi?» Mi voltai di nuovo nella sua direzione dopo essermi infilata il casco.

Lui scrollò le spalle. «Sapevo che sarei riuscito a farti muovere quel culo frigido che ti ritrovi.»

«Sei sempre così sicuro di te?»

«Ogni secondo della giornata.» Sputò il bastoncino di zucchero alla mela e indossò il casco. «E tu sei sempre così impicciona?»

«Solo quando una cosa mi interessa abbastanza da indagare.» Alzai una spalla. «Già che siamo in tema, perché sei così fissato con i bastoncini di zucchero? Sono un po' datati, no?»

«Non per me. Tu non hai qualcosa di nostalgico? Un pezzo della tua storia a cui sei affezionata?»

Senza pensarci, sfiorai con le dita l'anello con la fiamma, e sentii la gola che si stringeva.

«Sì, in realtà. Questo anello con la fiamma...» cominciai, la mano alzata, «apparteneva a mia madre.»

«È...» Prese la mia mano piccola e morbida nella sua grande e ruvida per esaminarlo. «*Orribile.* Comunque sia, i bastoncini di zucchero hanno lo stesso significato per me.»

Con una botta di vita, gliene presi uno dalla tasca posteriore, dove sapevo che li teneva, e me lo infilai in bocca sotto il casco.

«È... del tutto insapore.»

Così insapore, in effetti, che mi chiesi come mai si ostinasse a mangiare proprio quel tipo di caramelle, ancora e ancora. Ovviamente, se avesse voluto che lo sapessi, me lo avrebbe detto di sua spontanea volontà.

West sorrise e scosse la testa con indolenza.

Aspettai che salisse sulla moto, poi montai in sella dietro di lui. Agganciai le braccia intorno ai suoi pettorali. Il motore prese vita con un rombo. Sfrecciammo sull'autostrada, aggirando un ingorgo, il vento dolce che ci lambiva i corpi. Mi premetti contro di lui, inalando il più possibile il suo odore. Mi piaceva indossare il casco. Mi copriva integralmente il viso e mi regalava l'illusione di poter essere chiunque. In quel momento, avvinghiata a un uomo meraviglioso, con i lunghi capelli biondi che ondeggiavano al vento, l'unica cosa che la gente poteva vedere era la mia figura e sembrava che fossi una ragazza normale. Solo una ragazza come tante che viveva la sua giornata.

Nessuno poteva immaginare che il mio corpo e il mio viso fossero sfigurati.

Che mia nonna fosse malata.

Che sarei stata bocciata quel semestre.

Per tutto il tempo, il telefono di West gli vibrò nella tasca. Lo percepivo contro l'interno della mia coscia. In ogni caso, non volevo rischiare di rovinare il momento chiedendo chi fosse.

Arrivammo al quartiere di 2nd Street District, prendemmo un caffè freddo e gironzolammo per un po'. Le strade erano affollate, brulicanti di ragazzi del college, gente che si dedicava agli acquisti e vasi pieni di fiori; alberi addobbati di luci fiancheggiavano ogni via. I caffè pullulavano di giovani che chiacchieravano. Stavamo parlando dell'università, degli incontri del venerdì sera e della mia recitazione quando West si fermò di colpo sul marciapiede e mi tirò la manica della felpa, provocando un ingorgo umano dietro di noi.

«*Porca. Troia. Zozza.*»

Alzai lo sguardo sull'insegna davanti a noi. Era un negozio di cappellini da baseball. Mi sistemai automaticamente il berretto grigio sbiadito. Lo toglievo solo quando indossavo il casco di West o quando ero a casa. Lui mi afferrò la mano e mi portò dentro.

«Se hai intenzione di nascondere la tua faccia sotto un cappello per l'eternità, almeno non ammorbarmi con il solito vecchio logo Nike. Dammi una ventata di aria fresca, Tex. Questa è la ricetta per un buon rapporto.»

«Va bene, però dovrai voltarti mentre li provo. Devo proteggere la mia virtù.» Mantenni un tono scanzonato e infilai i pugni nelle tasche della felpa. Camminammo tra file e file di cappelli. A differenza della strada, il negozio era tranquillo. A parte un commesso sulla ventina che lavorava alla cassa, c'eravamo solo noi due.

«Ci tieni davvero tanto a non mostrarti, eh?» West passò una mano su una decina di copricapi.

Io diedi una scorsa a una pila di berretti con i loghi universitari, scrollando le spalle.

«Mi piace la mia privacy.»

«A te piace essere invisibile.»

«Qual è il problema?»

«Che *non* lo sei.» Smise di camminare, sfregandosi con le nocche la mascella cesellata. «Stringiamo un patto: chiuderò gli occhi ogni volta che proverai un berretto e li riaprirò quando sarai pronta. Ti fidi di me?»

«Perché ci tieni tanto?» Mi fermai accanto a lui per osservare un berretto rosa confetto con una stampa di ciliegie. Ero un tipo femminile e non ne facevo mistero prima dell'incendio. Pensai che quel berretto fosse carinissimo e mi chiesi perché non mi fosse mai venuto in mente di comprarne uno nuovo. Anche se la risposta era ovvia: sapevo che nessuno mi guardava, e quando invece qualcuno guardava era chiaramente per le ragioni sbagliate.

«Texas, non so nemmeno come dirtelo. L'interno del tuo berretto deve puzzare come un filo interdentale usato. Voglio che tu abbia almeno una decina di cappelli, in modo da poterli alternare. Un berretto per i matrimoni, uno per i funerali, uno per le feste, uno per il lavoro, uno per l'università...» I suoi occhi si posarono su quello rosa confetto che avevo preso. Me lo strappò di mano e me lo sbatté contro lo sterno.

«Provalo.»

«Chiudi gli occhi.»

«Io li chiudo, tu però non ti volti.»

«Ehi, questo non era parte dell'accordo!» protestai.

«Eri una cheerleader, giusto?»

«Sì. Quando ancora...»

«Qual è la prima cosa che ti fanno fare non appena entri nella squadra?»

Aggrottai la fronte, cercavo di ricordare. «Uh, la prova di fiducia?»

«Esatto. Questa è la nostra prova di fiducia. Devi fidarti del fatto che non aprirò gli occhi.»

«Mi hai detto che fidarsi delle altre persone è da stupidi» gli ricordai.

Lui storse il naso. «Non ascoltare le mie cazzate. Sono solo un fottuto teppista, bravo solo a tirare cazzotti.»

«Ma...»

Mi posò un dito sulle labbra. La pelle agli angoli dei suoi occhi si increspò quando sorrise. Ero sicura che fosse importante per lui. Il fatto che mi fidassi. Anche se non sapevo perché.

«Non ti lascerò cadere, Tex» disse piano.

«Prometti?»

«No. Io non prometto mai» scherzò. Non era quello che stava già facendo? Mi chiesi perché si ostinasse tanto a non impegnarsi nemmeno nelle promesse più insignificanti e banali. «Mettimi alla prova.»

L'aria era carica di un silenzio denso, mentre riflettevo sulla sua proposta. Lui chiuse gli occhi. Io mi tolsi lentamente il berretto grigio, l'adrenalina che mi scorreva nelle vene. Lo fissai esterrefatta e assaporai quel piccolo momento liberatorio. Potevo praticamente sentire le sue braccia quando in senso figurato mi lasciai cadere all'indietro.

Lui mi prese.

Mantenne la sua parola, non dando neanche una sbirciatina.

Afferrai il berretto rosa. La visiera non era piegata sui lati, quindi quando lo avrei indossato West avrebbe potuto vedere il mio viso meglio del solito. Me lo calcai in testa, tirai un respiro profondo e picchiettai sulla spalla di West per segnalargli che poteva riaprire gli occhi.

«Sei presentabile?» mi prese in giro.

«No, per i miei standard» borbottai.

Riaprì gli occhi sbattendo le palpebre.

«Allora, che ne pensi?» Anche se era solo un berretto, indicai tutta la mia figura, assumendo una posa alla Carrie Bradshaw di *Sex and the City*. Sembrava stupido, eppure per me era come provare un abito da sposa.

Lui mi lanciò un sorriso sbilenco a mezzaluna, che mi mandò le ginocchia in pappa, e fischiò.

West allungò una mano verso il berretto e il mio cuore saltò un battito. Per un secondo, mi sembrò di sentire il corpo che sbatteva contro il suolo perché lui mi lasciava cadere. E invece no. Non mi tolse il cappello. Lo piegò come piaceva a me, in modo da ripararmi entrambi i lati del viso.

«Sei bellissima» constatò a bassa voce. «Anche il berretto è carino.»

«Grazie.» La dolcezza della mia voce mi innervosì. «Vacci piano, però. Con quelle manone puoi causare danni.»

«Questa è una notizia falsa. Chiedi a qualsiasi ragazza con cui sono stato.»

Ridacchiai annoiata. Non mi divertiva sapere che andava scopando in giro.

«E poi comunque lo stiamo comprando» aggiunse in tono piatto.

Mi voltai per rimettermi il berretto vecchio e controllai il prezzo, quindi cominciai a brontolare.

«Cinquantacinque dollari? Scherziamo?»

«Te lo regalo io.»

«No.» Scossi la testa. «Mi hai già offerto la cena l'altra volta. Non può diventare un'abitudine.»

Ma lui si stava già dirigendo tutto spavaldo alla cassa, roteando il berretto rosa con le ciliegie sul dito mentre camminava, senza prestarmi la minima attenzione. Lo seguii, protestando. Sapevo che avrebbe fatto quello che voleva.

«Non è un'abitudine. È uno scambio. Io ti ho comprato qualcosa che secondo me ti serviva, ora tocca a te prendermi qualcosa. Che ne dici di quelle?» Tirò la catena del portafoglio (che era molto in sintonia con la mia epoca preferita, gli anni Novanta) per sfilarlo dalla tasca e lasciò cadere alcune banconote sul bancone davanti al commesso.

«Cavolo. Tu sei West St. Claire. Della Sheridan University, giusto?» Il viso del ragazzo s'illuminò.

Si strinsero la mano come due amiconi.

«Ho assistito all'incontro quando ti sei battuto con Williams l'anno scorso. L'hai massacrato. È ancora vivo?»

«Non ci giurerei.» West si infilò in bocca un bastoncino di zucchero alla mela verde e tornò a essere il solito idiota arrogante.

«Dovresti diventare un professionista. Sei il miglior lottatore che abbia mai visto. Tu *spacchi.*»

«Sei troppo buono» replicò West.

«Mi firmi il berretto?»

Lui lo firmò e accettò anche di scattare una foto insieme a quel tipo. Uscimmo dal negozio di ottimo umore.

«Allora, secondo te che cosa mi serve?» Si riferiva al nostro scambio.

Mi picchiettai le labbra, finsi di rifletterci. «Una protezione per i genitali.»

Rise. «Sei una burlona, Texas.»

«Ehi, non sono stata io a lasciarti delle scarpette da ballo prima ancora di conoscere il tuo nome.»

West si rimise in tasca il portafogli e mi porse la busta con il mio berretto nuovo. «Non mi hai mai detto di averle trovate. Cominciavo a chiedermi se le avessi comprate davvero. Iniziavo a dubitare della mia salute mentale.»

«Quello dovresti farlo a prescindere. Comunque le ho trovate. Le ho ancora a casa. Non so bene cosa farne, tuttavia il mio complesso di ragazza povera mi impedisce di buttarle via» ammisi ridendo. «Le rivuoi indietro?»

«Tienile. Temo che la danza classica non sia per me. Sono un po' troppo cresciuto.» Finse di essere timido e io scoppiai a ridere, immaginandolo in tutù.

Entrai in un vicolo per cambiarmi rapidamente il berretto e tornai con quello rosa sulla testa. Lui mi fischiò e io lo sorpassai spavalda, dondolando i fianchi come se fossi una specie di femme fatale.

Il suo telefono squillò di nuovo. Lo spense.

«Non dovrai rispondere, a un certo punto?» Mi voltai e tornai indietro, gli occhi puntati su di lui. «Va bene per me, se hai cose migliori da fare.»

«Non ho cose migliori da fare» tagliò corto lui, il suo umore era tornato cupo.

«Chiunque ti stia chiamando potrebbe avere qualcosa di importante da dirti.»

Più ci pensavo, più mi rendevo conto che una con cui aveva scopato non lo avrebbe chiamato dieci volte in un giorno. La preoccupazione mi si insediò nello stomaco. Era qualcosa di più grave.

«Sta a me giudicare. Ora tocca a te decidere, Tex» mi gridò, visto che ero scattata in avanti. «Dove si va?»

«Hai mai mangiato un frito pie, *Maine*?»

Il suo viso s'illuminò con il sorriso più sciocco e dolce che avessi mai visto. I suoi occhi brillavano come gioielli preziosi. Una volta avevo guardato un documentario sulla caduta del muro di Berlino. Avevo visto migliaia di persone che lo colpivano con martelli e mattoni, che lo demolivano a mani nude, l'espressione trionfante, tormentati da un dolore profondo e cupo. Questo fu ciò che accadde al mio muro difensivo nel momento in cui lui mi rivolse un sorriso davvero sincero. Si sgretolò, mattone dopo mattone, con migliaia di piccoli West che lo prendevano a pugni e lo distruggevano.

«Non posso dire di sì.» West inclinò la testa da un lato.

«Allora prendiamo Christina. Abbiamo dei posti da vedere. Dei frito pie da mangiare.»

Lui raddrizzò la testa, proprio mentre l'ultimo mattone del mio muro andava in frantumi.

«Fammi strada.»

«È... *strano.*» West si appoggiò allo schienale della sedia e lasciò cadere la forchetta sul frito pie. Mi battei una mano sul cuore, ansimando.

«Sei serio in questo momento?»

Lui annuì, riprese la forchetta e dissezionò il pasticcio con un'espressione accigliata.

«Cosa c'è dentro, poi? Manzo, fagioli, formaggio, salsa enchilada, tortilla chips, panna acida, mais, noci pecan...» Cominciò a elencare tutti gli ingredienti. «Mi ricorda quella volta in cui Rachel di *Friends* aveva due ricette incollate tra loro e aveva preparato quel disgustoso pasticcio di manzo e fragole. In pratica butti tutto qui dentro invece che nel tritarifiuti del lavello.»

«Oh.» Sorrisi allegra. «Anche il lavello della cucina è lì dentro. Proprio in fondo. A uno strato di distanza dalla crosta.»

Lui scoppiò a ridere. Chiesi il conto con un gesto della mano e pagai. «Comunque, ti informo che a Joey era piaciuto molto quel pasticcio.»

«A Joey piaceva mangiare qualsiasi cosa. Era proprio quello a divertire.»

«Suppongo che tu sia un tipo schizzinoso.»

«Non proprio. L'unica cosa che non mangio è la merda.» Si grattò la mascella squadrata, riflettendoci un po'. «E la passera. Nemmeno quella mi piace.»

Mi strozzai con la Diet Pepsi e ne sputai un po' nel bicchiere. «Come, scusa?»

«Mi hai chiesto delle mie abitudini alimentari. Ho pensato di risponderti apertamente.»

«Perché non...» Lasciai la domanda in sospeso. Non parlavo mai di sesso con i ragazzi. A dire il vero, non ne parlavo mai nemmeno con Karlie o con la nonna. Anche Marla era fuori questione, per ovvie ragioni. Non è che non avessi mai fatto sesso. Era capitato. Quando avevo sedici anni, con il mio ex ragazzo, Tucker. Ma in realtà non ne avevamo mai discusso e l'esperienza era stata scialba a voler essere generosi.

«Non mangio la passera?» Completò lui la domanda per me, godendo del mio disagio. «Sembra una cosa parecchio intima. Non ho niente contro le passere. Alcuni dei miei momenti migliori li ho trascorsi lì dentro. Solo che non voglio conoscere troppo da vicino quelli che sono passati di lì prima di me. Se avessi una ragazza fissa, be', sarebbe una storia diversa.»

«Hai mai avuto una ragazza fissa?»

Lui annuì.

«Alle superiori. Me la mangiavo a colazione, a pranzo e a cena. Che mi dici di te?»

«Idem.»

«E te la mangiava?» buttò lì con una disinvoltura oltraggiosa. Sentii le punte delle orecchie diventare bollenti.

«Sì.»

«Tu ricambiavi?»

«Ovvio. Ci vuole parità, giusto?»

West si appoggiò allo schienale, la mascella che tremava.

«Mai sentito parlare di discriminazione positiva? Che è successo al femminismo?»

Mi morsi il labbro, cercai di non ridere. Era davvero *geloso*?

«Immagino che la tua regola del sesso orale non si applichi quando sei tu il ricevente, giusto?» Inarcai un sopracciglio. Lui mi sorrise compiaciuto, sembrava orgoglioso del fatto che stavo portando avanti la conversazione senza esplodere in mille pezzi per la vergogna.

«Giusto. Non ho mai disdegnato un pompino.»

«Non è molto femminista.»

«Ehi, hai idea di quanti reggiseni ho bruciato nella mia vita?»

«E poi dicono che il romanticismo è morto.» Alzai gli occhi al cielo. Lui mi tirò giù il berretto. Eravamo entrambi incredibilmente a nostro agio.

«Dove andiamo adesso, Tex?»

«In un altro posticino messicano» risposi, senza perdere un colpo.

«Un *altro* pasticcio?» I suoi occhi brillarono di finto orrore. «Mi infliggerai di nuovo questa tortura?»

«Certo. Finché non ammetterai che il frito pie è la cosa migliore che sia capitata all'umanità dopo l'avvento dell'agricoltura e del linguaggio.»

«Il frito pie è la cosa migliore che sia capitata all'umanità dopo l'avvento dell'agricoltura e del linguaggio» dichiarò lui impassibile.

Io risi. «Bel tentativo.»

Uscimmo dal locale ed entrammo in quello accanto. Neanche lì gli piacque il frito pie. Dopo il terzo che lo obbligai a provare, si alzò dalla sedia e scosse la testa.

«Niente più frito pie. Va contro i miei diritti umani.»

«Dai, non essere di vedute tanto ristrette» lo stuzzicai, seguendolo. Mi doleva la faccia dalle risate e mi chiesi se fosse perché ci eravamo divertiti tanto o perché non ero più abituata a ridere. «Ci siamo solo scaldati.»

«Pongo il veto al frito pie.» Scosse la testa e si rigirò le chiavi intorno all'indice.

«*Maine*» frignai.

«*Texas*.»

Gli strattonai la mano, lui però non si fermò, continuò a dirigersi verso la Ducati.

«Se ci mettiamo sopra una ciliegina?» la mia voce divenne civettuola, persino roca, quando la sedicenne Grace prese le redini della mia bocca.

«Certo, ci starebbe bene una ciliegina. C'è di tutto in quel pasticcio.»

Il mio cuore, colmo di gioia e traboccante di risate, cominciò a sgonfiarsi.

Era pomeriggio inoltrato. La verità era che neanche a me andava un altro frito. Eppure, non volevo ripartire. Per tornare a Sheridan. E lasciare che la bolla di West e Grace scoppiasse. Desideravo continuare a essere spensierata e felice. A sentirmi bella, o almeno non orribile, ancora per qualche ora.

West si fermò davanti alla Ducati e mi porse il casco. Me lo infilai rapida, mettendo entrambi i berretti nella busta che mi aveva dato il commesso.

Tornammo a Sheridan in silenzio, con i capelli che mi sferzavano il collo e le spalle. Quando fummo nei pressi della città, West prese la strada che portava al centro e si diresse sulla via principale.

«Oggi è il mio compleanno» annunciò all'improvviso.

«Che cosa?!» gli strillai nell'orecchio. La mia voce era attutita dal vento e dal casco. «Davvero?»

Lui grugnì: «Sì».

«Quanti anni?»

«Ventidue.»

«Porca puttana.»

«Grazie per avermi appena fatto sentire vecchio, Tex.»

«Mi hai comprato un regalo il giorno del tuo compleanno. Non va affatto bene. Fermati. Fermati subito.»

Si fermò davanti al negozio di alimentari Albertsons. Io corsi dentro senza togliermi il casco, poi uscii con una bottiglia di tequila avvolta in un sacchetto di carta marrone e delle candeline. Erano del tipo più economico, ma meglio di niente. Saltai di nuovo in sella e gli avvolsi le braccia intorno.

«Allo Sheridan Plaza» ordinai.

«Hai iniziato a bere senza di me? Perché dovrei andarci?» Girò di scatto la testa, gli occhi tempestosi erano puntati su di me attraverso il casco.

«Non ci sono mai stata» ammisi con voce roca.

Si strappò il casco dal capo, il motore ancora acceso, e aggrottò la fronte. Per fortuna io indossavo ancora il mio, perché il viso di West St. Claire così vicino, con le labbra a un soffio dalla mia bocca, era l'apoteosi della seduzione. Un velo di sudore gli appiccicava le ciocche dorate sulle tempie e sulla fronte e gli zigomi scolpiti risplendevano sotto il sole.

«Mi stai prendendo in giro.»

Scossi la testa.

«Sei cresciuta a Sheridan e non sei mai stata al Plaza?»

Annuii.

«Bene. Però non devi mai andarci da sola. Promettimelo.»

«*Non prometto mai.*» Aggrottai le sopracciglia, sbattendogli in faccia la sua stessa regola. «Beccati questa. Perché non vuoi che ci vada?»

«Quel posto è un cassonetto di sperma.»

«Non è lì che ti scopi le tue amiche?» Mantenni un tono leggero.

«Ecco perché è un cassonetto di sperma. Non è un posto per una signora.» Si rimise il casco e spinse il piede in avanti, poi ripartì.

Quando arrivammo allo Sheridan Plaza, West parcheggiò sul retro e mi guidò all'interno. Il pianterreno era vuoto, a parte qualche materasso lurido, i mozziconi di sigaretta e i bicchieri di plastica rossi disseminati ovunque. Salimmo le scale di cemento fino al secondo piano. L'ala sinistra, che probabilmente avrebbe dovuto essere un'area ristorazione, era ampia e deserta. C'erano tappetini da palestra sparsi a terra, incorniciati da casse e scatole che formavano un ring, e intorno uno spazio sufficiente a contenere almeno un centinaio di persone. L'ala destra del piano era costituita da piccole stanze che presumibilmente sarebbero diventate i negozi, c'erano altri materassi nelle piccole alcove. Sembravano sudicie stanze di un motel. Non c'era da stupirsi che alla gente piacesse andare lì. Quel posto era un bordello improvvisato.

West mi portò per un rapido giro, tenendomi la mano in una stretta micidiale, come se le vibrazioni di quel posto potessero risucchiare la mia tenera anima per risputarla dritta all'inferno. Nella mano libera teneva il sacchetto di carta con la bottiglia di tequila.

«In pratica è tutto qui. Al terzo piano c'è la direzione. È lì che si trovano i nostri uffici» disse, senza alcuna traccia di sarcasmo nella voce. Io soffocai una risata.

«Lavori con orario nove-cinque?»

«Preferisco sessanta-nove.» Prendemmo le scale fino al terzo piano.

Nel momento in cui vidi la fila di ascensori davanti a me, il mio sorriso svanì. Lui non se ne accorse, dato che mi dava le spalle.

Quindi era lì che si scopava le ragazze.

Dove lui e Melanie si erano fusi insieme fino a diventare una persona sola.

Dovevo dire qualcosa per cambiare la direzione del discorso, subito.

«Che pensi di fare? Dopo che ti sarai laureato quest'anno?» Mi portai di fronte a lui e mi schiarii la gola.

West si passò una mano tra i capelli, la A tatuata sull'interno del bicipite contratto mi stuzzicava, ricordandomi quanto poco sapessi di lui.

«Brusco cambio di argomento. Non ci ho ancora pensato.»

«Non hai delle preferenze? Idee? Aspirazioni?»

«No, no e no.» Mi voltò le spalle e alzò le braccia in aria. «Non voglio parlare del futuro. Prova di fiducia, Tex. *Prendimi.*»

Prima che potessi capire cosa stesse succedendo, vidi il suo corpo cadere nella mia direzione. Cacciai un urlo e aprii le braccia per cercare di afferrarlo. *Merda.* Avevo bisogno di più tempo per prepararmi. Era pesante. *Davvero* pesante. Caddi all'indietro insieme a lui e contrassi il volto in una smorfia, pronta a sentire il freddo cemento sulla schiena. E invece, quando mi precipitò addosso schiacciandomi con tutto il peso, mi resi conto che dietro di me c'era un materasso a ripararmi dalla caduta.

Ecco perché aveva agito così.

Sapeva che non avrei avuto il tempo di prenderlo, ma sapeva anche che saremmo atterrati entrambi su qualcosa di morbido. Voleva solo vedere se avrei *provato* a sostenerlo.

Accidenti a lui.

Ridacchiai e lo spinsi via. Lui si girò e aprì la bottiglia di tequila. Stava per berne un sorso, io però gliela strappai di mano prima che potesse riuscirci.

«Non così in fretta, festeggiato. Vorrei proporre un brindisi.»

Si mise a sedere, ascoltando attentamente. Sul serio. All'improvviso sembrava un ragazzino curioso, in procinto di ricevere una lezione molto importante sulla sua materia preferita.

Mi spezzò il cuore vederlo affamato delle mie parole, perché era chiaro che non voleva festeggiare il compleanno. Non aveva organizzato niente con gli amici e non si era preso la briga di parlarmene fino a poco prima.

Anzi, aveva in programma il solito turno al lavoro.

Per qualche ragione, West St. Claire non era molto felice di essere nato, e saperlo mi distruggeva quasi l'anima, riducendola in brandelli.

«Vorrei fare un brindisi a un mio amico molto speciale, che, nonostante sia cocciuto e a volte anche discolo, c'è sempre per me.» Cercai di mantenere un tono disinvolto, anche se ero piuttosto emozionata, perché mi rendevo conto che tutto ciò che avevo detto non era un'esagerazione.

West alzò gli occhi al cielo. «Arriva alla parte in cui parli di me, spaccaballe.»

Gli diedi una pacca sulla spalla. «Non mi interessa quello che l'intero universo dice di te, West St. Claire. Non mi interessa se fai incontri clandestini, guidi un mostro di nome Christina e sei un puttaniere. Per me sei solo un bravo ragazzo che fa sempre la cosa giusta, e questo è sufficiente. No.» Mi sentii arrossire. «È più che sufficiente. È tutto. Buon compleanno, coglionazzo.»

Inclinai la testa all'indietro, bevvi un sorso di tequila e gliela passai, gustandomi il bruciore che mi scendeva nella gola. Restammo su quel materasso per due ore buone, a bere e a parlare. La conversazione riguardò un po' di tutto, dalla nostra infanzia al football, dai programmi televisivi alla musica, e infine ai libri. Più bevevamo, meno avevano senso le cose che dicevamo, tanto che a un certo punto stavamo tenendo due conversazioni parallele.

Quando finimmo la bottiglia, fuori era già buio. Iniziò a diventare freddissimo al Plaza. Eravamo entrambi appollaiati sul materasso, le nostre braccia che si sfioravano, e fissavamo il soffitto.

«Sai cosa mi andrebbe adesso?» gli chiesi.

«Spingermi via senza un cazzo di motivo valido, a parte il tuo fortissimo spirito di autoconservazione?» replicò lui asciutto. Io ridacchiai. *Touché.*

«Del vero cibo messicano per assorbire l'alcol.»

Prese la bottiglia di tequila vuota, chiudendo un occhio mentre ne fissava il fondo. «Vuoi dire, tipo tacos di pesce e tortilla chips?»

«Esattamente.»

«Non so dove possiamo trovare qualcosa del genere qui intorno.»

Ci scambiammo un sorriso d'intesa. Non era corretto, e non stava bene, ma era del tutto logico. Diavolo, quel giorno avevamo infranto talmente tante regole che una in più non ci avrebbe ucciso.

E poi la signora Contreras non l'avrebbe mai scoperto.

«Stai pensando quello che sto pensando io, festeggiato?» Il mio sorriso si allargò.

«Sto pensando che il Texas è appena diventato molto più divertente.»

Entrammo barcollanti nel furgone dei tacos, ci chiudemmo dentro ed evitammo di aprire il portellone. Mi voltai e mi premetti l'indice sulla bocca.

«Shhh!»

«Siamo entrambi zitti, idiota.» Mi diede una stretta al collo e ridacchiò mentre mi passava accanto sfiorandomi.

West accese la luce e la griglia, io presi a tagliare le verdure. Preparai dei tacos morbidi, ci misi sopra le candeline e le accesi. Dato che il furgone era appena tornato dall'officina, ci mancavano alcuni ingredienti, come la panna acida e la guacamole, tuttavia eravamo troppo ubriachi per preoccuparcene.

Massacrai la canzone "Tanti auguri a te", riuscendo a sbagliare tutte le note, e lasciai che West spegnesse le candeline.

«Che desiderio hai espresso?» Gli accarezzai il braccio e gli appoggiai il mento sulla spalla mentre entrambi osservavamo i sottili fili di fumo che si alzavano dalle candeline.

«Se te lo dico, prometti di non infliggermi il terzo grado?»

«Certo.»

«Dico sul serio, Tex. Non voglio che tu mi rompa le palle come tutte le ragazze. L'unica ragione per cui siamo qui è che tu *non* sei quel genere di persona.»

«Sputa il rospo, dai.» Risi.

«Ho chiesto di non desiderare mai più di morire.»

La mia gola si strinse e tutto si fermò, eppure mantenni la parola e non gli feci pressione. «Allora lo desidererò anch'io» dissi a bassa voce.

Ci sedemmo per terra e mangiammo tacos rotti e malconci, con me impegnata a ideare uno dei miei soliti quiz anni Novanta.

Decisi di non indagare sul perché West volesse essere mio amico.

Decisi di godermi quello che stava succedendo e vedere dove ci portava.

Non ero così felice da anni, e questo doveva pur contare qualcosa.

West mi stava spiegando perché i marsupi ti ammazzavano l'erezione, quando qualcuno bussò al portellone.

«Ehi? C'è qualcuno?»

Restammo entrambi in silenzio, a fissarci con gli occhi sgranati, i tacos a mezz'aria. Strinsi le labbra e soffocai una risata. Ormai non mi ubriacavo quasi mai, e avevo dimenticato che mi veniva sempre la ridarella quando ero brilla.

«Ehi, le luci sono accese» disse il tizio fuori dal camioncino. La ghiaia scricchiolò sotto le sue scarpe quando girò intorno al furgone. Probabilmente stava cercando di sbirciare dentro attraverso le fessure del portellone. «Aprite, dai.»

Mi misi una mano sulla bocca, nel tentativo di trattenere le risate, ma un piccolo grugnito orribile mi sfuggì dal naso. West spalancò gli occhi e sfoderò un grande sogghigno.

Mi coprii il viso, mortificata, tutto il mio corpo sussultava mentre soffocavo le risa.

«Guarda il camioncino» commentò una delle due persone fuori, sottovoce. «Sta tremando. Pensi quello che penso io?»

«Penso che se quello che pensi tu è vero, non ci apriranno mai, Rick, e poi mi è passata la voglia di mangiare roba preparata lì dentro.»

Pensavano che stessimo facendo sesso! Oh, Signore. Mi sfuggì un secondo grugnito, non riuscii a trattenerlo, e caddi all'indietro. West si avventò su di me, inchiodandomi al pavimento, mi si mise a cavalcioni e mi tappò la bocca con la mano per obbligarmi a tacere.

I tacos erano sparsi intorno a noi, l'aria mi era completamente uscita dai polmoni mentre lo guardavo sopra di me, il suo inguine premuto contro il mio ventre. Niente di ciò che stava facendo aveva un'intenzione sessuale. Lui voleva solo che io chiudessi il becco per non finire nei guai. Non dovevamo essere lì, e se la signora Contreras lo avesse scoperto, probabilmente ci avrebbe licenziati entrambi, nonostante l'affetto che nutriva nei miei confronti.

Tuttavia, il mio corpo si animò e mi sfuggì un piccolo gemito quando lui si premette piacevolmente su di me con il suo peso. Sentii i capezzoli inturgidirsi sotto il reggiseno. L'attrito con il tessuto ogni volta che mi muovevo mi aumentava la salivazione. Le sue cosce erano così forti e muscolose, volevo che si alzasse, si aprisse la zip e mi mettesse il pene in bocca.

West arricciò le dita intorno alle mie labbra. Trattenni l'impulso di leccargli il palmo. Potevo sentire la sua pelle, ruvida e salata, contro la bocca. Si sporse su di me, avvolgendomi, era così pesante che riuscivo a malapena a respirare. I suoi occhi erano fissi nei miei. Non ridevo più. Le persone all'esterno stavano ancora cercando di sbirciare dentro, facendo lampeggiare le torce dei telefoni, ornando il viso di West di delicate schegge di luce.

Entrambi i nostri cuori battevano all'impazzata, tanto che potevo sentirli e quasi vedere le impronte che lasciavano sulle nostre magliette.

Lo scricchiolio della ghiaia si affievolì e il canto dei grilli fuori divenne più forte. Stavano andando via.

West si chinò del tutto, spostò la visiera del mio berretto e appoggiò la fronte sulla mia. I nostri petti urtavano l'uno contro l'altro a ogni respiro affannoso. Lui chiuse gli occhi. Le punte dei nostri nasi si toccarono. Fui sopraffatta da una strana sensazione, era inebriante.

Qualcosa mi diceva che avrei rivissuto quel momento nella mia testa per anni.

West mi tolse la mano dalla bocca e tirò un cavo elettrico accanto a noi per spegnere le luci.

Bum, bum, bum, gridava il mio cuore.

«Texas.» Il suo sussurro mi avvolse e mi sentii confusa e accaldata.

«Maine.» Avevo la voce impastata, strana. Diversa.

Il furgone era così buio che non riuscivo a vedere nulla. I miei occhi erano incollati a quella che immaginavo fosse la curva delle sue labbra e, anche se il cervello mi diceva che un bacio era la cosa peggiore che potesse accadere per la nostra amicizia, il resto di me si ribellava, volevo disperatamente sentire la sua bocca sulla mia.

«Oggi non è stato uno schifo.»

Il suo respiro mi solleticava il volto.

Deglutii, non riuscivo quasi a parlare. «No, infatti.» Le mie labbra si allontanarono di un soffio dalle sue.

«I miei compleanni di solito sono pessimi» spiegò.

«Oh.»

Avevo ufficialmente smesso di mostrare segni di intelligenza. Incolpavo la vicinanza con lui. West mi ubriacava più della tequila.

«Texas» disse di nuovo.

«Maine?» Tremavo per l'emozione.

«Mi permetti di fare una cosa davvero stupida, ma assolutamente necessaria in questo momento?»

Il cuore mi rimbalzò nel petto. Non sapevo nemmeno bene cosa mi stesse chiedendo, eppure sapevo benissimo quale sarebbe stata la mia risposta.

«Permesso accordato.»

«Buon compleanno a me.» La sua bocca scese sulla mia nel buio pesto.

Ogni cellula del mio corpo sbocciò e iniziò a cantare. Inarcai la schiena, dischiusi la bocca per accogliere la sua lingua. Il tocco delle sue labbra contro le mie mi mandò un brivido lungo la schiena e io gemetti, il sangue nelle mie vene era dolce e appiccicoso.

Il telefono di West riprese a squillare. Lui si staccò rapido, interrompendo lo stato di trance in cui ci trovavamo. Si alzò in piedi e accese la luce, così anch'io mi tirai su e raccolsi i pezzi di taco sparsi mentre lui si voltava e finalmente rispondeva alla chiamata.

«Sì?» Sembrava senza fiato. Agitato.

Ora camminava su e giù.

Io mi tenevo occupata, gettavo i tacos rotti nella spazzatura, e i miei occhi vagavano con discrezione sui suoi jeans, rilevando il profilo della sua erezione. Era un rigonfiamento lungo, sodo e invitante. Era bello sapere che non era solo lui a far impazzire me, ma che anch'io ero capace di stimolare qualcosa in lui.

Ignaro dei miei pensieri perversi, West si voltò e si passò una mano tra i capelli disordinati, ancora una volta di spalle.

«Sono stato occupato.»

Pausa.

«Sono solo uscito con un'amica.»

Pausa.

«Sì, una ragazza.»

Pausa.

«Perché non c'è niente da dire. È solo un'amica. Come ti ho appena detto un cazzo di secondo fa. Dovresti impegnarti di più con i giochi di memoria, mamma. Allena un po' il cervello.»

Ahia.

«Mi sento più o meno come l'anno scorso.» Emise una risatina gelida e distaccata. «Comunque, devo scappare. Saluta papà da parte mia. Ciao.»

Si infilò il telefono nella tasca posteriore e si voltò, la sua espressione fredda e composta mi fece sentire come se fossi una perfetta sconosciuta. Come se l'intera giornata trascorsa insieme non fosse mai esistita.

«Pronta ad andare? Non so se riesco a guidare, comunque ti accompagno a casa a piedi.» I suoi occhi di giada erano duri come diamanti, e non c'era nemmeno un accenno del calore che li aveva avvolti fino a un attimo prima.

«Era tua mamma?»

Non mi pareva di aver mai sentito qualcuno parlare alla propria madre in tono così impersonale. Essendo cresciuta senza mamma, avevo sempre osservato bene le interazioni che i miei amici avevano con le loro. I litigi, l'esasperazione, la vena d'amore che li univa come un filo invisibile.

Il grado di intimità poteva variare, ma c'era sempre una confidenza implicita che non avevo percepito tra West e sua madre.

«Sì.» Mi aiutò a pulire il pavimento, il tutto in modo rapido ed efficiente, evitando il mio sguardo. Qualunque fosse stato lo scopo, quella telefonata lo aveva turbato. «I miei amici sanno bene che non devono festeggiare il mio compleanno, tuttavia mia madre ci prova ancora.»

Perché non festeggiava i compleanni?

E perché aveva scelto di passarlo con *me* questa volta?

Sapevo che non avrei ottenuto risposte. Non quella sera.

Gli accarezzai il braccio con un sorriso. «Ti va di salutare la nonna?»

«Stai scherzando?» Scoppiò a ridere. «L'unico motivo per cui sopporto le tue cazzate è che voglio stringere amicizia con la signora S.»

WEST

E l'idiota dell'anno è...

Io.

Mi ero messo in un fottuto mare di guai.

Baciare Texas era stata di gran lunga la cosa più folle che avessi tentato da quando mi ero trasferito... be', in *Texas*.

Lei era abbastanza ubriaca da lasciare che accadesse e io ero stato abbastanza stupido da mandare a puttane le mie regole.

La mia improbabile salvatrice era stata mia madre. Non appena avevo sentito squillare il cellulare, mi ero ricordato.

Ricordato perché ero lì.

Perché non sarei tornato mai più nel Maine.

Perché non avevo fidanzate o relazioni serie o progetti per il futuro.

East aveva ragione: mi piaceva Grace Shaw, e se non avessi imparato a tenere le mani a posto, avrei rischiato di trascinare entrambi in una cazzata che lei non si meritava e da cui io non avrei saputo come uscire.

Nessuna promessa, nessuna delusione.

Quello era il mio motto.

Grace e io camminavamo fianco a fianco. Lei era ancora eccitata, saltellava e parlava animatamente. Era carina con il cappellino rosa e i capelli biondi. Una parte di me non vedeva l'ora che superasse le proprie insicurezze e si aprisse. I ragazzi avrebbero iniziato a chiederle di uscire non appena avesse smesso di segnalare loro che era vietato avvicinarsi. Un'altra parte di me voleva scuoiare ognuno di quei figli di puttana e fabbricare tamburi per orfani con la loro pelle. Loro non la meritavano. Non sapevo chi fossero "loro" nello specifico. Solo tizi senza volto, e senza cazzo, si sperava.

«... ha detto che potrebbe bocciarmi questo semestre. Il che è davvero spaventoso. Ma non posso salire sul palco. So che esiste dell'ottimo trucco per gli effetti speciali, però che senso ha? Tutti proverebbero a scrutare al di là del cerone per vedere la mia vera pelle. Lo spettacolo passerebbe in secondo piano e la mia strana faccia diventerebbe il pettegolezzo della città. No, non posso salire sul palcoscenico. Non senza il berretto. Il che, ammettiamolo, non è proprio un'opzione» sentii Grace che parlava in sottofondo e, cazzo, mi ero di nuovo assentato, stavolta pensando a come sarebbe stato finire quello che avevamo iniziato. Avere qualcosa di più del rapido bacio che eravamo riusciti a scambiarci prima che ricevessi la telefonata.

«Chi?» domandai. Eravamo ormai prossimi all'ingresso.

«La professoressa McGraw.» Si fermò davanti al cancelletto che conduceva a casa sua. «Ti sei distratto, vero?» Allungò la mano per scostarmi i capelli da un lato, per cercare di farli assomigliare a qualcosa di ordinato. Li accorciavo solo dopo svariati mesi, e comunque succedeva solo quando East mi costringeva letteralmente a posare il culo sulla sedia e me li tagliava con le forbici.

Brontolai e distolsi lo sguardo. Le ragazze mi toccavano di continuo. Mi facevano pompini, mi baciavano, mi palpavano, mi cavalcavano. Tuttavia, era un pezzo che qualcuno non mi toccava in *quel* modo. Con affetto, invece che con lussuria. Nessuno ci aveva più provato dopo Whitley, almeno.

La porta si aprì e ne uscì una donna di mezza età, che si mise la borsetta in spalla. «Tesorino, ho visto accendersi le luci del portico. Ti ho lasciato qualcosa da mangiare nel microonde, se non ci è già arrivata la vecchia cornacchia. Scusa, non posso aspettare che tu faccia la doccia. Pete si è beccato un malanno. Non ho tempo nemmeno per la pipì. Chiamami se hai bisogno.»

«Grazie, Marl.» Texas si alzò in punta di piedi per abbracciare la donna. Ci avvicinammo al portico. Marla mi diede una pacca sulla spalla per salutarmi e si diresse alla macchina.

«Trattala bene, ragazzo, o ti farò assaggiare il mio fucile.»

Maledetto Texas.

«Intrattengo io la signora S. mentre tu sei in doccia» dissi a Grace, e Marla partì con la sua Dodge. La minaccia del fucile le era scivolata addosso come se la donna mi avesse offerto del tè.

«Oh, non ti preoccupare. Davvero.» Lei arrossì sotto il trucco.

«È un'affermazione, non una proposta. Muoviti.» Le premetti una mano sulla parte bassa della schiena, abbastanza vicino al culo da farmi girare la testa.

Il mio cazzo si indurì nei jeans e non vedevo l'ora di tornare a casa per trastullarmelo.

Texas si precipitò di sopra nel bagno e io entrai in soggiorno, con la sensazione di essere a casa. Sembrava una stanza vecchia, però gli altri ambienti erano piuttosto nuovi, il che mi disse tutto quello che dovevo sapere. C'era stato un incendio lì e parti della abitazione erano state ristrutturate.

Savannah era seduta su una poltrona reclinabile davanti al televisore, intenta a lavorare ai ferri qualcosa che sembrava una sciarpa senza fine. I suoi occhi erano vacui, le labbra premute a formare una linea sottile che esprimeva malcontento.

Mi accomodai di fronte a lei. «Salve, signora Shaw. Si ricorda di me?»

Lei alzò lo sguardo dalla sciarpa lunga quattro metri e mi fissò da sopra la montatura degli occhiali, poi riportò gli occhi sul lavoro a maglia.

«Certo che so chi sei» rispose, e la sua espressione tesa si rilassò. «Sei mio marito, Freddie.»

Dieci minuti dopo, Texas era fuori dalla doccia e io ero sicuro al cento per cento che sua nonna avesse la demenza. La signora S. aveva passato tutto il tempo in cui l'avevo tenuta d'occhio chiedendomi di persone che non conoscevo, ma con cui apparentemente lavoravo, riportandomi intere conversazioni che non avevamo avuto e trattandomi come se fossi il marito morto. Quella non era una recita. Non aveva la più pallida idea di chi fossi.

Grace scese le scale due gradini alla volta, indossava una maglietta oversize a maniche lunghe che usava come pigiama. Aveva le gambe nude e i miei occhi le leccarono avidamente. Le sue gambe erano perfette. Abbronzate, lunghe e atletiche. Potevo facilmente immaginarle avvinghiate intorno alla mia vita.

E invece mi trattenni.

Perché eravamo SOLO AMICI, CAZZO, anche se continuavo a dimenticarmelo. Forse avrei dovuto attaccarmi due post-it all'interno delle palpebre. *Solo* e *Amici*.

Le mie pupille finalmente si spostarono sul resto. Aveva il berretto da baseball e il suo viso era pieno di trucco appena applicato.

Allora insisti, eh, Tex?

Mi alzai.

«Grazie mille per essere rimasto con lei. Lo apprezzo molto.» Grace mi abbracciò quando raggiunse la fine delle scale, dandomi una stretta.

Le sue tette erano premute contro i miei pettorali. Non indossava il reggiseno. West Junior prese mentalmente nota che dovevamo farle più favori, se ci ripagava con quegli abbracci. Mi accompagnò alla porta, era il suo modo educato per dirmi di andarmene affanculo.

«Perché ti sei messa il trucco?»

«Perché hai un rapporto di merda con i tuoi genitori?» ribatté lei, aprendomi la porta.

Touché.

Le accarezzai la parte posteriore dell'orecchio. «A scanso di equivoci, se domani al campus mi poni una domanda del genere ti getto nella fontana e ti tolgo quel cerone dalla faccia scorticandola fino all'ultimo centimetro.»

Lei sorrise. «Non succederà più. Promesso.» Mi porse il mignolo. Lo agganciai al mio e la attirai a me per baciarle la guancia buona. Lei ansimò. Mi tirai indietro, sorridendole prima che avesse la possibilità di dare di matto.

Scesi i gradini del portico e mi sentii stranamente leggero, anche se era il mio compleanno, e i miei compleanni erano sempre i giorni peggiori della mia vita.

Mi fermai sull'ultimo gradino scricchiolante e mi girai, consapevole che lei era ancora sulla soglia.

«Ehi, Texas?»

Lei appoggiò la fronte contro lo stipite, rivolgendomi un sorriso assonnato.

«Dovresti aprirti un po'.»

«Anche tu dovresti.»

«Io mi sto già aprendo.»

Era la prima volta in cinque anni che sorridevo il giorno del mio compleanno. Il che era folle a pensarci. Mi fece sentire in colpa da morire. Non mi meravigliava che mamma, papà e East mi avessero chiamato tutto il giorno. Forse pensavano che mi fossi finalmente ammazzato.

Che mi si fosse presentata un'altra occasione come quella del cervo sulla strada e stavolta fossi riuscito a coglierla.

Grace si morse il carnoso labbro inferiore e capii che stava trattenendo uno di quei sorrisi che scioglievano il mondo.

«Anch'io, credo.»

10

GRACE

Ero impegnata a ripulire l'auditorium, come prevedeva il ruolo di assistente di scena, la sera in cui la prima piuma della mia fenice fece finalmente capolino dalle ceneri.

Era il giorno dopo il mio quasi-bacio con West. Tess e Lauren erano state le ultime ad andarsene, dopo essere rimaste fino a tardi a provare insieme alcune delle loro scene. Lauren faticava ancora a recitare bene le sue battute. Dava la colpa alla recente rottura con il suo ragazzo, Mario. Tess invece utilizzava tattiche passivo-aggressive per convincerla a chiedere alla professoressa McGraw di scambiare i ruoli. Sosteneva che Stella non avesse così tante battute e che il suo ruolo non fosse così estenuante dal punto di vista emotivo.

«Sul serio, Lor, di' a Finlay e alla McGraw che hai troppa carne sul fuoco e passa a Stella. Prenderai una A più e dovrai memorizzare solo la metà delle battute.»

Avevo riordinato e passato il mocio intorno ai loro piedi. Entrambe mi avevano salutata con la mano, gli occhi di Tess avevano indugiato su di me un momento di troppo, come se si fosse accorta della mia esistenza per la prima volta. Ero sicurissima che ciò fosse dovuto al fatto che West mi aveva portata via dall'auditorium il giorno prima.

Dopo aver finito di pulire, sistemai tutti gli oggetti di scena dietro le quinte e appesi i costumi alle grucce.

Canticchiavo a bassa voce *No Me Queda Más* di Selena (perché l'accoppiata anni Novanta più Selena era il *top*) e i miei pensieri andarono a West. Nello specifico, al suo rapporto con i genitori. Era arrabbiato, questo era certo. Era stato evasivo, però da quello che avevo intuito, loro erano in difficoltà economiche e lui si spaccava la schiena per aiutarli.

Stavo per spegnere le luci, quando mi fermai sul confine tra il palco e il retroscena e sbirciai attraverso il sipario bordeaux. Adoravo il pavimento del palco. Era il mio preferito. Era pieno di graffi e ammaccature, segni di usura procurati da attori e ballerini nel corso degli anni.

Consumato e malconcio, era ancora capace di creare la più grande delle magie.

Quasi senza volerlo mi ritrovai a muovere un passo verso il centro del palcoscenico, deglutendo nervosa.

«Dovresti aprirti un po'.»

Le parole di West mi solleticarono il fondo della pancia.

Un altro passo.

«Ti giri dall'altra parte e ti fingi morta.»

E anche quelle di mia nonna.

«Se non hai paura, non sei coraggioso.»

Prima che potessi rendermi conto di cosa stesse accadendo, i miei piedi avanzarono lesti sul palco.

Tac, tac, tac.

Il battito del mio cuore accelerò, avevo la bocca secca e il respiro corto.

Mi fermai e rimasi lì, al centro della scena.

Sola.

Coraggiosa.

Impaurita.

Ma non ancora sconfitta.

Mi tolsi il berretto rosa, presi un respiro profondo e lanciai un urlo clamoroso che bucò le pareti e fece tremare l'intera sala. Durò parecchi secondi prima di placarsi, e gli ultimi echi mi danzavano ancora nei polmoni.

Sorrisi e mi inchinai davanti alle file di sedili vuoti in velluto rosso.

Immaginai l'auditorium pieno di gente. Il pubblico che applaudiva e mi acclamava, in piedi per una standing ovation.

Sentii una piccola parte della fenice spuntare dalle ceneri.

Non un'intera ala, ma una sola, splendida piuma.

Era rossa. Il colore della mia cicatrice.

Mi somigliava.

«C'è un combattimento questo venerdì. Forse hai cambiato idea a proposito del non venire.» Karlie era stravaccata sul suo letto accanto a me, il naso sepolto in un libro di testo.

Arricciai il naso e strinsi il cuscino al petto, poi mi lasciai andare contro la testiera. «Perché dovrei cambiare idea?»

«Per prima cosa, le voci corrono e Tess ha spifferato a tutti che quel cacchio di St. Claire ti ha trascinata via dall'auditorium la settimana scorsa. La gente pensa che voi due scopiate di brutto adesso. È l'unica cosa interessante che è successa in, tipo, cinque anni, e tu ti sei dimenticata di raccontarmela.» Alzò gli occhi al cielo, girò una pagina del libro ed evidenziò un intero paragrafo. «Sono a tanto così dal mandarti a fanculo, Shaw. Sei pessima come migliore amica.»

Risi, lanciandole il cuscino in faccia. «Non c'è niente da raccontare. Siamo solo amici.»

«Ceeeerto. E la negazione è solo un fiume che si trova in Egitto.»

«Non sto negando.»

«Nemmeno un pochino-ino-ino?» Karl si posò il libro in grembo, unì i polpastrelli e mi guardò con un sorriso malizioso attraverso la guglia formata dalle sue mani. Non aveva senso raccontarle di un bacio che non c'era quasi stato e che West aveva prontamente bollato come un errore, prima di fare dietrofront.

«Giuro, è un rapporto del tutto platonico. Lui ha la fobia delle relazioni serie e ama la varietà. Sarei un'idiota se mi innamorassi di un tipo del genere.»

Sono l'idiota che è già sulla buona strada.

«Non puoi scegliere di chi innamorarti.»

«Forse, però puoi scegliere come reagire agli eventi» ribattei.

Karlie cambiò posizione, sedette con le gambe di traverso sul copriletto bianco e la schiena appoggiata al muro tappezzato di poster. Pearl Jam, Third Eye Blind e Green Day. La sua stanza era un santuario degli anni Novanta, c'erano persino un lettore cd portatile sul comodino, gli Occhiolotti di peluche sul letto e un telefono trasparente vecchio stile.

Karlie era nata alla fine del 1999. L'ultimo giorno dell'anno, per l'esattezza. Il trentuno dicembre, alle undici e cinquantotto di sera. Era questo che la rendeva così ossessionata da quell'epoca e qualunque cosa piacesse a Karlie, io la amavo. Condividere la sua ossessione come sostegno morale era la cosa più naturale e cortese che potessi fare.

«Senti, sto studiando per diventare giornalista e, chiamalo talento investigativo, ma non me la bevo, Shaw. La verità è che siete entrambi single e sexy, e trascorrete *molto* tempo insieme.»

Mi scoppiò in faccia la gomma da masticare all'anguria.

«Passa anche molto tempo dentro altre ragazze, come Melanie e Tess» mormorai.

«Vero, tuttavia non l'ho mai visto uscire da solo con una di loro.»

Karlie afferrò il libro, se lo riportò in grembo ed evidenziò l'impossibile, gli occhi incollati alla pagina. «Ed è passato un bel po' da quando è stato con Tess. Ricorda solo quello che ho detto, Shaw. Può essere carino, però porta guai.»

«In realtà...» Drizzai la schiena, all'improvviso stranamente protettiva nei confronti di West. «Non è affatto così. È davvero carino. L'altro giorno, ha visto che Marla è andata a casa prima e ha sorvegliato la nonna per qualche minuto mentre io mi facevo una doccia.»

«Ecco perché ti sto invitando di nuovo ad andare al suo incontro venerdì.»

Voltò un'altra pagina del libro.

«Perché è gentile con me?» Sbattei le palpebre, confusa.

«No, perché ti sta mostrando solo una faccia. Dà il meglio di sé quando lavora al furgone dei tacos, perché quello è un ambiente diverso, tuttavia è pur sempre una bestia.»

Alzò gli occhi al soffitto perché io non replicavo.

«Senti, non sei curiosa di vedere se la vostra amicizia esiste solo su quel camioncino o va al di là?» Curiosa? Ero *ansiosa* di scoprirlo. La mia comunicazione con West all'università era inesistente. Aveva acconsentito a non attirare troppo l'attenzione su di me e a malapena mi guardava quando ci incrociavamo.

Era come se non esistessi per lui.

Una parte di me non voleva scoprire cosa fossimo al di fuori della nostra bolla, eppure una parte più grande sapeva che dovevo comprendere se ero un'amica di convenienza, che teneva nascosta e di cui si vergognava, o una persona che considerava sua pari.

«Va bene» mormorai. «Andrò all'incontro.»

«Sì!» Karlie alzò il pugno in aria. «Questa è la mia ragazza. Ora cerchiamo dei vestiti da zoccola con cui puoi distrarlo.»

«Aspetta, non hai detto che uscire con lui è una pessima idea?»

«Uscire? Sì. Stuzzicarlo? No. È ora che tu ti renda conto di quanto cavolo sei sexy, Shaw. E se West St. Claire deve essere il ragazzo che ti aiuterà a capirlo, allora ci sto.»

Afferrai un cuscino, me lo premetti sul viso e ci urlai sopra con un misto di orrore ed eccitazione.

«Presto. Se potessi riportare indietro una cosa dagli anni Novanta, quale sarebbe: Blockbuster o quel figo di Keanu Reeves?» Karlie mi picchiettò sul ginocchio.

Gettai il cuscino sul pavimento, gli occhi mi uscirono quasi dalle orbite. «Ma che dici! Keanu Reeves è ancora un figo da paura.»

Karlie gettò indietro la testa con una risata. «Din, din, din. Questo era un test. E tu lo hai appena superato a pieni voti.»

Mi guardai allo specchio e non potei evitare di sorridere come una scema.

Dieci tonnellate di fondotinta? Fatto.

Eyeliner da gatta? Fatto.

Capelli fonati per bene? Fatto.

Lucidalabbra rosa scintillante e berretto da baseball abbinato? Fatto.

Minuscolo abitino nero a maniche lunghe per mettere in risalto le gambe? Fatto.

Le strombazzate che entrarono dalla finestra della mia camera da letto mi indicarono che Karlie era arrivata.

Corsi al piano di sotto, il cuore che mi batteva veloce come le ali di una farfalla.

La nonna era seduta in soggiorno, lavorava a maglia e ascoltava un disco di Johnny Cash. Stava passando una buona giornata, grazie al cielo, ma avevo chiesto comunque al nostro vicino, Harold, di venire a controllarla un paio di volte quella sera.

«Io scappo, nonna!» urlai, e raccolsi la borsetta. Ero vestita come se dovessi andare in un locale chic o al ristorante, non a un incontro clandestino, però non ero riuscita a resistere. Era la prima sera che uscivo da quando avevo rinunciato ad avere una vita sociale, ed era un evento per me.

La nonna agitò la mano in aria senza staccare gli occhi dal lavoro a maglia.

«Stai attenta, Gracie-Mae. E se bevi chiamami, per favore. Ti vengo a prendere.»

Mi fermai di colpo davanti alla porta. Parlava come la nonna di un tempo. Quella lucida. La gola mi bruciò per le lacrime trattenute.

«Grazie» risposi sottovoce. «C'è Karlie al volante stasera. E resterà sobria, come me.»

«Buon sangue non mente. Karlie Contreras ha preso dalla madre. È proprio una brava ragazza.» La nonna annuì con approvazione, bevendo un sorso di tè.

Perché non poteva essere così tutto il tempo?

Karlie strombazzò di nuovo e io per poco non saltai per aria.

«Va bene! Esco!»

«Sì, sì. Oh, Gracie-Mae?»

«Sì?» Mi fermai, a metà strada nel varcare la soglia.

«Torna a casa quando si accende il primo lampione. Il coprifuoco è alle sei e mezzo, signorina.»

Erano già le nove. Il mio sorriso svanì e il dolore sordo nel petto si ripropose.

Non completamente lucida, dopotutto.

«Certo, nonna.»

Arrivammo allo Sheridan Plaza con dieci minuti di ritardo e ne impiegammo quindici per trovare parcheggio. Karlie doveva guidare molto piano perché c'erano diversi gruppi di persone che si dirigevano verso il Plaza, ridendo, bevendo e pomiciando. Non avevo capito che quegli incontri fossero degli eventi così importanti a Sheridan. Il Friday Night Lights non era niente a confronto.

Sapevo che West non era l'unico a combattere, c'erano circa cinque incontri ogni venerdì, lui comunque era sempre l'attrazione principale e il motivo per cui i biglietti andavano a ruba.

Quando arrivammo al quarto giro, un ragazzo atletico dell'ultimo anno accennò a Karlie di abbassare il finestrino.

Lei eseguì.

«Rimarrai senza benzina se continui così. Lasciala dove ti pare; non piazzano multe da queste parti, bambola.»

Karlie mi lanciò uno sguardo di disapprovazione.

«Non sapevo che il tuo ragazzo fosse *così* popolare.»

«Smettila di chiamarlo il mio ragazzo» ribattei a metà fra l'assertivo e il supplicante.

Non potevo permettermi di crederci.

«Hai ragione. Se cominci davvero a uscire con lui, ti do un pugno sulle tette. Il tuo cuore è troppo buono per quel tipo, Shaw.»

Parcheggiammo e ci avviammo al Plaza conficcando nelle dune i nostri tacchi alti. Pagammo all'ingresso – venti dollari a testa, non era certo una serata a buon mercato – ed entrammo.

C'erano decine di persone ammassate al secondo piano. Molti ragazzi dell'università, ma anche qualcuno che chiaramente andava ancora al liceo o aveva ben più di venticinque anni. Tutti tenevano in mano bicchieri di plastica rossi, chiacchieravano e ridevano mentre due tizi a torso nudo combattevano sul ring. Era evidente che servivano solo per scaldare la serata, perché nessuno prestava loro molta attenzione.

Non c'era traccia di West o dei suoi amici.

«Procuro della birra.» Karlie indicò con la testa un tizio che versava la birra dai fusti dietro ad alcune casse.

Annuii. «Io vado a cercare West, per augurargli buona fortuna.»

«Niente effusioni.» Agitò un dito al mio indirizzo.

La salutai e gironzolai in cerca della sua faccia. Mi resi conto che non era vicino al ring, così mi incamminai lungo le piccole stanze spoglie con i materassi. All'inizio, sbirciai dentro a ogni stanzetta, concentrata a individuare West. Tuttavia, quando beccai un tipo mezzo nudo che si masturbava davanti a due cheerleader che si leccavano a vicenda, iniziai a camminare più svelta, senza guardare di lato.

Gemiti e guaiti si levavano dai materassi nelle stanze. Odiavo quel posto. Lo disprezzavo proprio. E a ogni secondo che passava, la possibilità che avrei trovato West con qualcun'altra diventava sempre più concreta. Volevo vomitare. Perché avevo pensato che fosse una buona idea andare lì?

Lui ti aveva detto di non provarci nemmeno. Lo aveva definito un cassonetto di sperma. Non sei nemmeno la benvenuta, da queste parti.

Stavo per girarmi e scappare quando udii la sua voce roca dietro una parete di cemento.

«Mi stai stressando» ringhiò West.

«Fatti massaggiare da Tess» ribatté un'altra persona, che dal tono neutro e ragionevole sembrava Easton. «Sai, tra un round e l'altro.»

Ci fu uno scroscio di risate maschili e il rumore di lattine di birra che venivano aperte.

«Non dirmi che te la scopi ancora?»

Quello era *decisamente* Reign De La Salle. Il mio stomaco si agitò e si contorse. Quel tipo era veramente un cretino.

«Rilassati, stronzo. Sai che non scopo mai due volte con la stessa donna. Ma non mi opporrò a chiavarmela in tutte le posizioni se continui a darmi sui nervi.»

«È una minaccia?» Reign strillò.

«No, è una promessa.»

«Tu non prometti mai» gli rammentò Easton. Quello era vero.

«Per un culo come quello di Tess, sono disposto a uno strappo alla regola.»

Mi allontanai camminando goffamente all'indietro, prima che mi venisse un conato di vomito. Una tagliente fitta di gelosia mi trafisse. Provai così tanti sentimenti cupi, che mi girò la testa.

Sospetto. Diffidenza. Dolore.

Oddio, perché sembrava che il mio cuore fosse esploso nel cielo? Lui non mi aveva nemmeno baciata davvero ed ero già così possessiva nei suoi confronti.

Tornai di corsa al ring, voltandomi più volte oltre la spalla per assicurarmi che non mi avessero vista.

«Shaw! Eccoti!» Karlie comparve nel mio campo visivo, teneva in mano due bicchieroni di plastica. Me ne consegnò uno.

«Mi sono accertata che quel tizio aprisse un fusto nuova di zecca e versasse la birra davanti me, perciò non è corretta o annacquata. Allora? Hai trovato il nostro rubacuori?»

«L'ho trovato» sibilai. «E, senza entrare nei dettagli, al rubacuori piace il sesso con Tess, quindi immagino che ora sappiamo dove mi colloco io.»

Lei sussultò, un lampo di curiosità le illuminò gli occhi. «Li hai beccati insieme?»

«No, l'ho sentito dichiarare che aveva intenzione di farsela.»

«Te l'avevo detto che non portava niente di buono.»

«Mi hai anche detto di venire qui.» Sospirai.

«Vero.» Lei scrollò le spalle. «Non ci eravamo mai state, e io volevo proprio capire perché se ne parla tanto.»

Mi aprii un varco a spallate fino alla prima fila di spettatori e Karlie mi seguì, iniziando a parlare della sua mole di studio per cambiare argomento. Provai a convincermi che era meglio così. West non era mio. Il suo corpo apparteneva a tutte le altre ragazze e il suo cuore era irraggiungibile per chiunque sulla faccia della Terra, lui compreso.

L'incontro davanti a noi giunse al termine.

Poi arrivarono i rulli di tamburo.

Max Riviera salì su una scatola di sapone e si mise le mani a coppa intorno alla bocca.

«E ora, signore e signori, passiamo al nostro evento principale. Knox Mason contro l'unico e solo. L'uomo, la leggenda, il playboy che darebbe del gran filo da torcere persino a re Davide...» Indugiò in una pausa comica per lasciare che il pubblico ridacchiasse, e concluse con: *«WEST. ST. CLAIRE!»*.

La gente alzò i pugni in aria quando entrambi i lottatori salirono sul ring. La spalla di West sfiorò la mia, il suo profumo familiare di inverno e di maschio mi penetrò nelle narici, lui però non si accorse di me. Mi strinsi al petto il bicchiere di plastica.

Karlie mi tirò una gomitata. «Be', se non altro, sarà divertente vederlo beccarsi un paio di schiaffoni.»

«West annienterà quel poveretto.»

E invece mi sbagliavo.

West non annientò Knox.

Lo uccise quasi, porca puttana.

Ogni volta che Knox provava a sferrare un pugno, West lo schivava e rispondeva con qualcosa che metteva fuori combattimento l'avversario per un lasso di tempo che andava dai cinque agli otto secondi. Un calcio. Un diretto. A volte afferrava quel tizio – e c'era *molto* da afferrare in quel tizio – e lo scaraventava al tappeto in stile WWE, tanto per gioco.

Combattere non era uno sport per West. E nemmeno un hobby. Era come cambiare le lenzuola o lavarsi i denti. Solo un'azione banale che non richiedeva uno sforzo particolare. Il suo linguaggio del corpo diceva che era annoiato, fiacco. A un certo punto, quando Knox era a terra ripiegato su sé stesso, a tenersi la pancia e tremare per il dolore, West si voltò e camminò nella mia direzione. I suoi occhi si spostarono sul pubblico come se stesse cercando qualcuno – probabilmente la sua avventura di quella notte – e si posarono su di me.

Tutto si fermò.

La stanza divenne silenziosa.

O magari no, ma io di sicuro cancellai tutto il rumore di fondo mentre i suoi occhi si spalancavano, prima per lo shock e poi per la rabbia. Le sue sopracciglia si aggrottarono. Ogni muscolo del suo corpo s'irrigidì.

Adesso sembrava pronto a combattere.

«Che cazzo ci...» Iniziò con un sibilo basso e roco, così cupo e perverso che mi mandò i brividi lungo la schiena, tuttavia non riuscì a finire la frase. Knox colse l'occasione e gli sferrò un gancio dietro la testa. La testa di West scattò da un lato per l'impatto e dalla bocca cominciò a uscire del sangue.

Io urlai.

West ruotò sui talloni e con un rapido calcio al fegato, seguito da un pugno a tradimento su un lato del volto, spedì Knox dall'altra parte del ring. Il lottatore finì contro alcune casse, rotolando diverse volte prima di cadere a faccia in giù sul tappeto, senza dubbio KO.

La folla cominciò ad applaudire e a fischiare e Max corse da Knox, si accovacciò e prese a contare fino a dieci.

West non si preoccupò di rimanere sul ring per aspettare che lo dichiarassero vincitore. Partì spedito nella mia direzione come un assatanato. Io indietreggiai annaspando e urtando altre persone mentre cercavo di allontanarmi. Un tizio ubriaco dietro di me ruttò e mi spinse tra le braccia di West con noncuranza.

«Cavolo, St. Claire è proprio arrapato stasera. Di solito aspetta almeno di dividere i soldi con Riviera.»

«Wow» sussurrò Karlie, i suoi occhi diventarono incredibilmente grandi.

Ora ero ben stretta tra le braccia di West, per gentile concessione del tizio ubriaco. West mi respinse con aperto disgusto, guardandomi come se avessi commesso il peggior crimine sul pianeta Terra.

«Chi l'ha lasciata entrare?» Emise un ruggito che squarciò l'aria e spinse tutti a indietreggiare.

Con diffidenza, il tipo che ci aveva venduto i biglietti mosse un passo in avanti, il braccio alzato. «Io... sono stato io, fratello. L'avevo già vista all'università.»

Gli occhi di West erano ancora fissi su di me quando parlò. «Sei licenziato.»

«Ma io...»

«*Licenziato*» ripeté West in tono gelido e velenoso.

Mi bruciavano gli occhi per l'umiliazione e avevo il viso così caldo che mi girava la testa dalla rabbia. «Avevi promesso di non attirare l'attenzione su di me» dissi a denti stretti, sussurrando appena.

West mi lanciò un'occhiata fredda, sprezzante. «Io non prometto mai. Ti avevo detto di non venire qui. Nel momento in cui hai messo piede nel mio regno... hai chiesto attenzione, e ora otterrai quella sbagliata.»

«Sei incredibile.»

«E tu non sei per niente la benvenuta.»

«Peccato che tu non sia il proprietario di questo posto.» Scrollai le spalle, cercavo di apparire disinvolta anche se odiavo avere tutti gli occhi puntati su di me. «Io resto. Anzi, vado a riempirmi il bicchiere. Quindi, se vuoi scusarmi...»

Raccolsi metaforicamente quello che restava del mio orgoglio, mi voltai e iniziai a marciare verso l'altro lato della sala, sapendo che Karlie mi avrebbe seguita.

Avevo ottenuto la mia risposta, mi pareva. West e io non eravamo amici. Neanche lontanamente.

La folla si aprì per lasciarmi passare, gli sguardi ipnotizzati seguivano i miei movimenti, ma a un tratto qualcuno mi agguantò da dietro e mi sollevò in aria.

«Che rompicoglioni.»

West mi aveva afferrata come un pompiere e depositata sulla sua spalla, dopodiché si precipitò su per le scale verso il terzo piano. "La direzione", come la chiamava lui.

«Dove la porti?» gridò qualcuno nella folla, ridendo.

«Le do una bella sculacciata e poi la lancio fuori dalla finestra.»

La rabbia mi pulsava nelle vene. Non solo si scopava altre persone con cadenza settimanale, pensava anche che in qualche modo io fossi di sua proprietà. Mi prendeva di peso, mi dava ordini, mi faceva sentire una reietta davanti a tutti.

Gli tirai una scarica di pugni sulla schiena e sulle spalle.

«Lasciami andare, stronzo.»

Lui mi ignorò e continuò a salire le scale. Mi spaventava quanto fossi leggera per lui. Mi aveva sollevata così, neanche fossi una confezione da sei lattine di birra.

Sentii Karlie che gridava il mio nome e vidi Reign e Easton che le bloccavano la strada con un sorriso educato. Sembrava una scena molto più violenta di quanto non fosse in realtà e, sapendo che West e io non avremmo combinato molto di più che litigare, mi azzardai a segnalare alla mia migliore amica che non sarei morta per mano di West alzando il pollice senza che gli altri mi notassero.

«Karlie chiamerà la polizia» dissi comunque, tirandogli i capelli. Santo cielo. Mi stavo comportando come un animale selvatico. Nello stesso tempo, non volevo restare da sola con lui. Sapevo che avrei ceduto alla tentazione. Avrei preso qualunque cosa mi avesse offerto.

«Stai zitta» sbottò.

«Non finché non mi molli.»

«No, mi dispiace. A quello ci hanno pensato già abbastanza persone nella tua vita.»

«Chi diavolo sei tu per giudicare?»

«L'unica persona che si accorge della tua esistenza.»

«Non voglio che tu te ne accorga!»

«Tu non puoi scegliere un cazzo e, purtroppo, neanche io.»

Mi lasciò andare e mi sbatté la schiena contro il muro. Si rimise a posto con competenza quello che sembrava un gomito slogato, il rumore dell'osso che scattava riempì l'aria. Mi sfuggì una smorfia. Si comportava come se non fosse niente di grave.

«Ci sono due modi per uscire da qui. Le scale o la finestra. Dipende da quanto collaborerai nei prossimi minuti. Quindi ti suggerisco di rispondere alle mie domande e di conservare i tuoi commenti impertinenti per chi li apprezza. Domanda numero uno: che diavolo ci fai qui, Tex?»

Scoprì i denti come una bestia.

Io incrociai le braccia sul petto, cercavo di nascondere con un sorrisetto i miei nervi a fior di pelle. «Sono venuta per assistere a un incontro. E rimediare una scopata, se trovo qualcuno di interessante. Perché? Cosa te ne importa? Non siamo niente l'uno per l'altra.»

«Sbagliato.» Mi si avvicinò alla faccia. Avevo la sensazione che neanche lui avesse un'idea chiara del perché fosse così infuriato con me. «Non è vero che non siamo niente. Tu sei mia amica, e ti ho detto che non voglio che frequenti questa discarica.»

«Ma *tu* frequenti questa discarica.»

«Io sono un rifiuto. Tu no. Non giochiamo secondo le stesse regole.»

Gettai indietro la testa e risi, alzando le braccia in aria in aggiunta. «Non puoi dettare le regole per me. La mia vita riguarda me, non te. Volevo venire qui. E indovina un po'?» Mi sentivo vendicativa e assolutamente fuori controllo. L'adrenalina mi pompava nelle vene, forte. Tutto quello che desideravo in quel momento era ferirlo come lui aveva ferito me. Irreparabilmente. Strappandogli il cuore dal petto e guardandolo sanguinare nel mio pugno. «Quasi quasi vado a rimorchiare qualcuno adesso. Penso che sia giunto il momento. Ci sono così tante persone tra cui scegliere. Ora capisco perché ti piace tanto il Plaza.» Fischiai, fingendo di guardarmi intorno. «È un ottimo posto per scopare.»

La sua mascella s'irrigidì, le sopracciglia si aggrottarono e lui mi studiò con gli occhi socchiusi.

«Se pensi di entrare nel mio club e farti scopare da qualcuno che non sono io, è meglio che ne pensi un'altra.»

«Perché no? Tu lo fai sempre. Dove è finita la tua vena femminista?»

«Non rimorchio ragazze qui.»

«Certo che no.» Sorrisi.

Si passò le dita tra i capelli ed esalò un sospiro. «Non ultimamente.»

«Definisci ultimamente, West.»

«Mi tieni d'occhio?»

«La gente parla. Quindi Melanie non è una cosa recente?» Non potei trattenermi, pur odiando quanto suonassi patetica.

Le sue labbra si assottigliarono. «Melanie c'è stata prima che il mio cazzo e io avessimo l'imbarazzante conversazione in cui mi ha detto che aveva una fissazione per te.»

«E Tess?»

«Che c'entra lei?» Sembrò confuso per un attimo.

«C'è stata prima o dopo che tu e il tuo cazzo vi sedeste per questa importante chiacchierata? Hai detto che non ti sarebbe dispiaciuto trastullarti di nuovo con lei stasera.»

Signore. Stavo ammettendo di aver origliato. La faccia di West non cambiò. Era ancora una maschera impassibile di brutalità. Si stava sforzando di non scattare.

«Tu... sei un'*idiota.*» Chiuse gli occhi, esasperato, e si sfregò la fronte. «Volevo dare fastidio a Reign. Ha una cotta per lei, e io sono ancora incazzato per il modo in cui ti ha trattata.»

«No. Sei *tu* l'idiota» gli urlai in faccia, non mi importava se la gente ci sentiva. Gli puntai un dito sul petto. «Sei arrabbiato con me e non sai nemmeno perché. Io almeno so perché ti odio a morte. Perché continui a darmi segnali contrastanti. Mi baci, però non vai fino in fondo. Perché, West? Questa mania di farmi sentire carina è solo una recita? Per accrescere la mia autostima?» Ridacchiai amaramente, anche se avevo gli occhi pieni lacrime. Le sentivo cercare di uscire.

A quel punto fu lui a reagire con una risata cupa.

«Pensi che mi freghi qualcosa della tua autostima? Rilassati, Tex. Non sei così importante per me.»

Non mi presi nemmeno la briga di offendermi, perché sapevo che qualunque cosa venisse fuori dalla sua bocca era una bugia. Tutto ciò che provavamo l'uno per l'altra – nel bene e nel male – ci aveva condotto in qualcosa che era più grande di noi.

Si allontanò di un passo, mi rivolse un'occhiata silenziosa. Sapevo che da quando mi aveva conosciuta non mi aveva mai vista in tiro come quella sera, tuttavia la sua espressione non lasciava trapelare niente.

«Cosa vuoi sentirti dire? Che sogno di prendere la tua bella testolina bionda dentro il furgone, aprirmi i pantaloni e farti ingoiare il mio cazzo fino a soffocarti? Aiuterebbe se ammettessi che non vorrei altro che scoparti sette giorni su sette? Che ti divorerei il culo in un batter d'occhio, se non fosse che siamo tutti e due messi di merda – scusa, Tex, ma è la verità – e che lascerò questo buco di città subito dopo la laurea e che non voglio relazioni serie? Perché mi sembra che tutto questo tu lo sappia già. Sai bene perché non ti ho baciata.

«Tess, Mel, quelle ragazze... loro sanno come stanno le cose. Io non le conosco. Non me ne frega *niente* di loro. Quello che succede, una volta che il mio cazzo è fuori dai loro buchi, non sono fatti miei. Non posso baciarti, Grace.» Scosse la testa con aria triste, muovendo un altro passo indietro. «Riesco a malapena a *guardarti*, cazzo.»

Lo stavo perdendo. Lo sapevo. E per la prima volta dopo molto tempo desiderai combattere. La fenice che era in me spuntò a fatica da sotto la cenere, rivelando altre magnifiche piume. Strofinai l'anello con la fiamma rotta che portavo al dito, sollevai il mento e sfoderai il sorriso più seducente che avevo nel mio arsenale.

«Va bene avere paura.»

La sua mascella era serrata e il pomo d'Adamo ballonzolò quando lui deglutì.

«Non ho paura» ribatté secco. Eppure, lo conoscevo abbastanza da vedere la corrente sotterranea di rabbia che risaliva in superficie, che gli offuscava gli occhi verdi.

«Certo che no.» Raccolsi la borsetta che mi era caduta durante il litigio, me la misi in spalla e accennai ad andarmene. «E capisco cosa vuoi dire. È davvero una pessima idea lasciarsi coinvolgere. Però questo non significa che diventerò una santa. Tu te la fai sotto al pensiero di iniziare qualcosa con me? Nessun problema. Scendo di un piano e mi trovo un bel maschio del Sud disposto a impegnarsi. Uno che non si spaventa quando le cose si fanno serie. Uno che sarebbe felice di dire le promesse che a te infondono tanta paura. Uno che...»

West si avventò su di me come una pantera, facendomi sbattere la schiena contro la parete. Io lanciai un grido, che lui zittì premendo la bocca sulle mie labbra con forza punitiva. Afferrò il berretto rosa che mi aveva comprato e lo gettò a terra. Io scossi la testa in segno di protesta, ma lui mi tenne ferma, le sue dita forti mi stringevano la mascella in una presa feroce.

«Ora permettimi di darti una bella occhiata, Texas. Tu sei bravissima con le chiacchiere, però quando si tratta dei fatti, sei troppo indecisa per i miei gusti. Vuoi una scopata con il cazzone preferito della città? Il tuo desiderio è esaudito. Adesso apri la bocca». Era una pretesa crudele, non una richiesta.

Strinsi le labbra, guardandolo da sotto le ciglia, in attesa della sua prossima mossa. Mi sentivo nuda senza il berretto e odiavo che lui mi guardasse così intensamente, che mi divorasse con gli occhi.

Continuavo a ricordare a me stessa che avevo un chilo di trucco ed era molto buio. Non si riusciva a vedere granché. Tremavo come una foglia tra le sue braccia, tuttavia sostenni il suo sguardo.

«Stai cambiando idea?» Cercai di provocarlo, anche se il mio tono era fragile, lacerato.

Lui mi beneficiò di un sorrisetto diabolico, sembrava Satana in persona. «Io non sono come te, Texas. Una volta che ho deciso, è affare fatto.»

Lasciò schizzare fuori la lingua, con cui seguì lentamente il bordo del mio labbro inferiore. La sua lingua calda e bagnata sembrava velluto stropicciato, e mi lasciava una scia di brividi. Tutto il mio corpo tremò, ogni centimetro di me si ricoprì di pelle d'oca che iniziò a diffondersi dalla cima della testa fino ad arrivare alle punte dei piedi. Ogni terminazione nervosa del mio corpo era in fiamme.

Io ero in fiamme.

E questa volta volevo morire tra le sue braccia.

«Chi è che se la fa sotto adesso?» sussurrò nella mia bocca, convincendomi ad aprirla con la sua lingua esperta. Io chiusi gli occhi. Quello era troppo. La sua bocca era troppo calda. Troppo invitante. Troppo perfetta. Il suo odore – caramella alla mela, sudore e maschio alfa – mi spinse a stringere le cosce. Sentii qualcosa di umido nelle mutande. Ero così bagnata che volevo urlare.

«Stai per cedere, come sempre, quindi potresti anche cedere conservando un po' del tuo orgoglio intatto» mormorò con voce roca sulle mie labbra. «Perché se decido di baciarti, niente mi fermerà. Tanto meno tu.»

Che faccia tosta.

Tenevo le labbra ancora serrate. Lasciai che i miei occhi si aprissero, il mio azzurro sfidò il suo verde.

Intrecciò le dita alle mie lungo i nostri fianchi, strofinando di proposito con il pollice il mio anello con la fiamma. Si portò l'anello alle labbra e sussurrò un desiderio, gli occhi ancora fissi sui miei.

«Vorrei che Gracie-Mae mi permettesse di baciarla fino a stordirla.»

Lo aveva notato.

Aveva notato che esprimevo desideri sottovoce con le labbra premute sull'anello. Aveva capito che quel piccolo gioiello con la fiamma spezzata era la mia caramella alla mela.

Chissà cosa pensava che mi fosse successo alla faccia. Mi stupiva che non me lo avesse mai chiesto da quando ci eravamo conosciuti meglio.

«Ora, se non apri la bocca e non mi permetti di baciarti nel giro di tre secondi, Tex, non ci riproverò mai più. Come ho detto, non mi rimangio mai la parola. Tre. Due. U...»

Aprii la bocca per lui.

La sua lingua trovò subito la mia e la accarezzò avidamente. Era il primo bacio che davo da quando avevo rotto con Tucker. Questo bacio sapeva di birra, di mela Granny Smith e di *West*. E West, mi resi conto con orrore, sapeva di casa.

Capii, con una chiarezza che mi strizzò le viscere mille volte, che niente e nessuno avrebbe mai avuto il suo stesso sapore.

Premette il petto contro il mio, ed entrambi gememmo, sorpresi dalla potenza di quel bacio. West mi infilò il ginocchio tra le gambe, strofinò vergognosamente la sua erezione sulla mia pancia. Stava pulsando, sussultando dentro i jeans.

Fu un bacio caldo e appassionato. Una cosa che non avevo mai sperimentato prima. Un misto di selvatico e rude.

Non saprei dire esattamente quando le nostre labbra si staccarono, ma le sue mani erano ancora sulle mie guance, dopo. Mi sfiorò il naso con il suo, su e giù, in un modo che trovai stranamente rilassante. Provai a respirare anche se ero affannata, il mio petto era così carico di emozioni, che era difficile lasciar entrare l'ossigeno nei polmoni.

«Stiamo giocando con il fuoco» gracchiò lui.

Annuii e lasciai cadere gli occhi sulla sua bocca. Volevo di più. Non mi sentivo brutta tra le sue braccia, nemmeno quando la sua mano toccò la mia cicatrice.

«Ho già camminato nel fuoco una volta, quindi so in cosa mi sto cacciando.» Mi tremò la voce quando pronunciai quelle parole, eppure ognuna di esse sapeva di redenzione e cambiamento. Di *rinascita*, quasi. «Sono disposta a pagarne il prezzo.»

Lui chiuse gli occhi e inspirò profondamente, come se sentire quelle parole gli procurasse dolore. «Dovrei andarmene» disse, principalmente a sé stesso.

«Non sarei troppo orgogliosa per seguirti» ammisi.

«Se lo facciamo, dovrà essere una cosa sporadica, Texas. Per forza. Non posso promettere nulla. O avere relazioni. Sono la cosa meno simile a un fidanzato sulla faccia della Terra.»

«Questo non lo sai» ribattei.

Mi sorrise con aria triste. «Fidati di me, piccola, lo so.»

Qualcosa nei suoi occhi mi diceva che aveva una buona ragione per affermarlo.

Gli presi la mano e la girai in modo da spostare l'interno del suo bicipite verso di me.

«Chi è A?»

Ero già gelosa di lei. Volevo essere A. Agognavo la devozione e il dolore che lui provava per lei. Desideravo avere il potere di scatenare il celestiale tumulto che lei gli provocava.

Si scostò di un passo e inserì dello spazio tra di noi.

«È quella importante, vero?»

Distolse lo sguardo, lo abbassò sul pavimento. «Nessuna promessa» mi avvertì con tono gelido. Sembrava che mi avesse reciso le vene e mi stesse guardando sanguinare. «O sporadico o niente.»

Raccolsi il berretto da baseball e me lo calcai in testa. Mi misi di nuovo la borsetta in spalla. «Ho bisogno di pensarci» replicai schietta, e presi a scendere le scale.

Lui mi afferrò il polso per bloccarmi. «Pensaci domani. Stai con me stasera. *Per favore.*»

Lo guardai in cagnesco.

West ringhiò e scosse la testa, esasperato da entrambi.

«Senti, ti prom...» Si fermò, schiarendosi la gola. «Ti do la mia parola che manterrò intatte le ragnatele sulla tua passera. Ma sei tutta in tiro, una fica da urlo, e probabilmente questa è la prima sera che esci dopo un sacco di tempo. Divertiamoci un po'.»

Guardai le sue dita abbronzate strette intorno al mio polso. Grandi, eppure delicate. Non potevo respingerlo. Non avrei potuto respingerlo nemmeno se il mondo fosse andato a fuoco... cosa che per me era già successa.

Non avevo scuse per quello che dissi dopo.

Sapevo che stavo prendendo il veleno e ne bevvi un sorso generoso.

«Ti concedo stasera» dissi piano, sapendo che si era già preso molto più di quanto entrambi avevamo pattuito.

Scendemmo di corsa al secondo piano. A parte i nostri amici, tutti gli altri erano spariti.

Karlie stava chiacchierando con un simpatico ragazzo di una confraternita con i capelli biondo scuro e i tratti nordici di nome Miles, addetto alla postazione della birra. Reign flirtava con Tess nell'angolo, anche se gli occhi di lei saettarono nella nostra direzione, non appena fummo in vista.

Max era appollaiato sulla scatola di sapone, a contare i soldi, e Easton stava armeggiando con il telefono.

West andò dritto da Max mentre io tiravo Karlie per il vestito e le dicevo che dovevamo separarci perché io me ne sarei andata con West.

Il sorriso che Miles aveva acceso sul volto di Karlie svanì a tempo di record. «Ehi, non eravate *solo* amici?» Si accigliò. «Ero preoccupata a morte per te. Avevo iniziato a dubitare di aver visto il tuo pollice alzato.»

Mi sentii a disagio. «Non te lo sei immaginato. E ti prometto che è solo una cosa sporadica, perciò...»

«Tu non sei il tipo da cose sporadiche.»

«*Posso* provarci. Non sono allergica. È solo che non le ho mai tentate prima» ribattei.

«E perché non cominciare proprio con il ragazzo più famigerato e popolare del campus, che tra l'altro spacca nasi per vivere? Non vedo nessuna potenziale complicazione.» Mi lanciò uno sguardo scettico che avrebbe dovuto portarmi a rinsavire.

Chiaramente, ero stata brava a nascondere quanto fossi presa da quel ragazzo.

«Karl, *per favore.*» La strinsi in un abbraccio, cercando di sciogliere le sue riserve. «È solo per divertirsi. Nessun sentimento coinvolto. Non sei stata tu a dirmi che il fine giustifica i mezzi?»

«Suppongo che il latin lover non sia più interessato a Tess» borbottò lei, che mi accarezzava la schiena senza molto entusiasmo, ma iniziava ad accettare l'idea. Benedetta la signora Contreras per aver messo al mondo quella sublime creatura. Pensai di non poter sopravvivere nemmeno un secondo senza Karlie nella mia vita.

«Lo abbiamo chiarito, quello.»

«Ah-ah. È così che voi giovani lo chiamate, adesso?» Si allontanò da me e mi rivolse un'occhiata severa e materna.

Io risi.

«Sono preoccupata e anche morbosamente curiosa. Quindi chiamami per raccontarmi i dettagli, mi raccomando.»

Mi sentii arrossire.

West mi ricomparve al fianco, freddo e distaccato. «Pronta, Grace?» Si infilò un grosso mucchio di contanti nella tasca anteriore.

Grace. Non Texas o Tex. Annuii.

West salutò con il mento Karlie, Miles, Reign, Tess e Easton.

«Dove andate?» gridò Tess, sporgendo un fianco.

«Do a Grace un passaggio a casa» mentì West.

«Ti va di beccarci dopo?» Tess sorrise smagliante.

«No, grazie.»

Attraversammo in silenzio la strada diretti al camioncino dei tacos. C'era un tacito accordo su dove andare. Sembrava il posto giusto. Quel furgone era il nostro porto sicuro.

Aprii la porta ed entrai di soppiatto per prima. West la bloccò appoggiandocisi contro, le mani nascoste dietro la schiena, e mi lanciò un sorrisetto lascivo.

«Oh, come cadono i potenti.» Mi appoggiai alla parete opposta del furgone, ricambiando il sorriso. «E pensare che le tue ultime parole famose sono state che non mi avresti mai toccata.»

«Be', Tex, non sono sicuro che ti toccherò» scherzò lui. «Però ti farò venire così forte che non riuscirai a camminare dritta domani.»

Scivolai sulla parete fino a terra. Lui scivolò sulla porta, imitandomi. Eravamo l'uno di fronte all'altra, ai lati opposti del camioncino. Forse non toccarsi era una buona idea. Mi ero già spinta troppo oltre.

«Belle mutandine» commentò, abbassando lo sguardo affamato in modo stuzzicante tra le mie gambe. Gli mostrai il dito medio. Le mie gambe erano unite e mi abbracciavo le ginocchia.

«Bel tentativo. Non puoi vedere le mie mutandine.»

«Cotone nero. Una piccola perla bianca al centro. Simbolismo interessante.» Si leccò le labbra, gli occhi puntati tra le mie cosce. Sussultai, allargai le ginocchia e mi sporsi in avanti per controllare. Ricordavo di avere degli slip neri, ma la perla...

«Ehi...» aggrottai la fronte.

West scoppiò a ridere. La sua risata gutturale riecheggiò nel camioncino, nella mia testa, nel mio *petto*. «Sapevo che ci saresti cascata.»

«Mi devi una sbirciatina.» Lo guardai di nuovo, il labbro inferiore spinto in avanti nell'accenno di un broncio. Il cuore mi batteva all'impazzata.

«Ogni tuo desiderio è un ordine.» Si sbottonò i jeans, gli occhi fissi sui miei. Voleva vedere se avrei dato di matto. Se lo avrei cacciato dal furgone. Non accadde nessuna delle due cose.

Si abbassò i jeans quel tanto che bastava per lasciare uscire i boxer grigi aderenti. Potevo vedere la sua erezione. Il pene era così turgido che riuscivo a distinguere le singole vene che serpeggiavano sulla sua lunghezza. Si accarezzò attraverso il tessuto della biancheria intima.

«Tocca a te» la sua voce era tesa. «Segui il contorno della tua passera con le dita, Tex.»

Per un attimo abbandonai l'ansia e mi concentrai solo sulle sue mani che si accarezzavano l'uccello. Aveva delle mani fantastiche. Grandi e ruvide.

Lasciai scorrere l'indice sul contorno del mio sesso sopra le mutandine, ansimando. Appoggiai la testa contro il muro e piegai il collo all'indietro.

«Spingi un dito dentro attraverso la stoffa» mi ordinò, con uno sguardo intenso. C'era qualcosa di fortemente eccitante nel guardare West che guardava me che mi toccavo.

Feci come mi aveva chiesto.

Lui borbottò e chiuse gli occhi, ora si tirava e si strattonava l'uccello sotto i boxer.

«Toglitelі» gli dissi.

Si fermò.

«Sei sicura?»

«Sì.»

Liberò il pene dai boxer. Sembrava una sanguisuga gigantesca e furiosa che gli premeva contro lo stomaco. Avevo dimenticato che aspetto avessero i genitali maschili. Non che ne avessi visti molti in realtà.

«Sposta gli slip da un lato così posso vedere la tua bella fichetta.» Si tirò l'uccello con forza. Mi piaceva il modo in cui pronunciava la parola *fichetta*. Era sconcio senza essere troppo volgare.

Mi morsi il labbro. «Non sono... pronta per essere inquadrata laggiù.»

Lui ridacchiò. «La tieni un po' selvaggia, cowgirl?»

Oh, Signore.

«Non mi aspettavo un servizio fotografico.»

Perché lo incoraggiavo a continuare con quella metafora? La sua risata danzò dentro il mio stomaco, tuttavia l'ilarità non impedì al suo coso di diventargli ancora più gonfio e duro dentro il palmo. Il suo pene era molto più grande di quello di Tucker. Tess e le altre dovevano aver ricevuto una sorta di premio per averlo lasciato entrare dentro di loro. O forse delle cure mediche. Probabilmente entrambe le cose.

«Scommetto cento dollari che è stupenda» mormorò.

«Come puoi dire una cosa del genere?» Avevo la bocca praticamente spalancata.

«È attaccata a te.»

«Solitamente i genitali non sono descritti come stupendi.»

«Non sei brava a giocare con le parole sconce, Tex. Ora, meno chiacchiere e mostrami la passera.»

Scostai gli slip, ben consapevole che quella che stava vedendo non era una vagina da film porno. C'era un ciuffo di sottili peli biondi che copriva la mia apertura. Lo avevo accorciato, ma non del tutto rimosso. Mi aprii le labbra con le dita, esponendo il mio interno rosa.

«Oh, cazzo.» Chiuse gli occhi, prese a pompare più forte prima di concentrarsi di nuovo su di me. «Strofinati il clitoride, piccola.»

Non me lo dovette ripetere due volte. Soprattutto perché sembrava che gli piacesse quello che vedeva. Parecchio. Disegnai dei cerchietti sul clitoride e vidi una goccia di liquido ornare la punta del suo uccello. Mi passai la lingua sul labbro inferiore. Era là cosa più eccitante che avessi mai fatto con un ragazzo, anche se con Tucker ero andata fino in fondo. Perché?

Perché non hai mai desiderato Tucker neanche la metà di quanto desideri West.

«Texas.» La sua voce era roca. Come se riuscisse a malapena a sopportare tutto quello che stava accadendo. Io sapevo esattamente cosa stesse provando. L'orgasmo montava in me come un'onda gigante che si schiantava sulla riva.

«Hmm?»

«Posso avvicinarmi?»

«Sì.»

Trascinò il sedere sul pavimento. Ora ci stavamo strofinando con forza, il suo pene era diretto verso di me, le nostre mani e le nostre braccia si sfioravano in modo superficiale, le nostre ginocchia si scontravano. Era così sconcio e divertente. Era proprio quello che avrei dovuto fare durante gli anni di college e che mi stavo perdendo.

West lasciò scorrere il pollice sulla punta lucida del pene e lo usò per lubrificarsi mentre andava ancora più veloce. Appoggiò la fronte alla mia. Eravamo più vicini che mai e ora la mia mano urtava contro il suo uccello ogni volta che mi toccavo.

«Sto venendo.» Le sue labbra si posarono sulle mie. Il piacere che si impossessò del mio corpo mi mandò in delirio.

Tremavo tutta.

«Anche io.»

Vidi fiotti caldi di sperma bianco schizzare dal suo pene, proprio mentre ogni muscolo del mio corpo si contraeva. Venimmo insieme, e continuammo a strofinare, tirare e gemere.

Dopo un minuto buono, avevamo ancora le fronti attaccate. Le labbra pressate. Le braccia che pendevano come se fossero staccate dai nostri corpi. Sorridemmo l'uno sulla bocca dell'altra. Intorno a noi era tutto appiccicoso e umido e puzzava di sesso.

«È stato...» Presi un respiro. «Del tutto antigienico. Molto peggio di quando ti sei messo a lavorare a torso nudo. Se arrivasse un'ispezione di quelli del Dipartimento salute e sicurezza, ci farebbero un culo quadro.»

Si buttò all'indietro, ridendo a crepapelle.

«Se la signora Contreras ci vedesse, ci impiccherebbe nella pubblica piazza» concordò.

«Non abbiamo una piazza» puntualizzai.

«Ne farebbe costruire una.» Si sporse verso di me. «Comunque, è stato bello.»

«Anche se breve.»

«Non tanto breve per me.» I suoi occhi brillavano.

Abbassai lo sguardo, notai il pene a mezz'asta e feci scorrere un dito sopra la punta. Lui trasalì e sibilò al mio tocco. Tirai fuori la lingua, ci posai il dito pieno di sborra e diedi una bella leccata.

«Hmm.» Chiusi gli occhi, ficcandomi tutto il dito in bocca.

Lui gemette, attirandomi a sé. Ci abbracciammo, io misi la testa piegata sotto il suo mento. Lui mi disegnò dei cerchi sulla schiena con la punta delle dita.

Non avevo idea di cosa fossimo in quel momento, ma eravamo decisamente più che amici. C'era intimità fra noi, non importava quanto lui provasse a negarlo. Tuttavia, spingerlo a fare qualcosa a cui non era chiaramente interessato non mi sembrava giusto, né per lui né per me.

«Promettimi che non te ne pentirai domani mattina» sussurrò.

Chiusi gli occhi e sentii una lacrima grossa e calda colarmi da quello destro.

«Non prometto niente.»

11

WEST

Ostinati raggi di sole filtrarono dalle fessure del portellone del camioncino, bruciandomi le palpebre. Mi riparai il viso con la mano e mi girai sul pavimento. Non trovando nessun corpicino accanto a me, aprii gli occhi.

Texas non c'era.

Mi misi seduto.

L'odore di detersivo mi disse tutto quello che dovevo sapere: Grace aveva cancellato ogni traccia di quello che era successo la sera prima nel furgone e aveva pulito a fondo mentre io dormivo. La domanda era: l'aveva cancellato anche dalla memoria?

Non potevo biasimarla se lo aveva fatto. Fondamentalmente le avevo propinato il mio vecchio discorsetto sui vincoli. Lei aveva ascoltato fino in fondo il terrificante contratto verbale pieno di cazzate e aveva firmato accanto alle clausole scritte in piccolo, accettando così di non chiedere niente se non una volgare scopata. La parte tragica era che non avevo avuto neanche le palle di scoparmela. Anche se, con ogni probabilità, avrei potuto.

Tuttavia, sapevo che fotterla avrebbe mandato a puttane la mia decisione di lasciarla in pace.

E avevo davvero, *davvero* bisogno di lasciarla in pace.

La mia infatuazione per quella ragazza era andata troppo oltre, ed era ora di tornare nei ranghi. A meno che, ovviamente, lei non avesse accettato di farlo in modo sporadico, allora fanculo la mia logica e fanculo le promesse che avevo fatto a me stesso. L'avrei penetrata in tutti i modi possibili.

Mi alzai da terra e mi guardai intorno. Il profumo del caffè fumante e dei croissant appena sfornati mi riempì le narici. Li individuai subito sul bancone, insieme a un biglietto.

Presi prima il biglietto, il che era già un brutto segno. Il novantanove per cento degli uomini avrebbe preso prima da mangiare.

Dovevo andare a occuparmi della nonna (nel finesettimana Marla non c'è).
Alzati con comodo. Ho attivato la sveglia del tuo telefono in modo che suoni mezz'ora prima che Karlie e Victor inizino il loro turno.
Texas

Sorrisi tra me e me come un idiota. Non c'era niente a confermare che fossi un idiota, ma di sicuro mi ci sentivo.

Infilai il biglietto nella tasca posteriore dei pantaloni, mi avventai sulle brioche e sul caffè e uscii dal furgone. Ero contento di non essere di turno quella mattina. Tutto ciò che desideravo era una doccia, recuperare un po' di sonno e magari provare a sentire Tex più tardi, per vedere se voleva uscire. Avevo speso davvero troppi soldi quando eravamo andati in giro insieme, per cose stupide come berretti firmati e frito pie, ma ne era valsa la pena. Mi aveva ricaricato. Aveva reso i venerdì un po' più sopportabili. O forse avrei dovuto dire... un po' *meno* infernali.

Il che mi ricordò che dovevo mandare un messaggio a coloro che lavoravano al Plaza, per avvertirli che Grace Shaw era bandita a vita dal nostro rispettabilissimo santuario. Un problema in meno di cui preoccuparsi.

Andai alla Ducati fischiettando e per tutto il tragitto fino a casa rividi a ripetizione il momento in cui lei aveva leccato la mia sborra dal dito, fino a quando il mio nastro mentale non si inceppò. Il mio cazzo si muoveva contro il sedile di pelle dura, il che era inopportuno e anche scomodissimo, però non pensarci sarebbe stato come sprecare un gran bel ricordo.

Ero abbastanza sicuro che, se anche fossi morto alla veneranda età di cent'anni, dopo aver accumulato tanti ricordi lungo la strada, quello sarebbe stato il momento che mi sarebbe balenato davanti agli occhi prima di tirare finalmente le cuoia.

Parcheggiai davanti alla casa fatiscente che io e East avevamo preso in affitto, mi tolsi il casco e avanzai a grandi passi in direzione del portico. Mi fermai non appena la vidi.

Che diavolo ci faceva lì?

Il sangue mi ribollì nelle vene e minacciò di sciogliermi il mio corpo fino a ridurlo a una pozza di rabbia. I molari erano a un nanosecondo dallo sgretolarsi, per quanto stavo stringendo la mascella. Mi infilai una caramella alla mela fra i denti, senza disturbarmi a togliere gli occhiali da sole. «Caroline.»

Normalmente la avrei chiamata mamma, però ero troppo incazzato. Era un disastro. I jeans larghi e la camicetta gialla antiquata erano tutti sgualciti. I suoi capelli erano completamente grigi ormai, e non era nemmeno tanto vecchia.

Le passai accanto. Lei saltò su dal primo gradino del portico, seguendomi come un cucciolo. Mi odiavo perché la trattavo in quel modo. E odiavo anche *lei* perché mi aveva messo in quella condizione.

«Cosa ti porta qui?» Lasciai tintinnare la chiave nel buco della serratura, di spalle rispetto a lei.

«Non hai risposto a nessuna delle mie telefonate negli ultimi tempi.»

Con la coda dell'occhio vidi che si torceva le mani, lo sguardo basso come una bambina che veniva punita. Mia madre era la più grande abbracciatrice del mondo. Batteva persino Texas la quale, come avevo notato, amava abbracciare la sua amica Karlie, sua nonna e chissà chi altri ancora. Trovare la forza di non stringere a sé il proprio figlio dopo cinque anni doveva averla distrutta.

«Alla fine, tuo padre mi ha detto che avrei dovuto prendere un aereo e venire a controllare di persona che stessi bene. Il tuo benessere è più importante del denaro, lo sai.»

«Sto bene. Ora puoi andare.» Spinsi la porta con la spalla. Scricchiolò in segno di protesta. Entrai. Lei mi seguì esitante, consapevole che ero capacissimo di buttarla fuori. Non aveva la valigia. *Bene.* Almeno non aveva intenzione di trattenersi a lungo.

Si guardò intorno. Non c'era molto da vedere in realtà. Era una casa piccola, con due camere da letto e un disperato bisogno di essere rimessa a posto. Il soggiorno consisteva in un divano e un televisore. In cucina c'era un tavolo arancione retrò con quattro sedie di plastica. La carta da parati grigio-gialla si stava staccando, era strappata lungo i bordi. Era quello che ti toccava quando sceglievi il posto più economico che Sheridan aveva a disposizione. E quel poveraccio di East mi era venuto dietro. Non riusciva a non restare al mio fianco mentre mi infliggevo quelle pene.

A proposito...

Mi voltai e lanciai un'occhiataccia a mia madre. Sapeva benissimo cosa sottintendeva. Alzò le mani.

«Ovviamente ho provato a controllare se ci fosse. Immagino che abbia trascorso la notte fuori.»

Traduzione: East aveva mangiato la foglia e non si era preso la briga di ripresentarsi a casa.

«Mi sorprende che tu abbia trascinato qui il tuo culo reale. East ti tiene aggiornata su come procedono i miei studi.»

Evitavo così spesso i miei genitori che East si era ridotto a chiamarli ogni settimana solo per far sapere loro che ero ancora vivo. Dava una versione edulcorata delle mie attività, omettendo gli incontri clandestini, le scopate brutali e i battibecchi con i professori davanti alla classe.

«Non voglio disturbarlo troppo.» La mamma si avvicinò per cercare di aggiustarmi il colletto.

Scacciai via la sua mano.

«Peccato che tu non abbia lo stesso riguardo anche nei miei confronti.»

Entrai in cucina e presi il latte dal frigo, dopodiché bevvi direttamente dal cartone. La mamma si sedette al tavolo, cercava di rimpicciolirsi e occupare il minor spazio possibile.

«Non sei più tornato a casa da quando hai iniziato a studiare qui.»

«Non mi stai dicendo niente di nuovo.» Mi pulii i baffi di latte con il dorso della mano, poi riposi il cartone nel frigo e lo richiusi con forza. Mi sedetti di fronte a lei. Non se ne sarebbe andata senza prima fracassarmi le palle. Tanto valeva togliersi il pensiero.

Mia madre appoggiò le mani sul tavolo e se le fissò, per non guardare me. «Come ti trovi qui?»

«Mi trovo bene.»

«È un posto spumeggiante, vero? Bella città.»

«Fottutamente fantastica.»

«Pensi di voler restare, dopo la laurea?»

«Non so neanche cosa mangerò per cena...»

Evitai di chiederle come andavano le cose a casa. Quello sembrava un pendio insidioso che avrebbe potuto condurre a una vera conversazione.

«Ci manchi e ti amiamo tanto.»

«Scommetto che amate ancora di più la paghetta settimanale.» Inarcai un sopracciglio.

I suoi grandi occhi marroni si alzarono e poi corsero alla carta da parati scrostata. Aveva i bulbi oculari ricoperti da uno spesso strato di lacrime.

Sospirai, mi stravaccai sulla sedia, incrociai le braccia sul petto e fissai il soffitto.

«Tu come te la passi, comunque?» borbottai.

«Sto bene, grazie per avermelo chiesto. Meglio, su tutti i fronti. Prendo ancora le medicine. Lavoro ancora da Walmart. Sono stata promossa il mese scorso. Adesso sto alla cassa. È un bell'ambiente e mi dà la possibilità di uscire, parlare con le persone.»

Le sue dita stavano per toccare le mie. Volevo vomitare.

«Ormai mi guadagno i miei soldi.» Gonfiò il petto, aveva acquistato più fiducia. «Le cose non sono così nere come sembrano, Westie. Usciremo da questo pasticcio molto presto. E non ci aspettiamo che tu ci aiuti economicamente. Non è compito tuo.»

E invece lo *era*. Era colpa mia se si trovavano in quella situazione, tanto per cominciare. Alla fine, la mamma mise la mano sulla mia e si allungò su di me.

«Andiamo in centro. Voglio comprarti sapone, shampoo e qualche maglietta nuova. Magari ti accompagno dal parrucchiere per una tagliata ai capelli. Voglio vedere la città in cui vivi. Fare tutte le cose da mamma che non ho avuto la possibilità di fare da quando ti sei trasferito. Per favore, Westie.»

Le sue unghie mi artigliarono la pelle, così forte che quasi mi uscì il sangue.

Aveva sprecato i soldi che mi ero guadagnato duramente e le avevo inviato prenotandosi un volo a sorpresa. Adesso proponeva di darci allo shopping.

La mia reazione istintiva sarebbe stata quella di buttarla fuori, però sapevo che se l'avessi cacciata, East mi avrebbe fatto un culo grosso come una capanna. E poi mi sarei sentito in colpa.

Trascorrere del tempo con mia madre era così in basso nella mia lista di cose da fare, che non riuscivi nemmeno a trovare quella voce se non leggevi il merdoso elenco per intero. Eppure, persino io mi rendevo conto che portarla fuori sarebbe stato meno logorante che stare lì con lei, faccia a faccia, e affrontare la raffica di domande e i tentativi di abbraccio che senza dubbio mi avrebbe rivolto.

«Che ne dici?» Un sorriso esitante e fugace le attraversò il viso. Aveva qualcosa che non andava. Come un quadro traballante su un muro spoglio. Sapevo che aspetto aveva quando sorrideva davvero.

Me lo ricordavo ancora, seppur vagamente.

Le strinsi la mano e sentii la tensione dissiparsi nel suo corpo, tutta in una volta, mentre mi attirava in un abbraccio.

«E va bene.»

Un'ora dopo eravamo in città, con circa un migliaio di buste di nylon piene di calzini, magliette, detergenti vari e roba da mangiare. I miei capelli avevano un vero e proprio taglio. Rasati ai lati, più lunghi sopra.

Mi sentivo ricco, nel modo in cui si sarebbe sentito ricco un ragazzo povero e incasinato.

Non ero abituato a ricevere in dono roba nuova. I miei calzini erano così bucati che avevo smesso di indossarli circa sei mesi prima, e quando le magliette diventavano troppo sbiadite e senza un colore definito, risolvevo il problema indossandole alla rovescia.

Il sapone e il dentifricio li *usavo* (la vita era già abbastanza uno schifo per precludermi con le mie stesse mani la possibilità di scopare), tuttavia optavo sempre per la robaccia a buon mercato che potevi comprare in formato famiglia per un dollaro, o meglio ancora: andavo a un paio di feste durante il finesettimana e facevo razzia di prodotti in bagno come se fossi al discount di cosmetici.

La mamma non aveva speso molto, lo sapevo senza un grande sforzo di immaginazione, e il cento per cento di quei soldi veniva da *me*. Eppure, le magliette e le mutande nuove mi facevano sentire come una di quelle ragazze nerd nei film che subivano un restyling, ovvero rimpiazzavano il guardaroba e ricevevano anche un trapianto di personalità già che c'erano.

Chi cazzo ero io?

Che cazzo avevo di sbagliato?

La risposta era chiaramente: tutto. Era tutto sbagliato in me. Perché avevo iniziato a immaginare Tex che posava i suoi angelici occhi azzurri sulle mie mutande nuove e ne ammirava il bianco immacolato. La sera prima, il suo sguardo innocente mi aveva fatto sentire come se fossimo invischiati in qualcosa di sporco. E lo sporco era un regno in cui prosperavo.

Poi mi ricordai che un'altra occasione probabilmente non ci sarebbe stata.

Le avevo detto apertamente che potevo concederle solo sesso sporadico, ma lei non era un tipo da sesso sporadico. Aveva detto che ci avrebbe pensato, anche se in realtà non c'era neanche da pensarci. Non potevo biasimarla. Si meritava molto di più di quello che un delinquente come me aveva da offrirle.

«Che ne dici se preparo la cena?» La mamma mi prese sottobraccio quando aprimmo la porta di casa.

«Sono abbastanza sicuro che nessuno di noi due potrà permettersi di pagare una cena al ristorante dopo tutte queste compere, quindi fai pure» borbottai.

East era dentro, sdraiato sul divano in boxer, a mandare messaggi col telefono. Ci accolse con una mega scoreggia.

«Ciao anche a te, signor Petomane.»

«Easton Liam Braun!» strillò mamma e io emisi la prima vera risata della giornata. Quando East udì il suo grido, balzò in piedi così in fretta che per poco non produsse un'ammaccatura nel soffitto.

«Signora St. Claire.» Le mostrò il sorriso da bravo ragazzo e fuggì in camera da letto. Tornò in soggiorno con una gamba infilata nei pantaloni della tuta e l'altra fuori, e barcollò verso di lei. Mia madre lo strinse in una morsa che avrebbe dovuto essere un abbraccio, infarcendogli le guance di baci umidi e materni. Diedi un'occhiata al suo inguine. Aveva una mezza erezione. Probabilmente stava facendo sesso al telefono con qualcuno. Porca puttana che schifo. Mi ripromisi di dargli un pugno in faccia così forte da spedirgli il naso dietro alla testa, per aver osato toccare mia madre mentre era arrapato.

«Stai benissimo, Easton. Stai raggiungendo ottimi risultati qui. Tua madre è molto orgogliosa.» Gli pizzicò entrambe le guance e cercò di scuoterle, anche se le guanciotte paffute che East aveva da bambino erano sparite da tempo.

Ora sarebbe il caso di smetterla di toccare questo pervertito, mamma.

Quel pensiero fu così spontaneo, divertente e tipico del vecchio West, non della versione più recente e infelice di me, che provai una fitta di nostalgia.

«Diciamo che ci provo.» Chinò il capo con finta modestia.

La mamma gli stampò un ultimo bacio sulla guancia. «Be', ci stai riuscendo. Ora vi preparo la pasta con le polpette. Voi due sarete i miei piccoli aiutanti.»

«Sissignora.» East mi lanciò un sorriso tutto emozionato. E in un secondo fu come se fossimo tornati bambini. Almeno per lui.

La mamma preparava la pasta con le polpette più buona dell'universo, l'avrei decantata fino all'ultimo respiro, indipendentemente da quanto fosse incasinata la mia relazione con lei.

Mio padre era di origini francesi e mia madre di origini italiane. Avevo ereditato l'altezza e la corporatura dal ramo materno della famiglia: i Bozzelli erano alti in media uno e novanta ed erano ben piazzati come carri armati. Avevo preso anche la pelle olivastra da lei. Ma avevo gli stessi capelli e gli stessi occhi verde chiaro di mio padre.

Quel mix aveva sicuramente giocato a mio favore quando ancora mi dedicavo a conquistare le ragazze come se fosse uno sport olimpico.

«Vi lascio a chiacchierare in cucina.» East diede a entrambi una pacca sulla schiena e si ritirò nella sua stanza. Non solo era uno stronzo, era anche un traditore, perché mi stava lasciando da solo con lei pur sapendo che volevo evitarla a tutti i costi.

«Vado a comprare una bottiglia di vino e un po' di pane. Fatemi un fischio quando è pronta la cena.»

Ero bloccato in cucina con mia madre e non potevo nascondermi, così ascoltai i pettegolezzi di provincia. Quando si rese conto che aveva parlato venti minuti di fila senza ottenere alcun tipo di risposta, si fermò ma continuò a mescolare la salsa di pomodoro, basilico e aglio nella pentola.

«Ora basta parlare di me. Chi era quell'*amica* con cui hai trascorso il compleanno?»

Ero seduto al tavolo a tagliare la lattuga in minuscole striscioline per l'insalata. «Solo una ragazza.»

«Deve essere speciale per aver conquistato la tua amicizia.»

Odiavo quando lo faceva.

Quando si comportava come se le fregasse qualcosa. Mia madre voleva che incontrassi qualcuno. Che diventassi il problema di qualcun altro. Immaginavo che fosse scomodo per lei controllare ogni giorno che non mi fossi ammazzato, che non avessi ucciso nessuno, che non avessi fondato una setta.

Ai suoi occhi, ero capace di tutte e tre le cose.

«È solo una con cui lavoro.»

«Ha un nome?»

«Sì» ribattei seccato. «Non conosco molte persone che non abbiano un nome.»

Persino io ne avevo uno.

Anche se i miei genitori mi avevano chiamato come un fottuto punto cardinale.

Sminuire la mia relazione con Grace non era proprio come mentire, tuttavia non mi faceva sentire bene. Da qualunque parte la guardassi, ero in intimità con lei. Molto più di quanto fossi con Reign o Max o qualsiasi insulso individuo nel campus che pensava di essere mio amico. Il fatto che non mi sarebbe dispiaciuto cavalcare Texas come un cowboy non migliorava certo le cose.

Cominciavo a pensare di abbandonare il lavoro al Taco Truck per evitarla del tutto.

La mamma trattenne un sorriso, una gioia infantile si irradiò dai suoi occhi.

Mezz'ora dopo, la cena era pronta: insalata, spaghetti con le polpette, pane all'aglio e vino rosso. Gli ultimi due erano stati gentilmente offerti da Easton. Ci sedemmo tutti e tre attorno al tavolo scricchiolante. La mamma disse solo una breve preghiera per rendere grazie di quel pasto, dopodiché potemmo iniziare e finalmente riuscii a rilassarmi un po'.

Suonò il campanello.

Ci scambiammo uno sguardo. East sapeva che non era il caso di invitare gente quando c'ero io nei paraggi. Ero notoriamente un misantropo.

«Chi può essere?» chiese la mamma, e prese un boccone di pasta.

«C'è solo un modo per scoprirlo» mormorai. Spinsi indietro la sedia e andai alla porta. Il nostro spioncino non funzionava. Alcuni teppisti lo avevano riempito con la cera prima che ci trasferissimo. Non avevo altra scelta che aprire e sperare che non fosse un sicario mandato da Kade Appleton. Negli ultimi tempi, avevo avuto la strana sensazione di essere seguito.

Non era un sicario.

La persona che mi trovai sulla soglia era addirittura meno gradita di un serial killer.

Grace.

Che diavolo?

Indossava una maglietta a maniche lunghe a righe, jeans attillati e le intramontabili FILA. Il berretto da baseball era ben calcato sulla testa, la visiera abbassata, e fungeva da mantello dell'invisibilità.

«Ehi.» Sorrise con lo sguardo rivolto ai propri piedi. Io e il mio uccello ci producemmo in una standing ovation per quel sorriso. Mi chiesi quanti neuroni mi sarebbero rimasti quando quella ragazza avesse finito di mostrarmi tutte le sue banali espressioni.

«Che succede?» tagliai corto.

«Hai dimenticato il portafoglio nel furgone. Non rispondevi al telefono, così Karlie ha chiamato me per avvisarmi. Ho pensato di passare a portartelo.»

Tirò fuori il mio portafoglio dalla tasca posteriore e me lo porse.

«Mi ha chiesto come mai ci eravamo andati, tra l'altro, e perché tutto odorava di pulito. Le ho raccontato che eravamo entrati per prenderci una granita e ne avevamo fatta cadere un po'. Credo che se la sia bevuta.»

Allora deve essere un'idiota.

E comunque: *Porca puttana.* Come avevo potuto non accorgermi che mi mancava il portafoglio? Oh, ma certo. Ero così estasiato a guardare Grace che si masturbava che non mi importava neanche di avere tutti gli arti attaccati al corpo, figuriamoci il cazzo di portafoglio. Poi mia madre mi aveva comprato vestiti e cibo (anche se con i soldi che le avevo mandato io all'inizio del mese). Non avevo avuto bisogno di tirarlo fuori neanche una volta quel giorno.

Glielo strappai di mano e cominciai a chiuderle la porta in faccia.

«Grazie. Ci vediamo dopo, Tex.»

«Westie?» La mamma gridò dietro di me, sbirciava per vedere chi era. Mi appoggiò una mano sulla spalla. «Non hai intenzione di presentarmi la tua amica?»

Porca. Puttana. Troia.

Entrambe si squadrarono a vicenda alla maniera delle donne, sorridendo simultaneamente, come se avessero scoperto qualche raro segreto.

Grace accennò un piccolo saluto con la mano. Avevo quasi dimenticato che dietro la facciata sarcastica che volevo demolire con il mio organo riproduttivo lei era una tipica bellezza del Sud, educata e pronta a scattare al primo segno di una mamma preoccupata.

«Salve, signora. Sono Grace Shaw.»

«Caroline St. Claire, la madre di West. Che piacere.» Mamma abbandonò qualsiasi tentativo di comportarsi come un essere umano civilizzato e strinse le ossa di Grace in un abbraccio soffocante. Texas, ovviamente, ricambiò stringendola a propria volta.

Io aprii del tutto la porta, anche se potendo scegliere l'avrei sbattuta in faccia a entrambe.

«Resta a cena con noi!» esclamò mia madre. Non ci voleva un genio per arrivarci. Texas era la Prescelta con cui avevo passato il giorno del mio compleanno.

Era la mia cosiddetta redenzione.

L'antidoto al mio veleno.

Quello per cui la mamma aveva pregato tanto.

«Oh, non vorrei disturbare.» Grace arrossì, sbatté le ciglia e abbassò il mento. Stava nascondendo la cicatrice. Ragazza intelligente. Se la mamma l'avesse vista bene in viso, il treno della compassione sarebbe ufficialmente uscito dai binari per precipitare giù dalla scogliera.

Avere mia madre e Grace nella stessa stanza era la mia idea di incubo, e i motivi erano troppi per elencarli.

«Ma che dici! È un piacere. Westie non ha molti amici, e non vedo l'ora di saperne di più sulla sua vita al campus.»

La mamma ormai stava trascinando Grace in casa, anche se lei teneva i piedi puntati sulla soglia come un gatto che si avvicinava a una vasca piena d'acqua. Caroline St. Claire avrebbe rinchiuso quella povera ragazza in una stanza di vetro, pur di assicurarsi che cenasse con noi.

Texas mi lanciò uno sguardo dispiaciuto. Era la prima volta che veniva da me. Si guardò intorno, esplorò l'ambiente con i grandi occhi color acquamarina. Normalmente non mi sarei sentito in imbarazzo per dove vivevo. E anche casa di Grace non sarebbe certo finita su *MTV Cribs*. Tuttavia, odiavo che si trovasse davanti la mia povertà, la mia *miseria*.

Quando Grace entrò in cucina, Easton si alzò e la salutò. La mamma prese un altro piatto e delle posate. Ci sedemmo tutti a tavola e iniziammo a mangiare. Io evitai il contatto visivo e qualsiasi tentativo di conversazione.

Mia madre, ovviamente, era in piena modalità Inquisizione Spagnola.

«Quindi lavori con Westie?» chiese, prima che Texas prendesse il primo boccone.

«Sissignora. In un furgone di tacos proprio in fondo alla strada.»

«Vai anche tu alla Sheridan University?»

«Sì. Studio Teatro e arti dello spettacolo.»

«Allora devi conoscere bene il nostro Easton.»

«Certo. Ha un discreto seguito.» Grace annuì e io sentii il desiderio di pugnalarmi il petto con una forchetta. «Anche West.» Mi lanciò un sorriso contrito.

«Davvero?» La mamma aggrottò le sopracciglia incredula. «È famoso per qualcosa al campus?»

Per pestare a sangue le persone.

Texas non si scompose.

«È piuttosto popolare tra le ragazze.»

«Quello lo è sempre stato. Sai, tesoro, ora puoi toglierti il cappello.»

Visto che non sapeva tenere le mani a posto, mia madre si prese la confidenza di togliere a Grace il berretto da baseball e di lanciarlo sul banco della cucina alle sue spalle. «Voglio dare un'occhiata al tuo bel fac...»

Non riuscì a terminare la frase perché Grace emise un forte guaito, come se avesse un animale ferito intrappolato nella gola.

Poi calò il silenzio.

Un sacco di silenzio.

Le posate caddero sui piatti.

Easton trattenne il respiro. La pelle rossa, infiammata e raggrinzita sotto il trucco di Texas parlava di una storia dell'orrore che non era educato raccontare a tavola.

Nonostante la faccia di Texas fosse incrostata con tanto di quel trucco che potevi aprirci un negozio Sephora, sotto si vedeva ancora la pelle alla Freddy Krueger che lei cercava disperatamente di nascondere.

Io e Grace ci alzammo all'unisono per recuperare il berretto. Lei ci arrivò per prima e se lo calcò sulla testa con dita tremanti.

Mia madre si schiarì la gola, stringendo le sue perle finte. Easton abbassò lo sguardo.

Io cercai di ignorare il fatto inquietante che Grace Shaw fosse stupenda. Perché lo era davvero, cazzo. Ora che era senza cappellino e la sua faccia era ben visibile, la sua bellezza mi colpì come un pugno allo stomaco.

«Mi dispiace tanto. Come ti sei...»

Conoscevo Grace Shaw da mesi e mi ero astenuto dal chiederle come si fosse procurata quella cicatrice. Mia madre la conosceva da meno di quindici minuti e già si sentiva abbastanza in confidenza da indagare.

«Voglio dire, quando è successo?» La mamma terminò la frase.

«Non sono affari tuoi, e non hai il diritto di chiederglielo» ruggii, battendo il pugno sul tavolo.

Ogni cosa volò in aria per un attimo e mia madre lanciò un urlo.

Easton balzò in piedi e chiese a Grace di aiutarlo ad aprire un'altra bottiglia di vino, anche se quella che avevamo sul tavolo era mezza piena.

Entrambi scomparvero in soggiorno mentre io trafiggevo mia madre con uno sguardo mortale.

«Che cazzo ti è venuto in mente?» sibilai, la rabbia a malapena contenibile.

«Io...» La sua voce tremò e lei mi guardò come se stessi per aggredirla. «Non pensavo.»

«No, infatti tu non pensi, cazzo.»

«Westie, te lo giuro, non lo avrei mai...»

Easton e Grace tornarono in cucina. Lui avvicinò la sedia a quella di Grace. La mamma le lanciava occhiate preoccupate, gli occhi spalancati, traboccanti di emozioni.

«Accidenti» disse la mamma tremante, tanto per gettare qualche parola in quell'imbarazzante silenzio: «Vorrei avere un dolce da offrirti, Grace. Che ne dici di un caffè?».

«Non lo vuole il caffè» sbottai, e mi alzai da tavola. L'ultima cosa che desideravo era che mia madre parlasse con Texas. Non potevo permettere che raccontasse a Grace il mio grande segreto. Il motivo per cui ero così fottutamente incasinato. «Grace se ne sta andando.»

Inarcai un sopracciglio e guardai Texas in modo eloquente.

I suoi occhi erano due pozze di shock, tuttavia sostenni il suo sguardo.

Trattarla male mi faceva soffrire e mi meritavo tutto il dolore dell'universo.

«Certo» ribatté Grace in tono asciutto. Si alzò e si allungò per abbracciare mia madre. «È stato un piacere conoscerla, signora St. Claire.»

«Anche per me, tesoro. Di nuovo, mi dispiace tanto.»

«Ti accompagno alla porta.» Easton fece una smorfia.

Sapevo di apparire uno stronzo di livello mondiale, però pensavo che il casino che avevo combinato con Grace fosse recuperabile. Se mi fossi scusato e le avessi spiegato la situazione, avremmo potuto ancora frequentarci e lavorare insieme.

Se avesse scoperto la verità su di me tramite mia madre, invece, lei non sarebbe più riuscita a guardarmi in faccia.

East e Grace andarono all'ingresso. Mia madre si girò ad affrontarmi, il viso contratto dall'orrore. «Povera ragazza.»

«Sei stata tu a toglierle il cappello» commentai in tono piatto.

«L'hai buttata fuori. Non ti ho mai visto comportarti in modo così crudele.»

Mi hai mai conosciuto, mamma?

«Sai cos'altro è crudele? Che ti presenti qui. Che irrompi nella mia cazzo di vita come se non fossimo stati due estranei negli ultimi cinque anni, porca puttana. Cucinarmi la pasta con le polpette per la prima volta in mezzo decennio non compensa tutto il tempo in cui non ti sei fatta vedere, Caroline. E prima che mi propini la stronzata che io ho preso le distanze da te eccetera, lascia che ti dica una cosa...» alzai la mano per bloccarla, perché sapevo cosa sarebbe successo; la sua bocca era già aperta, pronta a rispondere al fuoco. «Dovevi essere *tu* l'adulta responsabile tra i due. Avresti dovuto cercarmi *tu*. Ti mando soldi ogni settimana. Concedimi il favore di ripagarmi non facendoti mai più vedere, cazzo.»

I suoi occhi erano pieni di lacrime. Il labbro inferiore tremava.

«Sì» sussurrò. «È vero. Ci stai aiutando economicamente. Grazie a cosa, di preciso? Puoi ricordarmelo? Sei un assistente, giusto?»

Mi sembrava che fosse sull'orlo di una crisi isterica.

Avevo detto ai miei genitori che lavoravo come assistente e mi stavo guadagnando qualche soldo extra come tutor. Se l'erano bevuta perché avevo un talento naturale per la matematica e la statistica, tuttavia col passare del tempo i soldi erano diventati *davvero* tanti e loro dovevano essersi insospettiti.

«Non immaginavo che si guadagnasse così bene a fare l'assistente» disse la mamma.

Le lanciai un sorrisetto condiscendente. «Lo sapresti se fossi mai andata all'università.»

«Non ho avuto questa opportunità.» Un'espressione cupa e maliziosa che ricordava me le attraversò i lineamenti. «Lo sai.»

«Giusto.» Schioccai le dita. «Sei rimasta incinta di me a diciassette anni, vero? Che grandissima scelta del cazzo. Per favore, dammi qualche prezioso consiglio su come gestire la mia vita di merda.»

La superai per andare nella mia stanza. Mi seguì, un urlo carico di rabbia le uscì dalla gola. Easton era ancora fuori. Lo stronzo probabilmente aveva colto l'occasione per *accompagnare* Grace a casa, ora che aveva finalmente notato quanto fosse bella.

E tu gli hai dato l'okay per chiederle di uscire.

Bella mossa, idiota.

«West! Per favore!» La mamma mi stava alle calcagna. Le sbattei la porta in faccia.

Poi la riaprii, rendendomi conto di non aver avuto la possibilità di lanciarle la stilettata finale.

«Esci da casa mia.» Indicai la soglia. «Non avevi il diritto di usare i soldi guadagnati col sudore, che ti mando ogni settimana, per comprare un biglietto aereo. E poi scialare per me con il mio denaro non ti rende un bravo genitore.»

Afferrai una delle borse della spesa dal pavimento, la capovolsi e rovesciai il contenuto ai suoi piedi. Magliette e calzini caddero a pioggia in un mucchio di stoffa scadente. Mi precipitai alla porta e la aprii indicandogliela.

«*West.*» Mia madre era ancora in piedi nel corridoio, con le ginocchia che cedevano. Appoggiò una mano al muro per sostenersi. Sembrava impotente, piccola e in pessima forma. Il problema era che era *sempre* impotente. Da anni riceveva aiuto, senza mai dare niente in cambio. Da anni, i miei genitori non mi offrivano nulla, e io a loro davo tutto.

Eppure, ormai avevo capito che tutto non era più abbastanza.

Ero stufo di vivere come un pezzente, di entrare in un ring di cartone che era una trappola mortale ogni venerdì, e di non poter avere nemmeno un po' di privacy. Non solo dovevo mandare a loro i miei guadagni, ora dovevo anche rassicurarli dicendo che andava tutto a gonfie vele.

«*Fuori*» ruggii, sentendo i polmoni tremarmi nel petto mentre per poco non facevo crollare il soffitto.

Scappò da casa mia come un topo impaurito. La osservai dalla soglia, ansimando neanche avessi appena corso per quindici chilometri. Fuggì fino in fondo alla strada, poi svoltò a destra, verso l'unica stazione degli autobus di quella città fantasma.

Sbattei la porta e sferrai un pugno micidiale al muro accanto a me.

Forse era meglio che con Grace fosse andato tutto a puttane.

Lei aveva già le sue cicatrici.

E io? Ero *fottuto*.

12

GRACE

Easton mi diede uno strappo dopo che West mi aveva cacciata, dato che ero andata a piedi a casa loro.

Lui cercò di parlare del football e dell'università per tutto il tempo, ma l'unica cosa che io riuscii a fare fu muovere la bocca sul mio anello con la fiamma per esprimere desideri, come mi aveva insegnato a fare nonna Savvy quando ero stressata.

La parte peggiore era che non sapevo nemmeno cosa avessi combinato di male. Ero passata a lasciare il portafoglio a West e informarlo che Karlie aveva capito che eravamo stati al furgone la sera prima. Avevo mentito alla mia migliore amica per salvare il culo a entrambi.

Avevo intuito che sua madre doveva essere arrivata senza preavviso, perché West non me ne aveva parlato, e anche perché sembrava che si sarebbe volentieri lanciato giù da un dirupo.

Avevo cercato di renderlo il più indolore possibile, quando avevo risposto alle domande di Caroline St. Claire. E poi avevo tentato di non suscitare un gran clamore per l'incidente del berretto, anche se sentivo che l'ansia mi prosciugava, mi affondava i denti letali nel morbido collo.

Era stata la mia cicatrice a metterlo in imbarazzo?

O il mio essere Grace in generale? L'anello rotto, il berretto e le maniche lunghe? La mia stranezza a Sheridan spiccava come una spogliarellista in un convento.

Oppure West era semplicemente in uno dei suoi momenti pericolosi e io ero finita per essere solo una delle sue numerose vittime?

Al diavolo, rimuginarci sopra non mi avrebbe dato alcuna risposta. West St. Claire non meritava la mia compassione, punto e basta.

Easton spense il motore quando arrivammo al furgone e si girò a guardarmi. «Tu piaci a Westie.»

«Ha uno strano modo di dimostrarlo» riuscii a borbottare con lo sguardo dritto davanti a me.

«Questo è vero» concordò Easton senza opporre resistenza. «È un territorio inesplorato per lui. Lui le persone o le odia o non le calcola proprio. Tu lo confondi a morte.»

«Lui confonde a morte me» ribattei.

«Sai cosa dobbiamo fare?»

«Dargli fuoco?» bofonchiai.

Braun ridacchiò e inclinò la testa, mi osservava in modo diverso. Non solo come una storia strappalacrime, ma come una persona in carne e ossa.

«Buffo, perché di solito sceglie sempre delle tipe accomodanti. Tu sei una piccola combattente, vero, Shaw?»

Alzai gli occhi al cielo. Mi stavo stancando di sentire che West andava sempre con ragazze che erano l'esatto contrario di me. Non avevo bisogno di un promemoria.

«Che stavi dicendo?» lo incalzai. «Cos'è che dobbiamo fare?»

«Oh, già.» Schioccò le dita. «Colpirlo nel punto più doloroso.»

«E quale sarebbe?» Alla fine, anch'io mi voltai per guardarlo.

Il sorriso sul suo volto mi spaventò.

«Il cuore.»

Avevo visto West una volta al campus, dopo quella cena. Ci eravamo doverosamente ignorati. Lui mi era passato accanto restando fedele alla politica "Grace Shaw non esiste", e io avevo finto di non vederlo. Durante i due turni in cui avevamo lavorato insieme era stato taciturno e brusco. Avevo pensato di affrontarlo, poi però mi ero detta che, se lui non aveva nessuna fretta di scusarsi, allora neanch'io avevo un gran bisogno di sistemare le cose.

Così avevo ripagato West con la sua stessa freddezza.

Non che avessi molto tempo per starmene a rimuginare sui ragazzi, comunque. Il giorno dopo la cena con Caroline St. Claire, il notiziario locale aveva annunciato che l'unica stazione degli autobus di Sheridan avrebbe chiuso entro la fine del mese.

Il che significava che le potenziali badanti di nonna avrebbero dovuto prendere la macchina.

E di conseguenza io dovevo rimborsare loro anche le spese per la benzina.

Ed erano soldi che di certo non avevo.

Mi concentrai su quello per distogliere la mente da West: sul trovare scappatoie e modi per assumere una badante per nonna che potesse fare la pendolare con la minima spesa.

Ero curva sul portatile in camera mia quando Marla bussò alla porta e si affacciò dalla fessura tra il legno e il telaio.

«Tesorino? Che combini?»

Cliccai sulla X per uscire dal sito web che stavo visitando, *Care4You*, e drizzai la schiena.

Lei arricciò il naso. «Nessuna novità, eh?»

Scrocchiai le nocche e scossi la testa. Non aveva senso mentire. Supponevo che Marla sapesse che non sarebbe stato facile trovare un rimpiazzo, ma comunque non ero pronta per un'altra ramanzina sulle case di riposo.

«Non preoccuparti. Troverò un modo.»

Lei annuì, entrò nella stanza e si chiuse la porta alle spalle. Oh-oh. Non prometteva niente di buono.

Proprio ora che nonna aveva ricominciato a mangiare regolarmente, dopo aver capito che non poteva portarsi di nascosto gli spuntini in camera per l'eternità.

«C'è una cosa che devo dirti.» Si appollaiò goffamente sul bordo del mio letto.

«Sì?»

«La vecchia cornacchia si rifiuta di uscire per le passeggiate. Non sta facendo alcun tipo di attività fisica. Penso che sia depressa.»

«Depressa?» ripetei.

«Sai, giù di morale. Non so come dicono gli psichiatri. Ma non penso che sia una fase. Questo brutto periodo non passerà, tesorino. L'ho visto succedere tante volte, agli anziani di cui mi sono occupata. Lei ha bisogno di ricevere cure. Come si deve.»

Grazie al cazzo, avrei voluto urlare fino a seccarmi la gola, *non riesco neanche a trascinare le sue chiappe dal dottore!*

Invece mi limitai a sorridere, come sempre, e annuii.

«Grazie, Marla. Me la caverò.»

Qualche giorno dopo, la professoressa McGraw mi chiamò di nuovo nel suo ufficio.

«Sarò breve.» Entrò nella stanzetta accogliente, lasciandosi dietro la scia profumata di incenso e miele che era il suo tratto distintivo. Si sedette di fronte a me e intrecciò le dita.

«Ho deciso di non concederti una proroga per l'esame di recitazione. Il che significa che dovrai trovare un modo per entrare nel cast di *Un tram che si chiama Desiderio* e salire davvero sul palco, o verrai bocciata nella mia materia questo semestre. Cruz Finlay è ben consapevole della situazione. Gli ho parlato, e ha detto che risolverà volentieri la questione con te. Mi dispiace, Grace, comunque consideralo un favore da parte mia. Devi affrontare le tue paure e andare avanti. Salire su quel palco ti libererà. Qualunque cosa ti sia successa...» Scosse la testa e chiuse gli occhi. «Non puoi lasciare che ti definisca. O ti ostacoli. Non più. L'ansia è una brutta bestia. Se la nutri continuerà a crescere. Se non la alimenti, morirà. Questa è la mia decisione finale. Mi dispiace.»

Più tardi quel giorno, ero di turno con West. Lavorare al suo fianco non era l'ideale, ma per evitarlo avrei dovuto raccontare a Karlie quanto era successo a cena e non ero pronta a recitare quella scena umiliante ad alta voce.

West si comportò in modo strano per tutto il tempo. Ogni tanto mi fissava, poi si astraeva, apriva la bocca per dire qualcosa e alla fine ci ripensava. Io stavo in silenzio o parlavo a monosillabi, e solo per questioni legate al lavoro.

Appena c'era una pausa nel viavai di persone, accendevo il telefono e cercavo le badanti per nonna. Avevo anche scritto un messaggio a Cruz Finlay, però non lo avevo ancora inviato.

> **Io:** Ciao. Sono Grace Shaw. C'è qualche possibilità di ottenere un ruolo nello spettacolo anche se all'ultimo minuto? ☺

Alla fine, West sputò il rospo. «Senti, mi dispiace, okay? Gesù Cristo» ringhiò come se l'avessi inondato di accuse mute. «E comunque forse è meglio se non ci frequentiamo più.»

Non alzai nemmeno lo sguardo dal telefono.

Aveva passato tutta la settimana a ignorarmi per poi offrirmi delle scuse del cazzo infilandole nella classica battuta che si usava per mollare qualcuno?

«Frequentarti ancora non è mai stato nei miei pensieri» mentii, gli occhi fissi sul cellulare.

«Ah. Okay. Bene.»

Annuì tra sé e sé. Per la prima volta da quando lo avevo conosciuto, sembrava un po' spiazzato. Un po' patetico, in realtà. Mi porse il mignolo, bloccandomi la visuale sullo schermo.

«Tregua?»

Mi voltai, dandogli le spalle senza disturbarmi a prendergli il dito nel mio.

Una guerra fredda era pur sempre una guerra.

WEST

La settimana dopo la visita di mia madre scivolò via come un viscido mostro fantascientifico uscito da una fogna.

Non appena era tornata nel Maine, aveva ripreso a telefonarmi a ogni ora, e mi mandava in media due e-mail al giorno. Si era scusata mille volte. Per avermi preso alla sprovvista, per aver tolto il berretto a Grace, per aver posto troppe domande, e per il fatto che mi inviava troppe e-mail. Aveva ammesso che tutto quello che era successo tra noi da quando avevo diciassette anni era colpa sua. Aveva cercato di spiegare. Niente di tutto ciò contava. Il danno ormai era fatto. Io continuavo a inviare denaro, ed evitavo le sue chiamate.

Le cose andarono di male in peggio. Prima di vedere la sua faccia, potevo fingere che non fossero poi così tremende. Ma dopo il casino della sera della cena, non si poteva negare che qualunque brandello fosse rimasto della mia famiglia ormai era morto alla radice. Putrefatto, contaminato, irrecuperabile.

La ciliegina sulla torta in quella situazione di merda era il mio rapporto con Texas.

La ragazza, non lo Stato.

Anche se, porca miseria, anche lo Stato era diventato parecchio caldo, e molto in fretta.

Avevo mandato tutto a puttane con Grace, non solo quando l'avevo cacciata di casa, ma anche nei giorni successivi, perché non ero mai riuscito a guardarla in viso. Mi sentivo così imbarazzato. Quando avevo trovato il coraggio di parlarle, era troppo tardi. Lei mi aveva trattato come se fossi aria. Era diventata bravissima a ignorarmi quella settimana, al punto che a volte mettevo in dubbio la mia stessa esistenza.

Poi avevo indossato i panni del ragazzo grande, avevo ammesso di essermi comportato male, e mi ero scusato.

E come aveva reagito lei? Si era girata dall'altra parte.

Al nostro terzo turno di lavoro insieme dopo quella cena disastrosa, il Karma aveva finalmente sollevato il suo vibratore chiodato e aveva deciso di infilarmelo su per il culo, senza lubrificante.

Pensavo agli affari miei, girando i pesci sulla griglia, invidiandoli con discrezione per la loro condizione di inesistenza, quando sentii qualcuno calpestare la ghiaia vicino al portellone aperto.

«Oh, ciao» mormorò Grace con voce dolce.

Non mi voltai per vedere chi fosse il cliente, ero ancora chiuso nel mio fortino di rabbia silenziosa.

«Ciao» rispose Easton.

«Vuoi parlare con West?» chiese lei.

«No. Sono venuto per te.»

Sollevai la testa di scatto e la girai oltre la spalla, alzando la guardia di tre metri. East era lì, appena uscito dalla doccia dopo l'allenamento di football. I suoi capelli biondi e umidi erano volutamente spettinati. Indossava una camicia da surfista senza maniche che metteva in mostra le sue braccia muscolose.

Che diamine era venuto a fare?

East incontrò il mio sguardo dietro Grace. Mi indirizzò una mezza alzata di spalle, come per dire: *Avevi detto tu che non sarebbe stato un problema se ci avessi provato. Ricordi?*

Tornai alla griglia e presi un gran respiro.

«*Me*?» domandò Texas.

«Sì.»

«Va bene, che succede?»

«Mi sono reso conto di aver dimenticato una cosa quando ti ho accompagnata a casa l'altra sera.»

Magari di comprare un po' di lealtà nella farmacia più vicina, idiota?

«E cosa?» domandò Grace, ora più sospettosa. Mi piaceva che non gli fosse caduta subito ai piedi.

Era immune al fascino degli uomini in generale.

«Ho dimenticato di chiederti il tuo numero.»

Figlio di puttana...

«Perché ti serve?»

Non potei resistere all'impulso di sorridere tra me e me. Non era una di quelle fighette che volevano scoparsi le star. Fiducia nell'umanità: in parte recuperata.

«Così posso chiederti di uscire.»

«Chiedermi di uscire?»

Chiederle di uscire?

«Sì. Era già da qualche settimana che volevo domandartelo, ma il coach ci è stato addosso come un sergente istruttore. Si giocano le amichevoli, sai. Pensavo che magari ti andasse di mangiare un boccone o qualcosa del genere. Oppure il cinema? Esce un nuovo film con Kate Hudson questo finesettimana.»

«E a te piacciono i film con Kate Hudson perché...?» lasciò la domanda sospesa a mezz'aria. Io ero ancora di spalle. Ero combattuto tra la voglia di irriderlo per l'indifferenza di Grace a quei persistenti tentativi di seduzione e quella di sbattere la testa del mio migliore amico (rettifico... *ex* migliore amico) contro la ghiaia.

«Non mi piacciono i film con Kate Hudson, Grace. Mi piaci *tu*. E tu sei una donna. Le donne in genere ne vanno matte, chissà perché. È più chiaro adesso?» rilanciò East.

Girai di nuovo la testa e lo guardai torvo. Lui non guardava più me.

I suoi occhi erano puntati su Texas. Cosa stava cercando di dimostrare quello stronzo, esattamente? Che poteva uscire con una ragazza che mi interessava? Che mi piaceva?

Anche se mi piaceva, io non uscivo con nessuno, e lui lo sapeva benissimo.

Grace tamburellò con le dita sul banco dei condimenti. «Non rappresenterebbe un problema per il tuo coinquilino, visto che lavoriamo insieme?»

«No. Gliel'ho chiesto. Tre volte, in effetti.»

«E non gli dispiace?» Non sembrava sorpresa.

Girati e guardami, maledizione. Capiresti che preferirei farmi sbranare le palle da una tigre che vederti uscire con qualcuno che non sia io.

«Certo. Chiediglielo tu stessa.»

«Non ce n'è bisogno, tanto al momento non ci parliamo.» Si prese una pausa. «Accetto.»

Ah. Scommetto che ha fatto male. Peccato che East non mi avesse ascoltato quando gli avevo detto che lei non...

Un secondo.

Aveva accettato?

Aprii la bocca per dire qualcosa, tuttavia non uscì niente. Non avevo argomentazioni per oppormi a quello che stava succedendo e nessun motivo per impedire a quei due di uscire insieme. Tecnicamente, avevo detto a Easton che non ero interessato a Grace.

E, sempre tecnicamente, erano entrambi single. Non avevo nessuna influenza su di loro.

E questo mi mandava in bestia.

Si scambiarono i numeri mentre io fumavo di rabbia. Poi lui ebbe l'audacia di restare a chiacchierare. Dieci minuti per raccontare l'avvincente storia di come Reign si era quasi slogato la caviglia durante il balletto della vittoria dopo un touchdown qualche settimane prima. Andai al portellone, appoggiai i gomiti sul bancone e scansai Grace.

«Scusa, amico, questo camioncino non è un sito d'incontri. Vedi di sparire prima che arrivino altri clienti.» Il mio tono era disinvolto. Annoiato.

Easton scrollò le spalle. «Colpa mia, amico.»

«Non tornare a meno che tu non voglia comprare qualcosa.»

«Ne prendo nota. Ci vediamo a casa?»

«Dove cazzo vuoi che vada dopo il lavoro altrimenti?»

«Cavolo. Qualcuno è permaloso.»

«Vattene.»

E se ne andò. Tornai quatto quatto alla griglia, sapendo bene che lo sguardo furioso di Grace mi stava ustionando la schiena.

Il mio autocontrollo durò tre minuti, dopodiché le diedi il mio contributo anche se non richiesto.

«Cazzo, Tex, non pensavo che fossi così ingenua.» Mi lasciai sfuggire una risatina sardonica. «Easton Braun fa solo sesso occasionale, nel caso non lo sapessi.»

«Chi ti dice che io sia diversa?» Abbassò il portellone e chiuse bottega. Era così tardi? Evidentemente il tempo volava quando fantasticavi su nuovi e creativi modi per uccidere il tuo amico d'infanzia.

Lei mi dava ancora le spalle. «Ho fatto sesso occasionale con te, e tutto sommato sono viva e vegeta.»

«*Texas*» la avvertii.

Si girò di scatto, l'espressione ferita sul suo viso mi sventrò come un gancio arrugginito.

«Non chiamarmi così. Non osare comportarti come se fossimo pappa e ciccia.»

«Dimmi cosa serve affinché io possa cambiare le cose.»

Non riuscivo a credere alle parole che uscirono dalla mia bocca. Non avrei dovuto preoccuparmi. Preoccuparmi non era più qualcosa che mi riguardava.

Né dei miei genitori, né delle ragazze che mi scopavo, e neppure dei miei cosiddetti amici...

«Comportarti da essere umano civile?» commentò lei sarcastica.

«Qualcosa che rientri nelle mie capacità?» Buttai lì una battuta, per mettere alla prova il mio pubblico. Lei sbatté le mani coperte dai guanti sul banco dei condimenti e iniziò a pulire ogni singolo contenitore.

«Perché hai detto di sì?» domandai. Avrei dovuto lasciare che restasse per il caffè quando mia madre l'aveva invitata. Stringere i denti. Permettere che il mio segreto venisse svelato. Poi avrei passato il resto della vita a cercare di riconquistare la sua approvazione quando si fosse resa conto di quello che avevo fatto.

«Perché no?» sbuffò lei.

«Easton non ti piace.»

«Nemmeno tu mi piacevi. Poi sì, per un po'. Le opinioni cambiano. *Di continuo*.»

Sentii qualcosa di strano e sgradito nel petto quando pronunciò quelle parole. Come un bastoncino di zucchero alla mela intriso di veleno.

Buone notizie: le piacevo.

Cattive notizie: avevo mandato tutto a puttane.

«Te ne pentirai» la avvertii. Eppure, non ne ero sicuro. East stavolta avrebbe potuto prendere coraggio e impegnarsi sul serio. In quel caso, cosa ne sarebbe stato di me? Non avrei potuto guardarli insieme. Non riuscivo nemmeno a immaginare che lei tenesse per mano qualcun altro.

«Può darsi.» Mi girò intorno, con un contenitore argentato tra le mani, diretta alla pattumiera. «Ma mi sono pentita anche di aver conosciuto te, e sai una cosa? Sono sopravvissuta.»

13

WEST

«È confermato: Appleton vuole la rivincita.» Max si sedette davanti a me in mensa, stringeva il pranzo tra le dita unte.

Stavo cercando di capire cosa cazzo ci fosse nel panino che avevo comprato cinque minuti prima. Avevo passato buona parte della mia vita sulla Terra a odiare i sandwich con l'omelette mollicci di Easton; non avevo considerato che il cibo della mensa faceva ancora più schifo.

Tuttavia, i panini di Easton non erano più un'opzione. Per averli avrei dovuto parlare con lui e negli ultimi tre giorni eravamo ufficialmente ai ferri corti.

All'inizio, il mio ex migliore amico aveva avuto la faccia tosta di comportarsi come se niente fosse.

Aveva cercato di parlarmi di football, poi di alcune voci che giravano al campus, secondo le quali Tess andava in giro a raccontare a tutti che si era fatta leggere i Tarocchi e, a quanto pareva, le avevano detto che avrebbe sposato un tizio del Maine.

Io avevo adottato la strategia di Grace e lo avevo trattato come se fosse aria.

Avrei preferito mangiare fango e unghie incarnite prima di parlare con quel traditore.

Anche quando mi aveva sottolineato che gli avevo dato io il permesso esplicito di uscire con Tex, io non mi ero arreso. Era ovvio che l'aveva invitata per farmi incazzare.

Missione compiuta: ero a un passo dal decapitarlo.

«La rivincita?» Alzai un sopracciglio e scrutai Max come se dovessi strofinarlo via dalla suola dei miei stivali. «L'ultima volta che abbiamo combattuto, lui e i suoi amici ti hanno ricattato, se non sbaglio.»

Non sbagliavo *mai*.

Max ridacchiò, arruffando la sua massa indistinta di capelli rossi, che mi ricordava una di quelle spugnette metalliche che si usavano per pulire le padelle industriali.

«Be', sì, ma ho comunque guadagnato tre volte di più di quanto avrei racimolato in una serata normale. Un po' si vince e un po' si perde, giusto?»

Gettai il panino nella spazzatura, preferivo strappare di mano a Max un sacchetto di Cheetos. Lui non accennò a reclamarlo. Lo aprii e mi ficcai un bastoncino di formaggio in bocca, mentre lo fissavo.

«Quello stronzo ha cercato di cavarmi gli occhi.»

«Sì, voleva vincere a tutti i costi. Aveva qualcosa da dimostrare.» Max si accarezzò il mento foruncoloso. «Stavolta però la paga sarebbe almeno il doppio. L'entusiasmo era grande l'altra volta. Il solo passaparola ci permetterebbe di aumentare il costo dei biglietti, e senza riduzioni.»

Calcolai rapidamente nella mia testa. La cifra mi fece venire l'acquolina in bocca. Era abbastanza alta da permettermi di estinguere il prestito dei miei genitori, che attualmente li stava soffocando a morte.

Finalmente me li sarei tolti dal groppone e avrei dato loro quello che avevano sempre voluto: abbastanza denaro per ricominciare. Punti bonus? Sarei uscito dalle loro vite per sempre.

Certo, Kade Appleton era onorevole quanto un perizoma usato, e io ero abbastanza convinto che mi stesse seguendo per la città, o almeno avesse ingaggiato qualcuno per il lavoro sporco, ma avevo messo al tappeto tizi tre volte più grossi di lui, mentre ero in vari livelli di ebbrezza.

«Ho sentito che parla male di me» dissi.

«Non posso negarlo. Da quando ha perso l'incontro a Las Vegas, è diventato un po' una checca inacidita. Scazzottare è l'unica cosa che gli riesce davvero.»

Era abbastanza bravo anche a piagnucolare.

«Cosa ci guadagna?» Lanciai un cenno del mento al mio allibratore.

«Il suo orgoglio» gracchiò Max, che alzò le braccia in aria. «Tu lo hai annientato. Lo hai lasciato KO per trenta secondi di fila. Poi si è messo a discutere e polemizzare come una femminuccia.»

Il "come" poteva anche essere omesso dalla frase. *Era* una femminuccia. Fine della storia.

Finii i Cheetos di Max e aprii la sua lattina di Coca-Cola, ne presi un sorso e mi passai la lingua sui denti.

«Dovrò stabilire alcune regole di base.»

«Per esempio?»

«Registreremo tutto, così quello stronzo non troverà scuse quando lo massacrerò.»

«Mi sembra giusto. Passerò il messaggio.»

«E il vincitore si prende tutto.»

«Tutti i soldi?»

Schiacciai nel pugno la lattina di Coca-Cola vuota, poi la gettai nella spazzatura senza prendere la mira. «Tu incasserai la tua parte come allibratore.»

Avevo indagato un po' dopo l'incontro con Appleton e scoperto quanto fosse losco quell'idiota. Ricatti, combattimenti tra cani, stalking e violenza domestica occupavano una grossa fetta della sua presenza su Internet. Tuttavia, i soldi erano troppi per rinunciarci. Non mi sarebbe dispiaciuto rompere un paio di costole. Diavolo, nemmeno morire sarebbe stato così terribile. Tanto non fregava un cazzo a nessuno.

«Un'ultima cosa: stavolta niente roba strana. Se prova di nuovo a infilami le dita nelle orbite, nella bocca o nel culo, gli rompo ogni osso che ha in corpo. Nessuna eccezione» spiegai a Max.

Lui annuì, la lingua quasi gli pendeva dalla bocca. Un cane rabbioso davanti a un osso succulento.

«Certo. Quindi, posso dire a Shaun che ci stai?»

Shaun. Ricordavo quell'inutile sacco di muscoli. Sembrava il classico sicario dei film anni Ottanta. Mi tornò in mente un flashback di quando avevo sentito dei mormorii fra i cespugli fuori dal Plaza. Lo scacciai. E se mi avessero seguito? L'esito dell'incontro non aveva molta importanza per me. Se mi avessero ucciso prima del combattimento, pazienza. Altrimenti, avrei potuto almeno fargli esplodere il culo, riscuotere i soldi, darli ai miei genitori e buttarli fuori dalla mia vita per sempre.

«Organizza.» Bussai sul tavolo tra di noi e mi alzai per andarmene.

Avevo il presentimento che la situazione stesse per implodere.

Per fortuna, non mi importava.

Mi presentai al lavoro con quindici minuti di anticipo. Karlie era lì, in piedi alla postazione di Texas, e riempiva il bancone di panna acida, guacamole e fajitas. Mi sfilai lo zaino, guardandole accigliato il culo.

«Cosa ci fai qui?»

Quello che volevo chiedere era: *Dov'è Texas, santo Dio?* Aveva smesso di stare in turno con me, adesso?

Mi ero scusato. Che altro voleva? Cioccolatini e fiori?

Cioccolatini e fiori. Il mio cervello era ufficialmente partito per la tangente. Il mio cazzo, invece, era al suo posto e aveva il controllo su tutto. Non le avrei comprato dei cioccolatini. E nemmeno dei fiori. O delle fedine abbinate, porca troia. Tex era solo un'amica. Volevo solo riaverla come tale e, magari, che Easton non mi chiedesse di ricoprire il ruolo di testimone al loro matrimonio. A meno che non volesse che qualcuno gli rubasse la sposa.

Karlie alzò lo sguardo dalla panna acida che stava versando e mi squadrò con i suoi occhi intelligenti. «Grace ha preso un giorno libero.»

«Lo vedo. E perché?»

Mise da parte il contenitore ormai vuoto e si pulì le mani sul grembiule turchese con il logo del Taco Truck.

«Scusa, perché dovrebbero essere fatti tuoi?» Inarcò un sopracciglio curato. Quella era una bella domanda. Non sapevo bene cosa rispondere. Sapevo solo che lo *erano*.

«Immagino che ti abbia raccontato i dettagli della nostra ultima uscita» dissi scherzando.

«Immagini bene. Con qualche giorno di ritardo, comunque ora sono aggiornata.»

«E immagino che tu non straveda per me al momento.»

«Ancora una volta immagini bene. Oh. È il tuo giorno fortunato. Dovresti comprare subito dei biglietti della lotteria.» Schioccò la lingua.

«Sei davvero esilarante, Contreras.»

«E tu sei davvero un coglione» ribatté lei.

«Dimmi qualcosa che non so.»

«Sei sicuro?» Lei sorrise in modo provocatorio. «Perché so alcune cose che potrebbero interessarti e rovinarti l'umore.»

Capii subito dove voleva arrivare.

Mi voltai e chiusi a chiave la porta, poi mi ci appoggiai contro con le braccia incrociate e la fissai.

«Questo dovrebbe spaventarmi?»

«Solo se non mi dici dov'è.»

Avevo il sentore che Grace fosse uscita con Easton. Avevo anche il sentore che Easton quella sera sarebbe stato ammazzato dal sottoscritto.

«Mettiti l'anima in pace. Perché non succederà.»

«Ti darò dei biglietti gratuiti per l'incontro di venerdì prossimo.»

«Oh mio Dio, davvero?» Karlie si portò le mani sul cuore, con uno squittio. Il suo sorriso svanì in un lampo. «Te li puoi tenere. La birra è uno schifo e tu non sei così importante.»

Mi scervellai per capire cosa potesse desiderare una ragazza come Karlie in cambio di informazioni. La risposta era ovvia. *Il cazzo.* Voleva scopare, come tutti quelli che erano al college. Era amica di Texas. Significava che usciva con vergini appassionate della Bibbia che trattavano gli appartenenti all'altro sesso come creature mitologiche che potevano solo essere ammirate da lontano.

Ma certo. Una che amava la Bibbia avrebbe cercato di agganciare il più bianco e borghese del campus. Mi ricordai della sera in cui Karlie e Grace erano venute a vedermi combattere.

«Metterò una buona parola per te con Miles Covington.»

«Tu *non* conosci Miles Covington.»

«È il mio fattorino.»

Non lo era, però lo conoscevo abbastanza bene da convincerlo a portarla fuori se ce ne fosse stato bisogno. Diavolo, pur di raggiungere il mio obiettivo, gli avrei imposto di sposare quella piccola Einstein.

Lei alzò gli occhi al cielo e incurvò le spalle con un sospiro.

«Be', tanto non è proprio un segreto. Volevo solo torturarti un po'» si scusò.

Io mi sporsi in avanti, ora aveva tutta la mia attenzione.

«È andata al cinema.» Karlie sporse il mento. «Con Easton Braun.»

C'era solo un cinema in quella città dimenticata da Dio.

Mi voltai e mi precipitai fuori, disertando il mio turno.

«Ehi! Dove te ne vai?» mi urlò dietro. «Non posso cavarmela da sola!»

«Abbi fede» urlai di rimando.

Mi sarei ripreso quella ragazza, porca puttana.

Che me la meritassi oppure no.

Quando l'adolescente con l'apparecchio e la pancetta da uomo di mezza età mi chiese che film volevo vedere da dietro il vetro del botteghino, indicai quello con Kate Hudson sul manifesto.

«*M... Mona Lisa a... nd the Blood Moon?*» farfugliò, spingendosi gli occhiali spessi sul naso.

«C'è qualche problema?» domandai strascicando le parole.

Il ragazzo scosse la testa, le sue spalle tremavano per una risata repressa. Avrebbe vinto un posto in prima fila per *Come perdere un occhio in dieci secondi* se non stava attento.

Presi il biglietto ed entrai in sala quaranta minuti dopo l'inizio del film. Era primo pomeriggio. Chi portava una ragazza al cinema a quell'ora? Una merdina pretenziosa come Easton, ecco chi. Probabilmente aveva promesso di accompagnarla a casa prima del coprifuoco.

Salii le scale e diedi una scorsa alle poltrone, quasi tutte vuote. Li vidi rannicchiati in una delle ultime file, si dividevano i popcorn.

Continuai a salire rumorosamente i gradini e mi sedetti accanto a Grace, che si ritrovò così tra Easton e me. I loro occhi non si staccarono dallo schermo. Punizione ulteriore per il mio comportamento di merda.

Potevo praticamente sentire East ridacchiare nel mio orecchio.

«Sei qui per condividere con me questa biondina?»

Non aveva nemmeno detto quelle parole e già le mie dita si erano arricciate intorno ai braccioli, stavo quasi spezzando quei maledetti affari.

Quello non era affatto un territorio familiare per me.

Non avevo mai avuto problemi con le ragazze prima.

La mia filosofia era stata la seguente: se volevano scopare, fantastico; in caso contrario, nessun dramma. Le due relazioni che avevo avuto al liceo erano state facili. Le mie ragazze erano fisicamente carine ed era piacevole uscire con loro. Non mi ero mai sentito come se potessi uccidere un ragazzo se solo avesse guardato dalla loro parte. E adesso invece mi sembrava che, nel caso di Grace Shaw, avessi la tendenza a diventare molto geloso e possessivo ogni volta che qualcuno respirava verso di lei.

«Sono stato uno stronzo» dissi alla fine con voce roca.

Grace si infilò due popcorn nella bocca rosa e sbatté le palpebre in direzione dello schermo sotto il suo berretto da baseball.

«Va bene. *Sono.* Io *sono* uno stronzo, contenta?»

«Impegnati di più, amico.» Easton sbuffò, ridacchiando sul pugno pieno di popcorn. «Non ti sento ammettere le tue colpe. Voglio vederti sudare. Magari anche recitare una battuta del film *Le pagine della nostra vita.*»

A un tratto compresi cosa stesse succedendo esattamente. Il mio migliore amico voleva dimostrarmi qualcosa. Per farmi capire che ci tenevo a quella ragazza.

East aveva osato, e osato di brutto, non perché volesse mettere le mani sul culo di Grace, ma perché voleva che io muovessi il mio. Stavo mentendo a me stesso dal giorno in cui avevo conosciuto quella ragazza.

Un debole sorriso spuntò sulle labbra di Texas. Erano un bel paio di labbra. Chiare e morbide, quello inferiore più carnoso di quello superiore.

«Ha ragione» mi punzecchiò. «Una citazione da *Le pagine della nostra vita* ci starebbe proprio bene.»

«Shh!» ringhiò qualcuno poche file più sotto.

Le pagine della nostra vita, avevano detto? Lo avevo visto mille volte con... *lasciamo perdere.*

La mascella mi ticchettava e io cercavo di ignorare il rapido pulsare della mia palpebra. «Ci provi gusto a umiliare gli altri?» La scrutai in modo freddo.

«Occhio per occhio» affermò lei sprezzante. «Tu hai umiliato me. Ora io voglio vederti soffrire.»

Maledetta ragazza. Chiusi gli occhi e presi un respiro profondo.

«Posso essere quello che desideri. Dimmi solo cosa vuoi e lo diventerò» recitai a bassa voce.

Magari non erano le parole precise, ma ci andavano parecchio vicino. Lei rabbrividì. Easton gettò indietro la testa, tutto il suo corpo tremò per una risata soffocata. Non sarebbe stato così contento quando più tardi sarei tornato a casa e gli avrei strappato le unghie dei piedi con le pinzette mentre lui avrebbe guardato.

«Mi dispiace di averti praticamente cacciata l'altro giorno. È stato schifoso, maleducato e fuori luogo. Non l'ho fatto perché non ti volevo lì. Mia madre e io non andiamo d'accordo – l'avrai capito, visto che la ignoro costantemente – e non volevo che dicesse qualcosa che ti offendesse. E la cosa, ironicamente, mi si è ritorta contro.»

Con la coda dell'occhio, notai che Easton ora stava praticamente sussultando sulla sedia per il ridere. Si alzò. Io sputai la caramella alla mela che avevo in bocca nel supporto per il bicchiere tra di noi prima che si spezzasse in due.

«Vi lascio soli, piccioncini. Westie, cerca di non essere troppo... troppo *te*, diciamo.» Easton si congedò e mi diede una pacca sulla spalla nel filare via. Saltellò per le scale, allegro al pari di un tossico davanti a un armadietto di medicinali.

Grace si voltò a guardarmi. Ancora una volta, mi ritrovai a maledire il coglione che aveva inventato i cappellini da baseball. Riuscivo a malapena a vederle il viso.

Le presi il mignolo nel mio e lo strinsi. Lei me lo lasciò fare. Sollevò il mento. Quei maledetti occhi azzurri come il cielo d'estate sarebbero stati la mia rovina. Ero sempre stato un patito dei culi, ma quegli occhi facevano al mio cazzo quello che nessun culo sul pianeta Terra avrebbe mai potuto fare.

«Tex.»

«Ti odio.»

«Lo so. Tex?»

«La prossima volta che ti comporterai da idiota, non sarò così clemente.»

«Prendo nota. *Tex?*»

«Possiamo essere di nuovo amici, però questa è la tua ultima possibilità.»

«Tex!»

«Che c'è!»

«Fanculo l'amicizia. Mi mancano le tue labbra.»

Le sue spalle si rilassarono, come se avesse lasciato andare un respiro trattenuto. «Anche le tue mi sono mancate.» Pausa. «Il resto di te, non così tanto.»

Quella ragazza restituiva quello che riceveva.

E aveva ricevuto un sacco di merda dal mondo.

Afferrai il berretto e lo girai all'indietro mentre mi tuffavo su di lei per darle un bacio. Nonostante lo strato di sale dei popcorn, le sue labbra avevano un sapore caldo, dolce e morbido. Erano sempre così morbide, cazzo. Le succhiai il labbro inferiore e lo mordicchiai finché lei non gemette e ansimò, afferrandomi la maglietta.

I miei occhi erano pesanti al punto che riuscivo a malapena a tenerli aperti, tuttavia non li chiusi del tutto. Lei era bellissima così, al buio, con le luci bluastre dello schermo che le danzavano sul viso. Volevo imprimermi quel momento nella memoria, perché sapevo che prima o poi *avrei* rovinato tutto.

L'avrei persa.

Ma almeno prima sarebbe stata *mia.*

Sarebbe stata una relazione temporanea.

E dolorosa.

Eppure, ne sarebbe valsa la pena.

L'unica differenza rispetto al giorno prima era che avevo accettato che il treno della rovina aveva lasciato la stazione e ora si stava dirigendo a tutta velocità verso una pila sfrigolante di esplosivi.

Volevo Grace "Texas" Shaw.

Volevo essere nelle sue mutande.

Nella sua bocca.

In ogni buco che possedeva (a parte l'uretra, forse).

Volevo le sue battute taglienti, il suo cuore puro e i suoi occhi abbaglianti, e quella cicatrice rugosa che sembrava seta sotto la punta delle dita.

La sua pelle era un continente che volevo esplorare, baciare, mordicchiare. Per conoscere le sue storie – e le sue paure – tracciando con le labbra un sentiero lungo tutti i punti che le avevano fatto male.

Mi infilò le dita tra i capelli, produceva piccoli rumori gutturali che fecero precipitare tutto il mio sangue in zona sud. Il nostro bacio era selvaggio e profondo, le nostre lingue volteggiavano insieme. Non mi erano mai piaciuti molto i baci. Di solito li consideravo solo un pit stop prima di raggiungere l'obiettivo finale: inzuppare il biscotto.

Ma avrei potuto baciare Texas fino all'oblio e ritorno, senza mai riprendere fiato. I miei pensieri sembravano un antiquato biglietto di Hallmark, tuttavia ciò non li rendeva meno veri. E neppure meno inquietanti, a dirla tutta.

La sua mano mi scivolò sui pettorali, poi sulla tartaruga, poi le sue dita si piegarono intorno al primo bottone dei miei jeans.

«Vuoi uscire di qui?» Teneva le labbra incollate alle mie mentre parlava.

Staccai la bocca dalla sua e la studiai in viso. Sembrava sobria, e io ero sicuro al cento per cento che non volesse andare al bar per comprare altri popcorn stantii.

«Ho solo una condizione» mi avvertì.

Era la luna che voleva? Ero aperto a tutto. Le avrei dato anche il sole. Avevo solo bisogno di un po' di tempo, e forse di un prestito o due.

E sicuramente di una buona assicurazione sulla vita.

«Spara.»

«Non voglio diventare una delle tue Tess o Melanie. La regola di una notte e via non deve valere per noi.» Scosse la testa. «Voglio che mi tratti con rispetto e cura. So che avevamo detto che sarebbe stata una cosa sporadica, ma...» Prese un respiro, la sua voce si abbassò insieme al suo sguardo. «Per me questo significa qualcosa. Aprirsi di nuovo. Promettimi che non tradirai la mia fiducia, West.»

Fu l'ebbrezza del momento che mi spinse a cedere.

Al diavolo il giuramento che avevo stretto con me stesso. Addio alla mia promessa di non fare promesse.

Tutto quello a cui pensavo era stare dentro Grace. Annegare nella sua purezza, con la speranza che un po' mi avrebbe contagiato.

«Prometto.»

Quella parola mi uscì di bocca prima che potessi fermarla, sapeva di cenere. Non potevo rimangiarmela. Era lì, tra di noi. Viva, gonfia e cresceva nel giro di nanosecondi, premendo contro il mio sterno, rendendomi difficile respirare.

Prometto.

Prometto.

Prometto.

Ricordi cos'è successo l'ultima volta che hai fatto una promessa?

Con una smorfia in faccia per la mia stessa stupidità, le presi la mano. «Andiamocene.»

Dodici minuti dopo (sì, li contai), eravamo davanti a casa di Texas. Marla aveva appena finito il turno e stava scendendo i gradini del portico, si ficcò una sigaretta in bocca e la accese.

«Questo è tutto, gente. Divertitevi e tenete le mani a posto. Soprattutto tu, St. Claire.»

Grace si fermò sul primo dei gradini che conducevano alla porta. Il tramonto tingeva il cielo di rosa e arancione intorno a lei, donandole un'aura da angelo caduto.

A quanto pareva, ora notavo il fottuto scenario e avevo addirittura scovato la mia vena poetica.

Rivolevo indietro le palle, anche se volevo ancora di più sentirle sbattere contro la fica di Grace.

«Vuoi venire dentro?» Indicò con il pollice la porta dietro di sé, dopo che Marla se ne fu andata.

«Qualsiasi uomo ti dica il contrario sta comprando preservativi scaduti in formato famiglia.» Mi appoggiai a Christina con disinvoltura, sforzandomi di fingere che non mi importasse, quando avevo già dimostrato di essere così andato per quella ragazza che io e il mio cervello non vivevamo più nello stesso Stato.

Tex ci impiegò qualche secondo a capire la battuta.

Arricciò il naso. «Niente formato famiglia per te, eh?»

Scrollai le spalle. «Sarò all'antica, però mi piace far divertire la mia partner senza vincoli o inaspettate gite in farmacia.»

«Sei un vero gentiluomo.»

«Così dicono.»

«E pensare che ti ho sempre etichettato come uno stronzo menefreghista.»

«Perché lo sono.»

«Non con me.»

Non aveva torto. Forse era per quello che non riuscivo a starle lontano, anche quando ogni parte di me (tranne l'uccello) mi pregava di provarci.

«Mi ricordi com'ero prima.» Finsi di togliere un invisibile granello di polvere dalla Ducati giusto per tenere la mano impegnata.

«Prima di cosa?»

«Prima di tutto.»

Ci fissammo. Le campane della chiesa suonavano in lontananza. Lei si tolse il berretto da baseball e lo strinse tra le dita davanti a sé. Anche se non disse nulla, sapevo che mi stava invitando a entrare.

Mossi un passo.

Poi un altro.

Lei non mi fermò.

Quando la raggiunsi e le punte dei miei piedi toccarono le sue attraverso le scarpe, eravamo entrambi senza fiato.

«Non so in cosa ci stiamo imbarcando» gracchiò prima di inclinare il viso verso l'alto. Non l'avevo mai visto così bene. Era ancora pieno di trucco, però senza berretto il sole le affondava gli artigli nella pelle.

Le presi le mani.

«Scopriamolo insieme.»

Era la prima volta che entravo nella stanza di Grace. Sua nonna era seduta davanti alla TV, per metà sonnecchiava e per l'altra metà imprecava contro il canale che stava guardando per i videoclip scadenti che trasmetteva.

Appariva statica come il rumore che veniva dallo schermo, tuttavia farlo notare a Grace sarebbe stato controproducente. Non solo per il salame che mi pompava sangue tra le gambe, ma anche perché Tex sembrava decisissima a non mandare la signora Shaw in una casa di cura.

La stanza di Texas era proprio quella che mi sarei aspettata da Grace Shaw prima delle sue cicatrici: pareti color pesca piene di foto con sua nonna e con le amiche sorridenti e in salute. Lenzuola bianche con i ricami, pompon e biglietti di spettacoli teatrali e film a cui era andata appuntati su una bacheca insieme a lettere scritte a mano. Non mi sfuggì che quella stanza fosse in discrete condizioni e probabilmente era stata ristrutturata dopo l'incendio.

Lei avrebbe voluto continuare a essere la stessa persona di prima.

Aveva sperato che fosse così, il che rendeva la sua tragedia ancora più dolorosa.

Grace Shaw era l'esatto contrario di me.

Io avevo ridotto in brandelli tutto ciò che ricordava la mia vita prima della tragedia. Lei ci si aggrappava con tutte le forze e si rifiutava di lasciarla andare.

Aspettai in camera sua mentre lei controllava come stava la signora S. Poi comparve sulla porta con due bicchieri di tè freddo. Non sapevo quando o come ci fosse riuscita, ma si era truccata ancora di più il viso in quel breve lasso di tempo.

Tex aveva abbondato con il fondotinta. Sembrava avere una seconda faccia sopra la sua, che secondo me non era migliore di quella vera. Inoltre, si era rimessa quel maledetto cappello.

Restammo lì a fissarci.

«Ciao» esordì di nuovo, nervosa. «Maine.»

«Texas.»

«Ti piace il nostro clima?»

Di che cazzo stavamo parlando? Non lo sapevo neanch'io.

Deglutii. «Molto.»

Mi avvicinai di un passo.

Lei rimase ferma.

Allungai un altro passo in avanti.

Il rigonfiamento dei suoi seni si sollevò, tratteneva il respiro. Il mio sangue pompava così forte, che potevo praticamente sentire le pulsazioni nel mio cazzo.

La raggiunsi e gettai a terra il berretto da baseball.

Mi sentivo come in quella canzone di John Mayer che davano fino allo sfinimento alla radio qualche anno prima. *Slow Dancing in a Burning Room.* Tutto era urgente, eppure dolorosamente lento.

Adesso eravamo vicinissimi. Lei non si tirò indietro. Le afferrai il mento tra il pollice e l'indice, le inclinai la testa verso l'alto.

«Ti fidi di me?»

Lei annuì, la gola che le tremava. Le presi le labbra in un bacio rovente. Era profondo, lento, metodico e diverso da ogni bacio che avessi mai dato. Strinsi le dita intorno all'orlo della sua maglietta, attirandola più vicino, finché non fummo appiccicati.

Grace ricambiò il bacio, ansimava, tentava di riprendere fiato. Quando cercò a tentoni la mia zip, le sollevai la maglietta, un centimetro per volta. Non ero nervoso per quello che mi aspettava sotto. Ma sapevo che non era lo stesso per lei.

Quando la maglietta arrivò alle costole, Texas fermò le mie mani, scacciandone una. Alzai entrambi i palmi in segno di resa. Lei interruppe il bacio e mosse un passo indietro.

«Scusa.» Ridacchiò. «Forse...» Si abbracciò il ventre, appoggiandosi timidamente la guancia sinistra sulla spalla. «Forse possiamo rimanere con i vestiti addosso? Cioè, tu puoi toglierteli se vuoi. E io mi sfilerò le mutandine, ovviamente...» Chiuse gli occhi e diventò rossa come una barbabietola sotto il trucco. «Non ti dispiace, vero? Immagino che tu abbia a malapena il tempo di spogliarti quando ti scopi le ragazze al Plaza...»

«*No*» abbaiai, e sentii le narici dilatarsi. «Questa situazione è completamente diversa».

Le uscì una smorfia.

Deciso a cambiare tattica, mi tolsi prima gli stivali, poi i calzini. Mi abbassai i jeans e i boxer insieme, cosicché rimasi in piedi nella stanza tutto nudo dalla vita in giù. C'eravamo solo io e la mia furiosa erezione, ed entrambi la fissavamo intensamente.

I suoi occhi si spalancarono.

«Ehm, va bene. Questo è stato improvviso...»

«Togliti la maglietta, piccola» ordinai con un leggero ringhio. Un tono che riconoscevo, che era del tutto mio. Lei mi studiò con gli occhi socchiusi.

«Ti ho spiegato che mi mette a disagio. Perché insisti?»

«Perché tu pensi che quello che vedrò mi farà ammosciare, e non c'è modo migliore per dimostrarti quanto ti sbagli.» Mi indicai l'uccello palpitante. Era viola e gonfio. Così dritto che dubitavo mi fosse rimasto del sangue in altre parti del corpo. Diavolo, se mi fossi tagliato il polso probabilmente non ne avrei tirato fuori nemmeno una goccia.

«Non è un esperimento a cui mi va di prendere parte.»

«Allora temo che dovrai smanacciarti da sola.» Mi chinai – sì, senza i miei dannati pantaloni addosso – e le lasciai intendere che stavo per recuperare i jeans.

«Aspetta!»

Mi bloccai a mezza altezza, sorridendo tra me e me con la testa abbassata.

«Non... non concluderemo niente se non ti mostro le cicatrici?»

Raddrizzai la schiena, mi leccai le labbra e mi tolsi la maglietta, adesso ero completamente nudo. Così andava meglio. Niente era più castrante dello stare in piedi solo parzialmente svestito di fronte a qualcuno (anche se comprare il biglietto per un film di Kate Hudson a mezzogiorno ci si avvicinava molto).

Cosa mi fa fare questa ragazza.

«Esatto. *Do ut des*. Io sono nudo. Tu devi essere nuda. Questa è l'equazione.»

Lei fissò il soffitto, scosse la testa. «Non è un bel vedere. La parte sinistra di me.»

«Io leccherei ogni porzione di te. Niente può cambiare questa verità. Nemmeno le tue cicatrici di guerra. Ora spogliati, prima che io svenga per mancanza di sangue al cervello.»

Esitò prima di sfilarsi la maglietta con un movimento lesto. Si slacciò il reggiseno e poi strinse gli occhi con una smorfia, in attesa del mio verdetto, immobile di fronte a me.

Mi accarezzai l'uccello godendomi ogni centimetro del suo busto. Il ventre era piatto, le tette a pera e ballonzolanti. I suoi capezzoli erano minuscoli, perfetti per la mia bocca e turgidi. Il lato sinistro del suo corpo era stato deturpato dal fuoco. Macchie irregolari rosse e viola le si intrecciavano sulla pelle come in un dipinto.

Tutto in lei era dolce, setoso e scopabile all'ennesima potenza.

Avanzai, lei teneva ancora gli occhi chiusi. A ogni mio passo, il suo respiro diventava più affannato, finché non mi fermai davanti a lei.

Grace smise di respirare.

Anch'io.

Mi chinai, presi tra le labbra il capezzolo sinistro rovinato e lo succhiai forte. Lei gemette, le sue mani scattarono per afferrarmi la testa. Abbassai la fronte contro la sua clavicola, il mio cazzo pulsava tra di noi, implorandomi di entrare in azione.

Giù, bello. Non è ancora il momento.

«Se lo dici a qualcuno, ti ammazzo.» Mi attirò più vicino al capezzolo irregolare. Era un filo più scuro del destro, quello sano, e qualche centimetro più grande a causa del tessuto cicatriziale. Gli riservai un trattamento regale. Lo baciai, lo leccai e lo tirai dolcemente con i denti, lasciando scorrere la punta della lingua intorno all'areola e soffiandoci sopra. Lei rabbrividì, mi spinse i seni contro la faccia. Tutto il suo corpo era inarcato e pronto.

«Che cosa? Che ho visto le tue cicatrici o che ti ho succhiato le tette?» Passai all'altro capezzolo, quello "normale". Ero mezzo accovacciato e avevo i quadricipiti in fiamme. Ma volevo che vedesse quanto mi arrapava. Il che mi indusse a ricordare una cosa...

Le presi la mano libera, quella che non cercava di strapparmi i capelli, e la portai a stringere il mio cazzo.

Ancora duro come pietra e dotato della stessa intelligenza, considerato che ho fatto una dannata promessa che sicuramente non manterrò.

«Entrambe le cose» gracchiò lei. «Gesù, quanto è duro.»

«Quanto sei bella. E quanto sei pazza» mormorai contro la sua carne, ora alternando le tette, baciandole e massaggiandole, per imparare a conoscerle.

Diventeremo amici per la pelle, signore mie, dicevano i miei baci. *E trascorreremo un bel po' di tempo insieme.*

La sollevai in modo che potesse avvolgermi le gambe intorno alla vita e la portai al letto. La posai sul materasso, senza interrompere il bacio, e intanto le sbottonai i jeans. Lei mi accarezzava l'uccello, su e giù, con le mani incerte e nello stesso tempo vogliose. Mi chiedevo quanta esperienza avesse nel campo. Il particolare che non fosse vergine non significava un emerito cazzo. Non sapevo niente del suo ex ragazzo, a parte che si era volatilizzato dopo l'incendio, il che non era incoraggiante.

Lo avevo aggiunto – com'era prevedibile – alla lista sempre crescente delle persone che avrei ucciso se mai mi fosse venuto un raptus.

Grace si calò i jeans fino alle caviglie. Accarezzai il contorno della fica attraverso le mutandine di cotone bianco, e un violento brivido mi pervase il corpo.

Quindi era così che ci si sentiva quando si era davvero eccitati. Dovevo aver scambiato la sensazione per quella di noia e di smania che avevo provato fino ad allora, perché non avevo mai sperimentato nulla di lontanamente simile a quanto stavo vivendo in quel momento.

La sua mano iniziò a muoversi più in fretta. Le scansai gli slip da un lato, immersi un dito dentro di lei e le tracciai un sentiero di baci lungo il collo. *Fradicia.* Iniziai a stimolarla con due dita, sapendo che non potevo trascinare i preliminari ancora a lungo senza venire.

La sua bocca calda era sulla mia mascella, succhiava e mordicchiava. La mia lingua era di nuovo sulle sue cicatrici, la sfioravo, la mordevo. Ero violento. Ero sicuro di me. Non la trattavo come una bambola di porcellana. Come un oggetto prezioso e fragile da maneggiare con cura e pietà.

La trattavo come una che mi volevo scopare fino a farmi cadere l'uccello.

Lei gemette: «Di più».

Le infilai un altro dito dentro, pompando mentre i suoi sibili diventavano più forti. Più vogliosi. Lei tolse la mano dal mio uccello e conficcò le unghie sul letto, spingendo la faccia contro il cuscino per soffocare un piccolo grido, i fianchi che ondeggiavano nella mia mano, chiedendo di più.

«West, per favore.»

«Per favore, cosa?» La leccai fino all'ombelico e immersi la lingua in quella pancia perfetta. Mi venne l'acquolina in bocca quando il suo odore divenne più prominente. Volevo mettere le labbra su ogni centimetro di quella ragazza, così quando l'avrei rivista, avrei potuto guardarla e pensare: *So che sapore ha. Dappertutto.*

«Se non lo facciamo subito, scoppio» disse Grace.

«Ti risparmio il viaggio al pronto soccorso.»

Tornai in ginocchio, tirai fuori il portafoglio dalla tasca posteriore dei jeans che avevo abbandonato sul pavimento, afferrai un preservativo e aprii con foga il pacchetto, infilandomelo mentre con una mano le accarezzavo la tetta sfregiata. Per qualche ragione, mi piaceva anche di più di quella bianco latte. Mi eccitava vedere quello che aveva passato. Che si era rimessa in piedi, forte e grintosa. Era una sopravvissuta.

Ricaddi sul suo corpo nella posizione del missionario, inclinando il cazzo verso il suo centro. Avanzai un centimetro alla volta, sibilando a ogni micromovimento. Lei mi strinse la vita, inspirava con forza. Ci guardammo mentre io le scivolavo dentro. Era calda, bagnata e maledettamente comoda.

Dio, non ero mai stato così contento di essere in Texas.

Fu solo quando ogni centimetro del mio cazzo era dentro di lei che la guardai di nuovo in viso e mi accorsi che si mordeva il labbro inferiore per soffocare una risatina.

Quello... non era il solito modus operandi delle ragazze che si trovavano sotto di me.

Aggrottai la fronte. «C'è qualcosa di divertente?»

«Sì, tu.» Lei scosse la testa, il viso illuminato dalla malizia. «Sembri in missione. Dovresti vederti. Così concentrato. Così attento.»

La scrutai torvo, non sapevo come reagire.

«Quando ho visto il tuo, eh, *coso*, nel furgone, ero sicura al novantanove per cento che non lo avrei mai voluto dentro di me. Sembrava troppo grande. Troppo minaccioso. Invece mi fai sentire così a mio agio. Grazie.»

Abbassai la testa sulla sua spalla e le piazzai un bacio veloce. Sostanzialmente, mi aveva appena detto che il mio cazzo non era poi *così* grande.

«Smettila di parlare» ordinai.

«Perché? Sei adorabile.»

Mi aveva definito adorabile mentre ero *dentro* di lei. Mi sarei mai ripreso?

«Vai a farti fottere» gemetti.

«Per favore provvedi tu.»

«Subito.»

Cominciai a muovermi. Merda, era fantastica. Il sesso era sempre bello. Eppure, con Texas non era solo meglio, era... *diverso*. Combaciavamo alla perfezione.

A ogni spinta, sentivo le palle stringersi e formicolare, il cazzo palpitare e pulsare. Grace rabbrividì tra le mie braccia e capii che anche lei c'era quasi.

Forza, Tex. Vieni prima di me.

Mi chiesi perché mi importasse. Non ero uno stronzo totale. Mi assicuravo che il sesso fosse abbastanza bello per la persona con cui ero. Sesso orale a parte, spuntavo tutte le caselle: mi adoperavo nei preliminari, strimpellavo la fica come un violino, baciavo i punti sensibili eccetera. Tuttavia, non mi interessava se avevano un orgasmo con la O maiuscola. Mi interessava solo che le clienti felici mi raccomandassero alle loro amiche.

Con Texas, invece, mi importava.

«West. Oh. Signore.» Mi afferrò il viso e mi abbassò la testa. La baciai brutalmente, le mie dita trovarono il clitoride e lo strofinarono disegnando dei cerchi.

Vieni, o morirò per avvelenamento da sperma.

«Ci sei?» gemetti.

«Sto...» iniziò, ma poi sussultò, si bloccò e ogni muscolo del suo corpo si irrigidì come se stesse avendo un ictus. Si strinse a me così forte che il resto del mio corpo non ebbe voce in capitolo in quello che successe dopo. Sentii lo sperma schizzare nel preservativo mentre sperimentavo l'orgasmo più intenso che avessi mai avuto in vita mia.

Lei aveva spasmi intorno al mio cazzo.

«Venendo.»

Grazie. Lo avevo capito.

«Anche io, piccola. Anche io.»

GRACE

Avevo fatto sesso.

Con un ragazzo.

E poi, il vero colpo di scena: mi era piaciuto. Avevo anche raggiunto l'orgasmo una volta.

Be', due volte.

Okay, *tre*.

Chi lo avrebbe mai detto?

Io no, questo era poco ma sicuro. Il bisogno carnale di sentire un altro corpo contro il mio, caldo e vivo, era esploso come una bomba a mano non appena West mi aveva posato le labbra sul capezzolo rovinato senza nemmeno una piega.

Andai in punta di piedi in soggiorno con addosso una maglietta oversize, dopo aver passato le ultime tre ore con West. Ci erano voluti dieci minuti per riprenderci dopo la prima volta, prima di fiondarci di nuovo l'uno sull'altra. Avevo il sospetto che avremmo potuto andare avanti tutta la notte se West non fosse rimasto a corto di preservativi.

La nonna dormiva sul divano, russava in modo sommesso, le labbra serrate in un'espressione di severa disapprovazione. Tirai su la donna minuta come se fosse una bambina piccola e la portai in camera sua. Probabilmente era una scena strana per un estraneo, ma io mi ci ero abituata nel corso degli anni.

Savannah Shaw aveva la caratteristica infantile di non svegliarsi quando la mettevi a letto. Me ne occupavo io da tempo, ormai. Anche prima che la nonna cominciasse a perdere il contatto con la realtà. Quando si sobbarcava ancora due lavori per mantenerci. Si addormentava sempre sul divano. All'inizio la svegliavo affinché potesse andare a letto – il nostro divano era stretto, bitorzoluto e ruvido – però finiva sempre che si svegliava del tutto e si metteva a pulire casa, a lavare i piatti o a piegare il bucato. Con il tempo, avevo imparato a portarla nella sua stanza e a infilarla sotto le lenzuola.

Dopo aver rimboccato le coperte a nonna, tornai in camera. Era buio, caldo e umido, l'odore di sesso e di uomo aleggiava nell'aria. I bicchieri di tè freddo che avevo portato ore prima erano rimasti intatti, incorniciati da piccole gocce sul mio comodino. West era sdraiato sul materasso, le braccia incrociate dietro la testa, gli occhi puntati al soffitto, che era stato dipinto di fresco quattro anni prima. Era a torso nudo, le sue parti intime in parte nascoste dalla coperta. Gli scattai mentalmente una foto in quella posizione, calmo e appagato nel mio territorio.

L'istinto mi impediva di credere che quel momento perfetto sarebbe durato.

Lui accarezzò l'area quasi inesistente accanto a sé. «Vieni qui, Tex.»

«Non mi lasci molto spazio.» Dalla porta lasciai scorrere gli occhi lungo la sua figura. Un sorriso pigro gli comparve in volto.

«Immagino che dovrai metterti sopra di me, allora.»

Era ancora strabiliante per me che guardasse oltre le mie cicatrici. Certo, non aveva visto quanto fossero brutte in realtà sotto il trucco, ma comunque erano lì davanti ai suoi occhi. Sgusciai sopra di lui, abbracciandogli la vita con le cosce, stringendolo mentre strusciavo sulla sua erezione attraverso la coperta.

Lui gemette e prese a massaggiarmi le natiche.

«Sono abbastanza sicuro che il mio uccello mostri segni di sbandata a questo punto. Vuoi il quarto round?»

«Abbiamo finito i preservativi.» Risi di gola.

«Lo tirerò fuori quando sarà il momento.»

«Sei pazzo?»

«Sono arrapato. Che deve essere la stessa cosa, tecnicamente, perché non ho mai proposto una cosa del genere in vita mia.»

«Non lo faremo.»

«Perché no? Sarò veloce.»

«Vuoi davvero darmela a bere?» Alzai gli occhi al cielo.

Lui rise. «Veloce a uscire, non a finire.»

Gli passai una mano sulla fronte, sulle guance e sul mento, poi mi chinai a baciargli la punta del naso. Era perfetto. Ogni singola parte di lui. Intatta, liscia e stupenda.

«Lo rifaremo presto. E senza correre rischi» sussurrai.

«Promettimelo» rilanciò, bloccandomi le mani sul suo petto per impedirmi di muovermi. Ripensai alla promessa che mi aveva fatto quella sera. Di non tradire mai la mia fiducia.

«Prometto.» Seguì un sorriso.

Restammo accoccolati per un po'. Mi sdraiai sopra di lui, pelle a pelle, l'orecchio premuto contro i suoi pettorali ad ascoltare il battito costante del suo cuore. Pensavo si fosse ormai addormentato quando la stanza diventò più buia.

Invece parlò. «Mi racconterai mai cosa ti è successo? E no, non te lo sto chiedendo perché oggi ho visto le tue cicatrici. Te lo chiedo perché ti comporti come se non fosse mai accaduto, eppure lasci che quella merda condizioni chi sei. Ogni. Singolo. Giorno.»

Il respiro mi si bloccò nei polmoni. *Eccoci qui.*

Quello era uno dei motivi per cui non mi ero più avvicinata a nessuno dopo quello che mi era successo. Desideravo evitare le domande, le confessioni, la brutta verità dietro le cicatrici ancora più brutte. Ma West non meritava un po' di onestà dopo quanto avevamo vissuto insieme?

Mi aveva fatto una promessa, anche se aveva detto che non prometteva mai.

Aprii la bocca, incerta su cosa ne sarebbe venuto fuori.

«Nessuno sa cosa sia successo di preciso la notte dell'incendio.»

Il suo petto si abbassò sotto la mia testa, come se gli avessi tolto l'aria.

«In città le voci si sono sparse a macchia d'olio, anche se non è mai stato confermato niente, e mi piacerebbe che le cose restassero così. Ecco perché non ne parlo.»

Inoltre, rivivere la notte peggiore della mia vita non era proprio il mio passatempo preferito.

Presi a girare l'anello con la fiamma intorno al dito, lo osservai con attenzione e a un tratto lo odiai con tutto il cuore.

Odiavo Courtney perché non me lo aveva dato di persona.

Perché non c'era quando mi avevano tolto le bende.

Perché non si era assunta la responsabilità di quello che aveva creato: cioè *me*.

West mi accarezzò i capelli. I miei boccoli dorati si aprivano a ventaglio sulla sua pelle abbronzata. Sembravano bellissimi. Come il tramonto.

Dovrebbe sposare una bionda. Quel pensiero era comparso dal nulla e mi creò un nodo in gola. *Come te, per esempio?*

«Non ne parli e non ammetti che sia accaduto. Ti conosco da mesi e non mi hai mai detto una parola in proposito» constatò West.

Chiusi gli occhi. «Cosa vuoi sapere?»

«Tutto. Voglio sapere tutto, Tex.»

Ancora un minuscolo respiro.

Un ultimo bacio sul suo petto.

Poi presi coraggio e gli raccontai quello che solo Karlie e Marla sapevano.

«Era una sera come tante altre. Un martedì, in realtà. Mi sorprende sempre, come i giorni che rimodellano e cambiano le nostre vite per sempre iniziano in modo così ordinario e senza pretese. La nonna all'epoca aveva due lavori. Di mattina era impegnata nella mensa di una scuola media in città e di pomeriggio dava una mano nel negozio di alimentari locale. E comunque si ostinava a cucinare per me, ad assistere ai miei spettacoli da cheerleader e alle mie recite. Era esausta. E distratta. Si scordava le cose in continuazione, per la miseria.»

Presi un respiro profondo e mi addentrai nei dettagli. Era come camminare in salita nel bel mezzo di una tormenta.

«All'epoca avevo un ragazzo. Si chiamava Tucker. Giocava a football. Popolare, bello, veniva da una buona e rinomata famiglia di Sheridan. Rimase a casa mia quella sera. Passava spesso la serata con me, poi quando la nonna tornava a casa, lui sgattaiolava fuori dalla finestra della mia camera in modo che, nel momento in cui lei veniva a svegliarmi con i waffle la mattina dopo, non me lo trovava avvinghiato addosso. Aveva iniziato a chiamarlo "Il polipo"» ricordai, mentre un piccolo sorriso mi spuntava sulle labbra. «Da quando un giorno lo aveva beccato nel mio letto, le braccia e le gambe aggrovigliate alle mie.»

«Possiamo saltare le parti in cui gli altri ragazzi ti toccano» borbottò West.

«La finestra era arrugginita, quindi produceva un cigolio a cui ero abituata.»

Lui annuì, però non disse niente. Mi doleva il petto. Ogni volta che una parola mi passava attraverso la bocca era come se masticassi e ingoiassi vetro.

«Stavo dormendo quando è successo. La nonna è tornata a casa, probabilmente tardi. Si è preparata un gin tonic, si è accesa una sigaretta e si è seduta in soggiorno al piano di sotto. Finito il drink, è salita in camera.

«La parte peggiore è che ho sentito il crepitio, dopo che il mozzicone di sigaretta è caduto sul divano, ma ero così stanca, e ho pensato che fosse il rumore della finestra, che Tucker stesse sgattaiolando fuori, non sapevo che era uscito un'ora prima che la nonna tornasse a casa.»

Il ricordo era fresco e reale, l'odore del fuoco mi assalì le narici, i miei polmoni si riempirono di fumo nero. Potevo vedere vividamente dietro le palpebre abbassate cosa era successo dopo. Aprii gli occhi al buio, il mio cuore galoppava contro il petto di West. Lui mi posò un braccio dietro la schiena e mi strinse così forte che pensai di poter annegare nel suo corpo.

«Mi sono resa conto di cosa stava succedendo solo quando ho iniziato a tossire. Mi sono seduta sul letto e mi sono guardata intorno. C'era qualcosa di strano. Il fumo si stava infilando sotto la porta. La stanza non era piena, tuttavia le nuvole che filtravano da sotto la porta erano scure e calde. Sono saltata giù dal letto e ho chiamato mia nonna. La sua stanza era in fondo al corridoio. Sono uscita dalla camera e ho visto che le fiamme avevano raggiunto il piano di sopra. Danzavano in cima alle scale. Giuro, sembrava che mi stessero provocando, West.» Le mie parole inciampavano le une sulle altre. Una lacrima grossa e solitaria mi rigò la guancia e gli atterrò sul petto nudo. Nel momento in cui gli colpì la pelle, lui gemette, quasi come se avesse risucchiato tutto il mio dolore e lo sentisse nelle sue ossa.

Con le labbra mi sfiorò la sommità della testa. «Non devi continuare per forza.»

Io però volevo continuare. Per la prima volta, desideravo togliermi quel peso dal petto. Per liberarmi da quel fardello, perché io conoscevo la verità e la tenevo nascosta al mondo.

Presi un altro respiro, non mollai.

«Sono corsa in camera della nonna e l'ho trascinata fuori. Non potevamo saltare giù. C'erano dei cespugli di rose proprio sotto la sua finestra, e nonna aveva un'anca messa male. Inoltre, dormiva profondamente. L'ho riparata con il mio corpo, l'ho circondata come una coperta umana e sono tornata di corsa nel corridoio. Quando siamo uscite dalla sua stanza, il piano ha cominciato a crollare, come un castello di carte. Una parte del muro mi si è incurvato sopra. È atterrato sul mio lato sinistro. Forte. Per qualche secondo non sono riuscita a muovermi. Siamo rimaste schiacciate sotto una tavola di legno, e la tavola era infuocata. Ho sentito la faccia, la spalla, il braccio che si scioglievano. Ero sicura che fosse giunta la mia ora. Che fossi già morta.»

Un'altra lacrima cadde sul suo petto. Ricordavo di aver pensato che quando morivi continuavi ad avere comunque un po' di vita. Potevi ancora sentire rumori e provare dolore.

«Sono svenuta. Probabilmente per l'adrenalina e il dolore. A svegliarmi è stata la nonna. Era del tutto vigile e urlava come una pazza, era schiacciata sotto di me, al sicuro tra le mie braccia. La sua voce mi ha spinta a reagire. Volevo salvarla a qualunque costo, come lei aveva salvato me quando mia madre...»

Mi aveva lasciata davanti alla sua porta.

Ed era scappata con i suoi amici fattoni, senza mai voltarsi indietro.

«Ho afferrato nonna con le forze che mi rimanevano e l'ho trascinata fuori. Ricordo cosa è successo quando finalmente siamo uscite. Quando la casa ha iniziato a ripiegarsi su sé stessa, come nei film, e le fiamme danzavano così in alto che solleticavano il cielo. Mi sono rotolata sull'erba, urlando. Era umida di rugiada, e ha dato sollievo alla mia pelle ustionata. A quel punto, c'erano delle ambulanze e dei camion dei pompieri parcheggiati davanti alla nostra porta. La mia rovina ha avuto un pubblico. Tutti erano usciti dalle loro case per venire a vedere. Compresa la signora Drayton, che aveva il figlio di tre anni, Liam, stretto tra le braccia. Il bambino ha chiesto ad alta voce: "Mamma, perché Grace odora di pane tostato?"».

Chiusi di nuovo gli occhi.

Il suo petto sprofondò sotto di me.

Toastie.

Da lì veniva quel soprannome. Eden Markovic aveva sentito Liam e aveva riportato la scena a Luke McDonald, che l'aveva riferita ai suoi amici, che l'avevano spifferata ai loro genitori, che l'avevano raccontata a tutti in chiesa.

Anche se non me lo dicevano in faccia, sapevo comunque che lo facevano alle mie spalle. Sapevo che ogni singola persona a Sheridan era a conoscenza che mi ero rotolata sull'erba come un cane in calore, urlando come una pazza mentre la mia faccia si scioglieva davanti a tutti.

L'inelegante fine di Grace Shaw, che per un pelo si era salvata dagli artigli mortali del futuro incasinato che la madre le aveva dato. *Per un pelo.*

«Texas...» Il tono crudo di West mi interruppe mentre rivivevo quel momento.

Scossi la testa. Non avevo finito. «Vuoi sapere la parte peggiore?» Mi leccai le lacrime salate intorno alla bocca.

«Pensavo di averla già sentita.»

Sorrisi amaramente. Non ne aveva idea.

«Quando la nonna si è svegliata in ospedale, era molto confusa. Non si ricordava niente. Nemmeno che l'avevo tirata fuori dalle fiamme. Non credo che avesse già la demenza all'epoca. Penso che avesse semplicemente rimosso, o forse quella era la prima goccia di quella che sarebbe diventata una pioggia torrenziale. In ogni caso, ero in rianimazione priva di sensi, quando le hanno chiesto cos'era successo...» Mi interruppi, sforzandomi di non crollare. Di non urlare.

Non ero presente quando lei aveva dato la sua versione della storia. Ero impegnata a lottare tra la vita e la morte, con gli organi interni che mi collassavano, poche stanze più in là rispetto alla sua. «Quando le hanno posto domande sull'accaduto, ha spiegato che sua nipote doveva aver provato a fumare una delle sue sigarette e doveva averla lasciata incustodita al piano di sotto. Non ricordava di aver causato lei l'incendio. Ancora adesso pensa che sia stata colpa mia. E io... be', glielo lascio credere, perché non importa. Quando mi sono svegliata, ormai tutti si erano fatti la loro idea e la compagnia di assicurazione aveva accettato la sua versione dei fatti. La questione era chiusa. Era colpa mia se era scoppiato l'incendio.»

Quella era la storia che la nonna aveva raccontato a Sheridan, e la gente in città se l'era bevuta.

Grace Shaw, la figlia di Courtney Shaw, la famigerata tossica defunta, aveva giocato col fuoco e si era scottata. Dopotutto, doveva aver ereditato dalla mamma il gusto per il combinare guai.

«Davvero, è stata colpa sua perché ha provato a fumare le sigarette della nonna. Che genere di ragazza è?»

«Una vera irresponsabile. E si è giocata la sua più grande risorsa: la bellezza!»

«La sua unica *risorsa. La povera Savannah Shaw non riesce a riprendere fiato. Prima la figlia. Ora, la nipote. Lei è una santa, eppure quelle due sono venute su proprio male.»*

Io sentivo ogni cosa.

Con il berretto da baseball, i vestiti oversize e la testa bassa, ero appena riconoscibile. Del tutto invisibile. Eppure, era difficile non notarmi quando eri in città e ti sentivi smanioso di spettegolare.

Abitavo in una cittadina che odiavo, tra persone che sospettavano di me, senza alcuna possibilità di fuga, perché dovevo prendermi cura di mia nonna... che aveva provocato l'incendio di cui aveva incolpato me.

West mi prese le guance – anche quella sfigurata – e mi costrinse a guardarlo.

Sbattei le palpebre per scacciare le lacrime, trattenni il respiro in attesa del verdetto.

Mi baciò la fronte, le sue labbra indugiarono sulla mia pelle, poi disse la cosa più stupida, oltraggiosa, bella, orribile, commovente che qualcuno mi avesse mai detto.

«Sono grato che quel martedì sia andata così.» La sua voce era graffiante. Densa. «Perché il peggior giorno della tua vita mi ha permesso di conoscere la versione migliore di *te.*»

14

GRACE

Il giorno dopo, percorsi tutta la Lawrence Hall diretta alla mensa, i libri di testo stretti al petto. Pensai a quanto fosse buffo che fossero successe tutte quelle cose nella stessa settimana.

West aveva cominciato a lavorare al furgone dei tacos.

Erano iniziate le prove di *Un tram che si chiama Desiderio*.

E dato che il nostro auditorium universitario era in fase di costruzione per il grande spettacolo, il cinquanta per cento delle mie lezioni fino alla fine del semestre si sarebbe tenuto nella Lawrence Hall – dove West trascorreva la maggior parte del tempo.

Normalmente, non lo avrei visto tanto spesso. Eravamo ai lati opposti del campus, in edifici diversi, in mense diverse, persino in punti del parco diversi.

All'improvviso, invece, le nostre vite si intrecciavano ovunque.

Un braccio sbucò dalla stretta apertura del bagno degli uomini e mi tirò dentro.

La mia schiena colpì il muro con un colpo sordo.

La faccia di West apparve davanti a me. Mi intrappolò tra le braccia, lasciò scorrere il naso lungo il mio, il suo alito caldo mi sfiorò il viso.

«Texas Shaw. Bello vederti qui.»

«Be', mi hai trascinato *tu* qui dentro.» Strinsi più forte i libri al petto, ancora non sapevo se essere contenta o infastidita da quel gesto. Il giorno prima, dopo che la nebbia post-orgasmo si era dissipata e West aveva preso la sua roba e se n'era andato, mi ero chiesta cosa diavolo stessi combinando.

Cosa eravamo?

Una coppia?

Amici di letto?

Un meraviglioso, terribile, colossale errore?

Gli avevo dato accesso a tutto: i miei segreti, il mio corpo, i miei pensieri più cupi e profondi... e non sapevo nemmeno in che rapporti eravamo. Questo mi infastidiva. Una parte di me voleva dichiarare al mondo che era mio, ma un'altra mi ricordava che non ero pronta per i pettegolezzi che ne sarebbero scaturiti. Per le domande, i sussurri e i dubbi, quando il mondo senz'altro mi avrebbe ricordato che il ragazzo più fico di Sheridan non si sarebbe mai davvero accontentato della sua peggiore abitante.

Le labbra di West si attaccarono alle mie. Borbottò nella mia bocca e mi aprì le labbra, infilandoci dentro la lingua. Mugolai, i miei libri caddero sulle piastrelle tra di noi. Una calda ondata di piacere mi si formò nel basso ventre. Dio, quel tipo sapeva come usare la lingua.

Quando si staccò, mi ci vollero alcuni secondi per ritrovare la voce. «Mi devi tre libri. Non li raccoglierò mai, quelli.»

Lui abbassò lo sguardo e rise, spostandoli con un calcio.

«Ci sto.»

«Come posso aiutarti, St. Claire?»

«Be', sono contento che tu l'abbia chiesto. Potresti succhiarmelo per bene stasera dopo il lavoro» rispose in tono vivace.

«Non si può. Devo cercare le badanti per nonna.»

Mi lanciò uno sguardo che non mi piacque. Era lo stesso sguardo che mi indirizzavano Marla e Karlie. Quello che mi implorava di guardare in faccia la realtà e iniziare a cercare delle case di riposo. Erano più convenienti a lungo andare, più adatte alla sua situazione, l'avrebbero costretta a curarsi e lì nonna avrebbe condotto una vita più attiva. Sapevo tutto questo, tuttavia non potevo esimermi dal temere che non mi avrebbe mai perdonata.

Non era quello che voleva.

Almeno, non era quello che *pensava* di volere.

«Ti aiuto io.»

«Davvero?» Le mie sopracciglia schizzarono in aria.

«Certo.»

«Perché?»

«Perché...» Si picchiettò le labbra e si chinò su di me, fingendo di pensarci. «Perché voglio trascorrere del tempo in tua compagnia. Preferibilmente in orizzontale.»

Gli tirai un pugno sulla spalla. Finse di inciampare all'indietro, tenendosi i deltoidi "feriti".

«In orizzontale, eh?» Alzai gli occhi al cielo.

«Anche in verticale. Come te la cavi con la bocca?»

«Non lo scoprirai molto presto. Do ut des, ricordi?» agitai le sopracciglia, e mi sentii così normale che il cuore mi si gonfiò. Lui mi tornò spavaldo al fianco, introdusse una mano sotto la mia maglietta e mi palpò il seno sinistro, trascinando la bocca dalla mia clavicola fino al collo.

«A proposito, mi sono mancate le tue tette.»

«Come sei romantico.»

«Posso essere tutto ciò che vuoi.» Sorrise con aria maliziosa. «A parte un unicorno. Quello no.»

E neanche veramente mio, pensai con amarezza.

Uscii dal bagno degli uomini e mi fermai in quello delle ragazze per ritoccarmi il trucco che probabilmente West aveva rovinato nel tentativo di mordicchiarmi la faccia, poi andai in mensa a cercare Karlie.

La mia migliore amica era seduta con un gruppo di altri cervelloni, accovacciata su grossi libri, e discuteva animatamente di qualcosa. West era tre tavoli più in là con Easton, Reign e altri tipi del football. Immaginavo che fosse tutto risolto tra West e Easton, ora che quest'ultimo era fuori dai giochi e West e io stavamo finalmente insieme.

Easton alzò una mano e mi strizzò l'occhio con aria sincera.

Reign guardò dall'altra parte, evitando il mio sguardo.

E West? Mi ignorò del tutto.

Mi affrettai e sgusciai sulla sedia accanto a Karlie, dopodiché le rifilai una stritolata al braccio e ignorai la fitta di delusione che mi bruciava nel petto. Lui non mi aveva nemmeno detto ciao.

«Ehi, Karl! Stai passando una buona giornata?»

Lei iniziò a parlare e io lanciai un'altra occhiata furtiva a West. Non mi stava guardando. Stava parlando con Tess, che aveva parcheggiato il fianco sul loro tavolo e chiacchierava scuotendo i capelli corvini.

Non è il tuo ragazzo, mi ricordò il cervello.

Il cuore, però, non voleva dargli ascolto.

West e io prendemmo rapidamente una routine.

Durante i giorni in cui frequentavamo il college ci comportavamo come se non esistessimo l'uno per l'altra. Tanto che la gente aveva smesso di chiedersi se fossi sotto la sua protezione e, dopo che avevamo litigato la sera in cui mi ero presentata al fight club, aveva iniziato a parlare di noi come se fossimo acerrimi nemici. Questo mi rendeva ancora meno popolare – ora ero ufficialmente l'idiota che si era messa contro West St. Claire – però nessuno poteva accusare West di aver attirato l'attenzione su di me.

Sapevo che era proprio quello che gli avevo chiesto, eppure non potevo trattenermi dall'odiare quando ci incrociavamo, dopo aver allenato i nostri volti a essere freddi e inespressivi. Del resto, l'eventualità che la gente sapesse di noi e giudicasse, mormorasse e parlasse di quanto non meritassi quel gran fico di West St. Claire, non era assolutamente un'opzione. Non mi serviva un promemoria per ricordarmi che secondo la stragrande maggioranza delle persone non lo meritavo.

Nei giorni in cui eravamo in turno insieme al furgone, lavoravamo, ridevamo, parlavamo, poi andavamo a casa mia. Lui intratteneva la nonna mentre io ero sotto la doccia, mi ritoccavo il trucco, mi occupavo del bucato e preparavo la cena. Poi mangiavamo tutti e tre insieme e infine io mettevo a letto la nonna.

Nonna Savvy adorava West. Era affascinante, educato e si adattava a qualunque suo stato mentale. Se lei gli parlava come se fosse nonno Freddie, lui stava al gioco. Se invece nonna si rendeva conto che era West, l'amico di Gracie-Mae del furgone dei tacos, lui si comportava come sé stesso. Un giorno aveva persino finto di essere lo sceriffo Jones. E non ero rimasta sorpresa quando ci eravamo infilati nel letto e lui aveva provato a portare avanti la farsa dello sceriffo iniziando a darmi ordini.

Dopo aver cenato e aver messo a letto la nonna, West e io ci chiudevamo nella mia stanza e ci esploravamo a vicenda. A volte eravamo lenti e tranquilli. A volte veloci e smaniosi. In ogni caso, restavamo sempre avvinghiati a lungo e al momento di salutarci, lo guardavo dalla finestra scivolare via, conscia che stava portando con sé una parte di me.

West non faceva mistero di ciò che pensava riguardo a mia nonna. Voleva che la mettessi in una casa di riposo, tuttavia sapeva che non sarebbe riuscito dove Karlie e Marla avevano fallito.

Questo non gli impediva di provare, però.

Mi lasciava volantini e opuscoli delle strutture di Austin e dintorni nella cassetta della posta e sulla scrivania. Un paio di volte mi aveva chiesto di usare il mio portatile e aveva lasciato aperta la finestra di un sito web che elencava i luoghi altamente consigliati per le persone nelle condizioni di nonna. Ogni volta che parlavo con Marla in cucina in presenza di West e lei mi diceva che nonna non era voluta uscire di casa o si era rifiutata di andare dal dottore, lui mi lanciava un'occhiata.

Sapevo che stava cercando di aiutarmi. Non avevo più molto tempo per trovare un rimpiazzo per Marla.

I venerdì erano i giorni peggiori.

Non andavo mai ai suoi combattimenti. Dubitavo che mi avrebbero lasciata entrare dopo che lui aveva sbroccato con me l'ultima volta... e poi un incontro mi era bastato. Vederlo sanguinare non era roba per me. Odiavo che continuasse, anche se sapevo qual era il motivo.

Il venerdì era l'unica sera che passavamo separati. Ci rimettevamo in pari il sabato dopo il lavoro. Mi assicuravo di baciare ogni livido e bernoccolo, di passare più tempo del solito a leccargli le ferite e ad adorare ogni centimetro del suo corpo dolorante.

Mi stavo innamorando di quel guerriero che combatteva per aiutare la famiglia a rimettersi in piedi. Letteralmente.

C'erano solo due cose che offuscavano la pura gioia di averlo per me.

Uno: ancora non sapevo cosa fossimo. A che punto ci trovassimo.

E due: avevo iniziato a chiedermi se al campus mi ignorava perché glielo avevo chiesto io o perché si sentiva in imbarazzo. Una cosa era giocare, succhiare e mordermi la pelle rovinata in privato, quando eravamo nella mia stanza e faceva scorrere le dita sulla mia carne irregolare mentre mi sbatteva forte e il suo sudore mi gocciolava sulla carne imperfetta, tutt'altra cosa era riconoscermi pubblicamente come la sua ragazza.

Provavo a ripetermi che West non era il tipo di persona a cui fregava. Non gli fregava un accidente della popolarità e di quello che la gente pensava di lui. Eppure, non sempre funzionava.

Anche se non sapere cosa fossimo l'uno per l'altra mi ammattiva, mi rifiutavo di chiederglielo. Non volevo essere una di *quelle* ragazze. Quelle bisognose e sottomesse che così spesso gli ronzavano intorno. Uno dei principali motivi per cui West era attratto da me era che mi rifiutavo di sbavargli dietro come tutte le altre ragazze di quella cittadina universitaria.

E il fatto che mi ignorava al campus? Per quanto lo detestassi, non volevo che quello cambiasse. Non volevo che la gente parlasse di noi. Avevo ancora paura del clamore che avremmo potuto causare.

Il primo indizio della realtà che eravamo più che semplici amici di letto arrivò un martedì sera, guarda caso. Ero al telefono con la compagnia elettrica per una bolletta che risultava non saldata, anche se io sapevo di aver già pagato. Ero chiusa in cucina a esaminare la bolletta con l'operatore del servizio clienti. La nonna continuava a picchiettarmi sulla spalla, diceva che voleva la aiutassi a entrare nella doccia.

«Bella figlia sei, Court. Tua madre ti sta chiedendo aiuto.»

«Dammi un secondo non... ah, *mamma.*» Le accarezzai distrattamente la mano. West era appoggiato al frigorifero e ci osservava, le braccia incrociate sul petto con nonchalance. Odiava quando fingevo di essere mia madre, anche se lui fingeva di essere chiunque la nonna pensasse che fosse in quel determinato momento. Mi aveva spiegato che era diverso. Che lui non era stato cresciuto da lei, e quindi non importava se si ricordasse di lui oppure no.

«Che cosa? No, io... questo non è vero. Ho il numero della transazione. Certo che ho pagato.»

«Santo cielo, Courtney! Puzzo!» tuonò nonna coprendo le parole dell'operatore in linea. «Aiutami.»

Mi stavo innervosendo. Non potevo permettermi di pagare la bolletta due volte. La nonna continuava a girarmi intorno, a mettermisi davanti alla faccia. Appoggiai la fronte sul bancone della cucina, chiusi gli occhi e presi un respiro.

«Aspetta un momento... mamma» mormorai, più a me stessa che alla nonna. *«Per favore.»*

«Forza, Savannah, lascia che ti aiuti io.» West intervenne e io mi girai, il telefono ancora infilato tra la spalla e l'orecchio, fissandolo con aria severa, come per chiedergli: *Sei fuori di testa?*

La nonna, tuttavia, sembrava contenta di quella idea e lo prese sottobraccio.

«Non ti dispiace aiutare una vecchia ragazza, vero, West?»

Riconosceva lui e non riconosceva me quel giorno? *Buffo.*

«Signora, sarebbe un piacere.»

«Però non sbirciare.»

«Non mi permetterei mai, signora Shaw.»

Uscirono dalla cucina prima che avessi la possibilità di protestare. Nonna riusciva a fare la doccia da sola il più delle volte – avevo messo una sedia sotto il soffione e tutto quello che le serviva era prendere lo shampoo e il sapone – ma era fondamentale che ci fosse qualcuno in bagno con lei nel caso fosse caduta.

West avrebbe dovuto vederla nuda. Per aiutarla a entrare e a uscire dalla doccia. *Oh, Signore.*

Dieci minuti dopo avevo risolto il problema della bolletta con la compagnia elettrica, salii le scale fino al piano di sopra, due gradini alla volta. Sbirciai in bagno attraverso la porta socchiusa, senza che mi vedessero.

West era appoggiato al lavandino, di spalle alla doccia, e raccontava a nonna di quando a quattro anni aveva fatto la doccia al gatto cieco di sua madre. Dietro di lui, la nonna ridacchiava di gusto sotto il debole getto dell'acqua, seduta sulla sedia di legno, e si godeva lo scarso rivolo sulla schiena, passandosi una spugna sul braccio.

«Signore! Non avresti dovuto. Gesù, io ti avrei riempito di sculaccioni se fossi stata tua madre.»

«Voleva sculacciarmi anche lei, signora S. Mi creda. L'unica cosa che glielo ha impedito è stata la mia velocità.»

Questo la portò quasi a morire dalle risate. Sorrisi e mi si strinse il cuore, e qualcosa di caldo riempì ogni vaso sanguigno del mio corpo.

Come se avesse avvertito la mia presenza, West alzò di scatto gli occhi e incontrò il mio sguardo.

Sorrise, tuttavia non espresse commenti sul mio ficcanasare.

«Va bene, sono pronta. Passami l'asciugamano, giovanotto!» Nonna girò sulla sedia e richiuse l'acqua. West prese l'asciugamano dal gancio e glielo porse, gli occhi ancora puntati sui miei.

Lei si asciugò e quando si fu legata il telo di spugna intorno al corpo, lui l'accompagnò nella sua stanza mentre io sgusciavo nella mia, lasciando che si godessero il loro momento.

Mezz'ora dopo, misi a letto la nonna e tornai in camera mia.

Trovai West stravaccato sul letto, che lanciava in aria uno dei miei vecchi pompon come una palla, riprendendolo al volo ogni volta. Mi sedetti alla scrivania, accesi il portatile e andai al sito della Sheridan University per controllare se la professoressa McGraw aveva risposto alla mia ultima e-mail. Immaginavo di no. Stava ignorando le mie suppliche da quando aveva deciso che non mi avrebbe lasciato superare il semestre se non avessi partecipato allo spettacolo. Ma non ero mai riuscita a inviare quel messaggio a Cruz Finlay. Stare sul palco era qualcosa di cui la fenice dentro di me non era capace, punto e basta. Non ancora.

«Tex?» West borbottò alle mie spalle.

Il sibilo del pompon che volava su e giù nell'aria mi rilassava. Era una cosa che avrebbe fatto anche Tucker. Quando ero ancora normale.

Ci ricordiamo tutti come è andata a finire, vero, Grace? Quindi non riporre grandi speranze.

«Sì?»

«Un giorno ti toglierai il trucco davanti a me?»

Sbattei le palpebre davanti allo schermo, anche se costrinsi il mio polso a mantenere un ritmo regolare.

«Perché me lo chiedi?»

«Ho visto ogni centimetro del tuo corpo da vicino e sono ancora qui. Tuttavia, non ho mai visto il tuo viso struccato. Non trovi che sia strano?»

«No.» Digitai qualcosa sulla tastiera. «Non mi sento a mio agio a mostrare la faccia alla gente.»

«Karlie l'ha vista. Anche Marla.»

Non dissi niente. Lui non era Karlie. Non era nemmeno Marla. Lui era il ragazzo che amavo – che amavo davvero, non di cui ero solo infatuata – e non volevo che mi vedesse nella mia forma peggiore.

L'aver preso coscienza di amarlo non mi sciocciò, né mi spaventò. In un angolo della mente, lo sapevo già da un pezzo.

Ero innamorata di West St. Claire.

Follemente. Completamente. Ossessivamente.

Era il ragazzo più complesso che avessi mai conosciuto: dolce, premuroso, gentile, responsabile. E anche violento, aggressivo, distaccato e crudele.

Non ne avevo mai abbastanza di lui. Tremavo di paura al pensiero che a un certo punto ci saremmo lasciati. Lui stava per laurearsi e andare avanti, e io sarei rimasta lì a piangere per averlo perso.

«Sto solo dicendo che voglio baciare il tuo viso senza che abbia il sapore di una parete.»

«A proposito...» Mi voltai sulla sedia, sentivo che le mie barriere si stavano alzando. «Non trovi ingiusto che tu sappia cosa mi è successo, ma non mi hai mai detto cosa è successo a *te*?»

Ero sicura che West non mi avrebbe mai rivelato il suo segreto più oscuro. Non era cambiato niente su quel fronte. Continuava a non rispondere al telefono ogni volta che i genitori lo chiamavano – il che accadeva spesso – e diventava guardingo ogni volta che accennavo alla sua vecchia vita nel Maine.

«La vita è ingiusta» tagliò corto.

«Ah-ah. Come pensavo.»

«Non vuoi davvero saperlo.»

«Perché?» chiesi, poi tornai a dedicarmi al portatile fingendo di digitare qualcosa sulla tastiera nel tentativo di apparire disinvolta. In realtà, ero presissima da quella conversazione. Certo che volevo sapere. Ero affamata di informazioni. L'unica cosa che mi impediva di chiedere a Easton perché West era diventato così era la mia lealtà nei confronti dell'uomo che era stravaccato sul mio letto.

«Perché non saresti più in grado di guardarmi negli occhi, se ti dicessi quello che ho fatto. Argomento chiuso.»

Il sibilo del pompon cessò. Il mio petto era contratto dall'ansia. Avevo già intuito che qualunque cosa fosse successa a West doveva essere molto diversa da quella che era capitata a me.

Le mie cicatrici di guerra erano esterne, superficiali.

Le sue erano interne, molto profonde.

Era sfigurato dentro e perfetto fuori. Una combinazione letale.

«Reign organizzerà una festa questo sabato. Tu ci andrai.»

Girai la testa per fulminarlo con uno sguardo mortale. «Reign è uno stronzo.»

«Reign è innocuo. E tu prima o poi dovrai affrontare le persone. Ci andrai» affermò di nuovo, con calma.

«Perché dovrei?»

«Per bere. Ballare. Essere una normale ragazza del college.»

«Non sono una normale ragazza del college» sottolineai. «E l'unica amica che ho non verrebbe mai con me. Karlie ha tre gruppi di studio questo finesettimana. Sei pazzo?»

«Non che io sappia, però non lo escluderei del tutto. Sono noto per aver combinato delle stronzate piuttosto grosse. Passo a prenderti alle otto.»

«Aspetta, vuoi che ci andiamo insieme?» Inclinai la testa di lato, sentendo i miei occhi spalancarsi. Non facevamo mai niente insieme fuori da casa mia. Fuori dal mio *letto*. A parte lavorare al furgone dei tacos, che però non contava, perché eravamo entrambi pagati per essere fisicamente lì nello stesso momento.

West mi aiutava con nonna, tuttavia avevo sempre pensato fosse una specie di baratto. Lui si prendeva cura di me e io mi prendevo cura di lui.

Si mise seduto. «Sì, insieme. È un concetto che ti risulta sconosciuto?»

«Io... io non pensavo che fossimo...» cercai di articolare la parte che mi lasciava perplessa, anche se in realtà era tutto. «Insieme-insieme.»

Che eloquenza, Grace.

«Non pensavi che stessimo insieme-insieme?» ripeté, allibito.

«Perché avrei dovuto? Continui a dirmi che è occasionale.»

«La roba occasionale conta pur sempre qualcosa.»

Sorrisi amaramente. «Allora considerami un'asina in matematica, perché per me non è così.»

«Aspetta, sono il tuo fluffer allora?» Un luccichio presuntuoso gli balenò negli occhi.

«Il mio *fluffer?*» balbettai.

«Sai, la persona che fa una sega o un mezzo pompino a un pornodivo così gli diventa abbastanza duro prima delle riprese. Qualcuno che ti risolve i problemi, in modo che quando arriverà in città il Principe Azzurro, sarai pronta per lui.»

Lo disse con un sorriso, tuttavia capii che non scherzava. Ero sorpresa che lo suggerisse, visto che era lui quello che continuava a dire che di regola non voleva vincoli.

Mi tirai indietro con il corpo e assottigliai gli occhi su di lui. «No, non sei il mio fluffer. Tu però hai detto che vuoi solo avventure di una notte.»

«Eppure qui sono passate diverse notti, e ne voglio ancora» ribatté impassibile, come se fossi stupida.

«Mi ignori quando siamo all'università.»

«Intendi, come mi hai esplicitamente chiesto tu?»

Stavamo litigando o dichiarando i sentimenti che provavamo l'uno per l'altra? Ero confusa.

«Lo so. Anche se mi fa ancora sentire strana» ammisi. «Forse dovresti smettere di ignorarmi.»

«Forse dovrei. Potrei cominciare col portarti alla festa di Reign sabato, tanto per cominciare.»

«Va bene. Però mi rifiuto di socializzare.»

«Idem.» Si chinò su di me e batté il pugno contro il mio. «Ecco perché ti porto con me. Almeno ne ricaverò una scopata. East mi sta pressando perché vuole che mi mostri in pubblico.»

Ecco perché andava a un party. Easton lo stava assillando per farlo uscire. West aveva la reputazione di uno che di solito non partecipava agli eventi mondani.

Raccolse il pompon che aveva gettato sul letto e riprese a lanciarlo in aria, una mano dietro la testa, un sorrisetto compiaciuto sulle labbra.

«Cazzo, Texas. Sembra che io e te abbiamo un appuntamento.»

15

GRACE

«Non è un appuntamento» ribadii a Karlie il giorno seguente mentre uscivamo dall'aula e andavamo al mio pick-up. «Easton lo costringe a uscire. Probabilmente ce ne staremo in un angolo e terremo il broncio insieme.»

Anche se lo dicevo, non ci credevo davvero. Non volevo che la mia migliore amica si sentisse esclusa. West St. Claire e Karlie Contreras non frequentavano la stessa gente e l'ultima cosa che volevo era che lei pensasse che la stavo abbandonando per i fighetti, anche se, con ogni probabilità, sabato avrebbe dovuto studiare o lavorare e non sarebbe stata libera comunque.

Karlie mi guardò scettica. Sapeva che io e West avevamo una storia di sesso. Da un lato, capivo che era entusiasta al pensiero che fossi finalmente uscita dal guscio. Dall'altro, potevo anche capire perché temeva che mi facessi male. West non aveva mai detto di voler essere il mio ragazzo fisso. Diamine, non lo aveva mai nemmeno lasciato intendere.

Karlie si fermò davanti al pick-up, appoggiandosi la borsa con il portatile contro un fianco.

«Non bere niente a meno che non te lo versi da sola e tieni il telefono sempre con te. Stai attenta, okay?» Sembrava un avvertimento, più che una richiesta.

«In che senso?» La osservai.

Spostò lo sguardo di lato, come se i suoi occhi potessero rivelare qualcosa che non voleva io sapessi.

«Ricordi il giorno in cui sei andata a quel finto appuntamento con Easton Braun e io ho detto a West dov'eri?»

Me lo ricordavo. Sapevo che Easton mi aveva chiesto di uscire solo per dare una lezione a West. Io ero stata al gioco, perché non volevo perdere West come amico. Se era quello di cui aveva bisogno per imparare la lezione – un promemoria che gli rammentasse che non ero usa e getta – ero pronta a darglielo.

«Sì.»

«Be', West ha detto che mi avrebbe messo in contatto con Miles Covington se gli avessi detto dove ti trovavi. Non è per questo che glieI'ho rivelato, ovviamente; sapevo che volevi lo scoprisse. Desideravo solo vederlo sudare. Mi ero completamente dimenticata dell'accordo che mi aveva proposto West. E a un tratto Miles mi ha *davvero* chiesto di uscire.»

«E non è fantastico?» La guardai perplessa, non la seguivo. «Miles è un bel tipo, e sembrava che ti piacesse quando eravamo al Plaza.»

Le sopracciglia di Karlie si aggrottarono. Mi guardò come se il mio cervello fosse scollegato.

«Lo sai che non ho nessuna possibilità con quel tizio. Mi ha chiesto di uscire solo perché glielo ha detto West. Miles ha raccontato che non voleva inimicarsi West. Il tuo prezioso ragazzo è il bullo del campus, quello da cui ci siamo sempre tenute alla larga sin da bambine. Manovra tutti come un burattinaio. Non lo so, Shaw. Sembra che abbia troppo potere da queste parti.»

«Karlie, voleva semplicemente che tu uscissi con un bel ragaz...»

«Non si tratta solo di Miles. Ho sentito che West frequenta cattive compagnie. Combatte con persone losche, si mescola ai delinquenti. Roba del genere. Girano un sacco di voci sul suo conto e non so se sono vere, in ogni caso credo di non aver valutato che tipo di guai potesse portarci quando l'ho assunto.»

I ruoli si erano ufficialmente invertiti ora. Io ero tutta per West e Karlie pensava che avremmo dovuto diffidare di lui.

«Non essere vaga con me, Karl. Cosa sai?» le chiesi.

Si morse un lato dell'unghia, era combattuta tra la voglia di dirmelo e quella di evitare una lite. «Ho sentito che ha organizzato un secondo incontro con Kade Appleton. Conosci quel tipo? È uno del posto. Pare abbia picchiato la sua ragazza incinta riducendola in poltiglia e sia stato espulso da un campionato di MMA per questo. Era in tutti i notiziari.»

West mi aveva detto che Appleton giocava sporco. Annuii leggermente. Il mio cuore di carta si raggrinzì in una palla di dolore. Me lo avrebbe detto, vero? West mi diceva tutto.

Tranne ciò che conta.

«Glielo chiederò.»

«Digli di non combattere. Se si mette contro le persone sbagliate e tu sei associata a lui, potresti finire nei guai anche tu.»

«West è troppo intelligente per scherzare con i criminali e non mi metterebbe mai in pericolo.»

«West è impavido e la stupidità è l'amante del coraggio. La temerarietà è sua moglie, altra caratteristica che lui ha in abbondanza.»

Ovviamente aveva ragione. Lo sapevo. Aprii la portiera del guidatore. «Non preoccuparti. West non è una mela marcia.»

È una mela verde candita.

E forse anche velenosa.

«Hai acconsentito a un secondo incontro con Kade Appleton?» chiesi a West in sella alla sua Ducati, diretti alla festa di Reign. Il vento caldo mi agitava i capelli biondi. Indossavo un altro miniabito a maniche lunghe. Bianco con i pois rosa, che si abbinavano alle scarpe rosa con il tacco. Mi ero presa un rischio nell'indossare un vestito con le maniche di pizzo. Se le persone avessero prestato molta attenzione, avrebbero potuto vedere alcune delle cicatrici sul mio braccio sinistro. Ma mi sentivo selvaggia e bella accanto a West. Una fenice a tutti gli effetti, che spiegava le ali dorate e volava verso il sole, lasciandosi dietro scintillanti pagliuzze infuocate.

West voltò la testa nella mia direzione, ma tutto quello che riuscivo a vedere attraverso il casco erano quegli occhi ardenti e penetranti che brillavano come falò nell'oscurità.

«Dove l'hai sentito?»

«Non importa. È vero o no? Non voglio che tu ti metta nei guai.»

Fischiò piano, tentò di minimizzare l'intera faccenda. «Sembri mia madre.»

Sembro la tua ragazza, inguaribile villano.

Tagliammo passando in mezzo alla serie di negozi sulla strada principale. La drogheria Albertsons, il piccolo caffè e la pizzeria. Non c'era anima viva. Tutti quelli che valeva la pena conoscere in quel momento erano alla festa della confraternita di Reign. Karl aveva ragione. Quello non era proprio il nostro ambiente.

«Rispondi alla domanda, West.»

«E se fosse vero?»

«Allora dovrò chiederti di ritirarti, perché ti ha quasi ucciso l'ultima volta.»

«Ho vinto l'incontro.»

«Mezzo morto» puntualizzai, cercando di tenere a bada i nervi. «Come ti aspetti che io possa dormire la notte sapendo che stai combattendo con un bastardo che ha picchiato la ragazza incinta?»

«Non mi aspetto affatto che tu dorma. Mi aspetto che ti faccia trovare con una birra quando avrò finito di fargli il culo, preferibilmente a pelle di leopardo, con un fiocco intorno al collo.»

«Ti batterai con lui o no?» domandai aspra, niente affatto divertita da quell'immagine. Avevo la sensazione che se Kade Appleton avesse avuto un'altra possibilità di combattere contro West, l'avrebbe usata per ucciderlo.

Sentii i suoi muscoli irrigidirsi sotto la punta delle mie dita. Era arrabbiato. Peccato. Non gli avrei permesso di rischiare la vita solo per staccare un assegno. Quella era la nostra prima vera discussione di coppia. Anche se mi provocava la nausea, rimasi ferma sulle mie posizioni. Forse era per questo che West si rifiutava di innamorarsi. Perché quando amavi qualcuno e ti feriva, sembrava che la tua anima venisse sbriciolata in pezzettini.

«Dirò a Max che l'incontro è annullato» tagliò corto, proprio mentre parcheggiava davanti a un edificio in stile georgiano di mattoni rossi con colonne bianche, e passava una gamba sopra Christina. «Ora non mi stressare, donna.»

Ci dirigemmo alla porta, passando davanti a gruppi di festaioli, e io cercai di ricordare il motivo per cui avevo creduto che andare lì fosse una buona idea. I miei occhi vagarono sulle persone che ci circondavano. Più le osservavo, più mi si gelava il sangue.

West aveva omesso un piccolo dettaglio sulla festa: era a tema "tutto tranne che vestiti".

Le ragazze erano sparse sul prato, avvolte da fogli di pluriball utilizzati come tubini senza spalline, chiusi da cinture alla moda. Tutte salutarono e mandarono baci a West al nostro passaggio, e mi lanciarono sguardi curiosi. Un branco di ragazzi con degli animaletti di peluche attaccati sui genitali presidiava la porta d'ingresso. Salutarono West con il pugno quando li raggiungemmo.

«Ehi, St. Claire. Come butta? Come butta? Come butta?»

«Spostati» bofonchiò lui, afferrandomi lesto la mano, come se fossi un pacco di cui doveva disfarsi. Uno dei ragazzi attirò l'attenzione.

«Scusa, bello. Conosci la procedura: se non rispetti la regola, non entri alla festa.» Un altro indicò il cartello sulla porta.

Spogliati o vattene.

Un tipo alto e biondo mi scrutò dalla testa ai piedi, accartocciando una lattina di birra vuota nel pugno.

«È un bel pezzo di fica quella che ti porti dietro, St. Claire. Hai bisogno di aiuto per spogliarti, piccolina?»

West gli lanciò uno sguardo che lo rese sobrio all'istante.

«Mi fumerò il tuo culo e userò il resto di te per la fame chimica se solo guardi di nuovo dalla sua parte» minacciò West con voce strascicata, le parole intrise di gelido veleno. Serrò la presa sulla mia mano, in modo quasi punitivo, come se odiasse essere messo in quella situazione. «Adesso muoviti. Sposta. Quel cazzo. Di culo.»

«Ehi. Scusa. Non sapevo che fosse proprio la tua ragazza.» Il tizio biondo schioccò la lingua. I ragazzi si scostarono e noi entrammo, completamente vestiti.

Un gruppo di machi con addosso scatole di cartone a mo' di pannolini scivolò giù per l'ampia scalinata fino al ballatoio usando un materasso king size come slitta.

West mi tirò dietro mentre attraversavamo le varie stanze, poi ci fermammo in cucina per bere qualcosa. Mi passò una bottiglia di birra e ne aprì un'altra per sé. Bevvi un sorso e mi appoggiai all'isola per guardarmi intorno.

«Ti stai già divertendo?»

«Un mondo» risposi con altrettanto sarcasmo. Dall'angolo della stanza, individuammo Max. Una che doveva essere una cheerleader era rannicchiata sotto il suo braccio. *Sixteen Years* dei Vandoliers risuonava dagli altoparlanti e mi chiesi chi fosse il responsabile della playlist perché avrei potuto sposarlo.

La ragazza strattonò Max per il braccio e indicò West, ovviamente lo stava implorando di presentarglielo.

«Dammi un secondo.» West mi strinse la spalla e andò da loro, lasciandomi lì. Bevvi un sorso di birra e guardai tutti e tre con un peso che mi premeva sul petto.

Stava per ritirarsi dall'incontro per me.

Questo mi faceva sentire importante, bella e per niente occasionale.

Quando West arrivò da Max, la matricola saltellò su e giù e chiese al mio ragazzo di concederle un selfie con lei. Lui la fissò come se fosse una rompipalle, tuttavia acconsentì, poi la mandò subito via. Lui e Max si appartarono in un angolo della stanza e parlarono a testa bassa.

«Ciao, Grace. Carino il vestito. Immagino che per te avere addosso qualcosa che non sia una giacca a vento equivalga a essere nuda.» Tess sculettò fino a me e lasciò tintinnare la sua bottiglia di birra contro la mia. Indossava un abito elaborato composto da rose vere tinte di nero, che lasciava poco spazio all'immaginazione o al pudore. Dai suoi occhi socchiusi e da come barcollava, capii che era ubriaca.

«Ciao Tess. Come va? Come procede lo spettacolo?»

Assistevo a ogni singola prova, quindi sapevo che procedeva piuttosto male. Lei e Lauren si beccavano senza sosta. Chiaramente Tess era ancora ferita perché aveva perso il suo ruolo preferito. Quanto a Lauren, dovevo ammettere che non era la scelta migliore per Blanche, ma, del resto, ero convinta che nessuno nella mia classe fosse all'altezza di Vivien Leigh.

«Procede molto bene» farfugliò lei, che strascicava pesantemente le parole. «Si spera che ci saranno dei talent scout per la prima. Altrimenti, avrò sprecato una bella fetta della mia vita per niente.»

Sorrisi e ignorai la fitta di gelosia che mi squarciò il petto. «Sono certa che verranno molti scout.»

Si appoggiò all'isola. Entrambe guardammo West e Max. Lei emise un forte singhiozzo, che non era affatto da Tess.

«E così hai iniziato a frequentare Westie, che bello. Chi avrebbe mai detto che lavorare con lui ti avrebbe procurato un amico?»

Non corressi la sua supposizione che fossimo solo amici. Sapevo che lui le piaceva e infierire non era nel mio stile. Inoltre, era ubriaca fradicia.

Mi piaceva Tess, malgrado i suoi difetti. Mi ricordava la vecchia me. Dolce con chiunque, indipendentemente da come si posizionava nella classifica della popolarità. Era anche nel programma di visite alle persone fragili, in cui gli studenti andavano a trovare gli anziani della comunità con cadenza settimanale. Lo sapevo perché nonna mi aveva detto che Tess andava a trovare la sua amica, Doris, sin dal primo anno di università.

«Lui è un grande.»

«È vero. Però non trovo carino che la gente inventi tutte quelle voci su voi due in qualità di coppia. Giuro, i ragazzi del college vivono solo per il dramma. Uomini e donne *possono* essere solo amici. Non siamo animali, sai!» Tess emise un altro singhiozzo e si portò la birra alla bocca.

Sapevo che mi aveva lanciato un'esca. West continuava a discutere animatamente con Max in un angolo della stanza.

Tess non aspettò che io contribuissi al suo monologo. Prese il mio silenzio come un invito a continuare. «Quando ho sentito che stavate insieme, ho pensato che fosse impossibile. Sai che ho sempre tifato per te, Grace. C'è qualcosa che ci accomuna. Vivi con tua nonna, vero?»

«Sì.»

Lei annuì in modo brusco. «Anche io sono stata cresciuta dai nonni. Li vado ancora a trovare ogni volta che ne ho occasione. Abitano a Galveston. Comunque, ho detto a tutti di pensare agli affari propri. Che tu e Westie siete amici, punto e basta. Voglio dire, sei troppo intelligente per non sapere che se ti porta a letto, è solo perché prova qualcosa per la tua...» Mi lanciò un'occhiata obliqua, con una smorfia. «La tua storia.»

«La mia storia?» Decisi di comportarmi da gnorri e sorrisi in maniera dolce. «Non capisco cosa intendi, Tess. Ho avuto un'infanzia fantastica, proprio qui a Sheridan.»

Si mise una mano sul cuore. «Povera cara, non te ne sei accorta, vero? A volte anch'io non vedo le cose per quello che sono, anche se ce l'ho sotto il naso. Voglio dire che Westie se l'è passata piuttosto male. Sembra tormentato da qualcosa. Ha bisogno di qualcuno che lo faccia sentire bene. Utile. Non so tu, ma io non mi abbasserei mai a stare con qualcuno che mi vuole solo per pietà.»

«Sono sicura che ti abbasseresti in qualsiasi posizione, pur di stare con West.» Posai la bottiglia di birra sul bancone dietro di noi, senza più preoccuparmi di cosa mi uscisse di bocca, e la misi a tacere.

West aveva ragione: era ora che mettessi le persone al loro posto.

Mi appoggiai una mano sul fianco e mi voltai del tutto ad affrontare Tess. Il suo sorriso appassì come le rose che aveva intorno al corpo. Ma io ero carica. Per la prima volta da anni mi sentivo sicura.

«So cosa pensi quando mi guardi, Tess, e non è "che mi prendo cura di mia nonna". Pensi: *Grazie a Dio non è successo a me*. Ti piace il tuo aspetto e ci tieni molto. Bene, lascia che ti dica una cosa, sorella, un giorno aprirai gli occhi e scoprirai di non essere la ragazza più carina del campus. O del posto in cui lavori. O... sai cosa? Della casa in cui vivi. La bellezza è solo un breve capitolo della tua storia. Nient'altro che una bugia, dolce e sfuggente. Una carta da regalo elegante che avvolge un regalo misterioso. E anche se è vero che i regali incartati bene sono più attraenti alla vista...» Inclinai la testa da un lato, esaminando il suo corpo in modo rapido e freddo. «Sono sicura che qualunque cosa io abbia da offrire sotto la mia carta da regalo valga più delle brutte parole che mi hai detto stasera.»

Raddrizzai la schiena, alzai il mento e me ne andai. Dallo specchio a parete che si trovava di fronte a me, potevo vedere Tess immobile. Bocca spalancata, viso pallido, cuore a pezzi. Mi guardò dirigermi al bagno. Mi misi in fila, tirai fuori il telefono e mandai un messaggio a Karlie.

Io: Tess Davis ha appena insinuato in tono pesante che West sta con me solo perché prova pena per le mie cicatrici.
Karlie: Certo. Perché St. Claire è notoriamente uno che ci tiene alla beneficenza. Che cretina.

Farmi valere non mi era sembrato affatto male.

Dopo aver aspettato dieci minuti in fila, finalmente arrivò il mio turno. La porta del bagno si spalancò, due ragazze uscirono ridacchiando, tiravano su col naso e se lo sfregavano. Stavo per chiudere la porta, quando un braccio scattò dietro di me e tentò di riaprirla.

«Scordatelo, Jose. Devi metterti in fila come tutti no...» Io tirai la maniglia, ma una grossa figura scura mi spinse dentro e chiuse la porta con un leggero clic.

Inciampai all'indietro e mi girai per affrontare quel ragazzo imponente, urtando la schiena contro il lavandino.

«Gesù, West. Non ti hanno insegnato il significato di bussare?»

«Ci hanno provato. È sinonimo di chiavare, giusto?» Mi schiacciò contro il lavandino. Le mie mani schizzarono indietro. Avevo il cuore impegnato in acrobazie a livello olimpico. Il suo petto era contro il mio, i suoi occhi erano socchiusi, scuri e pieni di desiderio.

«Ti stavo cercando.» Il suo respiro mi accarezzava il viso. Sapeva di caramelle alla mela, di segatura e dell'uomo che avrebbe potuto distruggermi senza toccarmi con un dito.

«Pensavo che non avessi finito con Max, così ho approfittato per incipriarmi il naso.»

Ero certa che quel posto fosse davvero pieno di polvere bianca, anche se non del genere che le signore usavano per truccarsi.

«Gliel'hai detto?» chiesi con il fiato sospeso. Lui mi indirizzò un breve cenno col capo e mi afferrò le cosce da dietro con le mani callose.

«Gli ho distrutto il cuore, e anche il conto in banca probabilmente, comunque ormai è andata. Tess sta di merda.» La sua bocca svolazzò stuzzicante sulla mia, mentre mi sollevava le gambe e se le portava intorno alla vita stretta. «Ha cercato di bloccarmi nel mio tragitto fin qui, mi ha domandato se scopiamo.»

«Davvero?» Sentii le labbra incresparsi. «E tu che le hai detto?»

«Di pensare ai cazzi suoi.»

«E lei che ha risposto?»

«Non sono rimasto abbastanza a lungo per scoprirlo.» Con il naso mi sfiorò un lato del collo, la sua bocca vagò sulla mia pelle.

«Ha insinuato che scopavi con me per pietà» spiegai, ignorando le scariche di piacere che ogni suo bacio provocava dentro di me. «Ha detto che lei non si sarebbe mai abbassata in quella posizione. Io le ho ribattuto che invece secondo me stare in ginocchio era proprio la sua posizione preferita.»

West buttò la testa all'indietro e rise con il suo tono baritonale, basso e feroce. «Che artigli, piccola. Non vedo l'ora di sentirmeli sulla schiena.»

«Avrò pure una faccia che nemmeno una madre potrebbe amare, ma quando si tratta di tirare fuori le unghie, Tess Davis non ha chance contro di me.»

La sua risata mi risuonò nelle orecchie, rimbalzò sui muri intorno a noi.

«Quanto cazzo sei sexy, Tex, e che lingua tagliente.» Mi prese il viso tra le mani e mi diede un bacetto. «Un giorno ti caccerà nei guai. Meglio metterla intorno al mio cazzo, per penitenza.»

Gettò il mio berretto da baseball nel lavandino e prese a leccarmi dalla fronte fino al mento. Mi venne la pelle d'oca, ridacchiai e lo scacciai.

«Attento al trucco, St. Claire. E poi che cavolo stai facendo?»

«Ti mostro cosa siamo.» La sua voce divenne tesa. La sua lingua mi scivolò lungo il collo, lasciando dietro di sé un delizioso brivido. Con i denti mi sfiorò il colletto del vestito e continuò a scendere verso sud, poi si mise in ginocchio e le sue ruvide zampe mi afferrarono la vita per tenermi ferma. Emisi un piccolo gemito quando portò la faccia davanti al mio inguine. Strofinò il muso sull'orlo del miniabito, sollevandolo in modo che mi arrivasse all'ombelico. Le mie mutandine di cotone bianco erano zuppe e potevo sentire l'odore della mia stessa eccitazione che riempiva l'aria. Mi baciò la passera attraverso la stoffa, chiudendo gli occhi e tirando un lungo respiro affamato. Gemette sul mio sesso. Ogni osso del corpo mi tremò per l'eccitazione.

«Ciao, fica di Grace. Sono io. West. Ci rincontriamo.»

Sgranai gli occhi e abbassai lo sguardo sulla sua testa.

«In realtà, non ci siamo ancora visti faccia a faccia. Di solito mando il mio fattorino da quelle parti. Potresti conoscerlo: alto, grosso, scortato da un paio di coglioni.»

Mi morsi il labbro, cercando di non ridere. Lui continuò, imperterrito.

«Tuttavia, c'è una questione urgente di cui dobbiamo discutere, quindi ho pensato che fosse meglio affrontarla. Ti dispiace se togliamo le mutandine?»

Visto che le mie labbra laggiù non potevano rispondergli, lui alzò lo sguardo inarcando le sopracciglia.

Gli indirizzai un breve cenno del capo. «È strano, ma sono curiosa di vedere dove vuoi arrivare.»

Mi sfilò le mutande, portò la bocca tra le mie pieghe e mi separò le labbra con una leccata. Una calda ondata di piacere mi percorse la schiena e gli afferrai i capelli arruffati con una mano, con l'altra invece mi aggrappai più forte al lavandino.

«*Signore.*»

«Va bene, fica di Grace, ecco l'accordo. La tua proprietaria non sa bene cosa siamo, e di recente me lo sta facendo notare in modo non troppo sottile, così l'ho portata a una festa. Sai cosa è successo dopo?»

Senza aspettare che il mio sesso gli rispondesse, usò la punta della lingua per disegnare dei cerchi sul clitoride, e le dita per aprirmi le pieghe, accarezzando la mia apertura prima di immergerci un dito. I miei fianchi sussultarono e dalle labbra mi uscì un suono che non riconobbi.

La porta del bagno sbatté con un rumore improvviso.

«Ehi. Fuori di lì, stronzi. Voglio pisciare!»

West ignorò la persona dall'altra parte e mi succhiò il clitoride, muovendo pigramente le labbra mentre mi toccava. Mi cedettero le ginocchia e lui si mise una delle mie gambe sopra la spalla, aiutandomi a inclinare i fianchi in modo che le sue dita toccassero un punto profondo e sensibile dentro di me.

Ansimai come una matta, gettai la testa all'indietro, la bocca spalancata. «Oh, Signore.»

Sentivo che stavo per superare il limite, raggiungere un orgasmo pazzesco, quando a un tratto si fermò, tolse il dito e mi leccò senza fretta la fica per tutta la sua lunghezza, come se non gli importasse niente del mondo esterno.

«Comunque,» continuò con tono pragmatico, «come ti stavo dicendo, Grace non è sicura che stiamo davvero insieme. Cosa pensi che dovrei fare per dimostrarle che sono serio con lei?»

Lo tirai per i capelli perché mi guardasse, ringhiando.

«Falla venire.»

«Usi la terza persona adesso.» Aggrottò la fronte. «Se qualcuno ti mangia la passera perdi punti del tuo QI, Texas?»

«Continua a prendermi in giro e perderai la testa!» Scoprii i denti.

Picchiarono di nuovo alla porta. «Accidenti, aprite!»

Le labbra di West mi avvolsero di nuovo il clitoride e lui spinse il dito più veloce. Mi frantumai in un milione di pezzi, urlai mentre gli spasmi mi attraversavano, ogni centimetro del mio corpo era in fiamme.

West restò aggrappato alle labbra tra le mie gambe fino a quando il mio orgasmo non scemò. Mi rinfilò le mutande, poi me la baciò di nuovo attraverso la stoffa, condendo il gesto con un sorriso e una carezza.

«Bella chiacchierata. La prossima volta che io e Grace avremo un problema, verrò direttamente da te.»

Si alzò in piedi, mi prese la mano e mi strinse in un abbraccio affettuoso. Io tremavo fra le sue braccia e non sapevo nemmeno il perché. Qualcosa in quello che era successo mi aveva emozionato. Forse perché West mi aveva detto che di norma non gli piaceva procurare piacere con la bocca alle ragazze con cui stava. Che significava qualcosa per lui. Gli affondai la testa nella spalla.

«Sai cosa vorrei farmi in questo momento?» mormorò tra i miei capelli.

«Che cosa?»

«La mia ragazza. Voglio farmi la mia ragazza in questo preciso istante. Pronta ad andare?»

«Io sono nata pronta.»

West uscì, asciugandosi la bocca lucida con l'avambraccio, e rivolse al tizio sbalordito sulla porta un sorriso indifferente, menefreghista.

«Scusa, tesoro. Gli assorbenti sono nell'ultimo cassetto. È tutto tuo.» Indicò con aria di scherno la porta del bagno aperta.

Lo seguii e ci precipitammo fuori, praticamente saltellando fino a Christina, la sua Ducati.

16

WEST

Max: Scusa, fratello. Shaun dice che l'incontro è ancora in piedi. Ho provato in tutti i modi. Giuro.
Max: Ha detto che te la farà passare liscia solo se per compensare la perdita economica gli ridarai i soldi. Ti interessa?

Bene, questo dava alla parola *fottere* un significato completamente diverso, molto meno piacevole.

Avevo accettato di battermi con Kade Appleton prima di mettermi con Grace. Ora che volevo tirarmi indietro per mantenere lei tranquilla (e me stesso in vita, presumibilmente), Appleton, che aveva accettato tutte le regole che avevo dettato a Max qualche settimana prima, mi aveva richiamato al tavolo delle trattative con un ultimatum: o paghi le perdite o combatti.

Niente di quello che chiedeva aveva senso. Non avevamo perso soldi perché non avevamo ancora venduto alcun biglietto. Non aveva nemmeno annunciato ufficialmente l'incontro. Tuttavia, ragionare con Appleton e il suo manager era come cercare di insegnare a un rospo l'algebra lineare.

Io: Digli di andare all'inferno.

Infilai il telefono nella tasca posteriore dei pantaloni. L'incontro si avvicinava e non volevo mentire a Grace su quanto stava succedendo, ma di sicuro non avrei pagato quel bastardo con dei soldi che nemmeno avevo.

«Che ti succede?» La mia ragazza mi rivolse un sorriso asimmetrico e mi accarezzò il braccio. Stavamo chiudendo il furgoncino dei tacos. Posai un bacio sul suo berretto da baseball.

«Niente. Solo Max che si comporta da Max. Marla può stare con tua nonna ancora qualche minuto? Voglio mangiare un boccone prima di andare a casa.»

Casa. Convivevo quasi con Grace, ormai. Per fortuna, East era troppo impegnato a intingere il biscotto in ogni ragazza del campus per notare la mia assenza. L'avevo visto a malapena alla festa di Reign. Avevo bisogno di sedermi davanti a Texas e raccontarle cosa stava avvenendo con l'incontro, senza che nessuno ci interrompesse.

«Controllo.» Si avvicinò al frigorifero, per mettere via alcuni contenitori. Io mi ero sporto per chiudere il portello sopra il bancone quando notai un movimento nell'oscurità. Due paia di occhi scintillarono da dietro dei passamontagna neri e mi fissarono.

Uomini.

Grossi.

E maledettamente minacciosi.

Sentii il leggero clic di una pistola a cui veniva alzato il cane.

«Apri la porta» la fredda canna era premuta contro il mio polso nudo «se non vuoi che polverizzi il tuo prezioso braccio.»

Il passamontagna attutiva la voce, tuttavia l'ordine era ben chiaro.

Mossi un passo indietro e alzai le mani. L'impulso di prendere le loro teste e fracassarle era forte.

«Ti passo i soldi dal finestrino» dissi con voce calma.

E dopo ti faccio il culo, quando avrò capito chi sei.

Con la coda dell'occhio vidi Grace irrigidirsi, aveva il fiato sospeso.

«Sappiamo che non sei solo. Apri quella cazzo di porta» mi intimò l'uomo.

«Se vuoi i soldi, serviti pure. Se vuoi mettere le mani sulla ragazza, dovrai vedertela con me. Un consiglio da amico: non ti piacerà» sibilai.

Non aveva senso fingere che Texas non fosse lì.

L'uomo alzò la pistola e sparò un colpo. Mi sfiorò la spalla e si conficcò nel tettuccio metallico del furgone come se fosse di gomma. L'adrenalina mi scorreva nelle vene e le mie dita non vedevano l'ora di entrare in azione. Evitare cazzate quando venivo provocato non era nel mio DNA.

Li avrei ammazzati alla prima occasione, porca puttana.

«Apri. La. Cazzo. Di. Porta.»

Grace notò il sangue e gridò, poi corse alla porta e la aprì con le dita tremanti.

Cazzo, piccola. No.

I tizi mascherati non persero tempo. Irruppero nel camioncino e rovesciarono tutto ciò che non era fisso. Tirai Grace dietro di me. Lei prese il telefono dalla tasca. Mentre io me la vedevo con lo stronzo numero uno, lo stronzo numero due glielo strappò di mano e lo lanciò sul sedile del guidatore. Lo stronzo numero due poi venne dritto da me. Nessuno dei due si avvicinò alla cassa.

Il mio aggressore provò a sferrare un pugno. Lo schivai, accovacciandomi. Gli tirai un diretto micidiale al torso. Il rumore delle costole che si incrinavano riempì l'aria. Si piegò in due, la saliva gli gocciolava dal passamontagna.

«Figlio di puttana!»

Afferrai il suo amico per il colletto e lo scaraventai in fondo al furgone, lontano da Grace. C'erano troppe persone lì dentro. Ma sapevo che il tizio che avevo sballottato aveva la pistola. Mi avventai su di lui, gli strappai l'arma di mano e la lanciai fuori dal finestrino. Alzai il pugno, pronto a mandarlo al creatore, quando l'amico mi afferrò da dietro per la maglietta e mi sbatté contro il frigorifero. Entrambi si alzarono in piedi e mi buttarono giù, quindi iniziarono a prendermi a calci nelle costole, sulle spalle e sulla testa.

L'urlo di Texas mi trafisse le orecchie. Ebbi un flashback di quando mi aveva detto che era stato il grido della nonna a farle trovare la forza titanica di reagire.

Saltò addosso a uno di loro e cercò di allontanarlo da me. «Lascialo stare!»

Perché non prendevano quei cazzo di soldi e non se ne andavano? La risposta era chiara: non erano venuti per i soldi. Erano venuti per me.

Afferrai la gamba a uno dei due tizi mentre stava per colpirmi in volto e lo tirai giù. Lui cercò di rialzarsi anche se a fatica, così sfruttai l'occasione per bloccarlo con le mie cosce. Presi un barattolo di fagioli ripassati e glielo sbattei sulla faccia. Il suo naso si ruppe con uno schiocco.

Crac.

Poi gli colpii la fronte e vidi il passamontagna impregnarsi di sangue.

Crac.

Dopodiché, lo colpii con il barattolo sulla bocca e sentii i denti che si spezzavano. Dopo un attimo, mi ritrovai a picchiarlo con una furia tale che dietro quella maschera non doveva essere rimasto altro che una pozza di sangue. Tutto ciò che vedevo era il rosso e la minaccia che qualcuno facesse del male a una persona a cui tenevo.

Non di nuovo, bastardi. Mai più.

L'altro tizio cercava di strisciare fuori dal furgone, piagnucolando per il dolore. Da qualche parte in lontananza, sentivo Texas che urlava isterica. All'inizio pensai che fosse agitata perché ero stato ferito, poi però la sua voce divenne più acuta.

«Lo stai ammazzando! West, fermati! Per favore! Signore, smettila!»

Le sue braccia mi avvolsero il collo e mi allontanarono dal bastardo. Si accasciò sopra di me, la fronte incollata alla mia. I nostri capelli erano appiccicati per il sudore. Stava singhiozzando.

Mi alzai in piedi e la strinsi in un abbraccio, baciandole il berretto.

Sapevo che era spaventata e che lo era soprattutto per la mia reazione. Il tizio sotto di me era privo di sensi, forse era morto, e giaceva in un lago di sangue. L'altro farfugliava e cercava il telefono.

Le baciai la punta del naso.

«Dammi un secondo.»

Mi voltai e mi avvicinai all'aggressore che gemeva, gli premetti lo stivale sulle dita chiuse attorno al telefono e le sentii schioccare. Lui mugolò. Gli strappai il passamontagna dalla faccia in un colpo solo. Due occhi marroni mi fissarono. Lo conoscevo. Era nell'entourage di Appleton la sera in cui avevamo combattuto.

Togliere la maschera dell'altro tizio non sarebbe servito a nulla, se non a mandare fuori di testa Grace ancora di più. Sapevo già chi erano e perché si trovavano lì.

L'uomo tremò tutto, batteva i denti. Mi sporsi in avanti per sussurrargli all'orecchio: «Di' al tuo capo che lo saluto, porta con te il tuo merdoso amico e non tornare mai più».

Gli gettai il passamontagna sulla faccia e mi voltai verso Grace per dare loro il tempo di togliersi dai piedi. Averli lì quando lei avrebbe chiamato la polizia – perché senza dubbio l'avrebbe chiamata – non mi sarebbe stato di nessun aiuto. Sarebbe servito solo a rendere nota la lista di azioni altamente illegali che commettevo, incluso l'incontro per cui mi stavo ancora preparando.

Grace si dibatté tra le mie braccia. «Aspetta, lasciami prendere il telefono. Devo...»

La strinsi più forte. «Prima devi calmarti.»

L'Idiota Uno portò l'Idiota Due fuori al buio, i loro passi irregolari sulla ghiaia lasciavano intuire che l'indomani mattina avrebbero avuto entrambi bisogno delle stampelle.

«Dobbiamo avvertire la polizia.» Grace si accigliò, cercando di liberarsi dalla mia presa.

«Sei sicura?» Guadagnai tempo, per lasciarli scappare. «Non hanno rubato un centesimo.»

«Stai scherzando? *Dobbiamo* dirlo alla polizia. O quanto meno riferirlo alla signora Contreras e a Karlie per vedere come vogliono procedere al riguardo. Guardati. Sei tutto sfasciato.»

«Piccola.» Le presi la mano. Il pavimento era scivoloso di sangue. Ripulire quel posto sarebbe stato un incubo. «Erano solo un paio di teppisti in cerca di guai.»

«Avevano una *pistola*, West.»

«Non l'hanno usata.»

«Ti hanno sparato alla spalla.»

Abbassai lo sguardo su di essa, mi tirai il colletto per controllare il danno. La pelle era rossa ed escoriata, ma la mia ipotesi era che il proiettile non mi avesse nemmeno sfiorato la carne. Era solo l'effetto del calore.

«Sto bene.»

«Non la stai prendendo sul serio. Sai forse qualcosa che io non so?» I suoi occhi si strinsero su di me.

Più sapeva di Appleton e delle sue azioni, più era coinvolta. E lei non poteva essere coinvolta. Quello era un casino che dovevo risolvere io. Da quel momento, avrei tenuto la mia storia con Grace ancora più segreta. Sia per la mia salute mentale sia per la sua sicurezza.

Annullare l'incontro non era più un'opzione, comunque finché Appleton non sapeva della sua esistenza, non poteva farle del male.

Sarei andato fino in fondo, avrei massacrato quello stronzo, avrei preso i soldi e lo avrei cacciato dalla mia vita per sempre.

«Hai ragione. Diciamolo a Karlie e alla signora Contreras. Devono saperlo.»

Quando pronunciai quelle parole ormai i bastardi se n'erano andati comunque.

Non pensavo fosse una buona idea.

Ma mi avrebbe fatto guadagnare altro tempo.

Un paio d'ore più tardi ero nella stanza di Grace, subito dopo la doccia. Quella sedia di legno che Texas aveva messo sotto il soffione per sua nonna si era rivelata molto utile quella sera. Ogni muscolo del mio corpo aveva urlato di dolore quando gli spruzzi d'acqua mi avevano toccato la carne come aghi arroventati.

Ero sdraiato seminudo sul suo letto, che profumava di miele, shampoo e del profumo puro e unico di Grace, e mandavo messaggi a Reign e East in una chat di gruppo. Non aveva senso aggiungere Max. Quel coglione era utile quanto un sacchetto di Skittles durante l'Armageddon.

East: È stato Appleton. Ovviamente c'è lui dietro a tutto ciò. C'è il suo nome su questo tipo di operazioni. Ti avevo detto di non accettare il primo incontro, @West.
Reign: Non puoi non vendicarti. Sembrerai debole.
East: @Reign sei fatto?
Reign: Certo che sono fatto. Siamo fuori campionato. Che razza di domanda è?
East: Perché stuzzicare il can che dorme?
Reign: Perché è già del tutto sveglio e ha cercato di infilare il cazzo nella donna di West.
Reign: (Sto parafrasando, West. Nessuno sta cercando di farsi Grace. Ho pensato di chiarire, dato che negli ultimi tempi sei parecchio suscettibile quando si tratta di fica).

Non c'era niente che desiderassi di più che andare direttamente a casa di Kade Appleton e spaccare tutto ciò che vedevo, inclusa la sua maledetta faccia. Per come stavano le cose, invece, non potevo nemmeno recintargli il cortile con la carta igienica. Non potevo fare un beato cazzo. Dovevo tenere la testa bassa e assicurarmi che il mio rapporto con Grace rimanesse segreto.

Perché Grace era il mio punto debole.

E Appleton prosperava sfruttando le debolezze degli altri.

Io: Nessuna vendetta. Mi risponderà sul ring. A proposito... Grace non deve sapere dell'incontro con Appleton.
Reign: Come puoi tenerglielo nascosto? In un giorno sarà tutto esaurito.

East: Il tuo amico non ha torto, Westie.
Io: Glielo dirò quando saremo più vicini alla data. Ha già troppa carne al fuoco. Non può preoccuparsi anche di questo.

Texas doveva trovare una badante per Savannah e rischiava anche di essere bocciata quel semestre, non poteva preoccuparsi per me. Il mio piano era di dirglielo il giorno prima dell'incontro. Spiegarle perché dovevo combattere lo stesso, anche se avevo cercato di tirarmi fuori, e assicurale che sarebbe finito tutto in meno di ventiquattr'ore. In quel modo, si sarebbe preoccupata per me solo per un giorno, non per settimane.

East: Chiederò a Max di vendere i biglietti con riservatezza.
Io: Grazie mille. Come vanno le cose con Tess, @Reign?
Reign: Non vanno. La sua fica sbava ancora per te.
East: Vedrai che prima o poi verrà da te.
Reign: E spero anche sulla mia faccia.
East: Amen.

Non ero il fan numero uno di Tess da quando si era comportata male con Tex, tuttavia volevo fortemente che si scopasse Reign. Prima atterrava in grembo a quell'idiota, meno avrebbe dato fastidio a Tex.

East: Hai parlato con i tuoi di recente, @West?
Io: Negativo.
East: Sei il peggiore.
Io: Ma sono il migliore nell'essere il peggiore.

Avevo appena inviato ai due amici alcune foto dei miei nuovi lividi e bernoccoli quando Grace entrò nella stanza dopo aver fatto la doccia, tamponandosi i capelli biondi con un asciugamano. Aveva il viso pieno di trucco, come sempre. Stavo con quella ragazza da un po' ormai e ancora non sapevo di preciso che aspetto avesse sotto tutto quel fondotinta.

Era ancora turbata, anche se si era tranquillizzata un po' da quando avevamo chiamato la signora Contreras e le avevamo fatto il resoconto di quello che era successo. Avevamo dovuto aspettare che arrivassero i poliziotti, che ci avevano obbligato a rilasciare una stupida dichiarazione prima di rimandarci a casa. C'era anche la signora Contreras. Era tornata con lo sceriffo Jones alla stazione di polizia per sporgere una denuncia ufficiale.

Texas si accoccolò accanto a me e mi baciò la spalla ferita. La circondai con il braccio e le diedi un morsetto sul collo.

Lei chiuse gli occhi, i suoi piccoli respiri mi solleticavano la mascella. Con le dita tracciò dei cerchi intorno al tatuaggio che avevo sull'interno del bicipite.

«A chi stavi scrivendo?»

«A East e Reign.»

Si schiarì la gola. «È la verità?»

«A chi, altrimenti?» Aveva dimenticato che non ero esattamente un tipo socievole?

«Tess?» domandò piano.

Sbuffai e le scostai dal viso ciocche di capelli dorati. Assomigliava così tanto a un angelo, che a volte avrei desiderato passarle una mano sulla schiena nuda solo per assicurarmi che non avesse le ali.

«Il verde ti dona, Tex.»

«Ricordi la prima volta che ci siamo incontrati?» Mi pizzicava i capelli con le dita, come se fossi un violino, la testa infilata sotto il mio braccio.

Certo che me la ricordavo. Era la sera in cui avevo perso la scommessa contro Tess e avevo offerto a tutti granite e tacos. Probabilmente io e Tess eravamo sembrati pappa e ciccia quella volta. Era la stessa sera in cui l'avevo piegata sulla Ducati e l'avevo scopata a sangue nella discarica, abbaiandole di stare attenta a non rovinare la vernice. Era logico che sembrassimo in sintonia. Funzionava così per noi ragazzi: eravamo gentili con le tipe che volevamo sbatterci, finché non le avevamo scopate.

La mattina dopo che avevo impastato il culo da ginnasta di Tess come un pretzel, le avevo dato un passaggio a casa e mi ero sbarazzato del suo numero. Ero stato abbastanza rozzo da fermarmi anche al furgone dei tacos per sostenere il colloquio di lavoro e assicurarmi che il posto non venisse preso da qualcun altro.

«Vagamente» mentii, soprattutto perché era patetico ammettere che la maggior parte di quanto ricordavo di quella sera includeva Grace, non Tess. «Perché?»

«Tess ti ha chiesto cosa significasse il tatuaggio che hai sul bicipite, mentre io ti servivo.»

Il mio cuore smise di battere per un secondo. Grace proseguì con cautela e determinazione.

«Cosa significa il tatuaggio, West?»

Sapevo che dovevo dirglielo. Che se mi fossi rifiutato, avrebbe pensato che lei e Tess appartenevano alla stessa categoria. Non era così. Tess era l'avventura di una notte e Grace... Grace era l'avventura di tutte le notti. Una fidanzata. La prima ragazza che significasse qualcosa per me da molto tempo. Meritava di saperlo.

«A sta per Aubrey. La mia sorellina.»

«Hai detto che sei figlio unico.» Sentii i suoi occhi spalancarsi, le sue ciglia sbattere sul mio petto come piccole farfalle.

Inspirai. «No. Ho detto che non ho fratelli. E infatti non ne ho. Lei è morta quando aveva sei anni. All'epoca io ne avevo diciassette.»

«Oh.» Il silenzio intorno a noi era così assordante che avrei voluto abbattere i muri a mani nude solo per sentir cantare i grilli fuori. «Mi dispiace tanto.»

Che cosa potevo ribattere? *Grazie?* Odiavo ringraziare le persone che non mi aiutavano. Provare dispiacere per la mia perdita non riportava indietro Aubrey.

«Com'è successo?» domandò.

Sentii lo spacco che avevo sul labbro riaprirsi mentre lo mordevo. «Incidente d'auto.»

«Eri in...?»

«No» scattai. La ferita era troppo fresca perché potessi girarci il dito dentro. «Eccoti servita, Tex. Ora sai qualcosa che Tess non sa. Non lo sa nessuno in realtà. A parte East, ovviamente. Possiamo smettere di parlarne, adesso?»

Lei non rispose. Giustamente. Mi stavo di nuovo comportando da figlio di puttana suscettibile.

Tra di noi calò un silenzio di dieci minuti. Sperai con tutto me stesso che non tirasse mai più in ballo Aub, tuttavia sapevo che con ogni probabilità sarebbe successo.

«Stai bene?» le chiesi infine, quando sentii che stava cedendo ed era sul punto di assopirsi.

«Sì.»

Sapevo che era una bugia.
La accettai comunque.

GRACE

A stava per Aubrey.

Non significava anarchico o arrogante, non significava nessuna delle cose che avevo ipotizzato mentre mi giravo e mi rigiravo nel letto di notte, quando noi due eravamo ancora solo amici, e io cercavo di decifrare l'imperscrutabile e misterioso West St. Claire.

Aubrey. Che bel nome. I pezzi finalmente iniziavano a combaciare, formavano un'immagine squisitamente tragica.

West aveva subito una delle più grandi perdite che si potessero subire. I suoi genitori erano rimasti al verde dopo aver perso la figlia, forse erano in macchina quando era successo, forse erano addirittura il *motivo* per cui si era verificato l'incidente.

West cercava di aiutarli a rimettersi in piedi economicamente, però non li aveva ancora perdonati per la morte di Aubrey.

Sì. Era andata così.

Mi aggrappai ancora più forte al mio ragazzo quella notte.

Lo amavo con ogni pezzo del mio cuore... e anche di più.

17

GRACE

«La professoressa McGraw ti vuole nel suo ufficio. Subito.»

Lauren, ossia Blanche, mi accolse così quando arrivai con il mio pick-up quella mattina. Aveva la voce roca, come se nell'ultimo mese avesse fumato diciassette pacchetti di sigarette al giorno; teneva una sciarpa intorno al collo, anche se il selciato sibilava e sfrigolava sotto i nostri piedi per il caldo. Scesi barcollando dal mio Chevy e puntai dritta all'ufficio della professoressa McGraw, pensando: *Oh cavolo, non può essere niente di buono.*

La McGraw mi stava aspettando, le mani incrociate sulla scrivania.

«Vuoi la redenzione, Grace Shaw. Vuoi essere una fenice. Tutto in te lo lascia intendere: il tuo zaino, il tuo anello con la fiamma, la tua tragedia. Ti trascini per i corridoi, occupando il minor spazio possibile, in attesa che avvenga il cambiamento. Ma devi lottare per trasformarti in una fenice. Per spiccare il volo. Ebbene, oggi è il tuo giorno fortunato.»

Inarcai un sopracciglio, incuriosita. Parlava come se sapesse tutto di me, e io non mi ero neanche resa conto che le persone mi prestassero attenzione a scuola.

Solo di recente avevo smesso di sentirmi un timido uccellino.

«Alla povera Lauren sono appena stati diagnosticati dei noduli alle corde vocali ed è fuori dai giochi. Noi abbiamo bisogno di una nuova Blanche e tu hai bisogno di un ruolo per salvare il semestre. Ho formalmente fatto il tuo nome e il signor Finlay è pienamente d'accordo, dovresti accettare la parte.»

Aprii la bocca, tuttavia, prima che potessi dire qualcosa, lei si affrettò a continuare scuotendo la testa.

«Come forse saprai, Tess Davis sta letteralmente dando la caccia a quel ruolo. È molto disciplinata, eppure, visto che è in forte competizione per ottenerlo da tanto tempo, penso che se glielo dessi, gli studenti penserebbero di potersi fare strada con la prepotenza, e io non intendo accettarlo. La prima è tra meno di un mese. Per favore, non dirmi che sei impreparata. Conosci le battute a memoria, potresti recitarle anche nel sonno. Cruz ti ha osservata durante le prove. Era da un po' che aveva dei dubbi su Lauren. Come forse saprai, lei faticava a ricordare il copione.»

La gente mi aveva notata. Quel pensiero mi fece sbocciare qualcosa nel petto.

«Conosco la parte» confermai piano, cercando di elaborare il tutto mentre sprofondavo nella sedia di fronte a lei.

Blanche era il personaggio principale.

L'occasione d'oro.

Il momento cruciale della vita.

Avrei potuto salvarmi quel semestre. Probabilmente superarlo a pieni voti. Qualsiasi cosa, a meno di un disastro in piena regola, avrebbe portato miracoli per i miei voti. Il pensiero di salire sul palco senza il berretto da baseball mi mandò dei brividi lungo la schiena... eppure non mi fece ripiegare su me stessa.

Era una cosa già successa.

Mi ero già tolta il berretto da baseball.

Grazie a West.

Decine di volte, in realtà.

Potrei riuscirci.

Quella presa di coscienza mi tolse quasi il fiato. Avrei potuto svolgere un ottimo lavoro interpretando Blanche. Avevo letto il copione così tante volte che il cervello ripeteva le mie battute preferite ogni volta che mi addormentavo. Nei miei sogni, la vecchia me – *quella senza le cicatrici* – saliva su quel palco e recitava al fianco di Marlon Brando.

Stavo per farlo.

Stavo per salvare il mio anno e superare la paura del palcoscenico.

«Di' qualcosa.» La McGraw inclinò la testa, sbatté le palpebre. «Non mi piace tutto questo silenzio. Sostituirai o non sostituirai Lauren McCarthy?»

Strinsi le labbra per trattenere un enorme sorriso.

«Sarebbe un onore per me, professoressa McGraw.»

«Ah, finalmente!» Le sue labbra rosse si piegarono in un sorriso materno che mi conficcò una spina nel cuore. «E così la fenice risorge!»

Un'ora dopo il mio incontro con la professoressa McGraw, Cruz Finlay riunì l'intero cast nella sala prove della Lawrence Hall, per dare l'annuncio ufficiale. Lauren era in piedi accanto a me, sezionava i fili della sua sciarpa con il broncio. La professoressa McGraw mi aveva assicurato che il lavoro che Lauren aveva svolto fino a quel momento avrebbe influito sul voto complessivo del semestre e che sarebbe comunque passata, il che era un sollievo. Per quanto desiderassi quella opportunità, non volevo che Lauren venisse bocciata.

«Cacchio! È un vero peccato per la tua gola, Lo. Quindi, suppongo che il ruolo di Blanche debba essere riassegnato?» Tess rivolse un sorriso contrito a Lauren, anche se aveva cercato alacremente di ucciderla tramite bambole voodoo e sguardi assassini per tutto l'anno accademico.

«In realtà, no.» Finlay si sistemò il berretto in testa. «Qualcun altro ha già ottenuto la parte. Eccola qui: salutate la vostra nuova Blanche, Grace Shaw!»

Tutti batterono le mani timorosi, lanciando occhiate a me e a Lauren, quasi a voler chiedere il permesso ufficiale di festeggiare la notizia. Abbassai la testa, sentendo le guance arrossire.

Lauren alzò gli occhi al soffitto. «Oh, per l'amor del cielo, un po' più di entusiasmo, gente!» Mi abbracciò e si chinò in avanti per sussurrarmi all'orecchio: «Te lo meriti al cento per cento. Ho visto quanto eri appassionata a questo progetto fin dal primo giorno. Sono contenta che abbia avuto la parte tu, Shaw».

«Grazie.»

«Complimenti, Grace! Felice di averti a bordo.» Aiden, il coprotagonista, mi diede una stretta alla spalla.

Presto, gli altri si misero in fila per abbracciarmi e congratularsi con me. Tess non era fra loro. Non ero affatto sorpresa. Anche prima di venire a sapere che avrei interpretato Blanche, non era contenta di me e West.

West. Non vedevo l'ora di raccontarglielo. Sarebbe stato al settimo cielo. Anche Karl. E nonna Savvy...

Sempre se oggi si ricorda chi sono.

«Va bene, ho due lezioni di fila e un appuntamento per la ceretta. Con voialtri ci vediamo alle quattro. Siate qui e siate *queer*!» Finlay agitò le dita in direzione del cast, poi salì spavaldo le scale e scomparve. Tutti uscirono a gruppetti, chiacchierando e ridendo tra di loro.

Alzai la testa e mi trovai faccia a faccia con Tess, che come me era rimasta indietro.

Le sue labbra erano increspate, gli occhi offuscati dalla rabbia. La delusione le deturpava il viso con delle irregolari chiazze rosse.

«Wow» sussurrò.

Io sorrisi educatamente.

«Congratulazioni, allora. Non so bene a cosa ti serva, non vincerai certo un Tony Award con quella... con quella...»

«Faccia?» Completai la frase per lei con delicatezza. «Continui a ricordarmelo. Lascia che ti dia un consiglio, Tess. Se non puoi cambiare qualcosa, devi lasciare correre.»

«Penso solo che sia molto ingiusto. Davvero... davvero egoista!» Tess gettò le mani in aria, le spalle curve. «Storicamente parlando, l'attrice che interpreta Blanche è sempre salita alle stelle dall'oscurità. Dagli spettacoli off-Broadway a quelli del West End, nelle recite scolastiche e persino nei film. Hai mai visto *Tutto su mia madre*?» Inclinò la testa e mi lanciò uno sguardo dubbioso. Non potevo dire di averlo visto, quindi le offrii un'alzata di spalle.

«Come pensavo. Il film inizia proprio con la madre della storia. È innamorata dell'attrice che interpreta Blanche. Il suo amore per Blanche porta a una terribile tragedia. Blanche è magica. Iconica. Sono *nata* per essere lei. E tu...» Succhiò l'aria fra i denti con un respiro. Si prese il viso tra le mani e scosse disperatamente la testa.

«Ti sei già presa West. Senti, ho capito. Hai vinto. È tuo. Non mi interessa nemmeno più. Ma non puoi portarmi via anche Blanche. Ti prego, Grace. Questo ruolo può essere decisivo per me. Potrebbe aprirmi tante porte. Per te, sarà un punto di inizio... e anche la fine. Tu non vuoi nemmeno salire su quel palco. Lo eviti da quando ti conosco. Non avrai mai una carriera da attrice e, anche se la volessi, non avresti nessuna possibil...»

Distolse lo sguardo, sapeva di aver esagerato di nuovo. Conoscevo il resto della frase. Cominciò a camminare su e giù per tutta la lunghezza della stanza, i suoi muscoli lunghi e tesi.

«Ti darò il ruolo di Stella. Ti metterò in contatto con il mio agente. Potremmo aiutarci a vicenda! Sì!» Schioccò le dita, raggiante. «Sarà fantastico. Saremo ognuna la spalla dell'altra. Sai che sono sempre stata dalla tua parte.»

Tess pensava davvero che solo perché non era direttamente perfida con me, mi stesse rendendo un enorme favore? Sentii i pugni serrarsi lungo i fianchi.

«Non si può, Tess. Nella vita, devi lasciare che gli altri abbiano la loro vittoria. Il fallimento può fortificarti o abbatterti. Devi scegliere tu cosa farne.»

Aprii i pugni e sollevai il mento mentre esaminavo il suo viso bellissimo, eppure dolorosamente vacuo.

«Vuoi portarmi via tutto, eh? Non ti fermerai finché non mi vedrai a terra?» mormorò.

«Mi stai prendendo in giro?» Ribollii di rabbia, stavo per perdere la pazienza. «Hai il mondo intero ai tuoi piedi. Tutto quello che ho io – questo ruolo, West, *la vita* – l'ho ottenuto con il doppio della fatica che hai fatto tu.»

«Esatto!» Tess ringhiò per la frustrazione, mi agitò le mani davanti al viso. «Esatto, Grace. Tutto ciò che otterrai, ammesso che tu ci riesca, dovrai guadagnartelo con fatica nel mondo della recitazione. È chiaro che la professoressa McGraw ti ha affidato questo ruolo per offrirti una scorciatoia e permetterti di superare il semestre. Sono io quella che rimane fregata, qui. Sono io quella che sta perdendo il ruolo della sua vita.»

La parte peggiore era che sapevo che Tess non era davvero una persona orribile, in fondo. Voleva semplicemente tutte le cose che ero riuscita a ottenere io. Fino a quel momento, prima che arrivassero West e Blanche, lei era quella più gentile con me tra tutti i miei coetanei.

Poi però avevo smesso di essere invisibile per gli altri.

Ero diventata la sua concorrente.

Avevo *vinto*.

«Tess» sussurrai, socchiudendo gli occhi. «Mi dispiace che tu ti senta così. Ma non rinuncerò alla parte per rappacificarmi con te. Non rinuncerò nemmeno al mio ragazzo. Spero che tu torni in te e ti renda conto che sei meglio di così.» Spinsi il mento verso di lei. «Buon proseguimento di giornata. Ci vediamo alle quattro.»

Mi voltai e mi allontanai, sentivo i suoi occhi puntati sulla schiena come il mirino di un fucile.

Nessuno mi aveva detto cosa sarebbe successo quando la fenice sarebbe finalmente risorta dalle ceneri, spiegando le sue gloriose ali dalla punta rossa, liberandole dalla polvere che le appesantiva.

Non sapevo che avrebbe trovato altri mostri e altre creature da combattere lungo il cammino.

Che, nonostante avesse riconquistato la libertà, ci sarebbero state ancora delle battaglie davanti a lei.

E che sarebbero state tutte all'ultimo sangue.

18

GRACE

Dopo un teso pomeriggio di prove in cui Tess si era lamentata e aveva litigato con Finlay per ogni minimo dettaglio – l'illuminazione del palco, l'ora tarda, il copione macchiato di caffè e persino lo stupido tempo (*«È troppo caldo, non possiamo continuare domani?»*) – mi diressi al pick-up, emotivamente prosciugata.

Ero così esausta che riuscii solo a scrivere un messaggio a West per riferirgli la buona notizia riguardo al mio ruolo, per cui ero sempre più esaltata. Non me la sentii di rispondere quando mi chiamò. Non sarei riuscita a infondere alla conversazione l'entusiasmo che meritava. Mi ripromisi di portargli un bel panino sostanzioso l'indomani, preparato con le mie mani, e di raccontargli per filo e per segno quello che era successo con la professoressa McGraw.

Parcheggiai davanti a casa e quando entrai sentii un trambusto al piano di sopra. La mia schiena si irrigidì. Marla stava urlando e in tutta la casa echeggiava il rumore persistente di una porta di legno che veniva sbatacchiata.

«Apri, vecchia cornacchia. Non te lo chiederò un'altra volta. Chiamerò direttamente lo sceriffo Jones e gli farò buttare giù questa porta. Sappi che ti stai mettendo in guai seri!»

Oh, Signore, e adesso?

Lasciai lo zaino sul ballatoio e corsi su per le scale. Imboccai il corridoio e vidi Marla che batteva i pugni sulla porta del bagno, il viso arrossato e i capelli in disordine.

I suoi pugni erano rossi e gonfi.

«Savannah!» Il ruggito che emise fece quasi saltare in aria il tetto. «Apri subito!»

Il rumore dell'acqua che scrosciava dall'altra parte della porta mi riempì le orecchie.

«No!» La voce della nonna tintinnò come una moneta in un salvadanaio vuoto, acuta e stridente. «Non mi prendi più in giro. Vuoi convincere la mia dolce, dolcissima Courtney a drogarsi di nuovo. Non ti apro. Non ti conosco, signorina. Se mai, *io* chiamerò lo sceriffo Jones e farò arrestare *te*. Questa è la mia proprietà! Sarò anche vecchia, però conosco bene i miei diritti.»

Non era la prima e nemmeno la quinta volta che la nonna non riconosceva Marla, tuttavia era la prima occasione in cui le opponeva resistenza così energicamente.

«Che succede?» le domandai, posandole una mano sulla spalla.

Marla si asciugò il sudore dal viso e scosse la testa. Quando si voltò a fronteggiarmi, capii che stava piangendo. Aveva gli occhi lucidi e gonfi.

«Non ne posso più, tesorino. Mi dispiace tanto. Non ce la faccio proprio. Tua nonna è...» Scosse la testa e arricciò le labbra per non scoppiare in singhiozzi. «Non sta bene. E tenendola qui, senza una diagnosi, non la stai aiutando. Mandarla in una casa di cura non significa fare quello che conviene a *te*, tesoro. Non è un atto egoistico. Vorrei che tu lo capissi. A questo punto, stai arrecando un danno a quella povera donna, trattenendola qui. Non è più in grado di decidere da sola. Non è lucida e deve stare in un posto che può soddisfare i suoi bisogni ventiquattro ore su ventiquattro sette giorni su sette. Grace...» S'interruppe, il mento le tremava per il pianto che stava per ritornare. «Nessuno accetterà questo lavoro. E questo è un fatto che *tu* devi accettare.»

Abbracciai velocemente Marla e la mandai via, poi mi tirai su le maniche per continuare a bussare.

L'acqua aveva cominciato a fuoriuscire dalla fessura sotto la porta. Mi mancò il respiro quando mi accorsi del sottile strato che scivolava sotto le mie FILA verso il corridoio. Stava riempiendo la vasca?

Non riuscivo a capire come avesse potuto chiudere fuori Marla. Non doveva andare in bagno da sola. Mai.

Avresti dovuto mettere delle maniglie apribili anche dall'esterno, disse una vocina infuriata dentro di me. *Continuavi a ripeterti che la nonna non era capace di compiere gesti sconsiderati. Di azzardare azioni pericolose. Una delle tante bugie che ti sei raccontata su di lei.*

«Nonna» gridai con la voce più dolce che riuscii a emettere. «Sono io, Gracie-Mae, tua nipote. Per favore, aprimi, così posso aiutarti.»

«Gracie chi?» chiese lei, sbuffando sospettosa. «Non conosco nessuna Gracie-Mae. L'unica famiglia che ho è composta da Freddie e dalla mia Courtney, e lei è nei guai, perché della gentaccia come te sta cercando di venderle la droga. E io non lascerò più che ciò accada. È finita ora. Giusto, mia piccola Courtney?»

Con chi stava parlando?

Buon Dio, quanto era grave?

Ma conoscevo già la risposta a quella domanda. Avevo solo finto non fosse così.

Afferrai la maniglia della porta per scuoterla con forza. Non funzionò, così sbattei disperatamente i palmi delle mani contro il legno.

L'acqua continuava a scorrere, ormai stava scivolando giù per le scale. Proprio come la notte dell'incendio, solo al contrario. Sarebbe annegata. Non potevo lasciare che accadesse. Temevo che se avessi chiamato West o lo sceriffo Jones, prima che fossero arrivati le sarebbe successo qualcosa di brutto.

«Sto entrando!» annunciai. Inclinai la spalla verso la porta e indietreggiai di un passo. Usai tutto lo slancio che riuscii a prendere e mi scagliai contro il legno con la spalla.

A parte la possibile lussazione, non successe niente.

Merda. Merda. Tripla merda.

«Nonna!» Colpii di nuovo con il pugno, ansimando. Nessuna risposta.

Tornai a spingere la porta con la spalla e nel frattempo cercavo di forzare la maniglia, gli occhi che mi bruciavano per le lacrime. Armeggiai con il telefono e chiamai West mentre continuavo i miei tentativi disperati.

«Tex» rispose dopo il primo squillo. «Che succede?»

«Devi venire qui. La nonna si è chiusa in bagno e l'acqua non si ferma. È *ovunque*, West.»

«Arrivo subito.»

Sentii il rumore della catena che portava attaccata al portafoglio, il tintinnio delle chiavi, lo scricchiolio dei suoi stivali sulla ghiaia poco compatta e capii che stava uscendo.

«Temo che sarà troppo tardi...» mi strozzai con le mie parole. Non avrei mai dovuto lasciarla sola. Marla non poteva prendersi cura di lei con le sue sole forze.

Allora, che vuoi fare? Abbandonare il college e dedicare la tua vita a occuparti di qualcuno che rendi infelice e che non si ricorda nemmeno di te per la metà del tempo?

Sentii che West metteva in moto la Ducati senza riattaccare. «Hai la carta del bancomat a portata di mano?»

«Ah, non ho il bancomat» borbottai, arrossendo.

«Hai delle altre carte nel portafoglio? Supermercato? Tessera sanitaria?»

«Ho la tessera della biblioteca» deglutii.

«È di plastica?»

«Sì.»

«Ti spiego come aprire la porta. Prendi la tessera.»

«Va bene.»

Tornai di corsa al piano di sotto, il telefono in vivavoce, e cercai il portafoglio nello zaino JanSport. Le dita mi tremavano così tanto che mi ci vollero tre tentativi per riuscire a trovare la tessera della biblioteca. Corsi di nuovo su per le scale e mi posizionai davanti alla porta del bagno. L'acqua aveva raggiunto il piano terra e il terrore si era impadronito di me.

Potevo sentire West che andava in moto, il vento che soffiava. Aveva il telefono infilato nel casco, come gli avevo visto fare dozzine di volte.

«Presa?» chiese.

«Presa.»

«Fai scorrere la scheda tra la porta e il telaio, appena sopra la serratura.»

Seguii le istruzioni, il fiato bloccato in gola.

«Ora, inclina la tessera verso la maniglia e cerca di inserirla tra la serratura e il telaio.

«D'accordo.»

Mossi la carta avanti e indietro, potevo sentire la serratura che si chiudeva e si sbloccava, ma non fino in fondo. I miei nervi tesi mandarono un segnale al resto del corpo e iniziai a tremare. Il forte scroscio dell'acqua nella vasca oltre la soglia mi provocò la nausea. E poi...

La porta scattò e si aprì di un paio di centimetri. La spinsi con la mano e la spalancai. La nonna era nella vasca da bagno, completamente vestita, con l'acqua che le arrivava al mento. Mi fissò, era vigile, aveva gli occhi torbidi.

Sembrava volesse spararmi.

«Si è aperta!» Gridai sollevata al telefono che avevo lasciato cadere nel lavandino asciutto. Mi lanciai sulla nonna. Lei mi scacciò con la mano, il braccio appesantito dall'acqua. Chiusi subito il rubinetto.

«Vattene, figlia del Diavolo! Vai fuori da casa mia! Fuori dalla mia vita!»

Mi fermai di colpo.

«Guardati in faccia!» sibilò. *«Mostro.»*

Mi toccai il viso e mi resi conto che a un certo punto mentre cercavo di sbloccare la serratura, dovevo aver gettato via il berretto da baseball. «Il Diavolo ti ha toccata, e ora sei segnata. Brutta e deturpata, dentro e fuori. Sei qui per portarmi via la mia Courtney, vero?»

«Nonna, no. Non sai...»

«Io lo *so.*» La sua voce era bassa. Stranamente calma, a un tratto. «Grace. *Gracie-Mae.* Sei proprio una seccatura, Gracie. Sei la ragione per cui lei è scappata. Lo sapevi? Eri troppo. Troppo rumorosa, troppo piagnucolosa, troppo bisognosa. Quando ti ha dato a me, ti ho guardata e l'unica cosa che ho pensato è che mi ero presa una bella fregatura. Una nipote al posto di una figlia. Non ti ho mai voluta. Tu me l'hai portata via. *Tu.*» Mi puntò contro un dito tremante, le sue narici si allargarono, le labbra diventarono blu, la pelle sempre più pallida nell'acqua fredda. Si sarebbe presa la polmonite e io dovevo tirarla fuori da lì, ma non riuscivo a fermare il flusso delle parole. «Figlia del Diavolo, poco di buono! La mia unica consolazione è che ci ha pensato Dio. Ti ha punito dandoti quella faccia. Ti ha ripagato per tutti i tuoi peccati!»

Inclinò la testa all'indietro e sorrise come se fosse stata toccata da un invisibile raggio di sole. Chiuse gli occhi, una risatina amara le uscì dalla bocca. «Pensano tutti che sia stata tu. Tutti. Nessuno conosce il nostro piccolo segreto, Gracie-Mae. Nessuno sa cosa ho fatto quella notte.»

Si prese una pausa carica di significato prima di sferrare il colpo mortale.

«L'ho fatto di proposito. Ho messo la sigaretta accanto alla mia cuffietta da notte e ho lasciato che prendesse fuoco. Desideravo smettere di vivere. Volevo che smettessi di vivere anche tu.»

Un urlo feroce mi squarciò la gola. Mi lanciai contro la donna anziana, la afferrai dal vestito e la tirai fuori dalla vasca, poi la trascinai lungo il corridoio e la portai in camera sua per asciugarla. La scaricai sul lenzuolo a fiori del suo letto come un sacco di patate, le gettai addosso un asciugamano e la tamponai. Lei si ribellò, eppure io mi presi comunque cura di lei.

Io e la mia brutta faccia.

Io e la mia mamma morta.

L'anello con la fiamma spezzata mi bruciava la pelle, avrei voluto scaraventarlo a terra e calpestarlo mille volte. La nonna si sbagliava. Non aveva mai aiutato a realizzare nessun mio desiderio. Mi ricordava solo che ero una bambina indesiderata.

Nonna Savannah incolpava me per tutto. Per la rovina di Courtney. Per la brutta strada che aveva preso la famiglia Shaw. Ero la responsabilità che gravava sulle sue spalle, un peso morto, qualcuno di cui voleva sbarazzarsi.

Lottammo sul letto, io le stavo sopra, le lacrime mi annebbiavano la vista. Avevo quasi finito di asciugarla quando sentii una mano forte sulla spalla.

«Vai, Tex. Prendo io il comando.»

«Ma io...»

«Vai.»

Mi voltai e corsi via, non osai guardarlo negli occhi perché non volevo vedere cosa c'era dentro. Tutto quello che mi riguardava era complicato e deprimente, e per la milionesima volta mi chiesi perché West rimaneva al mio fianco quando poteva avere qualcosa di molto meglio con una qualsiasi delle bellezze che adoravano il terreno su cui lui camminava.

Egoisticamente – oh, molto egoisticamente – chiusi a chiave la porta del bagno ed entrai nella doccia, ignorando la vasca piena a meno di due metri da me. C'erano asciugamani bagnati sul pavimento, spazzolini da denti e sapone sparsi ovunque.

Mi impegnai a strofinare ogni centimetro del corpo sotto l'acqua bollente, come per cancellare quell'orribile giornata – e anche il mio brutto viso deturpato.

Poi uscii in punta di piedi per il corridoio. Sentii West in camera di nonna che la tranquillizzava per farla addormentare e un'ingiustificata fitta di gelosia mi squarciò il cuore.

Dovrei essere io quella che viene consolata tra le sue braccia. Lui è mio.

Sgattaiolai nella mia stanza prima che l'impulso di picchiare la mia anziana nonna malata di Alzheimer prendesse il sopravvento.

Mi infilai il pigiama e mi sdraiai sul letto, a fissare il soffitto. Le lacrime mi scorrevano senza freni lungo le guance. Per la prima volta da anni, non cercavo di fermarle.

Quando il respiro pesante della nonna riempì il corridoio, udii i passi di West sul pavimento. Sentii che sistemava il bagno, asciugava il corridoio e le scale, e poi scendeva in cucina a preparare il caffè.

Ascoltarlo vivere, *respirare*, esistere nel mio mondo era rassicurante. Era una manna dal cielo. Non sarei riuscita a gestire la nonna da sola quella sera.

A un certo punto capii che era salito per le scale, aveva posato le due tazze di caffè sul pavimento fuori dalla mia stanza e aveva premuto la fronte contro la porta chiusa.

Mi spaventava quanto bene conoscessi il suo linguaggio del corpo. Il modo in cui si muoveva in casa mia. Potevo praticamente vederlo con gli occhi della mente.

«Apri la porta, Texas.»

Nella confusione, avevo dimenticato di riapplicare il trucco. Non volevo affrontarlo. Sapevo che aveva sentito la nonna dire tutte quelle cose brutte su di me mentre il telefono era in vivavoce. Era già abbastanza patetico avere un volto raccapricciante, non c'era bisogno che qualcuno lo vedesse.

Ero stata a pezzi molte volte, ma mai come quel giorno.

Non gli risposi.

«Voglio vedere la tua faccia.»

L'urgenza nella sua voce mi portò a trasalire. Sembrava strozzato, sull'orlo di qualcosa che non volevo attraversasse.

«Va bene. Dammi cinque minuti!» Gettai le gambe giù dal letto.

«Struccata.»

Mi fermai di colpo sui miei passi mentre andavo alla scrivania per prendere la pochette con i trucchi.

La paura mi attraversò la schiena al pari di un serpente letale, avvolgendola per tutta la lunghezza fino al collo, togliendomi il respiro.

«Non sai quello che dici» ribattei con voce impastata, riproponendogli le sue stesse parole. Ricordavo ancora quando aveva pensato che non sarei stata in grado di perdonarlo se avessi saputo cosa aveva fatto per diventare com'era.

«Cazzo, mettimi alla prova.»

«L'hai sentita. Sono brutta. Sono la figlia del Diavolo.»

«Sei bella. Sei la mia ragazza» replicò lui.

«Desiderava uccidere entrambe...» la mia voce fu spezzata dai singhiozzi, ero ancora in piedi nella stanza, senza una meta. Gli ci volle un momento per rispondermi.

«No. Era confusa e voleva vendicarsi. Voleva ferirti. Non ha mai voluto ucciderti. L'incendio è stato un incidente.»

Eppure, nessuno di noi due poteva saperlo. La verità era che non avrei mai potuto rivolgere quella domanda alla nonna, in uno dei suoi momenti di lucidità. Era troppo doloroso per tutte le persone coinvolte.

Mi avvicinai allo specchio che tenevo sulla scrivania e sbattei le palpebre, intravedendo ciò che West avrebbe visto di lì a pochi secondi. Non c'era un filo di trucco sul mio viso. La mia storia – la mia tragedia – era scritta su quel volto, come un urlo.

La pelle squagliata sul lato sinistro. L'occhio sinistro leggermente storto, un po' più piccolo di quello destro perché il tessuto cicatriziale era tirato dopo l'intervento ricostruttivo. Il sopracciglio che mancava. Le chiazze viola... *tutto*.

Con diffidenza, mi avvicinai alla soglia. Posai la mano sulla maniglia e l'aprii prima che mi mancasse il coraggio.

West e io restammo l'uno di fronte all'altra in silenzio.

Io guardavo lui che mi guardava. Osservò tutto, assaporò ogni centimetro del mio viso. I suoi occhi passarono sul lato sinistro, imprimendolo nella sua memoria.

Non potrà dimenticare quello che sta vedendo, ricordai a me stessa. *D'ora in poi, ogni volta che ti guarderà, con o senza trucco, sarà questo ciò che vedrà.*

L'espressione di West non lasciava intuire cosa stava pensando. Sentii le viscere crollare come un grattacielo demolito e sapevo che se avesse deciso di allontanarsi da me, la mia fenice non sarebbe stata in grado di rialzarsi dalle macerie.

E invece non si allontanò.

Mosse un passo avanti e alzò la mano. Fece scorrere le dita sulle mie cicatrici così delicatamente che mi venne da piangere, mentre mi fissava negli occhi e guardava la mia anima nuda. Le dita gli tremavano. Gli afferrai la mano e la baciai. Una delle mie lacrime gli rimase intrappolata tra l'indice e il medio.

«Ascoltami bene, Grace Shaw. Sei la ragazza più bella che abbia mai visto in tutta la mia vita. Quando ti guardo, vedo una combattente. Vedo una resilienza, una forza e un'audacia che nessun altro possiede. Mi mozzi il fiato, e nessuno – e *niente* – potrà cambiarlo.»

Chiusi gli occhi e aprii la bocca per parlare, tuttavia non produssi alcun suono. Riprovai, in cerca della voce. Non sapevo cosa mi sarebbe uscito di bocca.

La verità, forse. Il segreto più intimo che una persona potesse rivelare.

«Ti amo. Ho il terrore di amarti, ma ti amo comunque» ammisi a bassa voce. «Ti amo dal momento in cui mi hai aiutato a ritrovare nonna quella sera terribile, in cui non mi hai permesso di rifiutare l'aiuto di cui ovviamente avevo bisogno. Hai il mio cuore in pugno.»

Chiuse la porta dietro di sé con un calcio, tuffandosi su di me per darmi un bacio che mettesse a tacere tutti gli altri baci.

Fu il bacio che riscrisse la nostra storia.

Un bacio che mi fece sentire la ragazza più bella del mondo.

Un bacio che sapeva di vittoria.

«Non lo spezzerò.»

WEST

Un bacio che sapeva di bugia.

Avevo detto a Grace che non le avrei spezzato il cuore, anche se sapevo già che lo avrei fatto.

Mentre la spogliavo.

Mentre facevo l'amore con lei.

Dovevo mettere della distanza tra noi. Kade Appleton mi teneva d'occhio, lo sapevo. E vivere praticamente da lei la trasformava in un bersaglio.

Quando spuntò l'alba, presi la mia roba e tornai a casa.

Ero fermo a un incrocio quando un tizio in sella a una Harley sbucò dal nulla e mi si scagliò addosso. Fui sbalzato dalla moto e atterrai in mezzo alla strada. Per fortuna, non c'erano altri veicoli a quell'ora di merda.

Mi girai sulla ghiaia, sibilando mentre mi stringevo forte una mano. Ero atterrato male e avevo già capito di essermi rotto almeno due dita.

Il rumore di pesanti stivali sul selciato divenne più vicino e io alzai lo sguardo per vedere chi li indossava.

Quando mi raggiunse, l'uomo si accovacciò all'altezza dei miei occhi e appoggiò le mani sulle ginocchia. Non c'era niente che desiderassi di più che strappargli il casco dalla testa e far conoscere da vicino il mio pugno al suo naso, tuttavia non riuscivo a muovermi.

«Bella ragazza che hai. Sarebbe un peccato se le succedesse qualcosa, vero?»

Si voltò e se ne andò, tornando alla sua Harley.

Dovevo tenere Grace al sicuro, a qualunque costo.

Anche se questo significava perderla.

19

GRACE

Era una settimana che partecipavo alle prove per *Un tram che si chiama Desiderio* e, anche se Marla era turbata e West era misteriosamente distante (sfoggiava pure alcune dita messe davvero male, presumevo a causa dell'ultimo incontro clandestino), almeno una cosa positiva c'era: sul palco andavo alla grande.

Certo, la quantità di trucco che mi serviva per *salire* effettivamente sul palcoscenico mi avrebbe senz'altro mandata in fallimento, però il berretto da baseball era sparito e mi piaceva interpretare Blanche. Essere intrappolata nella sua testa era come trovarsi nella testa della nonna, pensavo. Era confusa, ma intelligente. Dolce, ma grintosa. Persa, ma ritrovata.

Avevo deciso di non pensare a quanto mi aveva detto nonna quel giorno nella vasca da bagno. Cercavo di mettere in pratica quello che avevo consigliato a Tess: visto che non potevo cambiare qualcosa, dovevo lasciare correre. Se davvero mia nonna credeva io fossi la fonte di tutti i suoi mali, non potevo cambiarlo. Non in quel momento. Probabilmente mai.

Finlay sbavava per come recitavo durante le prove e Lauren era sempre seduta a poche file dal palco, applaudendo e congratulandosi ogni volta che riuscivo bene in una scena.

Anche Tess si era calmata. Non eravamo proprio amiche, tuttavia si comportava in modo professionale e si impegnava a non lanciare commenti odiosi su di me.

Eravamo nel bel mezzo di una prova mattutina, la sera della prima era così vicina che potevo quasi toccarla, quando ci prendemmo una pausa di dieci minuti. Mi precipitai nel backstage e afferrai un bicchiere d'acqua, nel frattempo parlavo con Finlay e Aiden del fatto che ero riuscita a recitare la scena in cui Stanley violenta Blanche.

Tess si avvicinò spavalda. Parlava con Kelly, la produttrice.

«Dico sul serio, sono contenta di aver iniziato a frequentare Reign. Lui è proprio quello che mi ci vuole, sai? Non ho bisogno di persone complicate in questo momento.» Gettò i capelli oltre la spalla.

Se quelle parole erano destinate alle mie orecchie, stava sprecando il fiato. Speravo che lei e Reign fossero felici insieme. E comunque, se pensava che uscire con qualcuno che era stato perfido con me mi avrebbe destabilizzata, si sbagliava.

Finlay continuava a parlarmi mentre Tess sospirava in maniera teatrale alle mie spalle. «Non mi ci vedevo davvero a uscire con uno pericoloso e squilibrato come West. Quell'atteggiamento da duro a un certo punto stanca, capisci?»

Sì, ero sicura che la sua decisione non avesse nulla a che vedere con il fatto che West l'aveva ignorata ripetutamente da quando avevano scopato.

«Voglio dire, insomma, venerdì prossimo combatterà per la seconda volta contro Kade Appleton. Chi oserebbe tanto? Solo uno che desidera morire. No, grazie. Mi piace dormire la notte sapendo che il mio ragazzo è tutto intero. Anche Reign gli ripete che dovrebbe ritirarsi. Ma si sa che a West interessano più i soldi che le persone che sono parte della sua vita.»

La mente mi si riempì di nebbia rossa e le sue parole mi affondarono nello stomaco, dove sedimentarono come macigni.

Aveva accettato l'incontro alla fine.

Mi aveva mentito.

Gli avevo chiesto... No, lo avevo *implorato* di promettermi che non mi avrebbe rifilato la merda che destinava alle altre ragazze, e lui invece si era comportato al suo solito modo.

Mi aveva fatto una promessa e l'aveva infranta.

«Devo... devo andare...»

Finlay, che era a metà di una frase, chiuse la bocca e mi guardò perplesso. Afferrai lo zaino JanSport e mi precipitai fuori dall'auditorium. Tess doveva essere soddisfatta, perché sapeva che non ero a conoscenza delle informazioni che aveva appena spifferato. Sempre se c'era qualcosa di vero.

Forse voleva solo che io e West litigassimo.

Esisteva solo un modo per scoprirlo.

Uscii nel corridoio e mi guardai intorno in modo frenetico, aspettandomi di trovare West nel mare di studenti. Quello era l'edificio in cui frequentava la maggior parte delle sue lezioni, quindi era possibile. Scrutai l'oceano di teste, tuttavia non riuscii a scorgerlo. Non sapevo nemmeno se fosse al campus. La Sheridan non era esattamente piccola e raggruppava diverse facoltà. Presi il telefono e digitai il suo numero.

Partì la segreteria telefonica. Provai di nuovo. Stessa cosa. Gli mandai un messaggio.

Io: Chiamami. È urgente.

Aprii la doppia porta e andai a cercarlo fuori. Alla fontana. In palestra. Poi mi incamminai in direzione della mensa. Volevo strangolarlo. Ora sapevo come dovevano sentirsi i suoi genitori. Stavo per uscire dalla mensa, salire sul pick-up e andare a casa sua quando notai una testa di riccioli ramati all'angolo della sala.

Max.

Le gambe mi portarono da lui, la mia mente era concentrata su una sola cosa: impedire a West di salire sul ring venerdì. *Venerdì.* Ecco perché era così turbato quella settimana. *Signore, aiutami.*

Max chiacchierava con una bella ragazza, sporto al massimo verso il muro a cui lei era appiccicata.

Gli picchiettai la schiena. Lui si voltò piano, il suo sorriso svanì quando vide il mio volto.

Il sentimento è reciproco, amico.

«Uh, ciao.»

«Ciao. Sono Grace Shaw.»

«Okay» disse, e si sistemò gli occhiali da sole sulla testa. «Come posso aiutarti, Grace Shaw?» Ripeté a gran voce il mio nome completo, come per sottolineare quanto fossi stata stupida a presentarmi così. La ragazza accanto a lui ridacchiò.

«Sei l'allibratore di West, giusto?»

Gonfiò il petto con orgoglio e mi rivolse un sorriso.

«Esatto. E tu sei il suo gusto preferito della settimana, giusto?»

Ignorai l'affondo.

«Sono qui per chiederti di annullare l'incontro di venerdì.»

«Come, prego?»

«Mi hai sentita.» Socchiusi gli occhi. «Non voglio che salga sul ring con Appleton.»

«West è un ragazzo grande.»

«Ma non sta facendo la cosa più intelligente, e lo sappiamo entrambi.»

«Sta per guadagnare più soldi di quanti ne abbia guadagnati in un anno e mezzo, quindi con tutto il dovuto rispetto – e non ne ho perché non ti conosco nemmeno – mi permetto di dissentire.»

Aprii la bocca per ribattere, quando lui mi superò con una spallata, dimentico della ragazza con cui stava parlando. Voleva scappare da quella conversazione prima che diventasse scomoda, non sapeva che ormai era troppo tardi. Lo seguii.

«Senti, se hai qualche problema con l'incontro, parlane direttamente con lui. Non sono sua madre.»

Gli presi il polso in una stretta mortale, ogni osso del mio corpo bruciava di rabbia. Si fermò.

«Se non lo annulli,» mormorai ogni parola a denti stretti, «andrò a informare le autorità.»

Non appena quelle parole mi uscirono di bocca, capii che erano quelle sbagliate. Max rimase impietrito. Il chiacchiericcio intorno a noi cessò. Il disastro aleggiava nell'aria, grasso e gonfio, pronto a esplodermi in faccia.

Nessuno faceva la spia su Max e West.

Nessuno aveva mai informato le autorità delle attività che si tenevano allo Sheridan Plaza. In tutti quegli anni.

Quella era la regola.

E io avevo appena minacciato di infrangerla.

Max si voltò adagio a fronteggiarmi, ma fu West a mandarmi il cuore in gola. Lo vidi entrare nella sala a grandi passi, con Easton e Reign al seguito. Setacciò la stanza con lo sguardo e quando trovò quello che cercava, cioè me, puntò dritto nella mia direzione.

Era la prima volta che riconosceva la mia esistenza al campus da quando avevamo iniziato a frequentarci, e avevo la sensazione che l'esperienza non mi sarebbe piaciuta.

Qualcuno gli aveva spifferato che stavo discutendo in pubblico con Max.

West sapeva cosa stava succedendo.

Sapeva che avevo saputo dell'incontro. E delle sue bugie.

Eppure, non ero io a dovermi sentire come mi sentivo. Arrabbiata, imbarazzata e impaurita. Lui aveva infranto una promessa. Aveva molto di cui rispondere.

West mi si fermò bruscamente davanti, i muscoli abbronzati ben visibili e la furia a malapena contenuta. Mossi un passo indietro e ricordai a me stessa che quello era lo stesso ragazzo che mi adorava tra le lenzuola ogni notte. Che si trasformava nel badante di mia nonna quando io ero a pezzi. Che *ci teneva*.

«C'è qualche problema qui?» La sua voce era glaciale. Mi fissò come se fossi di nuovo una perfetta estranea. Senza alcun tipo di emozione. Presi un respiro profondo.

Davvero? È così che mi parli in pubblico?

«C'è un problema, in effetti.» Sollevai il naso. Vidi Tess con la coda dell'occhio, dietro a West, era in piedi accanto a Reign. Si spingevano e bisbigliavano tra loro.

«Ti avevo chiesto di non dirglielo. Lui non voleva che lo sapesse.» Reign si lamentò e Tess si strinse nelle spalle impotente, sembrava umiliata per la prima volta da quando avevo iniziato a uscire con il ragazzo per cui lei aveva una cotta.

«Mi hai mentito, West. Ti ho chiesto se avresti combattuto con Appleton e tu mi hai mentito spudoratamente.»

La folla intorno a noi si stava infittendo. Tutti mormoravano e si davano gomitate a vicenda, in soggezione. L'incrollabile, imperioso West St. Claire si stava facendo aprire il culo... e da Toastie, addirittura. Anche i maiali potevano volare ormai.

«Nessun altro gestisce le mie attività a parte me.» West mi mostrò i denti.

«Pensaci bene. Io sì. Ci tengo a te e non voglio che tu ti faccia male.»

La mia schiena era dritta come una bacchetta, la voce impassibile. Promessa infranta o no, non potevo lasciare che si facesse ammazzare per soldi.

«Tu sei il mio ragazzo. Ho voce in capitolo.»

I presenti nella stanza ansimarono all'unisono. Quello era un coming out senza il suo permesso, ma invece di provare imbarazzo e timore, sentivo solo la fiamma della rabbia che ardeva.

Sorrisi con aria serena, fingevo che le smorfie e gli sguardi scioccati non mi scalfissero.

«Sì. Questa è la verità, gente. West St. Claire è il mio ragazzo. Chi lo avrebbe mai detto, vero? Il mondo è bello perché vario, evidentemente.»

Tornai a parlare con West. «Ho detto a Max che non puoi combattere.»

«Invece posso.» Si avvicinò di un altro passo, un brutto ghigno a rovinargli il viso stupendo. «E *combatterò*. Non hai alcuna influenza su di me, quindi ti suggerisco di tornare alla tua piccola recita, *Gracie-Mae*.»

Mi aveva appena chiamata Gracie-Mae? Come la nonna?

Mossi un passo indietro, sentendo la mia espressione crollare. Però West, a quanto pareva, non aveva finito di umiliarmi. Per qualche ragione, ci teneva a mandare in frantumi tutto ciò che eravamo e a lasciare solo i cocci.

«E tanto per chiarire questa merda: non sei la mia ragazza, tesoro. Sei solo una tacca sulla mia cintura infinita. Solo perché sono venuto a letto con te qualche volta non significa che ti metterò la fede al dito. I fatti non si preoccupano dei tuoi sentimenti, e il fatto è che tu non significhi niente per me. Ti ho scopata perché sono uno stronzo, sì.» Scrollò leggermente le spalle, lasciando che tutto il tempo trascorso insieme gli scivolasse giù dalla schiena. Non riuscivo a respirare. Easton, dietro di lui, nascose il viso tra le mani, tuttavia nemmeno lui impedì a West di dirmi quanto aveva da dire. Probabilmente sapeva che se si fosse avvicinato troppo, West gli avrebbe staccato la testa a morsi.

«Vuoi sapere la verità? Il grande segreto?» continuò West disegnando le virgolette in aria con una risatina. «Bene. Ti accontento. Quando avevo diciassette anni mia sorella Aubrey è morta in un incendio. L'incendio è scoppiato per colpa mia. È morta a causa mia. Per un po', ogni volta che ti ho guardato, tutto quello che ho visto è stata la redenzione. Pensavo che portarti a letto ti avrebbe dato quella piccola spinta di cui la tua autostima aveva bisogno. Ma non sei mai stata niente di più. Ecco, l'ho detto. Ora togliti dalle palle, Shaw.»

Si voltò e se ne andò, mi lasciò lì in mezzo ai flash delle fotocamere dei telefoni, ai bisbigli e alle risate.

Tutti gli occhi erano puntati su di me.

Non avevo il berretto. Non avevo un ragazzo. Non avevo neanche più un briciolo di orgoglio.

Easton e Reign corsero dietro a West, cercando di tenere il passo. Nonostante lo shock, vidi Karlie che si apriva la strada tra la folla e veniva verso di me.

«Toglietevi di mezzo! Via! Sto arrivando, Shaw. Resta lì. *Uff!* Spostatevi! Fate largo!»

Ero troppo impietrita per andare da qualche parte.

Rimasi immobile, mentre Karlie pestava piedi e dava gomitate nelle costole per raggiungermi a tempo di record.

Tess fu la prima a uscire dallo stato di trance. Era ancora vicino a me. Mi si piazzò davanti e mi fece scudo con il proprio corpo, coprendomi completamente. Si portò le mani sui fianchi e sbuffò con aria altezzosa.

«Gesù, siete cretini? Datele un po' di spazio. Che diavolo avete da guardare? Non avete mai visto una coppia litigare prima? Sciò! Sciò!»

Non provai niente.

Non provai gratitudine.

Non provai tristezza.

Non provai rabbia.

Non provai niente.

«Mi assicurerò che tutti i vostri lussuosi iPhone vengano distrutti, o peggio, se non smammate all'istante!» tuonò Tess.

Il fitto cerchio di persone finalmente si aprì. Karlie mi afferrò il braccio e mi portò lontano dalla folla.

«Dobbiamo assicurarci che questi video non circolino» abbaiò a Tess, che annuì, mordendosi il labbro. Sembrava si sentisse in colpa, aveva le guance arrossate. E aveva regione di sentirsi così. Aveva voluto ferirmi. E la situazione le era sfuggita di mano.

«Parlo subito con Reign e East. Ci verranno in aiuto, se necessario.»

Karlie annuì. «Scrivimi.»

«D'accordo.»

«Vieni.» Karlie mi prese tra le braccia. «Ti porto a casa.»

20

WEST

Quel giorno.

«Prometti di prepararmi i waffle domani mattina?» Aubrey era sulla porta della cucina, con il broncio. Versai nelle ciotole le tortilla chips comprate da Costco. East sistemava i bicchieri usa e getta rossi sull'isola della cucina dopo aver allineato le bottiglie di liquore. La mia ragazza, Whitley, stava appendendo al muro uno stupido striscione.

Buon 17esimo compleanno, West!

A dire la verità, trovavo che fosse estremamente privo di senso mettere uno striscione di auguri quando ero io a organizzare la festa, ma lasciai correre. Pensavo che magari, se avessi giocato bene le mie carte quella sera, avrei potuto ottenere un pompino.

Compiere gli anni e comportarsi da fidanzato accomodante? Questo implicava qualcosa di più del buon sesso. Un pompino non era niente. Dovevo pensare fuori dagli schemi. Chiedere l'anale. O forse una cosa a tre.

«Westie?» Aubrey mi tirava la maglietta adesso, distogliendo il mio cervello arrapato dall'orgia che mi stavo godendo nella testa. Abbassai lo sguardo sulla mia sorellina di sei anni. Avevamo un'enorme differenza di età, tuttavia l'amavo da morire. Lei mi guardava con gli occhioni verdi e mi mostrava il sorriso parzialmente sdentato. I suoi due incisivi da latte erano caduti – glieli avevo tolti io stesso perché lei aveva troppa paura per pensarci da sé – ed era adorabile. Aubrey si vergognava dei propri denti. Quando l'avevo portata al luna park qualche giorno prima, mi ero dovuto annerire i due incisivi per solidarietà. Il suo sorriso mi aveva ripagato di tutti gli insulti che avevo ricevuto dai membri della squadra di football che mi avevano visto lì.

«Sì, Aub. Te l'ho detto e te lo ripeto: tu rimani in camera tua tutta la sera e io domattina ti preparo i waffle.»

«Con le gocce di cioccolato e le mele da un lato. Appena tagliate.»

«Aggiudicato.»

«E latte al cioccolato.»

«Contaci, sorellina. Non mettere il naso fuori dalla cameretta.»

I miei genitori erano andati a trovare zia Carrie, che abitava una quarantina di minuti più a sud. Avrebbero dovuto trascorrere una serata tranquilla a giocare a poker, però avevano bevuto un po' troppo e mi avevano chiamato per chiedermi se potessi tenere d'occhio Aub fino all'indomani mattina, quando sarebbero stati abbastanza sobri da potersi rimettere alla guida. Era la prima volta che ci lasciavano soli. Io avevo detto che andava bene e, chiaramente, avevo subito alzato il telefono per organizzare una festa di compleanno estemporanea.

Adesso East e Whitley entravano e uscivano dal garage, aprivano altre confezioni di stuzzichini, li distribuivano nelle ciotole e spostavano i mobili più grandi dal soggiorno per lasciare spazio alle persone che sarebbero arrivate da un momento all'altro.

«Promessa con il mignolo?» chiese Aub, agitando in aria il mignolino.

Misi da parte il sacchetto delle tortillas e mi voltai verso di lei, accovacciandomi per guardarla negli occhi.

Le presi il mignolo nel mio e lo strinsi.

«Promessa con il mignolo, Aub.»

Lei mi gettò le braccia al collo e mi abbracciò. Odorava di caramelle alla mela verde. Era dipendente da quella schifezza tanto che i nostri genitori non le permettevano più di mangiare niente di dolce. Sapevo che nascondeva una scorta di bastoncini di zucchero alla mela sotto il letto e li addentava quando nessuno la guardava. Lo sapevo, perché ero io a darglieli.

«Sarà la mattina più bella di sempre!» esclamò.

E quella fu l'ultima volta che vidi mia sorella sorridere.

Fu l'ultima volta che vidi mia sorella in generale.

«Westie? Westie, svegliati.»

Mugugnai e rotolai sul letto per mettermi a pancia in giù, gli occhi chiusi.

Ero a torso nudo, avevo solo i boxer sotto la trapunta. Non era un problema. Aub mi aveva visto a torso nudo un sacco di volte. Tuttavia, sapevo che anche Whit, la quale dormiva accanto a me, era a petto nudo. Ed era qualcosa che Aubrey non aveva mai visto prima. Volevo aprire gli occhi e capire cosa stesse vedendo esattamente la mia sorellina, controllare se almeno Whit fosse coperta dalla trapunta, ma non ci riuscivo proprio.

Non avrei dovuto bere così tanto la sera prima.

Le cose erano degenerate in fretta. Lo strip poker si era trasformato in uno shot poker quando tutti i miei amici erano rimasti nudi, e dopo aver buttato giù almeno diciassette cicchetti – uno per ogni anno della mia vita – ero svenuto. Per fortuna era successo dopo che Whit e io ci eravamo dedicati a una sveltina in camera mia. E a quanto ricordavo nessuno dei due si era preso la briga di vestirsi.

«Westie? Per favoooreeee» sentii la vocina stridula di Aubrey.

«Non ora, Aub» riuscii a gracchiare.

«Ma lo avevi promesso!» piagnucolò. Mi girai nel letto, provai a sollevare le maledette palpebre e guardarla, invano. Sembravano pesare venti chili ciascuna. Il corpo mi doleva come se ogni stronzo della città ci avesse camminato sopra. Avanti e indietro.

«Sì, va bene, tra un'ora ti preparerò i pancake.»

«I waffle!» urlò lei nel sentire quella bestemmia. «E sono già le dieci! Mamma e papà torneranno tra poco e sai che loro non mi lasciano mangiare i waffle.»

Lo sapevo benissimo. Aub aveva le carie ai denti da latte per colpa di tutte quelle caramelle alla mela verde, e i miei stavano prendendo ulteriori precauzioni per assicurarsi che non si rovinassero anche i denti nuovi. Ecco perché i waffle erano così importanti per lei. E io avevo tutte le intenzioni di farle quei maledetti waffle con le gocce di cioccolato e la mela fresca a parte. Avevo solo bisogno di un'altra oretta per tornare a sentirmi di nuovo un essere umano.

Era chiedere troppo?

«Dammi trenta...» borbottai, con gli occhi ancora chiusi.

«Saranno già tornati!»

«Allora ti porto alla tavola calda domani. Promesso. Ci guadagnerai anche un frappè. Diremo che andiamo a pattinare sul ghiaccio.»

«Voglio i waffle adesso. Non domani. E poi che cos'è una promessa, se poi non la mantieni?»

«Una bugia?» ribattei sarcastico. Ero cattivo quando avevo i postumi della sbornia. Risi della mia pessima battuta. In bocca avevo un sapore amaro. In tutti i sei anni di vita di Aubrey, ogni volta che avevamo fatto una promessa con il mignolo, l'avevo sempre mantenuta. Non avevo mai infranto le mie promesse. Eppure, quella non riuscivo proprio a mantenerla. Ero troppo stordito per muovermi.

«Sei uno... uno... scorreggione!» La sua voce si spezzò a metà della frase. Sapevo com'era quando stava per piangere, e stava decisamente per scoppiare in lacrime.

«E dai, Aub...» Provai ad aprire di nuovo gli occhi. E di nuovo non ci riuscii. Sentii i suoi piedini battere velocemente sulla moquette del corridoio. Probabilmente era tornata nella sua stanza per odiarmi in privato. Cercai di rassicurarmi. Andava tutto bene. La avrei portata fuori l'indomani – no, cazzo, quel pomeriggio – e mi sarei fatto perdonare. Saremmo andati alla pista di pattinaggio, poi alla Casa dei Pancake e le avrei lasciato ordinare abbastanza waffle da ostruire ogni arteria del suo corpo.

«Tesoro?» Whit gemette accanto a me e mi gettò un braccio sui pettorali. «Era Aubrey? Sta bene?»

«Sta bene. Torna a dormire.»

Entrambi scivolammo nel sonno.

A me sembrava che fossero passate circa due ore quando mi svegliai, anche se in realtà non potevano essere trascorsi più di quaranta minuti. L'odore di qualcosa che bruciava mi riempì le narici. L'odore di cibo bruciato.

O di plastica bruciata?

Stoffa bruciata.

Carne che arrostiva, come dai macellai.

No. Era tutto quanto insieme.

Sbattei le palpebre e cercai di mettermi a sedere.

Sembrava che la mia testa pesasse una tonnellata. Volevo darmi un pugno in faccia per aver bevuto così tanto. Whit dormiva ancora accanto a me.

Annusai l'aria e mi guardai intorno. Sembrava tutto a posto. Normale. Be', a parte il fumo che dal corridoio stava entrando nella mia stanza.

Che caz...?

Quella era proprio la scarica di adrenalina di cui avevo bisogno per smaltire la sbornia. Saltai giù dal letto come se avessi il culo in fiamme, corsi giù per le scale, tre gradini alla volta. Qualcosa stava chiaramente andando a fuoco. Solo che non era il mio culo.

«Aub? Aubrey? Aubrey!» Urlai così forte che non aspettai nemmeno una risposta. Il fumo saliva per le scale mentre scendevo. Quando raggiunsi il ballatoio, mi trovai avvolto in una densa nuvola grigio-nera. Afferrai una maglietta che avevo gettato sulla lampada la sera prima e me la premetti sul naso. L'aria era rovente e non riuscivo a respirare senza tossire.

Il cuore dell'incendio era in cucina, quindi fu lì che andai.

«Aubrey!» Continuavo a chiamare, gridare, implorare. Nessuna risposta. Quando entrai in cucina, fui costretto a indietreggiare. Il fuoco aveva quasi raggiunto il soggiorno e, visto che c'erano moquette e carta da parati ovunque, si diffondeva in fretta.

«West? Dio mio! West!» Sentii Whit dietro di me. Stava correndo giù per le scale.

«Esci subito, Whit!»

«West, sono nuda!»

«Esci!» Corsi nel fuoco, non me ne fregava se per salvare Aubrey sarei morto carbonizzato.

«Dov'è Aubrey?» chiese Whit. Non risposi. Scacciai il fumo con il braccio, cercavo di distinguere qualcosa al di là delle fiamme arricciate.

Quando ci riuscii, avrei voluto essere abbastanza intelligente da non pensare di avere una possibilità di salvarla.

C'era un gancio esposto su uno degli armadietti della cucina. Era quanto rimaneva della maniglia di uno sportello, che avevo staccato accidentalmente settimane prima e non mi ero mai preso la briga di aggiustare. Mia madre mi aveva dato il tormento, diceva che era un pericolo. Che qualcuno avrebbe potuto farsi male.

«I miei pantaloni si impigliano a quel coso quasi ogni giorno, Westie. Devi provvedere a sistemarlo. Aubrey rischia di tagliarsi.»

Non le avevo dato ascolto. Avrei dovuto.

Il tostapane era posizionato proprio sopra quell'armadietto con il gancio.

E quella volta non erano stati i pantaloni di mia madre a rimanere impigliati, ma la maglietta di Aubrey.

Vidi il corpo di Aubrey accasciato sotto il gancio, e quel che restava della sua maglia.

Cazzo.

Cazzo.

Cazzo.

Corsi da lei. Se fossi riuscito a salvarla... bene. Se non ci fossi riuscito... non avrei meritato di vivere neanch'io.

Mi avvicinai così tanto al fuoco che sentii il suo riverbero bruciarmi la pelle. Afferrai la maglia, ma sembrava vuota. Leggera. Il suo corpicino era floscio tra le mie braccia. Provai a tirarla via, sentivo gli occhi bruciare per il fumo e le lacrime e cazzo, cazzo, cazzo.

«Aubrey, ti prego!» La mia voce si spezzò. «Ti prego, piccola. Ti prego!»

Qualcuno mi tirò indietro, le mie dita ancora strette intorno alla sua maglia. Opposi resistenza alla forza che mi trascinava via. Scalciavo, urlavo e graffiavo le braccia che mi circondavano, accecato dalla rabbia e dall'odio. L'odio per me stesso mi mandava in delirio. Avevo fatto una promessa alla mia sorellina e non l'avevo mantenuta. La sera prima ero così impegnato a ubriacarmi che non l'avevo nemmeno considerata. L'unica volta che i miei genitori mi avevano dato la responsabilità di badare a mia sorella durante la notte mentre loro non c'erano, li avevo delusi.

Avevo deluso lei.

Avevo deluso me stesso.

Urlai fino a quando i polmoni non mi bruciarono. La persona che mi aveva afferrato mi buttò sulla neve e corse di nuovo dentro. Dalla mia posizione nel cortile, vidi qualcun altro corrergli dietro, urlando.

Papà. Mi aveva salvato ed era tornato per Aubrey.

Mamma. Era entrata con lui per cercare di salvare qualcuno, lui o Aubrey, non sapevo dirlo.

Un lamento perforante si levò sopra la mia testa. Sapevo che era Whitley, eppure non potevo voltarmi a guardarla. Il mio corpo non riusciva a muoversi di un millimetro.

Non ero più ubriaco.

Ero sobrissimo.

E stavo affrontando le brutali conseguenze delle mie azioni.

Nei giorni successivi all'incendio, venni a conoscenza di alcune cose.

Per esempio, scoprii che il motivo per cui il tostapane aveva preso fuoco era che qualcuno ci aveva buttato dentro dei tappi di bottiglia e Aubrey, ignara, vi aveva infilato due waffle con le gocce di cioccolato presi dal freezer, per provare a scaldarseli da sola.

In seguito, il perito dell'assicurazione (o chiunque cazzo fosse quel tale) ci spiegò che lei doveva aver cercato di scappare, però non ci era riuscita perché la sua maglietta di Barbie si era impigliata nel gancio scoperto. Probabilmente aveva gridato aiuto, ma io ero dall'altra parte della casa, al piano di sopra, russavo e mi stavo riprendendo da una sbornia epocale.

La conclusione era stata questa: la nostra casa non era assicurata per gli incendi causati da un adolescente stronzo che non riusciva a tenere sotto controllo gli amici e a mantenere una piccola promessa fatta a sua sorella.

In altre parole, eravamo fregati. Non avevamo una casa in cui vivere, perché subito dopo che mia madre aveva trascinato mio padre fuori, l'incendio si era propagato e la villetta era praticamente crollata su sé stessa.

All'improvviso eravamo distrutti, poveri e senzatetto.

Ci trasferimmo da zia Carrie per le prime settimane, mentre mio padre e i suoi colleghi "incerottavano" la casa al meglio per renderla di nuovo vivibile. Papà, che possedeva un campo di mirtilli e una piccola fattoria, aveva dovuto trascurare la sua attività e buttarsi a capofitto su quei lavori per metterci un tetto sulla testa. Ogni sera si infilava nel letto e chiudeva gli occhi senza nemmeno concedersi una doccia.

Ero sicuro che avesse passato settimane senza farsi la doccia.

Mesi, forse.

Né mia madre né mio padre riuscivano a guardarmi. Non mi incolpavano in modo esplicito, ma non ce n'era bisogno. Avevo ucciso io Aubrey. O perlomeno, ero responsabile della sua morte. E non vagamente, come quando le persone a volte si incolpavano per la morte di qualcuno solo perché non avevano insistito abbastanza per una mammografia o qualcosa del genere. Io l'avevo causata davvero.

Se solo mi fossi trascinato giù da quel cazzo di letto e avessi mantenuto la promessa, Aubrey sarebbe stata ancora viva. Con noi. Felice, parzialmente sdentata, e viva.

Lasciai Whitley una settimana dopo l'incendio. Lei pianse e mi disse che avrei cambiato idea, io però sapevo che non sarei tornato sui miei passi. Non meritavo di essere felice e avere una ragazza sicuramente equivaleva a esserlo.

Una volta tornati a casa nostra, o almeno a quel che ne rimaneva, i miei sprofondarono tra le braccia della depressione e non si alzarono più dal letto. Si crogiolavano nel loro dolore, nessuno dei due lavorava o cercava di tenere in piedi ciò che restava della famiglia. I campi di mirtilli furono lasciati incolti, i frutti non vennero raccolti. Io mollai il football e iniziai a lavorare da Chipotle per aiutarli a pagare le bollette. L'allenatore Rudy mi supplicò di ripensarci, tuttavia, quando gli spiegai qual era la situazione, lasciò perdere.

Ero preoccupato che i miei genitori e io saremmo diventati dei senzatetto e trascurai la mia vita sociale a tempo indeterminato, ma East mi rimase accanto, anche se per mesi gli avevo urlato contro ogni volta che lo avevo guardato in faccia.

Poi arrivò l'ultimo anno.

Papà decise di alzarsi dal letto il mio primo giorno di scuola. La mattina in cui accadde mi rimase impressa nella mente. Indossò gli abiti da lavoro – giacca The North Face e stivali Blundstone – e andò alla fattoria per valutare i danni. Dopo mesi di abbandono, non era rimasto nulla. Aveva lasciato morire la frutta nei campi e aveva regalato ogni animale che possedeva.

Lo stesso giorno papà andò in città e si trovò un lavoro come pescatore. Nonno St. Claire era un pescatore, quindi conosceva i rudimenti, ma, perdio, doveva essere stato terribilmente mortificante iniziare un lavoro così umile alla sua età, specialmente perché da quando si era diplomato aveva sempre lavorato in proprio per mantenere la sua piccola famiglia improvvisata.

La mamma emerse dalla stanza poche settimane dopo. Fu la prima a parlarmi davvero e, a quel punto, era passato quasi un anno da quando avevano smesso di guardarmi negli occhi, se non addirittura di accorgersi della mia esistenza.

Ero stato invisibile.

Non mi avevano chiesto come mi sentivo.

Come stavo reagendo.

Non mi ascoltavano.

Non mi vestivano.

Non mi chiedevano come andava la scuola.

Cazzo, non sapevano nemmeno che avevo mollato il football. Ero un fantasma invisibile che di tanto in tanto passava vicino a loro per andare in cucina, niente di più.

Mi fece sedere e mi disse che non era colpa mia. Disse che apprezzava il modo in cui mi ero fatto avanti e avevo pagato le bollette, e che da quel momento le cose sarebbero andate in modo diverso.

Io però sapevo che era colpa mia, e che prima uscivo dalla sfera dei miei genitori, meglio era.

Nelle settimane precedenti al mio diciottesimo compleanno, i miei si sforzarono di parlare con me. La mamma aveva iniziato a prendere delle medicine dopo che le era stata diagnosticata una grave depressione. Papà puzzava costantemente di pesce. Fingevano di stare bene. Io non me la bevevo. Avevano passato un anno praticamente ignorandomi. Non era possibile che avessero superato quello che avevo combinato. E in ogni caso, se anche ci fossero riusciti... io di sicuro non lo avevo fatto.

Per il mio diciottesimo compleanno mi comprarono una torta.

Ero appena tornato da un turno da Chipotle. Passai davanti alla torta con le candeline accese, salii in camera mia e chiusi a chiave la porta.

Quel giorno giurai di non festeggiare mai più il mio compleanno.

Poco dopo il mio diciottesimo compleanno, mi trasferii a Sheridan. East insistette per andare ovunque andassi io. Non lo ostacolai, soprattutto perché sapevo che sarei stato solo al mondo se non fosse stato per lui.

Invece, scelsi un college con una squadra di football in prima divisione dove sapevo che lui avrebbe ottenuto una borsa di studio completa e si sarebbe divertito.

Gli incontri clandestini allo Sheridan Plaza avevano segnato l'inizio della ripresa economica dei miei genitori, però non erano sufficienti. Il mio sogno era farmi perdonare, per quanto potevo. E questo significava ricostruire la loro casa da zero e rimettere in piedi l'attività di papà.

Ma nell'impresa di trovare una soluzione a tutti i loro problemi, avevo dimenticato di chiedermi dove diavolo mi inserissi io in quella equazione.

Avevo dimenticato come respirare senza ferire nessuno.

Avevo dimenticato che nella vita c'era qualcos'altro oltre a guadagnare soldi e sopravvivere. Avevo dimenticato che quando giochi con il fuoco, a un certo punto ti bruci.

21

WEST

Alla fine, tutto si riduceva a questo: Kade Appleton e i suoi tirapiedi non dovevano sapere che Grace era la mia ragazza. Lui aveva occhi dappertutto, e confermare che io e lei stavamo insieme l'avrebbe messa sulla linea del fuoco.

Non potevo permetterlo.

Quindi avevo fatto quello che dovevo.

Le avevo vomitato addosso il mio orribile passato.

Aubrey non era morta in un incidente d'auto.

Era morta a causa mia.

Avrei mentito se avessi detto che non avevo pensato ad Aub la prima volta in cui avevo posato gli occhi su Grace Shaw. Che non era per quello che avevo preso il lavoro al camioncino dei tacos. Certo, non disdegnavo i soldi extra, ma soprattutto volevo avere un'idea di come sarebbe stata Aub se fosse sopravvissuta all'incendio. Scoprire che tipo di persona sarebbe diventata.

Mi rendevo conto di quanto fosse perverso guardare quella ragazza e vedere mia sorella. E infatti, il punto era proprio quello: *non* vedevo Aubrey in Grace. Niente affatto.

Grace era Grace. Una persona follemente unica. Dolce, gentile e divertente, e anche sarcastica, grintosa e intelligente. Era bellissima – rettifico, era letteralmente mozzafiato, a parte quelle cicatrici che però non mi davano alcun fastidio – e più passavo del tempo con lei, più era impossibile pensarla come una sostituta della sorella che amavo tanto.

Texas pensava che provassi pietà per lei. Che la considerassi un progetto di volontariato. E io avevo confermato i suoi più cupi sospetti per assicurarmi che Kade Appleton e i suoi ratti schifosi pensassero la stessa cosa.

Tuttavia, non l'avevo mai compatita. Nemmeno per un secondo.

Semmai, *invidiavo* la sua forza. Io non avrei potuto affrontare la metà della merda che era toccata a lei e sopravvivere.

Diavolo, non riuscivo ancora a parlare con i miei genitori senza che mi venisse una dannata orticaria.

Ora, il senso di colpa per quello che le avevo inflitto a mensa mi divorava come il fuoco che aveva consumato Aubrey.

«Sei un vero idiota.» East scosse la testa. Stavamo girando per la città e lui stringeva il volante come se fosse pronto a staccarlo e a lanciarlo fuori dal finestrino. Era da un'ora, ormai, che ci trovavamo in quella situazione. Ero seduto accanto a lui nella sua Toyota Camry e sguazzavo nella vastità della mia idiozia.

«Il campus è pieno di spie. Non potevo rischiare che Appleton scoprisse di Grace e arrivasse a lei.» Tenevo lo sguardo fisso sul panorama oltre il finestrino, ricordandomi di respirare solo ogni tanto.

«Appleton non vuole colpire la tua ragazza, idiota. Vuole colpire *te*.»

«Ha già fatto del male alle donne.»

«Quella era la sua tipa» obiettò East.

«E quindi cosa ti lascia supporre che Grace, che per lui è un'estranea, sia al sicuro quando non lo è neanche la madre di suo figlio? Per non parlare del fatto che uno dei suoi scagnozzi mi ha avvertito che sa dove abita Grace.»

Mi riferivo a quello che era successo all'incrocio, quando il tizio dell'Harley aveva sibilato quel commento su Tex.

«Allora perché hai detto di sì all'incontro?» ringhiò East.

«Quello è successo prima che mi mettessi con Grace.»

«Perché non l'hai annullato?»

«Lui non me lo ha permesso, cazzo!» sbottai. «Non mi hai ascoltato quando ti ho fatto il resoconto cinquemila volte?»

«Perché non le hai detto la verità?» Easton continuava a pressarmi, e così persi ufficialmente le staffe.

«Perché aveva già abbastanza cazzi da risolvere e non aveva bisogno anche dei miei!»

Il mio ruggito fece tremare tutta la macchina, echeggiò tra di noi. Non gli avevo nemmeno raccontato tutta la verità. La verità potevo ammetterla solo a me stesso. Sapevo che Grace avrebbe rotto con me e che aveva il diritto di sapere. Il diritto di sbarazzarsi di me prima che le cose diventassero dieci volte più complicate. Non era nobile, mentire alla persona che amavi, ma avevo capito da tempo che l'amore ti spingeva ad azioni immorali.

Easton tornò a essere fastidiosamente silenzioso, e io trassi un respiro, incollando di nuovo lo sguardo sul susseguirsi monotono di case gialle in stile ranch, sulla torre dell'acqua e sui cactus.

Forse se le cose fossero andate diversamente con Aubrey, non sarei stato così paranoico riguardo alle persone che amavo. Ma Aubrey era morta, e tenere Grace al sicuro era la mia priorità, anche se mi logorava.

Neanche andarmene da lì avrebbe giovato. Anzi, l'avrei lasciata senza protezione, nello stesso territorio di quello stronzo di Kade Appleton.

Avevo già dovuto affrontare la terribile verità che la amavo.

Era il tipo di amore che mi portava ad alzare gli occhi al cielo quando lo vedevo al cinema e in televisione. La sua intensità mi spaventava a morte, perché non avrei mai pensato di poter essere così con qualcuno che non fosse imparentato con me.

Non riuscivo a smettere di pensare a lei.

Volevo toccarla.

Mi chiedevo cosa pensasse, dove fosse, cosa stesse facendo.

Era diverso dalle fiabe, perché sapevo che *potevo* andare avanti senza Grace Shaw. Non sarei morto. Non fisicamente, almeno. Sarei semplicemente tornato a essere lo stesso idiota infelice che ero prima di innamorarmi di lei.

Ma non sarei nemmeno stato vivo. Non del tutto. Avrei sprecato ossigeno, spazio e risorse, tornando a desiderare neanche tanto segretamente di morire.

Quella consapevolezza fu come una doccia fredda.

Non desideravo morire quando ero con Grace.

Volevo vivere. Ridere. Amare.

Per uscire con lei e mordicchiarle il collo e ascoltarla mentre parlava di commedie e film anni Novanta e difendeva con veemenza i marsupi.

Avevo assaporato la vita – me l'ero persino goduta – per mesi, e non me ne ero neanche reso conto.

Non volevo più morire.

A un certo punto l'idea di andare fuori strada con la moto dopo aver preso velocità aveva smesso di allettarmi. Non pensavo più a come sarebbe stato lanciarsi giù da un dirupo. Avevo smesso di salire sul ring con la speranza che lo stronzo di fronte a me mi tirasse un pugno che mi mandasse in arresto cardiaco.

Ed era stato tutto grazie a Grace "Texas" Shaw.

«Continuo a non capire perché non gli hai semplicemente comunicato che l'incontro non si sarebbe svolto.» East sbuffò. «Come può Appleton averti costretto a combattere?»

«Semplice, giocando sporco. Non appena mi sono messo con Texas, sono andato da Max e gli ho detto che mi ritiravo. Max mi ha risposto che avrebbe provato a riferirlo ad Appleton, ma lui mi ha mandato a dire che voleva andare avanti e battersi, e da quel momento sono stato minacciato, aggredito al furgone dei tacos e investito a un incrocio nel tornare a casa. Kade mi tiene d'occhio. Vuole vedermi su quel ring... e non tutto intero.»

«*Porca puttana.*» Easton si grattò la barba.

«Sì.»

«Be', anche se non ti rimetterai con Grace – e, tra parentesi, penso che sia un'ottima decisione, visto che non c'è alcuna possibilità che lei si riprenda il tuo misero culo dopo l'umiliazione pubblica a cui l'hai sottoposta – penso ancora che dovresti darle delle spiegazioni. Hai chiarito la situazione. Tutti sul pianeta Terra sanno che voi due non siete una coppia. Ora è il momento di scusarsi.»

«Mi scuserò» replicai convinto. «Le bacerò i piedi e mi inchinerò davanti a lei quando sarà tutto finito, cazzo. Però non posso contattarla in questo momento. Non sono nemmeno andato a trovarla in settimana. Devo tenere questa storia sottochiave. Cedere ora confermerebbe solo che quanto ha detto è vero. Che siamo una coppia.»

«*Non* siete più una coppia.»

Non c'era bisogno di ricordarmelo.

Ci pensava già il buco nel mio cuore.

La settimana che precedette il venerdì dell'incontro fu la peggiore della mia vita.

Be', quasi.

La peggiore in assoluto era stata quella dopo che avevo perso Aubrey, quando avevo capito, senza ombra di dubbio, che non avrei mai più rivisto la mia sorellina in carne e ossa. Poteva solo tormentarmi nei sogni. Ma Grace... era ovunque. Era al campus. A mensa. Nell'auditorium provvisorio. Mi passava accanto sempre accompagnata da Karlie e dalla sua nuova improbabile alleata, Tess.

Vederla era un po' una consolazione e un po' una tortura.

Entrambi ci comportavamo come se l'altro non esistesse.

Non potevo rendere palese che mi struggevo per lei, anche se ciò mi uccideva.

Incontrarla al lavoro non era più possibile, dato che ero stato licenziato dopo la scenata in mensa. Nemmeno un'ora dopo aver rotto pubblicamente con Texas, avevo ricevuto un messaggio dalla signora Contreras, che mi avvisava che il mio incarico era terminato. Mi aveva lasciato un assegno e una lettera ufficiale nella cassetta delle lettere il giorno seguente. Non mi aveva nemmeno augurato buona fortuna per le future stronzate. Aveva troncato di netto e non si era voltata indietro.

Per diventare ancora più patetico avevo cominciato a guidare spesso nel suo quartiere. Ogni mattina e ogni sera, saltando l'orario della palestra. Era come se non fossi capace di pensare a nient'altro che a lei. Ero riuscito persino a dimenticarmi di mandare ai miei genitori la paga settimanale.

Avevo visto Grace un paio di volte durante la mia attività di stalking.

Una volta stava tornando a casa dopo un turno al camioncino dei tacos. Sentendosi osservata, si era voltata e mi aveva impalato con uno sguardo letale.

Avevo finto di non accorgermene e me ne ero andato.

Un'altra volta, quando aveva organizzato una festa d'addio per Marla. Avevo visto la signora Contreras, Karlie e poche altre persone attraverso la finestra. Grace aveva preparato i cupcake a Marla e aveva tenuto un discorso piuttosto carino (sì, avevo origliato abbastanza a lungo da riuscire ad ascoltarlo quasi tutto).

Alla fine, Marla era uscita di casa e mi si era avvicinata, dopo avermi intravisto dall'altra parte della strada. La signora mi aveva afferrato il braccio con la sua mano paffuta e unta e l'aveva stretto più forte che poteva.

«Ho sentito quello che hai fatto a Grace, e voglio dirti che solo perché mi trasferisco in Florida non significa che non la terrò d'occhio, per assicurarmi che stia bene. Quindi è meglio che ti volti e torni nel buco infernale da cui sei venuto, perché se sento che la stai seguendo, giuro su Dio che lo dirò allo sceriffo Jones, e mi assicurerò che ti mandi via dalla città a calci in culo. E se non funziona, ricorda: ho un *fucile*. E non ho paura di usarlo.»

Per quanto desiderassi vedere Grace, era abbastanza ovvio che il sentimento non era reciproco.

L'orologio ticchettava più lentamente a mano a mano che venerdì si avvicinava. Non vedevo l'ora di chiudere la questione per poter finalmente parlare con Tex, spiegarmi e chiederle perdono. Non ero così stupido da pensare che avrei davvero avuto un'altra possibilità con lei. Volevo solo non pensasse di essere stata nient'altro che un cerotto del cazzo.

East e Reign mi avevano detto che sarei stato uno stupido a salire sul ring. La mia mente era altrove; era con Grace.

Anche Max aveva suggerito che avrei fatto meglio a lasciare la città.

E invece io ero rimasto, se non altro per avere l'opportunità di rivedere Tex qualche altra volta prima che finisse la scuola.

Con indosso quel piccolo négligé, mentre interpretava Blanche.

Lei risplendeva, e io crollavo in pezzi.

22

GRACE

Tornai a lavorare al furgone due giorni dopo l'episodio della mensa. Non potevo permettermi il lusso di prendermi una pausa, anche se era esattamente quello che avrei voluto. Per fortuna, Karlie si era occupata della situazione e aveva licenziato West alla velocità della luce.

Mercoledì organizzai una festa d'addio per Marla. Era il minimo. Fu lo stesso giorno in cui le chiesi finalmente di dire a West di togliersi dalle scatole e di stare alla larga da me.

Non capivo a che tipo di gioco crudele stesse giocando. Non solo mi aveva conficcato una spada nel cuore, spezzandolo a metà davanti a tutti, girava anche intorno al mio isolato ogni giorno per ricordarmi cosa avessi perso.

Aveva fatto un passo indietro dopo che Marla gli aveva propinato il discorsetto del fucile, tuttavia ciò non gli impediva di lanciarmi sguardi ogni volta che ci incrociavamo alla Sheridan.

Non sapevo cosa volesse da me. Se non gli piaceva essere mio nemico, perché si era impegnato tanto a diventarlo?

«Il modo in cui ti guarda...» Karlie si lasciò sfuggire un sorriso vendicativo mentre eravamo a mensa giovedì, il giorno prima dell'incontro. Aprì una bustina di salsa piccante e la versò sul suo cestino di Doritos. «Come ci si sente ad avere ai propri piedi l'uomo più irraggiungibile della Sheridan University?»

«Piuttosto di merda» ammisi.

Quello che invece non volevo ammettere era che avevo la fastidiosa sensazione che West non fosse l'unica persona a tenermi d'occhio. Che ce ne fossero altre. Che mi stessero seguendo. Non riuscivo a individuare con esattezza cosa mi inducesse a pensarla così, ma la persistente sensazione di pericolo aleggiava nell'aria, gonfia e calda. Come se qualcuno mi stesse minacciando.

Ovviamente, raccontarlo a Karlie senza supportarlo con i fatti sarebbe stato esagerato.

«Be', se vogliamo guardare il lato positivo, ecco qualcosa su cui riflettere: dal modo in cui ti sta fissando, si capisce benissimo chi ha *davvero* scaricato chi.»

In ogni caso, l'infelicità di West non mi confortava per niente. Mi spingeva solo a odiarlo di più per averci imposto quella sofferenza senza motivo.

Come se le cose non avessero già raggiunto un allarmante livello di stranezza, Tess aveva iniziato a frequentare me e Karlie. Non glielo impedii. Ero troppo sfinita emotivamente per cacciarla via. E lei sembrava sincera. Pareva tornata a essere la ragazza che mi piaceva, prima che West posasse gli occhi su di me.

Forse stava crescendo. Forse stavamo crescendo tutti.

Sapevo che io sarei cresciuta senz'altro, con la decisione che stavo per prendere.

«Va bene, nonna, inizia lo spettacolo. Sei pronta?»

Sabato mattina aprii la portiera dello Chevy. Avevo dovuto annullare le prove del venerdì sera per preparare gli effetti personali della nonna, con l'aiuto di Karlie e Marla.

Era successo tutto all'ultimo minuto, ma quando la clinica ci aveva chiamate per informarci che si era liberato un posto, non avevamo perso tempo.

La casa di cura Heartland Gardens si trovava appena fuori Austin. In realtà avevo trovato la sua brochure in una delle alte pile che West mi aveva lasciato sulla scrivania. Era piena di immagini patinate di giardini botanici, spazi aperti e attività divertenti e offriva lezioni di ballo e serate di bingo. Aveva anche una piccola chiesa. Era considerata una delle strutture migliori dello Stato per le persone che soffrivano di problemi di salute, di demenza e di altri disturbi cognitivi.

In effetti, la clinica era specializzata nella cura delle persone con l'Alzheimer. E la cosa ancora più bella era che non mi ero mai presa la briga di guardare quella pila, ma West non solo aveva trovato potenziali case di riposo, le aveva anche chiamate una per una e aveva fornito loro un resoconto della situazione. C'era un biglietto attaccato alla brochure.

T,

ho condotto un po' di ricerche. Ho chiamato questo posto, ho preso la tessera sanitaria dalla borsa della signora S. e ho controllato. La tua assicurazione copre la maggior parte dei costi della clinica. Se la signora S. si sottoporrà a quei test e i risultati stabiliranno che ha bisogno di assistenza, hai trovato l'oro.

W.

Purtroppo, sapevo che i test sarebbero risultati positivi. Quindi avevo chiamato la Heartland Gardens. Il direttore mi aveva proposto un tour virtuale, dopodiché ero andata a vedere di persona. La nonna era stata per lo più fuori di testa quella settimana e, nelle ore in cui era lucida, aveva chiesto di West.

Non avevo avuto il coraggio di rivelarle che non lo avrebbe mai più rivisto.

«Allora. Che ne pensi?» Cercai di sembrare giocosa, felice, ora che io e nonna eravamo davanti alla sua nuova abitazione. Non riuscivo ancora a credere a quanto fossi stata fortunata a trovare posto subito.

La nonna scivolò giù dal sedile del passeggero mentre io le prendevo le valigie e le borse dal pianale del furgone, esaminando la regale facciata d'alabastro della clinica.

Sembrava una piccola villa. Prati ordinati e lussureggianti, un campo da tennis, una piscina e fiori curati in modo impeccabile.

C'erano casette singole e lussuose sparse intorno all'edificio principale, ma poiché nonna aveva bisogno di essere assistita, avrebbe alloggiato nel corpo centrale, in una stanza che assomigliava molto alla suite di un hotel a cinque stelle.

«Credo...» Si guardò intorno, la bocca spalancata. Signore, sperai che fosse abbastanza lucida da capire cosa stesse succedendo e che non mi disprezzasse per aver preso la decisione definitiva. «Penso che non possiamo assolutamente permettercelo, Gracie-Mae.»

Girai di scatto la testa verso di lei.

Gracie-Mae?

Miracolosamente, trovai la voce.

«Possiamo. Tutto ciò di cui abbiamo bisogno è eseguire alcuni test. E se si scopre che tu...» mi interruppi e presi un respiro profondo, «che sei idonea, come sia il direttore di questo posto che io pensiamo tu sia, ti verrà data una sovvenzione speciale da questa fondazione. Ho già parlato con loro. Non preoccuparti dei dettagli, nonna.»

Probabilmente mi sarebbe costato la metà di quello che davo a Marla, che era sempre costretta agli straordinari, e comunque, era proprio per quello che avevamo messo dei soldi da parte.

La nonna fissò quel luogo con stupore infantile, la mano rugosa premuta sul cuore. Avrei voluto che dicesse qualcosa, *qualsiasi* cosa, per darmi anche una pallida idea di quello che le passava per la testa. Sapevo di non poter più badare a lei in casa. Non solo per il mio bene. Anche per il suo.

Aveva bisogno di cure professionali.

E anche di compagnia.

Aveva bisogno di interagire con persone della sua età e di allontanarsi da Sheridan, una città infestata da ricordi che le spezzavano il cuore e l'anima.

Mia madre.

Il mio defunto nonno.

L'incendio.

E forse persino io.

«Oh, Gracie-Mae...» Si prese la parte superiore del vestito e chinò la testa. Con mia sorpresa, notai che aveva le lacrime agli angoli degli occhi che minacciavano di traboccare. «Questo posto è bellissimo. Non so se me lo merito. È troppo elegante. Probabilmente penseranno che io sia una campagnola.»

«Nonna!» la rimproverai, come se fossimo di nuovo quelle di un tempo e realizzando, per la prima volta, che non lo eravamo – non lo saremmo mai più state – e che andava bene anche così.

«Che c'è?»

«Sono fortunati ad averti qui.»

«Non sono sicura che sopravvivranno a tua nonna, dolcezza, ma non è un mio problema.»

Una graziosa infermiera di mezza età con l'uniforme celeste neonato si precipitò su di noi dalle porte automatiche e prese le nostre valigie.

«Salve! Signora Shaw?» Rivolse un sorriso brillante alla nonna, e la coda di cavallo castana ondeggiava in perfetta armonia con il suo approccio solare. «Sono l'infermiera Aimee e sono qui per aiutarla a sistemarsi. Siamo *così* entusiasti di conoscerla finalmente. La sua compagna di stanza, Ethel, la sta aspettando. È davvero un peperino, però sua nipote mi ha detto che anche lei non scherza. Ho la sensazione che andrete d'accordo.»

Qualcosa comparve sul viso della nonna.

Un misto di eccitazione e timidezza che non le avevo mai visto prima.

La accompagnai dentro, tenendola per mano. Si guardò attorno timorosa, come se temesse di essere sgradita. Mi resi conto che era quanto successo nella nostra città. Quello aveva imparato ad aspettarsi dalle persone. Che la condannassero perché era la madre di Courtney Shaw e la nonna del mostro che aveva dato fuoco alla sua stessa casa.

Quella era la sua possibilità di rinascita. Di diventare una fenice. Di ricominciare, spiegare le ali e volare.

Perché avevo aspettato così tanto? Perché avevo avuto tanta paura? Perché non ero riuscita a darle prima il dono di essere trattata come meritava?

Perché mi sentivo in colpa. E il senso di colpa spingeva a comportamenti folli, come mi aveva dimostrato West.

L'infermiera Aimee ci condusse alla reception, dove intrattenne la nonna mentre io finivo di sbrigare le pratiche con il direttore nel back office.

Ogni volta che guardavo la nonna e Aimee dalla vetrata dell'ufficio, il cuore rischiava di scoppiarmi.

Fu così che capii di aver preso la decisione giusta.

Passai sei ore a Heartland Gardens, per aiutare la nonna a sistemarsi nel nuovo alloggio. La sua compagna di stanza, Ethel, era davvero lì e ci rimase per dieci minuti, poi la salutò rapidamente e le chiese se aveva bisogno di aiuto, e quando la nonna disse che la sua bellissima nipotina aveva tutto sotto controllo, Ethel si scusò e corse fuori, perché non voleva perdersi la lezione di hot yoga.

«Non mi vergogno di dire che sono innamorata cotta di un certo gentiluomo.» Strizzò l'occhio alla nonna. Le sopracciglia di quest'ultima schizzarono verso i suoi riccioli d'argento.

«Non sapevo che le persone qui potessero fidanzarsi.»

«Oh, a volte succede anche quello. Ma io sto parlando dell'istruttore di fitness che ha trent'anni! È lui quello per cui sbaviamo tutte.»

L'infermiera Aimee, la nonna ed Ethel scoppiarono a ridere. Sorrisi anch'io sotto i baffi, mentre ripiegavo i vestiti nell'armadio e sistemavo i suoi cosmetici sul comodino come piaceva a lei.

Salutarla fu la parte più difficile. Sapevo che era ora di andarmene, però non avrei voluto prima di sapere quale sarebbe stata la sua reazione nei panni dell'*altra* nonna. Quella che pensava io fossi Courtney o la figlia del Diavolo.

«Vai e basta. Non diventerà più facile se resti qui per vedere il crollo. Perché il crollo *arriverà*. Succede sempre. Comunque, subito dopo aver ottenuto i risultati dei test, potremo stabilire una terapia adeguata e i suoi sbalzi d'umore diminuiranno» mi rassicurò Aimee.

Desideravo spiegarle che la nonna non voleva prendere nessuna medicina per i suoi disturbi, tuttavia mi limitai ad annuire. Aveva ragione. Non potevo tenere la nonna nella bambagia per sempre.

Tuttavia, quando tornai al pick-up, per i primi dieci minuti mi limitai a fissare la struttura e lasciare che il senso di colpa mi consumasse. Nonna Savvy mi aveva cresciuta. Era l'unica figura materna che avessi mai conosciuto. E ora l'avrei incontrata nei finesettimana, solo per brevi visite. Non avrei più vissuto con lei. Era la fine di un'epoca.

Mi allungai verso il vano portaoggetti e tirai fuori una busta che mi aveva lasciato Karlie. Una lettera che mi aveva chiesto di aprire solo dopo aver lasciato nonna. Immaginavo volesse assicurarsi che io andassi fino in fondo.

Tolsi la lettera dall'involucro.

Shaw,

hai fatto la cosa giusta. Sono fiera di te. Ora togliti quell'anello con la fiamma rotta. Ormai sei perfettamente in grado di smettere di aggrapparti alle ceneri di tua madre.

#lafenicevince.

Karlie

Gli occhi mi si riempirono di lacrime. Feci quello che mi aveva chiesto. Mi sfilai l'anello e lo misi nella busta, poi la richiusi. La carta tra le mie dita si bagnò di lacrime. La posai sul sedile del passeggero, tirai su col naso e presi il telefono per la prima volta dopo ore.

Lasciai scorrere il dito sullo schermo e il respiro mi si bloccò in gola. Venticinque chiamate senza risposta.

Easton Braun
Forse: *Tess Davis*
Karlie Contreras
Numero bloccato

C'erano anche dei messaggi:

Easton Braun: Sono Easton. Ho provato a telefonarti.
Easton Braun: Per favore, richiamami.
Easton Braun: È un'emergenza. Per favore.
Tess Davis: Hai saputo di West???
Tess Davis: Non hai intenzione di fare niente al riguardo?
Karlie: Devi chiamarmi quando vedi questo messaggio.
Easton Braun: RISPONDI A QUESTO CAZZO DI TELEFONO GRACE.
Tess Davis: Dimmi se hai bisogno di parlare. <3
Karlie: Ma insomma. Il mondo sta implodendo e tu probabilmente sei a giocare a bingo con le vecchiette laggiù, Shaw.

Quel giorno non avevo controllato il telefono di proposito, perché non volevo interruzioni, e di sicuro non volevo conoscere l'esito dell'incontro tra West e Appleton.

Alla fine, mi ripresi dallo shock e decisi di chiamare Easton. Sapevo che era la persona che con più probabilità sarebbe stata accanto a West, perciò aveva senso contattarlo per primo.

Rispose dopo mezzo squillo. Sembrava proprio che ci stessimo telefonando nello stesso momento.

«Pronto? Easton? Sono Grace.»

«Grace!» urlò, sembrava affannato. Sentii i suoi passi cigolare su un pavimento di linoleum. «Gesù Cristo, tutto il mondo ti sta cercando.»

«Sta bene?» Nonostante gli sforzi, la voce mi tremò.

Non volevo preoccuparmi.

Poi Easton pose la domanda che nessuno nel ricevere cattive notizie vorrebbe sentire.

«Sei seduta?»

23

WEST

La sera prima.

«Porca puttana, amico. Sei in ritardo di quaranta minuti!» Max mi salutò gettandomi le braccia al collo, neanche fossimo una coppia o che cazzo ne so. Lo spinsi fuori dalla mia visuale, facendolo inciampare all'indietro e cadere sul culo. Mi aprii la strada a zigzag verso lo Sheridan Plaza, il rumore della mia Ducati che si accasciava dietro di me mi risuonò nelle orecchie.

Avevo dimenticato di parcheggiarla bene. Che peccato.

Potevo dire addio alla mia preziosa vernice del cazzo. *Scusa, Christina.*

Inciampai sui miei passi, marciavo come un soldato. Prima mettevo la parola fine all'intera faccenda, meglio era. Max si era rialzato ed era riuscito a raggiungermi, a malapena, chiedendo aiuto. East, Reign e Tess gli apparvero al fianco.

«Ah, caspita. C'è un West più fuori di testa di *Kanye* West» commentò Reign sarcastico. Tess si portò una mano sulla bocca e scosse la testa mentre mi giudicava severamente.

«Oddio, Westie.»

«Cavolo. È sbronzo.» East si portò un mio braccio sopra la sua spalla. Reign mi sorresse dall'altro lato. Tess correva dietro di noi, un topolino curioso che avrei voluto lanciare in pasto ai leoni.

«Devi annullare l'incontro, Max» insistette East. «Non può combattere. Non riesce nemmeno a stare dritto.»

«Ceeerto che posso» farfugliai, poi li spinsi via per cercare di far valere il mio punto di vista. East e Reign mi lasciarono andare e, come previsto, riuscii a stare in piedi.

Visto? Nessun problema. Ero perfettamente in grado di...

Bam!

Mi ci vollero diversi secondi per rendermi conto che il calore che si diffondeva sulla mia guancia non era dovuto al fatto che ci stavo pisciando contro.

«Sono caduto di faccia, vero?» La mia voce era attutita dal pietrisco che mi si attaccava alla lingua. Da quando il selciato era così bello e confortevole? Era super comodoso.

«Comodoso esiste come parola?» chiesi.

Sentii East mugugnare.

Max sospirò. «Vado a parlare con Shaun. Vediamo se possiamo rimandare di qualche ora. Di sicuro non possiamo annullare. Lo hanno specificato in modo piuttosto chiaro e io voglio mantenere entrambe le palle intatte.»

«L'incontro ci sarà» affermai e mi tolsi la polvere di dosso, alzandomi piano. Avevo il mal di mare. Un effetto collaterale prevedibile se uno si scolava una bottiglia intera del whisky più scadente che trovava al supermercato. «Salirò su quel ring e metterò fine a questa storia.»

«Sei pazzo?» tuonò Tess dietro di me.

Mi voltai per affrontarla. Avevo un problema con la signorina Davis. Non solo perché mi era comparsa davanti, ma perché vedevo più immagini di lei. Si confondevano fra di loro, come tante sagome di Tess ritagliate che formavano una fisarmonica di carta.

«Quali crimini atroci posso aver commesso in una vita precedente per meritare di vedere sei Tess?» riflettei ad alta voce. Il bisogno di vomitare fu come un pugno nello stomaco. «E pensare che è bastata una sola maledetta Tess per rovinare le cose tra me e la mia ragazza.» Mi sporsi in avanti, per picchiettarle il naso. Lo mancai di pochi centimetri e le colpii l'occhio. *Peccato, ritenta.*

Reign si mise in mezzo a noi e allontanò la mia mano, le sopracciglia aggrottate.

«*Ex* ragazza ormai, e non scaricare la colpa su Tess. Non ti ha suggerito lei di nascondere la verità a Grace. Pensavi davvero che nessuno glielo avrebbe detto?»

«Speravo di aggiornarla una volta arrivati più vicino alla data dell'incontro. Hai raccontato a Tess che stavo tenendo nascosto l'incontro a Grace, e lei glielo ha riferito perché le mancava troppo il mio uccello.»

Il mio ringhio uscì con un rutto. Che classe.

«Mi dispiace, va bene?» Tess sussultò. «Mi dispiace davvero. Non avrei mai pensato che sarebbe finita così male. Non volevo rovinarti le cose. Solo rendertele... difficili.»

Il mio telefono squillò nella tasca. Ignorando le scuse di Tess, armeggiai per tirarlo fuori. Max stava camminando avanti e indietro, parlava al telefono, probabilmente stava raccontando cazzate ad Appleton e alla sua ciurma.

Controllai lo schermo.

Mamma

Quanto ero ubriaco per arrivare a pensare che potesse essere Grace?

Avevo avuto la mia possibilità. Ne avevo avute diverse, se proprio dovevo essere sincero con me stesso. E avevo mandato tutto a puttane. La buona notizia era che finalmente pensavo in modo lucido. Sapevo come dovevo comportarmi per assicurarmi che Grace fosse salva.

«Sembra che stia tramando qualcosa, il che non è un buon segno, considerato lo stato in cui si trova.» La voce di Easton trafisse il simultaneo prostrarsi di Reign e Tess. Dicevano che mi avrebbero portato dell'acqua e qualcosa da mangiare. Mi ci vollero alcuni minuti per riprendermi, prima che qualcuno mi appoggiasse contro il muro, come se fossi un mobile. Al piano di sopra, si sentiva la folla che urlava e applaudiva.

Locale pieno. Biglietti esauriti. Pacchetto completo.

E io ero clamorosamente in ritardo.

Pochi minuti dopo, Max terminò la chiamata. Un topo di laboratorio dell'ultimo anno corse da noi con un panino incartato e una bottiglia d'acqua.

«Ecco.» Passò il tutto a Easton, che mi sbatté sul muso panino e bottiglia. «Manda giù. Fino alla fine.»

«Vuoi che mi pisci addosso al secondo round?» mormorai mentre masticavo un boccone stantio. Chi aveva preparato quel panino? Era il non plus ultra dello schifo. Il pane era acido, il formaggio troppo molle e il prosciutto probabilmente aveva la mia età.

Cazzo, mi mancava il cibo del Taco Truck.

«Se farti pisciare addosso significa interrompere l'incontro, allora sì» sibilò East a denti stretti.

«Niente fermerà questo combattimento» ribattei piatto. «E non provarci neanche, cazzo.»

«Perché è così importante per te?» Reign si accovacciò accanto a me. «Non so come dirtelo, ma non vincerai mai, non nelle condizioni pietose in cui ti trovi. Accidenti, potrei metterti contro una cheerleader in questo momento e perderesti comunque.»

«Una cheerleader morta» sottolineò opportunamente Max.

«Non metto le mani addosso alle ragazze» mormorai. *A differenza di quell'idiota di Appleton.*

«Non ci arriveresti neanche, a quel punto. La confonderesti con una scatola di cartone e lei, intanto, ti tirerebbe il primo pugno.» Reign mi diede una pacca rassicurante sulla spalla.

Un po' di tempo dopo – un'ora, una settimana, un cazzo di minuto, non lo sapevo neanch'io – Max batté le mani e annunciò: «Okay, è arrivato il momento della verità. Non posso più rimandare. Sono un organizzatore di eventi, non un mago».

«Sei uno stronzo di prima categoria, e pagherai per averlo costretto con l'inganno ad accettare un incontro da cui non può ritirarsi.» Easton scoprì i denti e mi tese una mano. Max sussultò visibilmente. Con riluttanza, lasciai che Easton mi tirasse su. Diedi un'occhiata alla scalinata che portava al ring, mentre dei passi risuonavano sul selciato.

«Ehi.» Tess mi posò una mano sul petto. La scacciai. Non ero in vena di parlare con la persona che aveva trasformato una palla di neve in una cazzo di tormenta.

«Giù le mani, Tess.»

«Mi dispiace, okay? Guardami.» Mi prese per le guance.

Nonostante fossi ubriaco – e anche tanto – potevo comunque scorgere il rammarico nei suoi occhi.

«Non avrei mai pensato che sarebbe andata così. Ero amareggiata e gelosa, non riuscivo a capire perché Grace stesse ottenendo tutto ciò che avevo desiderato per me. Volevo scatenare una piccola crisi, non una vera e propria catastrofe.»

Le afferrai i polsi, allontanandole le mani. «Scusa se la mia tragedia non è ritagliata su misura per il tuo culo.»

Mi voltai per andare di sopra e togliermi il pensiero, quando i miei pettorali si scontrarono con quelli di qualcun altro.

Guardai in basso.

Appleton.

Era sudato e a torso nudo, sul viso una quantità di vasellina sufficiente a insaponare la Statua della Libertà.

«St. Claire. Ho sentito che hai una ragazza e che le piacciono... i *toast.*»

Emise una risata acida, mostrava i denti storti e mi spingeva. Shaun e un altro pagliaccio della sua ciurma gli erano al fianco e ridacchiavano in modo maligno.

Non che mi aspettassi qualcosa di meglio da tre persone che insieme avevano un QI pari a dodici, tuttavia non riuscii a resistere alla tentazione e gli tirai un pugno dritto sul naso, che lo fece caracollare all'indietro mentre il sangue gli usciva dalle narici in due spessi rivoli.

«Checcazzo!» piagnucolò Appleton, e si premette la radice del naso. Agitò una mano davanti alla mia faccia. «Eccolo che ci prova di nuovo. Tira pugni prima che suoni il gong.»

«Hai mandato i tuoi scagnozzi nel posto in cui lavoro, stronzo.»

«Non puoi dimostrarlo.»

«Posso dimostrare che posso ucciderti.» Scoprii i denti.

«Tutto per colpa di una ragazza.» Sbuffò, il sangue gli colava sul mento. «Qualcuno qui è schiavo della fica.»

Stavo per correggerlo e affermare che Grace non era la mia ragazza – non più, almeno – però mi trattenni. Quella era una delle ragioni per cui Grace aveva sempre nutrito dei dubbi. Non avevo mai riconosciuto la nostra relazione. Non le avevo mai tenuto la mano in pubblico. Non l'avevo mai baciata davanti a tutti. Non avevo mai mostrato al mondo cosa provavo per lei.

Sapevo anche che Kade Appleton non avrebbe lasciato in pace Grace. Che prima o poi sarebbe arrivato a lei, perché era legata a me e io ero un tasto dolente per lui.

A meno che...

A meno che non avessi perso. In maniera clamorosa. A meno che non gli avessi consegnato il mio culo sul ring. A meno che non lo avessi lasciato vincere. Adesso era tutto chiaro.

Tutti avevano un momento da fenice.

Quello era il mio.

Mi avviai alle scale, superando con disinvoltura Appleton.

«Andiamo, forza. Mettiamo fine a questa pagliacciata.»

Mi seguì, lasciando dietro di sé una scia di gocce scarlatte. Entrai come una furia nel ring improvvisato, sgomitando tra la calca fitta e rabbiosa. Appleton mi stava alle costole. Dietro di noi, Shaun, Max, East, Reign e Tess cercavano di tenere il passo.

Mi voltai per affrontarlo. «Fatti sotto.»

Sapevo che non avrei vinto.

Che non mi sarei impegnato per vincere.

Non avevo mai truccato un incontro in vita mia, ma per Grace Shaw ero disposto a mandare giù l'amaro boccone.

Max ci guardava, incerto. Ero ancora molto lontano dall'essere sobrio, ma ero comunque pericoloso.

«Pronti?» domandò Max.

«Cazzo, sì.»

Mi avventai su Appleton, fingendo di fregarmene di quello che sarebbe successo.

E lo spettacolo ebbe inizio.

Ricordavo solo frammenti dell'incontro.

Appleton che mi tirava un pugno sulla mascella, facendomi volare e schiantare su una pila di casse di legno.

Io che fingevo di provare a schivarlo quando mi sferrava un calcio circolare agli addominali.

Appleton che mi dava una gomitata al fianco. L'improvvisa ondata di dolore nel rendermi conto che era riuscito a fratturarmi una o due costole.

Io che mi contorcevo sul pavimento impegnato nei gargarismi con il mio sangue come se fosse collutorio.

Continuavo a ripetermi che, se avessi perso, non sarei dovuto andare a letto ogni sera preoccupandomi di quello che Kade Appleton e quegli stronzi dei suoi amici avrebbero potuto fare a Grace. Lei era il mio tallone d'Achille. Non importava come sarebbero andate le cose, Kade aveva bisogno che il suo orgoglio fosse risanato, e io? Il mio ego non valeva la metà di quello che Grace valeva per me.

Tutto si era mosso al rallentatore. I cori eccitati intorno a noi si erano trasformati in grida di panico quando la gente aveva iniziato a chiedere a Max di interrompere il combattimento. Ma per quanto pregassi un Dio che non ero nemmeno sicuro che esistesse affinché Kade mi mandasse definitivamente al tappeto e mettesse fine alla mia infelicità, il colpo finale non arrivava mai.

A un certo punto, avevo pensato di simulare un KO, però non mi fidavo delle mie capacità di sembrare svenuto. Tuttavia, non reagivo. Non fingevo neanche di provarci. Non era un combattimento. Ero io che lasciavo che Appleton mi stracciasse, era la mia punizione per averlo sconfitto.

Kade mi aveva spinto al tappeto e aveva provato una mossa di Jiu-Jitsu, anche se sembrava più che volesse mangiarmi il culo. Era stato in quel momento, mentre eravamo pressati l'uno sull'altro, che avevo gracchiato con la bocca sanguinante.

«Finisci il lavoro. Sai che ho rinunciato a combattere ancora prima di salire sul ring, perché la tiri tanto per le lunghe?»

«Lo so benissimo, St. Claire.» Mi mostrò un sorriso parzialmente sdentato. «Ma vincere non mi basta, capisci? Prima voglio umiliarti.»

Mi svegliai in terapia intensiva il giorno dopo.

Mi guardai intorno, mentre riprendevo gradualmente i sensi, e scoprii che ero attaccato a una flebo, con il polso monitorato, pieno di bende e avevo una mano ingessata...

I miei occhi si spostarono in basso. Indossavo un camice da ospedale. Non ne avevo mai infilato uno prima. Insomma, non pensavo che l'azzurro polvere fosse il mio colore, cazzo.

«Buongiorno, raggio di sole!» La voce di Easton sembrava troppo forte e allegra per l'occasione. La porta si spalancò e lui entrò rilassato. Chiusi gli occhi, rifiutandomi di affrontare le sue stronzate prima di aver bevuto una tazza di caffè forte.

«È bello vederti sveglio. Ci hai procurato un bello spavento ieri sera.»

«Perché parli come se avessi ottant'anni?» gracchiai, cercando di ingoiare un po' di saliva. *Pessima idea.* Non ne avevo neanche una goccia, di saliva. La mia gola era più asciutta delle ragazze che si scopava Max. Grugnii.

East si sedette accanto a me su uno sgabello e sentii altri passi che si muovevano per la stanza. Non era l'unico a trovarsi lì, tuttavia non avevo nessuna intenzione di riaprire gli occhi per scoprire chi fosse.

«Sei quasi morto ieri sera» puntualizzò East.

«Grazie, Capitan Ovvio. Non hai altri posti dove andare? Forse devi metterti vicino all'Hudson e dire ai turisti che è bagnato, o andare in Alaska e sottolineare che il clima è molto freddo?»

«Oh Dio, non ha perso solo un dente. Anche il suo senso dell'umorismo ha subito dei danni.» Reign espirò in modo teatrale dall'altro lato della stanza.

Ebbi un tuffo al cuore nel sentire la sua voce. Chi diavolo mi aspettavo di trovare?

Grace. Aspettavo Grace.

«I tuoi genitori stanno arrivando e non voglio sentirti fiatare in proposito» mi avvertì East. «Per poco non hanno avuto una sincope quando hanno saputo cosa ti è successo.»

Il mio primo istinto fu quello di staccargli la testa a morsi per averglielo detto. Poi capii che non aveva avuto molta scelta. In che altro modo avrebbe potuto spiegare la bella gita in ospedale?

Il che mi portò alla domanda successiva.

«Cos'hai detto al personale dell'ospedale?»

«Acrobazie con la moto.» Reign si lasciò cadere sul letto accanto a me. «È stato facile crederci, visto come è stata ridotta la povera Christina da Kade e dai suoi schiavetti subito dopo l'incontro» spiegò. «Spero che tu non contassi su un bel giretto, perché la tua moto non è molto in forma in questo momento.»

Borbottai, con gli occhi ancora chiusi.

«Secondo Max, Appleton è tutto felice e contento ora, quindi almeno sappiamo che non cercherà di combinare altre cazzate» East mi offrì un bicchiere mezzo pieno. Di piscio.

«Sono in brodo di giuggiole.»

«Chi ha ottant'anni adesso?» East aprì una lattina di Coca-Cola e me la portò alle labbra, senza preoccuparsi di fornirmi una cannuccia. *Stronzo.* Bevvi piano, lasciai che il liquido mi bruciasse la gola. Era buono.

«Qual è il verdetto?» Alla fine, aprii gli occhi e mi indicai il viso.

«Naso rotto, tre dita fratturate prima del combattimento, due costole incrinate e una quantità indefinita di lividi.» East contò con le dita.

«Non è contro la legge fornire informazioni sanitarie personali a chi non è parte della famiglia?» Aggrottai la fronte.

«Oh, il personale medico non mi ha fornito queste informazioni. Ma ho due occhi che funzionano» disse Easton impassibile.

«Comunque non è per questo che abbiamo trascinato il tuo culo al pronto soccorso» confessò Reign dall'altra parte. «Solo che al termine dell'incontro hai deciso di concederti un lungo pisolino per terra, e dopo dieci minuti non riuscivamo a svegliarti. Easton era convinto che avessi una commozione cerebrale. Alla fine, Tess, ovvero la mia ragazza, che hai trattato di merda, ha preso la decisione finale di chiamare un'ambulanza. E meno male, perché a quanto pare alcuni dei tuoi organi interni erano tumefatti. Odi ancora la mia ragazza?»

«Sempre» riuscii a gracchiare. Lui rise, dandomi un colpetto alle costole. Imprecai.

«Sei scemo? Me le sono appena rotte.»

«Questo è per essere andato a letto con la mia ragazza.»

«A tal proposito...» Mi voltai verso di lui, gli afferrai il polso e glielo girai fino quasi a romperlo. Reign emise un grido. «Questo è per aver insultato la mia ragazza.»

Ci stavamo comportando come dodicenni, ma se c'era un momento per comportarsi in quel modo... era proprio quello, perché almeno potevo dare la colpa agli antidolorifici.

«Per l'ultima volta, St. Claire, non è più la tua ragazza.»

«Questo lo vedremo.»

I miei occhi si posarono su Easton. Non avevo bisogno di chiederglielo ad alta voce. Lui sapeva benissimo quello che volevo sapere.

Dov'è lei?

Stava venendo da me?

Sapeva cosa avevo combinato?

Il perché delle mie azioni?

La gola di East sussultò. Il mio amico distolse lo sguardo, cominciò a togliere dal sacchetto di plastica gli snack che mi aveva portato e a riporli sul comodino.

«Stiamo cercando di contattarla. Sono sicuro che presto risponderà.»

«Sì» aggiunse Reign in tono allegro. «È il finesettimana. La gente non sta mica in casa a fissare il telefono.»

«Verrà.» Easton mi accarezzò la mano.

«Sulla tua faccia. Molte volte. Vedrai. Le ragazze adorano quando prendi le botte per loro. Tu sei quasi morto per lei» mi fece notare Reign. «Questo vale almeno un paio di pompini, no?»

Chiusi gli occhi e mi addormentai, avrei voluto non svegliarmi più.

24

WEST

Quando mi svegliai di nuovo era sera tardi.

Nella stanza c'erano i miei genitori, le loro sagome erano unite, avvolte insieme dall'oscurità. Stavano vicino alla finestra, abbracciati, esattamente come li avevo visti sulla neve la mattina in cui Aubrey era morta.

Il nodo alla gola che conoscevo così bene si strinse. Per un attimo fui tentato di fingere che stessi ancora dormendo. Ma se c'era una cosa che Grace Shaw mi aveva insegnato a questo mondo, era che scappare dai tuoi problemi era una pessima idea, perché ti tornavano sempre indietro e ti mordevano il culo.

Mi raddrizzai sul letto e mi schiarii la gola con più forza del necessario.

I miei si girarono contemporaneamente. La mamma non ansimò e non pianse. I suoi occhi seguirono il mio viso come dita, toccandomi con dolcezza. Papà, che sembrava più vecchio di dieci anni rispetto all'ultima volta che lo avevo visto, quasi cinque anni prima, sussultò, come se fosse stato lui a subire i colpi di Appleton.

«Figliolo.»

Una sola parola, che sembrava provenire dal fondo dell'oceano e risuonarmi in tutto il corpo.

I miei genitori sembravano esausti e tra tutti e due dovevano aver perso una decina di chili. Li riconoscevo a stento, e sapevo che in grandissima parte era colpa mia se erano ridotti così.

Papà fu il primo a correre da me. Si chinò sul letto, tutto il suo corpo sfiorò il mio nell'abbraccio più delicato e meno invadente che avessi mai ricevuto. Non ci abbracciavamo da mezzo decennio.

«Puoi stringermi, papà. È la tua unica possibilità di abbracciarmi senza che io mi sottragga» borbottai. Sentii il suo corpo caldo tremare contro il mio mentre stringeva la presa. Rideva e piangeva nello stesso tempo. Quando si alzò e si allontanò, fu il turno della mamma.

Lasciai scorrere gli occhi su entrambi, rivolsi loro un sorriso asimmetrico.

«Vi siete preoccupati perché non ho mandato i soldi questa settimana, eh?»

Era un commento schifoso; eppure, era tipico da parte mia dire una cosa del genere. Nessuno dei due fece una smorfia o si scusò. Gli occhi della mamma erano severi. Qualcosa era cambiato dall'ultima volta che l'avevo vista. La sua espressione era più simile a quella che aveva quando Aubrey era ancora viva. La determinazione le illuminava lo sguardo, insieme alla promessa di infliggermi le pene dell'inferno se mi fossi comportato male.

«Siamo qui per dirti che non lasceremo che tu ti uccida per quello che è successo ad Aubrey. Capiamo che sei sconvolto. Anche *noi* siamo sconvolti. Saremo sempre sconvolti. Abbiamo perso la nostra cara bambina. Ma per Dio, West Camden St. Claire, non perderemo un altro figlio. Non per il dolore. Non per i sensi di colpa. Per *nessun* motivo. Mai più. Tu vivrai più a lungo di noi e ti godrai la vita, per la miseria.»

Raddrizzò la schiena e mi guardò negli occhi con una ferocia che mi provocò i brividi.

«Mi odio.» L'ammissione mi uscì dalle labbra con un gracidio. «Da morire, cazzo. E non capisco come possiate voi non odiarmi.»

«Non è colpa tua.» Papà mi prese la mano. Io distolsi lo sguardo. Le probabilità di piangere stavano diventando troppo elevate per rischiare il contatto visivo. «Anche se lo fosse... ti ameremmo comunque, ti perdoneremmo comunque. Potevi gestire la situazione diversamente? Sì. Ma è andata come è andata. Non hai commesso un crimine, West. Le conseguenze delle tue decisioni sbagliate sono state eccezionalmente tragiche.»

«Ho infranto la promessa che avevo fatto ad Aub.»

«Tutti infrangiamo le nostre promesse a volte.» La mamma mi prese l'altra mano e ora non avevo nessun posto dove guardare, perché i miei genitori erano ovunque. Non potevo più evitarli. Sparire. Schivarli. Fingere di poterli zittire con un assegno.

«Non è mai stata una questione di soldi.» Una lacrima calda cadde dal viso di papà sul mio braccio. «Non abbiamo mai voluto che ci dessi del denaro per uscire da questa situazione. All'inizio, abbiamo pensato che forse era il tuo modo per affrontare il dolore, per calmare i tuoi demoni.

Quando ci siamo resi conto che c'era dell'altro, era troppo tardi. Eri lontano e non sapevamo come ritrovarti.»

«Siamo stati un disastro» intervenne la mamma. Mi voltai a guardarla. Anche lei piangeva. «Il periodo che abbiamo attraversato subito dopo la morte di Aubrey...»

«Ne avevate tutto il diritto» la interruppi, la voce impastata dalla commozione.

Non piangere. Non osare piangere, cazzo.

Era passato così tanto tempo dall'ultima volta che mi ero concesso di provare delle emozioni, che non ero più sicuro di poterci riuscire, pur volendo.

«No. *Non* ne avevamo il diritto, Westie. Avevamo ancora te a cui pensare, di cui prenderci cura. Invece di considerare le conseguenze, ci siamo abbandonati alla depressione.»

«La depressione non è qualcosa a cui ti abbandoni. Ti afferra per un piede come Pennywise e ti trascina in una fogna profonda e buia, piena di merda. La depressione non è mai colpa tua. Quindi non scusarti per questo.»

Non potevo più trattenermi. Mi bruciavano gli occhi e il naso, una lacrima calda mi rigò la guancia. L'asciugai svelto con il palmo della mano.

«Ti vogliamo bene, Westie.» La mamma chinò la testa e la seppellì nella mia spalla. «Ti amiamo così tanto. Non abbiamo mai voluto i soldi. Volevamo solo parlare con te. Rivogliamo nostro figlio e non accetteremo più neanche un centesimo da parte tua d'ora in avanti. Quando Easton ci ha spiegato in cosa eri coinvolto per aiutarci a pagare i nostri debiti, sai cosa ho fatto?» chiese lei.

Hai subito rinnegato tuo figlio per essere stato un cretino patentato?

«Ho dato a Easton uno schiaffo in faccia perché non ce lo aveva detto prima. Perché non ci aveva mai avvertiti. Hai rischiato la vita ogni venerdì per aiutarci. Per favore, perdonami per non aver saputo cos'hai passato negli ultimi cinque anni.» Mi afferrò le guance tra le mani. Faceva un male da morire, ma non era il momento di puntualizzarlo. «So che è chiedere molto, tuttavia sono disposta a lavorare sodo per dimostrarti cosa significa per me.»

Un'altra lacrima traditrice mi scese lungo la guancia.

Aprii la bocca e pronunciai le due parole più liberatorie del mondo.

«Ti perdono.»

GRACE

Il sole era tramontato dietro gli alti alberi quando lasciai il pick-up nel parcheggio dell'ospedale, ed era quasi completamente buio. Il traffico era stato folle, avevo trovato due incidenti lungo il tragitto e quasi tutte le strade erano bloccate a causa dei festival. Ogni momento lontano da West mi faceva sprofondare nella disperazione, ed ero così preoccupata che tutta l'ansia per il primo giorno di Nonna Savvy a Heartland Gardens era scomparsa come per magia.

West era sveglio quando arrivai.

Tess fu la prima a salutarmi, mi gettò le braccia al collo. «Grace! Sono così felice che tu sia qui. Si è appena svegliato.» Le accarezzai goffamente la schiena, allibita. Era strano essere di nuovo in buoni rapporti con lei dopo tutto quello che era successo, ma se c'era una cosa che avevo imparato grazie a West era che anche se il perdono partiva svantaggiato nella battaglia dei sentimenti, doveva vincere sempre.

Easton e Reign erano rannicchiati su delle strette sedie fuori dalla stanza di West, sonnecchiavano in posizioni che non potevano in alcun modo essere comode. Tess mosse un passo indietro per scrutarmi. «Easton dice che ha chiesto di te.»

L'euforia mi ribollì nello stomaco e mi sforzai di mandarla giù.

«Soffre molto?»

Tess annuì lentamente. «Non sono ancora entrata. Non pensavo che sarebbe stato contento di vedere la mia faccia dopo ciò che è successo. Però Reign e Easton dicono che ha visto tempi migliori. Vai. Ti sta aspettando.»

Aprii la porta proprio nel momento in cui i suoi genitori stavano uscendo. Riconobbi subito la madre. Una donna minuta con lineamenti marcati e pelle scura. Mi strinse in un abbraccio, come per darmi la carica.

«Grace. Grazie per essere venuta a trovare Westie.»

«Si figuri.» Le accarezzai il braccio e sorrisi con aria nervosa. «Sono venuta appena ho potuto.»

«Ho pregato ogni notte che voi due risolveste le cose. Sono contenta che tu sia qui» affermò Caroline. Mi sfuggì una smorfia, perché io e West eravamo lontanissimi dall'aver risolto le cose.

West emise un basso gemito da dentro la stanza. I suoi genitori bloccavano la visuale, quindi non potevo vederlo.

«Basta così, mamma.»

Caroline alzò gli occhi al cielo in modo esagerato, il che mi fece battere il cuore, perché se riusciva a scherzarci sopra, forse lui non era messo così male come sembrava.

«Prenditi cura di mio figlio.»

Mi baciò sulla guancia e se ne andò.

Chiudendomi la porta alle spalle, mi girai per guardarlo. Il calore mi salì fino al collo.

Aveva un aspetto orribile.

Aveva il naso fuori posto, gli occhi gonfi e viola, e sembrava fosse stato ricucito insieme cinque volte, trasformato in un West che a stento riconoscevo e che era molto diverso dall'impeccabile Adone che ricordavo.

Un urgente bisogno di distogliere lo sguardo si impossessò di ogni fibra del mio corpo, tuttavia riuscii a resistere e mantenni gli occhi fissi su di lui.

Ti ha amato nei tuoi momenti peggiori, sapendo che aspetto hai. Ora è il momento di dimostrare che lo ami così com'è. Con le cicatrici e tutto il resto.

«Come ti sembro?» Indicò sé stesso con la mano ingessata, facendomi l'occhiolino senza alcuna allegria.

«Vivo» la voce mi si spezzò a metà della parola. «Il che è più di quanto potessi desiderare, tutto sommato. East al telefono mi ha raccontato che ti sei presentato ubriaco e non hai nemmeno provato a combattere. Che diavolo ti passava per la testa?»

A ogni passo che muovevo nella stanza, i miei muscoli si distendevano. I suoi amici gli avevano già portato Coca Cola, snack, fiori e un iPad. Io non avevo avuto il tempo di comprargli niente. Avevo guidato direttamente dalla casa di riposo fino all'ospedale della contea, che da Austin era ancora più lontano rispetto a Sheridan. Diamine, lui non sapeva nemmeno che nonna Savvy era a Heartland Gardens. Erano successe così tante cose nel breve periodo in cui eravamo stati separati.

«Che dovevo proteggerti a ogni costo.» Serrò la mascella. «Anche se mi ha spezzato il cuore.»

Mi sedetti di fronte al letto, i miei occhi non si staccarono mai dal suo viso.

«Dopo che Kade ha mandato quei tizi ad aggredirmi al furgoncino dei tacos, ho capito che se si fosse sparsa la voce che eri la mia ragazza, saresti diventata un bersaglio» spiegò West.

«Perché non me lo hai detto?» domandai con voce rotta, attenta a non toccarlo. Se avessi iniziato, non mi sarei più fermata. Lo avrei abbracciato, lo avrei baciato e sarei annegata dentro di lui, senza mai riprendere fiato.

«Coinvolgere la polizia era fuori questione. Sarebbe saltato fuori che ero invischiato in incontri clandestini e tutti sarebbero stati fregati. Non sarei finito solo io in prigione, ma anche Max, East e Reign.» I suoi occhi scrutarono il mio viso in cerca di indizi, per capire cosa stessi pensando. «Ho deciso che avrei tentato di tutto per tenerti al sicuro. All'inizio ho cercato di annullare l'incontro, come mi avevi chiesto tu. Alla festa di Reign ho detto a Max che mi tiravo fuori. Max ha chiamato Shaun, e lui non ha voluto saperne. Vedi, per Kade, era una questione di orgoglio. Quindi ho pensato di lasciarlo vincere, di permettere che quello stronzo si prendesse il suo momento di gloria e mettesse fine a quell'incubo. Eppure, ho sottovalutato quanto fosse pazzo Kade Appleton. Mi ha quasi ucciso prima dell'incontro. Mi ha fatto aggredire al camioncino dei tacos e mi ha buttato giù dalla moto mentre tornavo a casa una sera dopo essere stato da te. Non mi importava più dei soldi ormai. Volevo perdere, in modo che non diventasse un pericolo per chi mi stava intorno. Però non potevo scaricarti addosso tutte queste stronzate. Dovevi già occuparti di tua nonna e trovarle una badante, con la minaccia della professoressa McGraw che incombeva sulla tua testa. Desideravo dirtelo, Tex. Volevo solo farlo a modo mio.»

Mi prese la mano tra le sue. La sua pelle era strana. Fredda e secca, sembrava argilla. La consapevolezza della sua mortalità si schiantò su di me come un bulldozer.

Avrebbe potuto morire.

Era *quasi* morto.

«Be', inutile dire che le cose non sono andate come volevi.» Tirai su col naso, passandogli il pollice sulle nocche. «Mi hai umiliata in maniera imperdonabile, West. Hai preso la promessa che mi avevi fatto e l'hai ridotta in cenere davanti a tutti quelli che conosciamo.»

Lui chiuse gli occhi e tirò un respiro. Le cicatrici di quel giorno per me erano più vive di quelle che avevo sul viso e sul braccio. Perché me le aveva procurate la persona che amavo di più.

«Hai dichiarato che eri la mia ragazza, e lo *eri*. Cazzo, una parte di me è tanto patetica da sperare che tu lo sia ancora, ma tutto quello che riuscivo a vedere erano le spie di Kade Appleton che correvano da lui e gli raccontavano della bella bionda che mi teneva le palle in pugno. Sapevo che saresti diventata un bersaglio. Avevo bisogno di distoglierlo dal tuo odore. Per essere sicuro che stesse lontano da te. E l'unico modo per ottenere il risultato era spingerti a odiarmi con tutta te stessa e assicurarmi che ti tenessi alla larga per quella settimana.»

«Missione compiuta. Però giravi comunque intorno a casa mia. Mi spiavi.»

Lui si strinse nelle spalle, l'ombra triste di un sorriso gli attraversò il volto.

«Non ho mai finto di possedere un grande autocontrollo quando c'eri di mezzo tu, Texas Shaw. Ecco perché siamo in questo casino. Se solo riuscissi a stare lontano da te.»

«Saresti comunque ridotto così. Quello voleva rovinarti perché eri migliore di lui. E tu glielo hai permesso.»

Il silenzio avvolse la stanza. Alla fine, lui si voltò verso di me. «Piccola,» sorrise trionfante, «non sei truccata.»

La mia mascella crollò. Mi portai una mano sulla guancia sfigurata, sentii che socchiudevo gli occhi. *Cristo.* Il mio viso era del tutto al naturale. Avevo trascorso l'intera giornata alla casa di cura senza un filo di trucco addosso e non avevo notato nessuna particolare reazione nelle persone. Niente sguardi strani. Niente facce disgustate. Nessun bambino che mi indicava e rideva di me. Niente bisbigli o sorrisetti maligni.

Uh.

«Sono orgoglioso di te, Texas.»

«Sarai più orgoglioso quando sentirai questo... sai dove sono stata oggi?»

Lui chiuse gli occhi, finse di dire una piccola preghiera.

«Ovunque tu sia stata, spero che non ci siano uomini attraenti in questa storia.»

Ridacchiai, roteando gli occhi. «Ho aiutato la nonna a disfare i bagagli. Si è trasferita in una casa di riposo appena fuori Austin. Quella della brochure che mi hai lasciato tu: Heartland Gardens. Si sta ambientando bene e ha una coinquilina squinternata come lei a tenerle compagnia.»

«Porca troia» tuonò. La sua voce era così forte che la signora St. Claire si precipitò nella stanza per assicurarsi che fosse tutto a posto.

«Westie? Tutto bene?»

«Sì, mamma. Sono ferito, non ho sei anni. Chiudi la porta.»

La madre rise quando vide che lui sorrideva, poi scosse il capo e richiuse la porta, per lasciarci un po' di privacy.

«Cazzo, sono così orgoglioso di te, è pazzesco. Avrai una parte nello spettacolo. Prendi la decisione giusta per tua nonna. Sei il mio idolo, Tex. Posso avere un autografo?»

«Certo che puoi.» Risi.

«Su una parte del corpo?» Lui agitò le sopracciglia. Gli afferrai la mano ingessata e gli baciai la punta delle dita.

Era sera tardi, ed era ora di andarmene. Non perché lo volessi, ma perché *dovevo*. Stare con West era allettante, tuttavia affrontare la realtà era parte del mio processo di guarigione. Dovevo superare quella notte. Sarebbe stata la prima sola in casa, senza la nonna. La prima notte che passavo da sola, *punto*. Dovevo abituarmici.

«Sono contenta che tu stia bene, West. Sono sicura che hai bisogno di riposare, quindi ora me ne vado.» Mi alzai e iniziai a sfilare la mano dalla sua. Lui strinse la presa. La sua gola si contrasse quando le parole gli uscirono di bocca.

«No.»

Lo studiai in silenzio.

«Non lasciarmi. Sono diventato molto bravo a riconoscere gli addii, e so che una volta che avrai varcato quella soglia, non tornerai più.»

Non aveva torto. Non potevo tornare. Non potevo più mettere il mio cuore in gioco e sperare che lui lo tenesse al sicuro. Non dopo che lo aveva trattato con tanta noncuranza.

«Sopravvivrai senza di me» sussurrai, una lacrima che mi rigava la guancia. Mi scivolò in bocca, il sapore salato si diffuse sulla mia lingua.

«Sopravvivere non mi va più bene. Sono sopravvissuto per cinque anni prima di incontrarti. Non era abbastanza.»

Prese un respiro profondo, gemendo. A ogni respiro provava dolore, e io ero la ragione per cui era stato picchiato così brutalmente.

«Non posso più evitare di provare sentimenti e di ridere, non posso annullare tutto ciò che è successo tra di noi.» Scosse la testa. «Non posso non amarti, Grace Shaw. Sei tatuata nel mio cazzo di DNA, a tal punto che ho perso del tutto la capacità di ragionare in modo lucido. Un secondo ti sbranavo come una lince e quello dopo ti spingevo via, perché non volevo che tu rimanessi intrappolata nei miei casini. Ti ho spinta, tirata e inseguita, ferita e adorata in ogni modo possibile, perché non ero riuscito a dire quelle maledette parole la prima volta che mi sono venute in mente. Ti amo.»

Mi mancò l'aria.

«Tu mi ami?»

«Cazzo, Tex. Non esiste una parola per descrivere quello che provo per te. Ricordi la prima sera in cui siamo usciti? Quando tua nonna è scomparsa? Era la prima volta che mi sentivo di nuovo me stesso, com'ero prima che Aubrey morisse. C'è stato qualcosa di leggero, divertente e semplicemente... *reale.*» Emise un sospiro. «Tu eri stressata, preoccupata, e all'improvviso sono dovuto intervenire. Era davvero la prima occasione in cui rivedevo un briciolo di me stesso. Penso sia stato perché non te ne fregava un cazzo di me.» Rise, coprendosi gli occhi con l'avambraccio. «Non te ne fregava di chi fossi. Di cosa significasse il mio nome in questa città. Sono stato attratto da questo. E da quella sera, non ne ho mai avuto abbastanza di te. Ti ho conosciuta sotto ogni aspetto: amica, amante, coinquilina, collega, compagna. Ho sentito il bisogno di averti intorno. Costantemente. Ho provato a ribellarmi. Ho provato a convincermi che non era niente. Ma ogni volta che facevo un passo indietro, tu, o Easton, o Reign – *chiunque* fosse parte della mia schifosa vita – mi rimetteva al mio posto e mi cacciava in zucca che la mia esistenza ormai ruotava intorno a Grace Shaw.»

Chinai la testa e mi morsi il labbro per non scoppiare a piangere come una bambina. Avevo sognato quel momento ogni notte per settimane. Mesi, forse. Eppure, ora che mi aveva finalmente confessato il suo amore, le parole sembravano dei bellissimi bossoli vuoti.

Mi aveva ferito.

Non una volta.

Non due volte.

Non ero così stupida da impelagarmi con lui una quarta volta senza ricevere una sorta di impegno da parte sua. Senza avere la certezza che avrebbe almeno cercato di proteggermi dai suoi scleri quando si fosse presentato un nuovo problema.

«Anch'io ti amo, West. Ecco perché devi lasciarmi andare. Quello che mi stai offrendo non è abbastanza. Io voglio tutto. La favola. Il romanticismo. Voglio un uomo che mi porti in giro come se fossi la ragazza più bella del mondo, proprio perché, nonostante i progressi, non sarò *mai* carina ai miei occhi. Ho bisogno di qualcuno che vada bene per me.» Sfilai la mano dalla sua, guardandolo prendere un respiro affannoso che quasi gli squarciò il petto. «E ho una paura tremenda che quel qualcuno non sia tu.»

Le sue palpebre si chiusero. Si stava arrendendo. Potevo praticamente vedere la determinazione evaporare dal suo corpo.

Avrei voluto inginocchiarmi e pregarlo di non cedere.

Convincerlo a darmi tutto ciò di cui avevo bisogno affinché potessimo stare insieme. Tuttavia, non dipendeva da me.

Era West che doveva prendere quell'impegno.

Che doveva vincere quella battaglia.

Mi girai e me ne andai.

Uscii senza guardarmi indietro, poiché mi stavo lasciando alle spalle non solo l'amore della mia vita, ma anche la vecchia, insicura Grace.

Mettermi a letto quella sera fu surreale.

La mancanza dei rumori che nonna di solito produceva in casa era spiazzante. Lei spostava oggetti, russava, parlava, respirava: tutte quelle attività ora mancavano e il silenzio assordante mi penetrava nelle ossa come veleno.

Karlie mi aveva mandato un messaggio per chiedermi se mi andasse un pigiama party estemporaneo. Film anni Novanta, vino scadente e quiz. Per quanto fosse allettante l'idea, e per quanto volessi allontanarmi dal caos che brulicava nella mia testa, sapevo che la nuova me non poteva scappare in quel modo.

Avevo bisogno di superare quella notte e uscirne con una versione migliore di me stessa.

Ancora sofferente.

E traballante.

Sbilenca.

Eppure, tutta intera.

Indipendente.

Più forte di quanto fossi mai stata.

Mentre mi giravo e rigiravo in un letto che sembrava strano senza West, dopo che avevo chiuso bene le porte e avevo acceso il televisore, in modo che il suo bagliore sul viso mi facesse sentire meno sola, ebbi la sensazione di essere sulla strada giusta.

Sarebbe stato senz'altro un percorso accidentato, tuttavia, dovunque mi stesse portando quella strada, ero pronta.

25

GRACE

Per tutta la settimana successiva mi buttai a capofitto sul lavoro e sullo studio.

La prima di *Un tram che si chiama Desiderio* incombeva minacciosa, gettava la sua ombra sul resto della mia vita.

West era stato dimesso dall'ospedale tre giorni dopo la mia visita. Gli avevo mandato cibo e biglietti con gli auguri di pronta guarigione, mentre era in ospedale, però non avevo trovato il coraggio di fargli visita di nuovo. Adesso la palla era nella sua metà di campo.

Un paio di giorni dopo essere tornato alla Sheridan, West si presentò nel bel mezzo delle prove. Era ancora malconcio, aveva la faccia gonfia e qualche chilo in meno, ma nonostante tutto mi mancò il respiro quando entrò dalla grande porta a due battenti dell'auditorium, sfoggiando il caratteristico sorriso arrogante, un bastoncino di zucchero che faceva capolino all'angolo della bocca.

Ero sul palco quando lo vidi. Aiden entrò con un finto pacchetto di carne. La scena era quella del nostro primo incontro nei panni di Stanley e Blanche. Anche se sapevo di dover risintonizzare la mente sullo spettacolo, non potevo trattenermi dal seguire con gli occhi i movimenti di West che si sedeva proprio sotto il palco, in prima fila, e mi guardava con occhi freddi e attenti.

«Ciao. Dov'è quella donna?» tuonò Aiden, gonfiando il petto.

Finalmente capii come doveva essersi sentito West quando ero andata a vedere il suo incontro tutte quelle settimane prima. Non potevamo stare nella stessa stanza senza essere in qualche modo consumati l'uno dall'altra.

Fingendo di accendere una sigaretta e tirare una boccata, distolsi lo sguardo da West e mi calai nella parte.

«In bagno.»

Aiden mi sparò le sue battute e io risposi subito con le mie. Avevamo una buona chimica sul palco. Più passava il tempo, più iniziavo a dimenticare che West era lì e mi immergevo nella dolce magia della recitazione.

Quando la scena finì, con Tess che entrava e pronunciava le sue battute, Finlay si alzò dal proprio posto in prima fila, balzando in piedi dalla poltrona accanto a quella di West.

«Non avrei mai immaginato di dirlo, ma era la perfezione assoluta. Cinque minuti di pausa. Grace... non allontanarti troppo, per favore.»

Annuii e saltai giù dal palco. West mi si avvicinò con disinvoltura. Il polso mi batteva all'impazzata, la gola mi pulsava da un lato. Ci fermammo l'uno di fronte all'altra. Aspettai che dicesse qualcosa, qualsiasi cosa, per alleviare il dolore che mi strappava le vene ogni volta che pensavo a lui.

Stava già tornando a essere il vecchio, bellissimo West.

«Tex.»

«Maine.»

Sogghignò. Raramente lo chiamavo così, e quando succedeva aveva sempre un impatto straordinario: mi sentivo come una sirena che si toglieva i vestiti per la prima volta.

«Guardati» sussurrò in soggezione.

Abbassai la testa e arrossii. «Stiamo lavorando davvero sodo. Grazie.»

«Stiamo? Io ho visto solo te. C'erano altre persone?» replicò in tono serio, con una punta di possessività nella voce.

Chiedimi di uscire.

Dimmi che non puoi vivere senza di me.

Che non sono l'unica a sentirsi come se me ne andassi in giro con solo mezzo cuore.

Infilò i pugni nelle tasche anteriori, prese a spostare il peso da un piede all'altro.

«Ti va di prendere un caffè più tardi? Come amici» si affrettò a chiarire. Ebbi un tuffo al cuore. *Amici.* Ma certo. Gli avevo detto che non mi sarei accontentata, che per me doveva essere tutto o niente, e lui pensava che non ne valesse la pena. Era giusto. Dovevo scendere a patti con la realtà. Non potevo chiedergli qualcosa che non era in grado di darmi.

«Sicuro.» Esibii un debole sorriso. «Un caffè sembra fantastico.»

«Verrò a prenderti tra un paio d'ore.»

Si voltò e se ne andò. Tornai sul palco, dove colsi lo sguardo di Tess. Appariva infelice. Le mie guance si riscaldarono quando capii che aveva udito il nostro scambio di battute.

Come si diceva, più volavi in alto, più ti facevi male quando ti schiantavi a terra.

Stavo aspettando con ansia di sentire il tonfo che l'amore di West per me avrebbe provocato quando finalmente lui avrebbe sconfitto la sua testardaggine.

WEST

La vendetta e il Karma avevano un elemento in comune: erano due gran figli di puttana.

Quel giorno stavo per regalarli entrambi a Kade Appleton, avvolti da un fiocco velenoso.

Avevo cercato di assecondare il suo complesso da cazzo piccolo.

Davvero, ci avevo provato.

Avevo tentato di tutto per ridurre al minimo i danni in quella situazione. Mi ero morso la lingua e gli avevo lasciato vivere il suo momento di gloria, ma la partita era ancora aperta.

Volevo assicurarmi che non avrebbe mai più dato fastidio a me e alle persone a cui volevo bene.

Non solo perché non avrei più tollerato le sue stronzate, ma anche perché rivolevo indietro la mia ragazza.

Questa volta sarebbe stata al sicuro.

Da lui.

Da *me*.

Da chiunque avesse voluto farle del male.

Parcheggiai la Ducati ammaccata davanti a casa di Max. Christina era stata in officina per giorni e aveva ancora un aspetto di merda.

Non ero mai stato da Max prima. A pensarci bene, non sapevo nemmeno con chi vivesse. Dall'elegante villa in stile rustico con il prato ben curato, capii che sicuramente viveva ancora con i genitori. Triste, perché non aveva bisogno di ulteriori ostacoli per perdere la verginità.

Le foglie secche scricchiolarono sotto i miei stivali mentre camminavo verso la porta. Max mi aprì con una faccia cupa e mi guardò oltre la spalla, per controllare se avevo portato rinforzi.

«È qui?» Entrai in casa senza essere ufficialmente invitato.

Max annuì in modo fugace. «Te l'avevo detto che ci sarei riuscito.»

«È *solo*?» sottolineai.

Lui si tirò la camicia sul ventre rotondo. «Non sono stupido. Non voglio che tu mi uccida.»

«La prima cosa non è vera, la seconda è ancora altamente probabile.» Misi piede con disinvoltura in un soggiorno ordinato, pieno di mobili a fiori e foto di famiglia che dimostravano che Max non era l'unico a essere schifosamente inscopabile lì.

Trovai Kade stravaccato sul divano, che fumava una canna e guardava la replica di una partita di football sul televisore a schermo piatto, una lattina di birra in mano.

«C'è qualcosa che puzza.» Annusò l'aria, rifiutandosi di staccare gli occhi dallo schermo.

Mi sedetti su una poltrona reclinabile alla sua destra e lo studiai. Era agitato, le sue dita danzavano intorno alla birra. Notai che aveva un tic all'occhio destro.

«Ho sentito che sei stato in ospedale.» Sfoggiò i muscoli mentre cambiava posizione. «A me sembri a posto.»

«Grazie per la valutazione medica, dottor Testa Di Cazzo.»

Prese un sorso di birra, cercava di apparire calmo. Tuttavia, il suo ginocchio oscillava e il labbro inferiore tremolava. Sapeva bene quanto me che avrei potuto picchiarlo proprio lì in quell'istante e concludere la faccenda nel modo in cui sarebbe dovuta andare.

Ero senza dubbio migliore di lui sul ring. Il punto era che avevo rinunciato a battermi sul serio per lasciarlo vincere. E lui da ingordo aveva deciso di uccidermi quasi, aveva voluto punirmi perché ero meglio di lui.

Lo fissai senza dire una parola e lo guardai crollare.

«Perché mi hai chiesto di venire qui, comunque?» Sbuffò. «Vuoi delle scuse?»

Max si accovacciò accanto a lui, nascose la faccia tra le ginocchia.

«Vorrei solo rendere noto a voialtri che i miei genitori dovrebbero tornare tra un'ora, quindi se sporcate il tappeto di sangue...»

«Meglio che sputi il rospo, allora, St. Claire.» Kade staccò gli occhi dal televisore e mi fissò. «Hai voluto vedermi senza la protezione di nessuno. Significa che qualunque cosa accadrà dovrà rimanere tra noi. Dimmi perché mi hai fatto venire qui.»

Forse non era stupido come una zappa. Magari era stupido come una pala. Pur sempre un oggetto, ma meno letale.

«Voglio la metà dei soldi dell'incontro... e la promessa che non darai mai fastidio a me, ai miei amici, ai miei genitori e *soprattutto*...» Alzai il tono di un'ottava, fendendo l'aria come una lama. «Alla mia ragazza.»

Grace e io non stavamo insieme, però un uomo aveva il diritto di sognare.

Kade girò la testa sul divano, una risata metallica gli uscì dalle labbra.

«Non avrai un centesimo dei miei soldi. Li ho vinti in modo del tutto regolare, e anche se hai la mia parola che non farò del male alla tua ragazza, non posso prometterti che non ci proverò con lei. Un bel pezzo di fica, ti sei trovato. E ho sentito che è appena tornata single. Be', sai una cosa? Si dà il caso che abbia perso il mio contratto a Las Vegas e mi sia trasferito qui definitivamente. Non riesco a pensare a un modo migliore per intrattenermi che sbattermi la tua ex ragazza sexy.»

«Aspetta, Kade, non...» iniziò Max, ma Appleton lanciò la lattina di birra mezza piena contro il televisore. Il fluido denso e chiaro colò sullo schermo, la schiuma crepitò sul pavimento.

«Chiudi il becco, Riviera, ora parlano gli uomini.»

«Io...» balbettò Max.

«Vai a pulire» abbaiò Kade. «Sono abbastanza sicuro che i signori Sfigati non vogliono la birra sul loro tappeto, e nemmeno il sangue.»

Stritolai i braccioli, sentii la mascella contrarsi. Dovevo recitare bene la parte, anche se la mia reazione istintiva sarebbe stata quella di uccidere quel bastardo. Cedere alle sue provocazioni sarebbe stato da dilettante e poco costruttivo al fine di raggiungere il mio obiettivo. «Dovresti ripensarci, Appleton» dissi calmo.

«Ah sì? E perché?» Mi lanciò uno sguardo impassibile.

Presi il telefono dalla tasca anteriore e trovai quello che mi serviva, poi glielo mostrai. Lui si chinò in avanti con riluttanza e lo guardò.

Era un video di lui e Shaun, che lanciavano due pitbull l'uno contro l'altro. I cani si azzannavano in modo selvaggio, mentre Kade e il suo manager li incoraggiavano, ridendo e facendo smorfie. Intorno a loro c'erano delle persone in cerchio e altri cani insanguinati. Si vedevano chiaramente i volti e si capiva che nessuno di quegli stronzi sapeva che qualcuno stava registrando.

Uno dei cani azzannò al collo l'altro, da cui uscì così tanto sangue che il cane ferito uggiolò e cadde da un lato, scosso da violenti spasmi. Questo non impedì al cane vincitore di avventarsi su di lui.

Uno dei pitbull sbranò l'altro che implorava pietà.

Era così brutale che nemmeno uno stronzo insensibile come me riusciva a guardarlo. Quando l'ex ragazza di Kade aveva accettato di inviarmi quel video, avevo promesso che avrei messo fine ai combattimenti tra cani. Non era una promessa che intendevo infrangere. Anzi, da quel momento in poi, ogni volta che avrei dato la mia parola a qualcuno, avrei fatto in modo di mantenerla.

«Dove l'hai preso?» Si sedette dritto, adesso sembrava all'erta. Cercò di strapparmi il telefono dalla mano, io però lo rimisi svelto in tasca.

«Non sono affari tuoi. Ora, tanto per chiarire, stai organizzando combattimenti tra cani con il rifiuto umano noto anche come Shaun, mentre sei in libertà vigilata per aver picchiato la tua ex ragazza? Sì, sono un bel mucchio di reati. Io penso che le tue capacità di lottatore ti torneranno utili in prigione, a meno che non accetti di prenderlo nel culo da tutti.»

«Non organizzo più quel...»

«Risparmiami le stronzate. Ho parecchi di questi video nel mio cloud. Sono recenti. Questo è il tuo nuovo passatempo, ora che non puoi più salire sul ring. Mi assicurerò che il video arrivi su YouTube e sulla scrivania dello sceriffo entro stasera se non mi ascolti molto attentamente. Ora te lo chiedo di nuovo: metà dei soldi dell'incontro, più la promessa che non ti avvicinerai mai alle persone a cui tengo. Mai. E vale soprattutto per Grace Shaw. Se sento che hai anche solo scorreggiato vicino a lei, ti ucciderò ventisei volte, una morte per ciascuno dei tuoi anni. Sono stato chiaro?»

Deglutì a fatica, la sua mascella si muoveva avanti e indietro. Qualunque droga si fosse preso, ormai gli era uscita del tutto dall'organismo. Adesso era lucido e consapevole dell'enorme mucchio di merda che gli avevo appena scaricato ai piedi.

«Dico sul serio» ringhiai. «Ti ho lasciato vincere un incontro. Non estenderò oltre le mie buone intenzioni. Ti *uccido* se le fai qualcosa.»

«Se acconsento, devi ridarmi indietro quei video.» Puntò il dito sul tavolo.

Quell'idiota non sapeva come funzionava Internet?

«Tengo i video come garanzia» affermai secco.

«Come posso sapere che non mi getterai addosso la tua merda in futuro?»

«A... perché sono un uomo di parola.» O almeno, lo sarei diventato. Ero stato pessimo fino ad allora a tenere fede alle mie promesse. Ma le cose stavano per cambiare. «E B... perché non voglio assolutamente che la tua bambina appena nata cresca con un papà in prigione, anche se è proprio lì che dovresti stare. Quindi, se mi assicuri che ti troverai un lavoro legale, smetterai di organizzare combattimenti fra cani, provvederai alla tua ex e lascerai in pace me e la mia ragazza, affare fatto.»

Sembravo uno della polizia morale, però la verità era che portare a galla quanto era successo negli ultimi anni al Plaza ci avrebbe trascinato tutti nella merda, e in fondo credevo nelle seconde possibilità.

Non mi fidavo al cento per cento di Kade Appleton. Era per questo che avevo Max. Lo avrebbe tenuto d'occhio. Si sarebbe assicurato che rispettasse la sua parte dell'accordo.

Kade distolse lo sguardo. «Bene. *Fanculo.*»

«Aspetto di ricevere il denaro nella mia cassetta delle lettere nelle prossime dodici ore. Ah...»

Mi alzai. Lui voltò la testa verso di me con riluttanza. La mia bocca si increspò.

«E dico sul serio, Kade. Se sento che hai partecipato a un combattimento fra cani, o che ti sei avvicinato ai miei cari, ti ammazzo, e questa è una promessa che non infrangerò.»

GRACE

West e io andammo a prendere un caffè tutti i giorni quella settimana. Sempre nello stesso posto: la piccola tavola calda alla periferia della città dove era andata la nonna la sera in cui lui mi aveva aiutata a cercarla.

Non avevano nemmeno il tipo di caffè che bevevo io. A me piaceva il cappuccino, che non era nel menu. Neanche West toccava il suo caffè filtrato. Tenevamo solo le tazze tra le mani e parlavamo.

Parlavamo di tutto, tranne che di noi.

I suoi genitori gli avevano imposto di giurare che non avrebbe combattuto mai più, lui aveva acconsentito e stavolta non aveva intenzione di venire meno alla parola data.

Gli raccontai che sarei andata a trovare la nonna quel sabato. Che lei si stava adattando alla casa di riposo, anche se aveva i suoi alti e bassi. Era stata dura portarla a fare la TAC, ma l'infermiera Aimee mi aveva chiamata per dirmi che alla fine della giornata la nonna era così esausta che era andata a letto alle sette e si era svegliata la mattina dopo come nuova, poi si era messa a cantare insieme a Ethel nella sala della colazione.

Ora prendeva dei farmaci e anche se ci sarebbe voluto un po' per trovare la terapia giusta, era già un inizio.

Mi piaceva passare del tempo con West. Solo chiacchiere e risate, per tentare di ricostruire quello che si era spezzato quel giorno in mensa. E non era solo il nostro appuntamento quotidiano per il caffè a rimettere insieme i pezzi del mio cuore. West si era prefissato di venirmi a prendere a casa tutti i giorni per andare in facoltà insieme, anche in quelli in cui i nostri orari non coincidevano, e mi aspettava fino alla fine delle lezioni.

Il nuovo auditorium era finalmente pronto e avevamo spostato le prove finali nell'enorme sala appena costruita.

West mi portava lo zaino e rideva alle mie battute, anche quando non erano divertenti. Quando arrivavo a mensa e prendevo posto accanto a Karlie, in qualche modo si materializzava dal nulla e si sedeva vicino a noi. Sembrava che non gli importasse nemmeno se parlavamo solo di programmi degli anni Novanta. Era contento di trascorrere del tempo con me.

Era dolce.

E romantico.

Mi faceva venire voglia di ucciderlo.

«Voglio strangolarlo» confessai a Karlie il giorno precedente alla prima di *Un tram che si chiama Desiderio*. E lo desideravo davvero. Con tutto il cuore. Il che era ironico, perché ero andata fuori di testa quando Kade Appleton lo aveva quasi ammazzato.

«Devi essere più specifica. Anche se non sono la sua più grande fan, non ha commesso stronzate di recente. Perlomeno niente che possa provocarti l'istinto di ucciderlo.» Karlie sfogliò un grosso manuale, su cui evidenziava frasi a non finire.

Mi lasciai cadere accanto a lei sul letto e mi scostai una ciocca di capelli dal viso. Non indossavo più berretti da baseball. Solo una sana quantità di trucco. Era estremamente liberatorio, sia per la mia temperatura corporea che per il mio cuoio capelluto.

«Si comporta come il fidanzato perfetto» mi lagnai.

«Che schifo!» Karlie finse di vomitare. «Come osa? Bastardo.»

«Però *non* è il mio fidanzato. Non mi ha chiesto di uscire. Non abbiamo più parlato della nostra relazione da quando ha lasciato l'ospedale. Abbiamo solo un rapporto... platonico.»

Quella parola mi lasciava un sapore acido in bocca. Non rimpiangevo che ci fossimo lasciati. Ma non capivo perché insistesse a passare del tempo con me e non provasse neanche una mossa per diventare qualcosa di più. Adesso la palla era nella sua parte di campo. Era lui che aveva bisogno di capire se fosse pronto per questo impegno, glielo avevo detto in modo chiaro in ospedale.

«Forse vuole procedere con calma. Ha combinato un casino epico quando stavate insieme» suggerì Karlie, poi chiuse l'evidenziatore giallo per prenderne uno verde. Per evidenziare seguiva uno schema metodico che trasformava ogni suo libro in un arcobaleno.

«Forse sta solo cercando di farsi perdonare. Forse vuole solo essere gentile con me prima di laurearsi e andarsene per sempre.»

Era l'ultimo semestre prima della laurea di West. Tecnicamente, avrebbe potuto lasciare Sheridan già il mese successivo. Niente lo tratteneva più lì.

Il pensiero mi mandava i sudori freddi in tutto il corpo.

Karlie se ne accorse e chiuse di colpo il manuale, si avvicinò a me e mi mise un braccio sopra la spalla.

«Cavolo, lo ami davvero, Shaw?»

Chiusi gli occhi e annuii.

«Non so cosa fare, Karl» sussurrai. «Non posso allontanarmi dalla provincia di Austin. La nonna è qui. Però vederlo andare via...» Cercai di prendere fiato e non riuscii a inalare abbastanza aria. «Vederlo andare via sarà la mia fine.»

Karlie mi accarezzò il braccio e mi appoggiò il mento sulla spalla.

«Mi dispiace, Gracie-Mae. Questo è quello che ottieni quando giochi con il fuoco.»

26

GRACE

La mattina della grande prima, mi svegliai con un messaggio di West.

> **West:** Controlla la porta d'ingresso. Ci vediamo stasera (ho un posto in prima fila).

Stordita, camminai a piedi nudi fino alla porta e la aprii. C'era un enorme cesto pieno di pasticcini, caffè appena fatto e fiori. Non avevo idea di dove avesse preso una cosa del genere. Di certo cesti simili non si vendevano lì, a Sheridan. O aveva organizzato la consegna da una città vicina o aveva creato lui stesso la composizione partendo da zero. Portai il cesto in casa e quando lo misi sul tavolo della cucina notai che conteneva numerosi biglietti.

Tirai fuori il primo.

Sono molto orgogliosa di te, tesorino.
Lo ero prima. Lo sono ora. Lo sarò sempre.
La tua fan numero uno.
Marla

Girai il cartoncino. Il messaggio era scritto sul retro di una foto in cui Marla sorrideva alla macchina fotografica, con entrambi i nipoti seduti sulle gambe, le palme e l'oceano sullo sfondo. Sorrisi. Si stava divertendo parecchio in Florida.

Presi il secondo biglietto.

Ti sei tolta l'anello con la fiamma e sei diventata il fuoco.
Grazie per avermi insegnato cos'è la forza.
Karlie

Girai il biglietto. Era una foto di noi due che ci abbracciavamo e sorridevamo all'obiettivo. Quello che più mi piaceva di quell'immagine era che fosse stata scattata *dopo* l'incendio. Anzi, era l'unica foto che avevo accettato di scattare con Karlie da quando ero rimasta sfigurata. Indossavo il mio vecchio berretto grigio. Sapevo perché Karlie aveva scelto proprio quella. Ritraeva la nuova versione di me, prima dell'upgrade che mi aveva portata alla mia versione attuale.

Sì, ero sfigurata e avevo un aspetto un po' diverso, ma non ero meno degna.

Presi un altro messaggio.

Vivien Leigh è una pippa in confronto a te.
#staseraspacca!
Tess

E un altro.

In bocca al lupo per stasera, Grace.
Il tuo ragazzo di certo sa come fare un gesto plateale.
La realtà è sopravvalutata. Viva la magia.
Professoressa McGraw

Le lacrime si mescolarono all'allegria, mi asciugai la faccia e il naso mentre scoppiavo a ridere in maniera incontrollabile.

Sono fiero di te, Shaw.
(Per la cronaca, ho capito che eri portata per la recitazione il giorno in cui hai finto di essere interessata a me per arrivare a quello stronzo di St. Claire).
Easton

E anche un biglietto inaspettato:

Grace,
mi dispiace di essere stato un coglione con te.
Grazie di non avermi ripagato con la stessa moneta.
Reign

Era rimasto un solo biglietto. Era quello che aspettavo con ansia. Stava in mezzo ai croissant, ai muffin e ai biscotti.

Camminerò nel fuoco per te.
Ti amo.
La tua vecchia fiamma

Lo girai. Era una mia foto che non avevo mai visto. Forse perché quando l'aveva scattata non me ne ero accorta. Eravamo nel camioncino dei tacos. Indossavo il berretto rosa, ridevo con gli occhi chiusi, tenevo in mano una granita e mordevo la punta della cannuccia.

Mi ricordavo di quel momento. Lui era sdraiato per terra e mi guardava come se stesse osservando le stelle. Mi ero sentita bella. Eccitante. Viva.

Perché hai rotto con lui? Che cavolo hai fatto?

Mi lavai il viso nel lavello della cucina, infilai alla svelta qualcosa di comodo e saltai sul pick-up. Era l'ultima prova prima della grande serata. I biglietti erano esauriti e la professoressa McGraw e Finlay erano sull'orlo di un esaurimento nervoso.

Le prove filarono lisce e quando tornammo a casa per la doccia e per prepararci, trovai un altro cesto davanti alla porta, stavolta pieno di pietanze che avevano un aspetto e un odore terribile; quindi, la mia ipotesi era che West avesse provato a cucinarle da solo. E stavolta c'era solo un messaggio.

Ho provato a inventarmi qualcosa di nuovo.
Con scarso successo.
Ti ho ordinato una pizza, però.
Con amore, West

«Non sbirciare. Porta sfortuna.» Tess mi diede una pacca sul sedere mentre mi passava accanto dietro le quinte. Non le prestai ascolto. Infilai il viso tra i teli del sipario e mi guardai intorno. L'auditorium era gremito. Strapieno. Non riconobbi il novanta per cento dei volti. Probabilmente era gente di fuori venuta a godersi lo spettacolo. Ma la prima fila era piena di insegnanti della Sheridan University, tra cui la professoressa McGraw, e c'erano persone con cui ero andata al liceo e alle medie. Nel giro di pochi minuti avrebbero visto la mia nuova faccia.

La mia vera faccia.

La mia faccia *sfigurata*.

Stranamente, mi sentivo pronta per quello.

Ciò a cui non ero preparata era la palese assenza di West. Non lo si vedeva da nessuna parte.

Tess infilò la faccia imbronciata accanto alla mia fra le tende scarlatte. «Insomma, Grace, che guardi?»

«West non c'è» gracchiai. Mi tirò nel retroscena afferrandomi dal mio abito vintage.

«Sono sicura che presto sarà qui. Reign ha detto che aveva comprato i biglietti.»

«Biglietti? Plurale?»

Lei scrollò le spalle. «Sì. E pure un bel po'. Probabilmente porterà la sua dolce metà, East Braun, e so che verrà anche Reign.»

Risi, poi tornai seria. «Non avrà acquistato i biglietti solo per aiutare lo spettacolo, vero?»

Tess mi fissò come se fossi pazza. «Questo spettacolo spacca. Non abbiamo bisogno di aiuto. Ha comprato i biglietti perché vuole che tutti ti vedano, sciocca.»

Quando ormai stavo per impazzire perché West non era lì, lo spettacolo iniziò e dovetti mettere da parte l'ansia per calarmi nei panni di Blanche. Fu sorprendentemente facile. Avevo dimenticato quanto mi piacesse avere gli occhi della gente addosso. Quanto creasse dipendenza la reazione delle persone a quanto succedeva sul palco.

Ogni risata, ogni sussulto e ogni applauso del pubblico mi arrivava dritto allo stomaco, e mi dava la carica.

Fu durante la mia seconda scena che le porte dell'auditorium si aprirono e West entrò con un aspetto da milionario, indossava addirittura lo smoking, e teneva sottobraccio la sua dolce metà.

Non era Easton Braun.

Era Nonna Savvy.

Subito dietro di loro c'era l'infermiera Aimee, che aveva il braccio infilato dentro quello di Easton Braun. Era il suo cavaliere.

Erano seguiti a ruota da Marla, arrivata fin dalla Florida, la quale era accompagnata da Reign.

Sentivo il cuore in gola mentre recitavo le mie battute, mi muovevo, facevo tutte le cose che Blanche doveva fare. Li guardai con la coda dell'occhio, si sistemarono in prima fila. Nonna Savvy indossava il suo amato abito di paillettes. Mi salutò con un sorriso raggiante.

Mi ha riconosciuta.

West mi strizzò l'occhio con un accenno di sorriso, accompagnando il gesto con una lunga occhiata di approvazione per lasciarmi intendere che gli piaceva la camicia da notte che indossavo e che aveva intenzione di strapparmela di dosso entro la fine della serata. Quando finii la scena, stavo quasi scoppiando di gioia. Non mi ero mai sentita così felice in vita mia.

Il resto dello spettacolo procedette senza intoppi.

Ero una fenice, che fendeva l'aria volando lontano dalle ceneri che l'avevano tenuta sepolta per anni.

Sapevo che mi sarei sempre ricordata la sensazione delle ceneri che mi appesantivano le ali.

Ma non avrei mai più permesso che mi tenessero ancorata a terra.

Alla fine, mi ero rialzata.

WEST

La folla esultò per dieci minuti dopo la fine dello spettacolo.

Ogni volta che pensavo che applausi e fischi si fossero placati, iniziava una nuova ondata. Da un lato, scoppiavo d'orgoglio nel vedere Grace che dominava la scena, lasciando Aiden e Tess dietro di lei a mangiare la polvere. Dall'altro, volevo arrivare alla parte successiva, perché era quella su cui stavo lavorando da quando ero uscito dall'ospedale.

«Quella è mia nipote, Gracie-Mae!» La nonna aveva smesso per un attimo di applaudire per indicare Grace e urlare nell'orecchio di Aimee.

Aimee continuava a battere le mani. «Lo so. È stata favolosa.»

«Furba come una volpe e bella come un angelo. È stata toccata da Dio, quella ragazza.»

Alla fine, il cast iniziò a ritirarsi dietro le quinte.

La professoressa McGraw salì sul palco con un microfono e toccò la spalla a Grace accennandole di rimanere.

Ecco a te la nullità assoluta, Tex. Accompagnata dalla sua amica, la pubblica umiliazione!

Si scambiarono qualche mormorio. Dopodiché la McGraw si rivolse al pubblico.

«Grazie mille per essere venuti qui e aver assistito alla nostra produzione di *Un tram che si chiama Desiderio*, il classico americano di Tennessee Williams.» Snocciolò ringraziamenti per il regista, il produttore e gli attori principali, prima di andare al sodo.

«Anche se lo spettacolo è finito, uno dei nostri studenti mi ha chiesto il permesso di dire una cosa che ritengo importante per tutti in questo giorno e in questa epoca. Sono fermamente convinta che il teatro sia uno spazio stimolante sia sul piano intellettuale sia su quello emotivo, e credo che dopo aver ascoltato ciò che questo studente ha da dire la penserete anche voi come me. Assistere a un atto di coraggio, audacia e amore sarà proprio come assistere allo spettacolo che abbiamo appena messo in scena. E così, senza ulteriori indugi, sono entusiasta di chiamare sul palco West St. Claire.»

I miei piedi iniziarono a muoversi mentre io tentavo di ignorare gli applausi intorno a me. Lanciai un'occhiata a Grace e vidi la perplessità nei suoi occhi. Il dubbio s'insinuò dentro di me. Ero un vero deficiente a tentare quell'impresa?

Ha chiesto un fidanzato perfetto. Gesti plateali. Che la facciano sentire bella. Se questo non funziona, getto la spugna.

Dieci secondi dopo, ero sul palcoscenico. La professoressa McGraw mi passò il microfono e mi strinse la spalla.

«Falli secchi, tesoro.»

Mi trovavo di fronte a Texas. Lei mi guardava di rimando, in attesa di una spiegazione per quella strana scena. Io però mi voltai e mi rivolsi al pubblico.

«Non conoscevo l'opera teatrale *Un tram che si chiama Desiderio* prima dell'inizio di questo semestre. Devo essere sincero? Non credo di conoscere molte opere artistiche che non includano esplosioni e Megan Fox.»

Ricevetti qualche risatina e qualche urlo dal pubblico maschile. Non era proprio una platea dal sangue blu. Il che giocava a mio favore.

«Ma Grace Shaw, questa ragazza, lavorava come assistente di scena per lo spettacolo, e io ero interessato a lei, e lei era interessata a quest'opera, così ho deciso di leggerla. Volevo scoprire cosa l'avesse incantata in *Un tram che si chiama Desiderio*. E ora lo capisco. Davvero. Quello che Tennessee Williams cercava di comunicare in quest'opera. Il desiderio sfrenato di chiamare casa un luogo, un posto *qualsiasi*. Non sono un esperto di letteratura, ma quello che mi è piaciuto è l'idea che tutti noi a volte percorriamo una strada così buia che non ci rendiamo nemmeno conto di avere gli occhi chiusi. Non finché uno spiraglio di luce non si apre la strada nell'oscurità.»

Trassi un respiro profondo, prima di arrivare alla battuta finale.

«Ho trascorso gli ultimi anni scappando di casa al buio. Non letteralmente: il mio culo era proprio qui, a Sheridan. Eppure, non volevo appartenere a un posto che avevo rovinato a causa di uno stupido errore. Poi ho incontrato Grace Shaw. Lei ha stravolto la mia vita. Chiunque pensi che sia una cosa bella, non l'ha mai sperimentata sulla sua pelle. È stata una cosa brutale.» Scossi la testa.

Questo provocò le risate di tutti, compresa Texas. Si teneva il fianco, ridacchiando nel pugno. Era un buon segno. Incoraggiante. Forse quel discorso non sarebbe stato un fiasco totale.

«Penso che ciò che mi ha fatto innamorare di lei sia stato che ogni volta in cui stavamo insieme, distruggevamo le nostre barriere a vicenda con un martello. È stato spietato. Lei mi ha messo uno specchio davanti alla faccia. Io ho messo uno specchio davanti alla sua. Ci siamo visti al meglio e al peggio delle nostre condizioni. Ci siamo costretti a vicenda ad affrontare le nostre paure, le nostre insicurezze e la nostra solitudine. Alla fine, ero talmente innamorato di lei, in modo ridicolo e patetico, che non riuscivo nemmeno a ragionare. E ho combinato un casino. Uno bello grande.»

Quella era la parte difficile. La parte in cui ammettevo le mie responsabilità. La parte che detestavo. Mi voltai a guardarla. Il suo viso era incuriosito, la postura rilassata.

«Mi dispiace di essere stato meno di quello che meriti, Tex, ma temo di non poterti lasciare andare così. Vedi, quello che c'è tra di noi è troppo bello, troppo raro perché io mi arrenda. Ho detto davanti a tutti che non eri la mia ragazza, e non lo eri.» Mi presi una pausa e vidi il suo viso contorcersi di nuovo per lo shock. «Perché tu per me eri *tutto*. Lo sei ancora, piccola. Volevi che ti facessi sentire bella, quando non c'è nessuno bello quanto te in tutto questo dannato mondo. Per favore...» La mia voce si spezzò e mi inginocchiai, come avevo programmato.

«Non spezzarmi il cuore dopo averlo appena rimesso insieme.»

L'aria era densa nell'auditorium, tutti trattenevano il respiro. Ero abbastanza sicuro che per ogni secondo trascorso senza che lei avesse una reazione, avrei perso un intero anno di vita. Il lato positivo: un minuto di quello strazio e sarei morto senza dover assistere alla mia caduta nella pubblica disgrazia.

Alla fine, Grace trovò la voce. «In piedi, St. Claire» sussurrò. «Un re non si inchina davanti agli altri.»

Mi alzai e la presi in braccio, dando alla gente qualcosa da guardare e di cui parlare per anni in quella città dimenticata da Dio. Poi la baciai con foga sulle labbra quasi rompendole la mascella.

«Lo fa davanti alla sua regina.»

«Che succede?» Rido un po' nervosa. «Loro stanno correndo e noi li seguiamo a passo di lumaca.»

«Si chiama concedere spazio alle persone.» La voce di West è tesa, agitata. Non è lo stesso West che ho conosciuto negli ultimi tre anni. Il ragazzo spensierato a cui mi sono abituata. Quello che era prima che succedesse la disgrazia di Aubrey. Il ragazzo che è tornato a essere non appena ci siamo messi insieme – per davvero – e di cui mi sono innamorata ancora più follemente.

«Abbiamo bisogno di spazio?» gli chiedo. «Dobbiamo parlare di dove trascorrere il Natale quest'anno? Perché te l'ho già detto, a me va bene passare il Natale con la tua famiglia e il Capodanno con la nonna.»

È così che ci siamo comportati negli ultimi due anni. Le condizioni cognitive di nonna sono peggiorate nel corso del tempo, al punto che ora non si ricorda affatto di me. Tuttavia, sta abbastanza bene per quanto possibile, e io mi impegno ancora ad andare a trovarla una volta a settimana. Non è l'ideale, ma è qualcosa con cui ho imparato a convivere: fare del mio meglio per qualcuno, anche quando la situazione non è perfetta.

Purtroppo, a nonna non importa dove trascorro il Natale, anche se io mi ostino a tenerle compagnia, parlarle, stringerle la mano.

«Non si tratta del Natale.» West scuote la testa. «Ho qualcosa da dirti.»

«Va bene.»

«Sto vedendo una persona.»

Smetto di camminare, lo guardo dritto negli occhi. Non ci credo. Non è che mi *rifiuto* di crederci, non ci credo e basta. Malgrado tutti i suoi difetti, è l'uomo più leale che abbia mai incontrato in vita mia. Inclino la testa di lato e lo studio.

«È vero?»

«Temo di sì.»

«E com'è questa persona?» Lo assecondo. Mi piace che la gelosia non sia più un problema per noi. Ho passato i primi sei mesi della nostra relazione con il terrore che lui scappasse con Tess o con Melanie, quando in realtà l'unica donna a fargli perdere la testa ero io. I nostri amici hanno svoltato l'angolo e ora non sono più a portata di orecchio.

«È fantastica. Molto attenta, intelligente, brillante...» continua, guardandomi in faccia per trovare segni di fastidio. Non ne trova. «Comunque, ho messo un punto dopo che ho ottenuto quello che volevo da lei.»

«Che sarebbe?» Inarco un sopracciglio.

Lui si inginocchia e tira fuori qualcosa dalla tasca. Una scatoletta quadrata, che si apre di scatto davanti a me. Sono consapevole che le persone intorno a noi si sono fermate di colpo e ci osservano incuriosite.

«È un'orafa e mi ha aiutato a realizzare questo. Spero ti piaccia.» Sbircio nella scatola. È un anello.

Non un anello qualsiasi.

Un anello con la fiamma.

Un anello con la fiamma completamente diverso da quello che mia madre mi aveva lasciato in eredità. Questo è in puro oro bianco e ha un rubino scintillante al centro. Lo accarezzo, il respiro mi si blocca in gola. È stupendo. E cosa ancora più impressionante: è proprio da *me*.

«Io... Questo è...»

West lo tira fuori e me lo infila all'anulare.

«Tre anni fa, sono entrato in un teatro universitario e ti ho guardata interpretare alla grande il tuo ruolo di debutto. Ora reciti con i professionisti, e sai una cosa? Non avevo dubbi che ci saresti riuscita. Voglio trascorrere il resto della mia vita con te, perché tutto ciò che è venuto prima di te è stato un cazzo di spreco. Tu non mi completi, Grace Shaw. *Crei* un me migliore.» Prende un respiro veloce, scuote la testa. «Porca puttana, ho raggiunto la mia quota di cliché per questo secolo. Se può servire, sappi che penso davvero tutto quello che ho detto. Non ho cercato su Pinterest nemmeno una volta per trovare l'ispirazione come mi aveva suggerito East.»

«Cazzo dici, St. Claire. Pinterest ti dà delle idee fantastiche!» sento Easton urlare dall'angolo della strada, dietro un edificio di mattoni rossi. Sto ridacchiando e singhiozzando per l'emozione ora. Sono tutti rannicchiati dietro l'angolo, in attesa della mia risposta.

«Che ne dici, Tex? Vuoi camminare nel fuoco insieme a me?»

Annuisco e gli tiro la mano per indurlo ad alzarsi.

«Non riesco a pensare a nessun altro con cui vorrei passare il resto della vita.»

Sugelliamo l'accordo con un bacio e io lo abbraccio, abbandonandomi al momento. Il suo bacio è intenso, dolce ed esigente, ma prima che possa diventare troppo focoso per una strada affollata, West lo interrompe e mi accarezza la schiena.

«Porca troia, Tex.» Mi sorride. «E pensare che è iniziato tutto quando ho messo un paio di scarpette da ballo sulle scale di un camioncino di tacos solo per farti incazzare!»

«E pensare che io le ho detto che sarebbe stata una pessima idea innamorarsi di te!» Karlie riappare da dietro l'angolo, avanza spavalda verso di noi con un enorme sorriso. Mi salta addosso e strilla per l'eccitazione.

«E pensare che io ho dovuto trascinare Grace al cinema perché West entrasse in azione!» Easton salta sulla schiena di West, ridendo.

«E pensare che...» Lilian si interrompe, aggrotta le sopracciglia e riflette un po'. «Be', niente. Io non vi conoscevo ancora, tre anni fa.»

Scoppiamo tutti a ridere e ben presto i passanti ci battono le mani.

Non lascio che l'assenza della nonna ostacoli la mia felicità.

Lo accetto. Mi butto a capofitto nella gioia. Mi concedo il lusso di godermi quel momento. Perché una volta, un ragazzo che mi ha dato un passaggio sulla sua moto mi ha detto che puoi prenderti cura di qualcun altro senza incolpare te stesso per tutti i suoi problemi.

All'epoca non credeva neanche lui alle sue parole, ora invece ci crede. E anche io.

WEST

Aspetto i miei genitori all'aeroporto internazionale di Austin-Bergstrom. Tess e Reign sono al mio fianco, il loro volo è appena atterrato dall'Indiana. Ora abitano vicino ai genitori di Reign. Lui è un broker assicurativo e Tess è una mamma a tempo pieno.

Hanno lasciato la loro bambina, Ramona, con i genitori di Reign.

Mi stanno entrambi dando delle gomitate mentre cerco di individuare mamma e papà. Con la coda dell'occhio vedo Texas che porta tazze di caffè a tutti.

Tess la abbraccia velocemente.

«Stai benissimo, Grace!»

«Anche tu, Tess. Come se la passa Ramona?»

«Sta mettendo i denti. Una meraviglia.» Tess sbuffa. «Sul serio, grazie per aver deciso di sposarvi. Il tempismo non poteva essere migliore per prendermi una pausa e lasciarla con i suoceri per un finesettimana.»

«Giusto il tempo per metterti incinta di nuovo!» Reign lancia un occhiolino alla moglie e le mette un braccio sopra la spalla. Lei alza gli occhi al cielo e sospira.

«Per quello bastano tre minuti. Cosa farete nel resto del weekend?» bofonchio. Tutti ridono. Non vedo l'ora che i miei genitori escano da quel gate così potremo andarcene di qui. L'aeroporto è pieno come un uovo.

Non odio più le grandi folle. Non da quando ho iniziato ad andare in terapia per curare quella che era chiaramente una depressione con tendenze suicide. Il dottor Riskin dice che sono un introverso-estroverso. Io dico che sono solo uno a cui piace la compagnia di poche persone. Principalmente, la mia fidanzata e il mio migliore amico.

«Oh cavolo, guardate chi c'è.» Reign indica qualcuno. Seguo la direzione del dito, poiché immagino che i miei genitori siano già qui e non mi abbiano ancora mandato un messaggio. Invece no. È Kade Appleton. Lo scimmione alza lo sguardo e i nostri occhi si incontrano. Vede la mia faccia e mi lancia un'occhiata sorpresa.

Non venire qui.

Ovviamente sgomita verso di noi.

Negli ultimi tre anni, mi sono impegnato molto per assicurarmi che Kade Appleton rimanesse sulla retta via. So che ha abbandonato il suo squallido manager poco dopo la nostra conversazione a casa di Max, dato che loro due non avevano niente da spartire a parte le attività illegali a cui erano dediti.

Appleton si ferma davanti a me. Texas è al mio fianco, intreccia le dita alle mie e mi indirizza uno sguardo che posso solo descrivere come: *per favore non uccidere nessuno. Abbiamo già pagato il vestito.*

Prendo nota, piccola.

«Merda. St. Claire. Sei *tu*. Ti trovo bene.»

Perché tutti continuano a dirlo? "Stai bene!" Perché alla gente interessa tanto? Non è che andremo a un'orgia di massa una volta usciti da qui.

«Tu stai bene?» Lo guardo, gettando un braccio sulle spalle della mia fidanzata in modo protettivo. È un istinto di cui non mi libererò mai.

«Benissimo, amico. Mi sto divertendo. Tengo la testa bassa. La mia libertà vigilata è finita, quindi sono rientrato nel campionato di arti marziali. Primo mese. Sono qui per una vacanza di famiglia.»

Non mi sta dicendo niente di nuovo. Lo tengo d'occhio. Per assicurarmi che tratti bene la madre della sua bambina. Il suo sguardo guizza su Grace, e io mi irrigidisco. Le sorride in maniera cordiale, comportandosi al suo meglio.

«Il tuo ragazzo...»

«Fidanzato» lo corregge lei con dolcezza.

Lui ridacchia. «Qualunque cosa sia, è pazzo di te. Spero che tu lo sappia.»

«Certo.»

«Westie! Gracie!» sento urlare dalle viscere del gate e mi dimentico del tutto di Kade. Andiamo entrambi a salutare i miei genitori. Sollevo la mamma in aria e la giro in una piroetta. Ha messo su un po' di peso e finalmente non è più leggera come Aubrey. Anche papà non sembra troppo trasandato. È rasato e ha gli occhi limpidi. Appaiono più giovani di quando ho lasciato il Maine a diciotto anni.

«Sono contenta che siate riusciti a venire.» Texas abbraccia mio padre. «So che sei stato molto impegnato con gli affari, ultimamente.»

«Non ci saremmo persi il vostro matrimonio per niente al mondo» fa notare la mamma, e mi rendo conto che è vero.

Forse non è sempre stato così – almeno non nei primi anni dopo la morte di Aubrey – ma i miei genitori meritano un'altra occasione.

Diavolo, io ho avuto un'altra occasione.

Grace ha avuto un'altra occasione.

Nessuno qui è perfetto.

Perché in fin dei conti, siamo tutti fenici che risorgono dalle proprie ceneri, che spiccano il volo verso una destinazione sconosciuta, le punte delle ali forgiate dalle fiamme.

Ringraziamenti

Vorrei potermi prendere il merito per *Quando l'anima brucia*, ma la verità è che io ho solo scritto il libro. West e Grace sono venuti da me in sogno e la storia appartiene a loro, non a me.

Grace, in particolare, è nata dal mio bisogno di raccontare una donna tutt'altro che perfetta in un genere in cui... be', molte eroine rasentano la perfezione. La amo ardentemente e volevo proteggerla con tutti i mezzi che avevo a disposizione; quindi, scrivere questo romanzo è stato un processo difficile, e nello stesso tempo anche un'incredibile avventura.

Vorrei ringraziare le persone che mi sono state accanto e mi hanno aiutata durante la stesura di questa storia. Ai miei editor: Angela Marshall Smith, Tamara Mataya, Max Dodson e Paige Maroney Smith. Grazie mille per aver dato a West e Grace l'amore e l'attenzione che meritavano!

Alla mia assistente, Tijuana Turner, che ha letto questo libro troppe volte per poterle contare, e conosce me e il mio modo di scrivere come le sue tasche. Sei la mia "Mammagente" preferita (e anche l'unica).

Alle mie *beta readers*: Vanessa Villegas, Amy Halter e Lana Kart. Un milione di ringraziamenti è d'obbligo!

Ai miei amici del cuore, Charleigh Rose, Ava Harrison e Parker S. Huntington, che hanno tifato per me da bordo campo, e al mio fantastico team di promozione e gruppo di lettura, Sassy Sparrows.

Un enorme ringraziamento va alla mia agente, Kimberly Brower, e anche agli illustratori che hanno disegnato le mie copertine, Letitia Hasser e Bailey McGinn, e alla mia impaginatrice, Stacey Ryan Blake. Siete tutti così creativi, talentuosi e bravi in quello che fate!

Molte grazie a Social Butterfly e al loro intero team per l'impegno come PR. Come sempre, siete dei grandi.

Un ringraziamento speciale ai blogger e ai lettori che mi hanno supportato durante questo viaggio. Vi sarò per sempre debitrice!

Se *Quando l'anima brucia* ti è piaciuto (o anche se non ti è piaciuto, ma hai un'opinione forte in proposito), mi piacerebbe molto se lasciassi una recensione sincera.

Grazie mille, dal profondo del mio cuore.

L.J. Shen xoxo

Della stessa autrice

Il ladro di baci

Un bacio rubato a una principessa.
Due re in cerca di vendetta.
Tre vite intrecciate.

Figlia di uno degli uomini più influenti di Chicago, a diciannove anni, Francesca ha sempre vissuto dentro una gabbia dorata con un futuro ben delineato davanti a sé: ciò che la aspetta non è il college, bensì un matrimonio organizzato. E lei è già certa dell'uomo che sceglierà tra i suoi pretendenti, il suo amore di infanzia.

La sera della sua presentazione in società, Francesca è pronta a donare il suo primo bacio ad Angelo ma invece, complice il buio della notte nera di Chicago, la giovane si ritroverà con l'inganno tra le labbra del perfido senatore Wolfe Keaton.

Il giovane senatore Wolfe ha ordito un piano di vendetta nei confronti del padre di Francesca: il suo primo passo sarà ricattarlo per avere la mano di sua figlia.

Francesca si ritrova così costretta a sposare Wolfe, e il suo intero mondo crolla. Il senatore incarna tutto ciò che la giovane donna disprezza in un uomo: arrogante, spietato, ambizioso e donnaiolo, una persona senza scrupoli.

Eppure la ragazza scoprirà ben presto che sotto la corazza di cinismo e antipatia che Wolfe Keaton si è costruito c'è molto, molto di più.L'unico desiderio di Francesca è tornare tra le braccia di Angelo, l'unico obiettivo di Wolfe è la vendetta.

Ma forse entrambi hanno sottovalutato il potere dei sentimenti che provano l'uno per l'altra.

Sullo sfondo di una Chicago fiabesca in mano a famiglie illustri e potenti, si dipana una storia dal gusto antico e sognante, narrata da personaggi moderni.

Della stessa autrice

Il diavolo veste nero

Il suo cuore sarà davvero nero quanto i suoi completi d'alta moda?

Madison Goldbloom ha cucito un piano che calza a pennello per la sua vita. Un appartamento a New York, un fidanzato dolce e gentile, il lavoro più bello del mondo: disegnare abiti da sposa. O almeno, è il migliore per lei che è una giovane creativa ed eccentrica, amante dei fiori e dei colori. Sempre disponibile ad aiutare il prossimo, ha fatto della gentilezza la sua arma per affrontare il mondo, tanto da guadagnarsi il soprannome di Maddie la Martire. È proprio sul suo buon cuore che fa leva Chase Black quando si presenta davanti al portone di casa sua per chiederle un favore, uno bello grosso.

Chi è Chase Black? È il diavolo in persona - scandalosamente ricco e perennemente avvolto in abiti neri e firmati - che ha lasciato Maddie dopo una relazione di sei mesi basata su sesso meraviglioso e poco altro. Infatti Maddie è una tenera sognatrice in cerca dell'anima gemella tanto quanto Chase è un cinico solitario che non crede nei rapporti umani, a parte quelli che coinvolgono il suo stretto nucleo famigliare, figuriamoci nell'amore. Chase, diabolico com'è, omettendo l'insignificante particolare che lui e Maddie non stanno neanche più insieme, ha annunciato a suo padre malato il fidanzamento con l'adorabile stilista. Ora è qui a pregarla di unirsi a un'innocua farsa: un weekend negli Hamptons nella mega villa dei Black con tanto di cena di famiglia, servizio fotografico di fidanzamento e poi... il disastro.

Che sia per Maddie l'occasione giusta per togliersi qualche sassolino dalla scarpa dopo il modo in cui lui l'ha mollata?

Tornare a frequentare Chase è una scelta insidiosa. Lui è estremamente arrogante, assolutamente insopportabile, tentatore al punto di farti dimenticare che dovresti odiarlo e affascinate al punto da scatenarti dentro le fiamme dell'inferno. Ma si sa, quando c'è di mezzo il diavolo, tutti i buoni propositi vacillano…

Della stessa autrice

The lovepost

Celian Laurent.
Un Reale di Manhattan.
Un noto playboy.
L'erede di un impero mediatico.
E il mio nuovo capo.

Judith "Jude" Humphry ha appena ottenuto un lavoro che potrebbe realizzare i suoi sogni alla LBC, l'emittente televisiva più seguita d'America, quando viene investita da una notizia scoop: il nuovo direttore nonché figlio del proprietario dell'intero colosso dei media è Célian Laurent.

Célian è una vera e propria celebrità nell'élite di Manhattan, ma soprattutto è lo stesso affascinante sconosciuto dall'ingannevole accento francese con cui Jude ha trascorso una notte selvaggia appena qualche settimana prima. Nonostante la coincidenza certamente imbarazzante, Jude avrebbe potuto comunque sperare di fare una buona impressione sul suo nuovo capo se non fosse che, in quella famosa serata, stava attraversando un momento davvero disperato e prima di sgattaiolare via dalla lussuosa suite d'albergo, aveva anche rubato il portafoglio a Célian.

Il primo giorno di lavoro, basta un solo incrocio di sguardi per accendere la rivalità tra i due.

Célian ha un cuore di pietra, è noto per essere implacabile e in più è fumante di rabbia perché qualcuno è riuscito a prendersi gioco di lui, ma anche Jude Humphry è una ragazza caparbia, impertinente, decisa a diventare una giornalista, come ha sempre sognato. Per cui, non ha alcuna intenzione di mollare per colpa di un capo tiranno, ricco, privilegiato, glaciale e arrogante.

E così per Célian e Jude, ogni giorno in redazione si trasforma in una battaglia. Ma è quando sono da soli che comincia la vera guerra... per non finire di nuovo l'uno tra le braccia dell'altra!

NELLA COLLANA
Always romance

Vicious. Senza pietà, *L.J. Shen*
Io+Te, *Elle Kennedy e Sarina Bowen*
In due sotto un tetto, *Helena Hunting*
Élite. Ossessione e potere, *Laurelin Paige*
Questione di chimica, *Penny Reid*
Affari d'amore, *Melanie Moreland*
Ruckus. Senza regole, *L.J. Shen*
Insieme, *Elle Kennedy e Sarina Bowen*
Sulle note di noi due, *Tillie Cole*
Brooklyn in Love, *Sarina Bowen*
Il principe di Park Avenue, *Louise Bay*
Come la prima volta, *Devney Perry*
Un diavolo arrogante, *R.S. Grey*
Scandalous. Senza inibizioni, *L.J. Shen*
Noi in un istante, *Jewel E. Ann*
Il ladro di baci, *L.J. Shen*
Come incastrare un rubacuori, *Max Monroe*
Al tuo ritorno, *Penelope Ward*
Il ragazzo ideale, *Elle Kennedy e Sarina Bowen*
Space. Lo spazio che ci unisce, *Penny Reid*
Cuori al tappeto, *Kristen Callihan e Samantha Young*
Iron Crowne. Sfide d'amore, *C.D. Reiss*
Light of home. Un faro nella tempesta, *Tara Sivec*
Jersey Six. La miglior vendetta è l'amore, *Jewel E. Ann*
In due sotto il sole, *Helena Hunting*
Kellan Kyle. Storia di un amore proibito, *S. C. Stephens*
Il ragazzo dei sogni, *Elle Kennedy e Sarina Bowen*
Fall, *Kristen Callihan*
The Lovepost. Un amore da prima pagina, *L.J. Shen*

Dear Ava, *Ilsa Madden Mills*
Come in ogni attimo, *Devney Perry*
Non dubitare mai del mio amore, *Emma Scott*
The wedding game, *Meghan Quinn*
Petali e spine, *Naike Ror*
L'amico del cuore, *Ella Maise*
Devious. Senza tregua, *L.J. Shen*
L'anti-fidanzato, *Penelope Ward*
Il Duca di Manhattan, *Louise Bay*
Per caso o per amore, *Rachel Van Dyken*
Pretty Enemy, *Kristen Callihan*
Prometti che resterai, *Corinne Michaels*
Cattive compagnie, *Meagan Brandy*
Per gioco o per destino, *Rachel Van Dyken*
L'ultimo giorno d'estate, *Penelope Ward*
Il diavolo veste nero, *L. J. Shen*
Sweet Enemy, *Kristen Callihan*
Imperfect match, *Corinne Michaels e Melanie Harlow*
Non sei il mio Romeo, *Ilsa Madden-Mills*
Non proprio un colpo di fulmine, *Meghan Quinn*
Inganno, *Laurelin Paige*
Devozione, *Laurelin Paige*
The fine print. Un accordo per due, *Lauren Asher*
Come per magia tu, *Devney Perry*
Pretty. Senza limite, *L.J. Shen*
Lacrime e stelle, *Naike Ror*
Flirt in kilt, *Meghan Quinn*
Tutta colpa dell'estate, *Tessa Bailey*
Styx. Per te solo io, *Tillie Cole*
Kyler. La tua salvezza sarò io, *Tillie Cole*
Non sei la mia anima gemella, *Ilsa Madden-Mills*
Perfetti come noi, *Tijan*
Come in un film, *Anna Nicoletto*
Quando l'anima brucia, *L.J. Shen*

FSC
www.fsc.org
MISTO
Carta da fonti gestite in maniera responsabile
FSC® C007287

Questo libro è stampato su carta FSC® amica delle foreste.
Il logo FSC® identifica prodotti che contengono carta proveniente da foreste gestite secondo rigorosi standard ambientali, economici e sociali definiti dal Forest Stewardship Council® e altre fonti controllate.